Die Abgründe des Bergbauernhofes

Inhaltsverzeichnis:

1. Vorgeschichte — Seite 3
2. Hubert und Selma — Seite 4
3. Das Leben ohne Mutter — Seite 9
4. Hubert übernimmt den Hof — Seite 13
5. Selma entdeckt ihre böse Seite — Seite 37
6. Ein schreckliches Geheimnis — Seite 50
7. Die ersten Besucher auf der Almhütte — Seite 69
8. Hochzeit auf dem Loserhof — Seite 87
9. Selmas Schutzhütte — Seite 99
10. Der Loserhof wird ausgebaut — Seite 109
11. Intrigen und Skifahren — Seite 120
12. Xavers und Laras Verschwinden — Seite 136
13. Die Mühle am Bergbach — Seite 155
14. Nur ein schrecklicher Unfall? — Seite 178
15. Huberts Seilbahn wird Wirklichkeit — Seite 207
16. Die Campingtour der Behinderten — Seite 218
17. Der Loserhof trennt sich vom Bösen — Seite 231
18. Schlusswort — Seite 245

1. Vorgeschichte

Es ist Frühling im Jahr 1853. Ein abgelegener Bergbauernhof im Deutsch-Österreichischen Grenzgebiet.
In einem hochgelegenen Seitental liegt der Loserhof. Benannt nach der Familie Loser, die diesen seit Generationen betreibt. Vater Joseph, Mutter Johanna, die beiden fast erwachsenen Kinder: Hubert und Selma, sowie die Magd Bärbel, von allen nur Babsi genannt und der Knecht Edmund (Edi) fristen hier ihr mühsames Dasein.
Schon dicht an der Baumgrenze gelegen, mit recht karger Vegetation, führt die Familie Loser ihr Auskommen mit der Ziegenzucht, sowie der Verarbeitung von Milch zu Käse und natürlich dem Verkauf von Holz. Die Almen sind weit verteilt und nur schwerlich zu erreichen. Harte Winter mit viel Schnee und starken Stürmen, tun das ihrige zum schweren Auskommen. Aber trotz all dieser Unwegsamkeiten, hat es die Familie immer geschafft, den Hof an die Nachfolger zu übergeben oder sogar auszubauen. Harte Arbeit, Herzblut und der große Wunsch nach Unabhängigkeit haben das Leben der Generationen bestimmt. So war es und so sollte es auch immer sein.

2. Hubert und Selma:

Hubert, mittlerweile 19 Jahre alt und Selma mit ihren 16 Jahren, kannten außerhalb des Hofes nicht viel. Nur die Almen mit ihren Heuschobern, die noch höher gelegene Almhütte und alles Land das zum Hof gehörte, bestimmten ihren Tag. Abwechslung boten nur die Jahreszeiten oder der Verkauf des Käses im weit tiefer gelegenen kleinen Dorf.
Untereinander war ihr Verhältnis für Geschwister außergewöhnlich gut. Aber nur so war auch ein gutes Miteinander innerhalb der Familie überhaupt möglich. Hubert würde bestimmt irgendwann den Hof übernehmen und für Selma würde dann ein Mann gesucht. Vielleicht auf einem der Nachbarhöfe. So gab es die Familie seit vielen Generationen vor. Auch die Aufgabenverteilung im Alltag war schon immer die gleiche. Selma half der Mutter im Haus, Hubert unterstütze den Vater. Natürlich standen noch der Knecht und die Magd zur Verfügung. Hier war die Aufteilung ähnlich. Edi war schon ewig Vaters Knecht und ungefähr so alt wie Vater. Babsi war erst 5 Jahre auf dem Hof und Anfang 20. Das Verhältnis der Geschwister zu den beiden war zwar höflich, aber von vornherein bestimmend; denn sie wären ja irgendwann die Bauern auf dem Hof.
Der Frühling hatte gerade begonnen und das hieß für Hubert, mit den Ziegen täglich die nahegelegenen Almen zu besuchen. Er hatte sich schon den ganzen Winter darauf gefreut; denn dies bedeutete etwas Freiheit vom strengen Vater und Zeit für sich und seine Träume.
Früh morgens ging er mit der Herde los. Es war der erste Marsch in diesem Jahr und damit immer etwas Besonderes. Auch für die Ziegen, diese spielten ziemlich verrückt und konnten es ebenfalls kaum erwarten, sich wieder frei zu bewegen. Mutter gab ihm noch seinen Proviant mit und dann setzte sich der Tross in Bewegung. Wie jedes Jahr hatte Vater ihm noch tausend wichtige Dinge gesagt. Zwar wusste Hubert das ohnehin alles, aber er tat immer so, als würde er zuhören und nickte bei jedem Hinweis.
Kurz hinter dem Hof begann der Aufstieg für Hubert. Ein schmaler, immer steiler werdender Pfad schlängelte sich zur Alm.

Hubert betrachtete die erwachende Natur. Die ersten Blumen wagten sich hervor, das Gras spross schon kräftig. Er liebte dieses satte Grün, die bunte Vielfalt der Blumen und die versteckten Kräuter, die der Milch der Ziegen den besonderen Geschmack gaben. Immer wieder musste Hubert aufpassen, die Ziegen in ihrer Ungeduld versuchten dauernd den Pfad zu verlassen. Sie konnten es einfach nicht mehr abwarten bis sie auf der Alm waren. Aber Hubert kannte dieses Spiel aus den vergangenen Jahren und war stets auf der Hut.

Die erste Alm, die sie heute und in den kommenden Tagen aufsuchen würden, lag noch recht nahe am Hof. Jedes Jahr begann das große Fressen, so wie Hubert es nannte, an der am tiefsten gelegenen Alm, da die höher gelegenen noch eine Weile benötigten, bis das Gras gewachsen war. Die am höchsten gelegenen waren sogar noch vom Schnee bedeckt. Später dann, wenn diese abgefressen wäre, würden sie die nächste aufsuchen. Bei den nieder gelegenen reichte es aus, wenn er am Abend wieder mit der Herde zum Hof kam, damit die Ziegen gemolken werden konnten. Später im Jahr dann, bei den höheren, blieb er einige Wochen auf der Almhütte und sammelte die Milch dort.

Für heute war der Aufstieg geschafft und Hubert konnte sich seinen Tagträumen widmen. So vieles ging ihm bei diesen Träumen durch den Kopf. Meist waren es allerdings die Gedanken an die Magd Babsi. Zwar war diese etwas älter als er, aber ihre prallen Formen hatten ihn schon immer begeistert. Klar wusste er, dass es sich nicht schickte, sich mit einer Magd einzulassen, aber träumen durfte man ja noch. Wenn er dann hier so im Gras lag, dann wünschte er sich schon Babsi wäre bei ihm. Aber Hubert dachte auch an seine Schwester, wie würde es ihr einmal ergehen, würde sie einen passenden Mann finden? Irgendwie machte ihn der Gedanke an einen anderen Mann, der Selma anfassen würde, eifersüchtig. Noch waren das alles Gedanken, die in weiter Ferne lagen, aber hier hatte Hubert nun mal Zeit über so etwas nachzudenken.

Als die Sonne am höchsten stand, verzehrte er seinen Proviant. Mutter hatte es mal wieder besonders gut mit ihm gemeint und Hubert tat sich schwer alles aufzuessen. Die Ziegen freuten sich unheimlich, nach der langen Zeit im Stall, endlich wieder herum zu rennen. Überall zupften sie am Gras, suchten sich Kräuter und waren ausgelassen. Das Essen hatte Hubert müde gemacht, dennoch musste er aber aufmerksam bleiben, noch hatte sich die Herde nicht daran gewöhnt wieder draußen zu sein.

Am späten Nachmittag machte sich Hubert wieder auf den Rückweg; denn der Knecht und Babsi müssten ja dann noch die Ziegen melken. Das kurze Stück zurück, es ging ja immerhin bergab, hatte Hubert schnell zurück gelegt. Edi und Babsi warteten schon auf ihn, um ihrer letzten Aufgabe für den Tag nach zu kommen. Wenn die beiden dann damit fertig waren, gab es das gemeinsame Abendessen. Die Mahlzeiten wurden nach Möglichkeit immer gemeinsam eingenommen und dazu gehörten dann auch der Knecht und die Magd. Bei der Vorbereitung der Mahlzeiten übernahm immer mehr Selma die Arbeit. Mutter war schon den ganzen Winter über kränklich und geschwächt. Die ständige Kälte hatte sehr an ihr gezehrt. Alle hatten darauf gehofft, der Frühling würde ihr gut tun, aber bisher zeigte sich noch keinerlei Besserung. Vater schien sehr besorgt darüber und es machte ihn traurig.

Nach dem obligatorischen Gebet vor dem Essen, verteilte der Vater das Brot. Als Herr im Hause hätte er niemals geduldet, dass ein jeder sich selbst etwas nahm. Vater war nicht nur sehr streng, sondern oft sogar herrschsüchtig. Eine Eigenschaft, die in letzter Zeit immer extremer wurde. Sowohl Edi als auch Babsi hatten schon fast Angst vor ihm. Seine Wutausbrüche waren berüchtigt und nicht immer gerecht. Edi, der ihn nun schon ewig kannte, hatte sogar schon mehrmals damit gedroht zu kündigen. Aber er war schon so verwachsen mit dem Hof, dass Vater es nur für Gerede hielt. Wer würde noch einen Knecht in diesem Alter nehmen. Junge kräftige Männer wurden da gesucht, nicht alte, verbrauchte. Edi sah das wahrscheinlich genauso und es war wohl einfach nur ein kleiner Hilfeschrei.

Nach dem Essen zogen sich Babsi und Edi deshalb schnell auf ihre Kammern zurück. Mutter ging ebenfalls bald zu Bett, um sich zu erholen. Als Hubert und Selma mit dem Vater allein waren, sprach dieser: „Selma, Mutter wird immer schwächer, ihr Husten immer schlimmer, bald wird die Zeit kommen, wo Du ihre Aufgaben übernehmen musst. Wir müssen uns darauf vorbereiten, dass wir bald ohne sie sind." Hubert erschrak, wie kalt Vater das gesagt hatte. So als wäre Mutter eine der Ziegen, die bald wegen Altersschwäche sterben würde. Was war nur passiert mit ihm in den letzten Jahren, warum wurde er so hart und gefühlskalt? Auch Selma schaute ihn verwundert an und antwortete kurz: „Ja Vater, ich weiß. Aber sollten wir nicht lieber den Doktor aus dem Dorf holen?" „Dafür haben wir kein Geld und die Natur geht nun mal ihren Weg", antwortete Vater. Hubert und Selma gingen daraufhin traurig zu Bett.

Am nächsten Morgen, als Hubert wieder mit den Ziegen zur Alm zog, war er immer noch traurig über Vaters Aussage. Immer wieder wanderten seine Gedanken zur Mutter. All die schönen Jahre war sie immer für alle dagewesen und nun war noch nicht einmal genug Geld für einen Doktor da. Wenn er doch nur schon der Herr auf dem Hofe wäre, dann würde er schon dafür sorgen, dass Mutter geholfen wurde. Sicher waren die letzten 3 Jahre wirtschaftlich schwer gewesen, aber kein Geld für den wichtigsten Menschen zu haben, war schon ein schrecklicher Gedanke. Wofür all die Mühen und Arbeit, wenn es noch nicht einmal für das Nötigste reichte. Oder wollte Vater etwa gar nicht, dass Mutter wieder gesund wurde? Hubert hatte auch schon bemerkt, wie Vater der Babsi öfter nachstellte, aber diese hatte ihm schnell klar gemacht, dass sie nichts von ihm wollte. Sie würde sofort den Hof verlassen, wenn er das nicht unterlassen würde, hatte sie ihm gedroht. Da Babsi aber eine fleißige Kraft war, hatte Vater die Versuche daraufhin schnell eingestellt.

Heute kam Hubert gar nicht in seine Träume, seine Gedanken blieben dauernd bei seinen Eltern hängen. Es blieb nur die Hoffnung, dass Mutter sich wirklich wieder erholen würde, aber wenn er ehrlich zu sich war, wusste Hubert, dass es nicht danach aussah. Was würde dann mit Vater passieren? Würde er noch hartherziger? Wie würde er sich ihm und Selma gegenüber verhalten? Nur die verrückten Ziegen rissen ihn aus seinen trüben Gedanken. Diese tollten über die Alm wie immer und schienen

von all diesen Problemen nichts zu ahnen. So unbedarft und frei wäre Hubert auch gern gewesen.
2 Wochen waren vergangen und heute war Huberts letzter Tag auf dieser Alm. Ab morgen musste er mit der Herde zur nächsten wandern und einen etwas längeren Weg auf sich nehmen. Mittlerweile hatte sich die Herde aber schon an den täglichen Marsch gewöhnt, so dass der längere Marsch recht einfach zu bewältigen wäre. Wie immer machte sich Hubert am späten Nachmittag auf den Rückweg. Aber irgendetwas war heute anders. Als er zurück kam, warteten weder Babsi noch Edi auf ihn. Sie waren überhaupt nicht zu sehen. Hubert brachte die Herde schnell in den Stall und ging dann zum Haus. Kaum hatte er die Tür geöffnet, da sah er schon in den Gesichtern von Selma und Vater, dass etwas passiert war. „Mutter ist tot", rief Selma, mit Tränen in den Augen.

3. Das Leben ohne Mutter

Hubert brach in Tränen aus. So schnell war es nun gegangen. Dabei hatte es doch den Anschein gehabt, als hätte sie sich etwas erholt. Hatte sie es gewusst und ihnen das nur vorgespielt? So war Mutter gewesen, immer um das Wohl der anderen bedacht, ohne jegliche Rücksicht auf sich selbst. Vater saß am Tisch und betrank sich mit Obstler. Hubert war entsetzt über diese Würdelosigkeit. Wie konnte er sich jetzt nur betrinken? War die Verzweiflung so groß? Wie sollte es weiter gehen?
Edi und Babsi standen in einer Ecke und schienen beide ebenfalls sehr traurig. Sie wussten, ohne Mutter, die gute Seele des Hauses, würde nun alles noch viel schlimmer werden. Sie war immer noch die einzige gewesen, die Vater in seiner Bosheit hatte zurückhalten können.
3 Tage später fand die Beerdigung im nahen Dorf statt. Vater hatte die ganzen Tage getrunken und sah furchtbar aus. Selma und Hubert hatten sich um alles kümmern müssen. Bei der Beerdigung waren außer der Familie und dem Pfarrer keine Personen anwesend. Vater hatte in den letzten Jahren alle mit seiner harten Art verprellt. So war die Beerdigung recht armselig und entsprach

so gar nicht Mutters Wirken. Selbst den Pfarrer beleidigte Vater noch in seinem Suff, als geldgierigen Pfaffen. Hubert und Selma schämten sich für ihn.

Auf dem Hof ging die Arbeit ihren Gang. Eine eisige Kälte herrschte aber zwischen Vater und allen anderen. Zwar hatte er aufgehört zu trinken, doch war er völlig wortkarg und seine Miene schien nur noch Bitternis zu kennen. Edi und Babsi wurden den ganzen Tag von ihm drangsaliert.

Hubert war nur froh, dass seine Aufgabe es erlaubte, immer für einige Stunden dem Hof fern zu sein. Aber Selma tat ihm leid, sie musste das Desaster ja den ganzen Tag ertragen. Wobei Vater mit ihr immer noch am freundlichsten umging. Zumindest ein kleiner Trost. Er wusste, er brauchte sie im Haushalt; denn wer hätte Mutters Aufgaben sonst übernehmen sollen. Babsi hatte ja genug mit der Herstellung vom Käse zu tun. Mutters guter Geist fehlte allen auf dem Hof.

Abends nach dem Essen gingen alle immer schnell ihres Weges und Vater saß dann allein in der Stube. Hubert und Selma trafen sich meist noch auf einem ihrer Zimmer und sprachen lange miteinander. So war es auch an diesem Abend. Selma hatte den Tisch abgedeckt und Vater saß schon wieder mit der Schnapsflasche dort. Hubert ging schon auf sein Zimmer und wartete auf Selma. Als diese kam unterhielten sie sich noch lange. Vater hatten sie noch nicht gehört, er musste immer noch unten sein und seinen Kummer ertränken. Es war schon spät, als Hubert und Selma zu Bett gingen.

Am nächsten Morgen war Selma seltsam ruhig. Sie schien sich förmlich in Arbeit zu vergraben. Sie sprach nur das Nötigste. Hubert wusste, so konnte es nicht weiter gehen. Aber was sollte er tun? Sollte er versuchen, einmal mit Vater zu sprechen? So recht fehlte ihm der Mut dazu. Irgendetwas musste aber geschehen; denn durch Vaters Trinkerei blieb viel Arbeit liegen. Edi allein konnte nicht alles schaffen. Obwohl der sich mühte, aber viele Arbeiten, gerade mit dem Holz, konnte einer allein nicht ausführen. Edi hatte Hubert schon darauf angesprochen, aber er konnte sich ja nicht teilen. So ein Hof funktionierte eben nur, wenn alle mit anfassten.

Abends kam dann Selma wieder zu Hubert. Sie war immer noch so still und wollte auch zu später Stunde nicht auf ihr Zimmer. Hubert musste sie fast hinaus werfen. Er brauchte seinen Schlaf, er stand schon mit Beginn der Helligkeit auf und war dementsprechend müde.

Trotz allem schlief Hubert in dieser Nacht schlecht. Er hatte einen schlimmen Traum und wurde auch mehrmals wach. Als er erneut aufwachte, dachte er zuerst, er hätte erneut geträumt, doch nun hörte er es wieder, ein Jammern kam aus Selmas Zimmer. Sollte er hingehen und sie trösten? Da Hubert nicht schlafen konnte, zog er schnell etwas über und wollte gerade zu Selma gehen, als er sah, dass Vater schon aus ihrem Zimmer kam. So böse ist er wohl doch nicht, dachte Hubert, er hat sich schon um sie gekümmert. Hubert schlich sich wieder in sein Zimmer zurück. Am kommenden Morgen war Selma wieder so still. Hatte auch sie schlimme Träume? Ein Wunder wäre es ja nicht, immerhin war Mutter gestorben und Vater ertränkte seinen Kummer im Suff und war unleidig.

Hubert ließ ihr ihre Ruhe und trat seinen Weg zur Alm an. Er war erst wenige Schritte gegangen, da kam Babsi angerannt. Sie schien sehr aufgeregt. „Hubert, ich muss mal mit Dir sprechen", sagte sie. „Du solltest gut aufpassen, was Dein Vater mit Selma in der Nacht macht", waren ihre folgenden Worte. Hubert war verdutzt, hatte Vater sie doch wohl erst in der letzten Nacht getröstet. Er versuchte Babsi zu beruhigen und sprach: „Da ist schon alles in Ordnung, erst letzte Nacht hat er sie getröstet." Babsi schüttelte ungläubig den Kopf und ging etwas traurig davon. Was hatte sie nur gemeint, fragte sich Hubert.

Ein seltsames Gefühl überkam ihn. Selma war so still in der letzten Zeit. Abends wollte sie immer gar nicht auf ihr Zimmer gehen. Hubert nahm sich vor, in den kommenden Nächten aufmerksam zu sein, was da vor sich ging.

Auf der Alm dachte er immer wieder über Babsis Worte nach. Wenn er sie am Abend sehen sollte, dann würde er sie noch mal fragen, was genau sie meinte.

Diesen Abend hatte er nicht die Gelegenheit, da Babsi und Edi sich sofort nach dem Essen, wieder auf ihre Kammern zurück gezogen hatten. In Babsis Kammer zu gehen, verbot sich natürlich von selbst.

Als Selma dann endlich zu Bett gegangen war, bemühte sich Hubert wach zu bleiben. Irgendwann hörte er Vater die Treppe rauf poltern. Bestimmt war er wieder betrunken, wie fast jeden Abend. Jetzt herrschte Stille. Nach einiger Zeit kam dann wieder das Jammern aus Selmas Zimmer. Schnell zog Hubert sich an und ging hin. Er öffnete die Tür und sah das Grauen.

Selma lag heulend im Bett, Vater zog sich gerade die Hose an. „Was hast Du getan, Du Schwein", schrie Hubert. Vater lachte nur besoffen und lallte: „Sie muss Mutters Pflichten übernehmen und das gehört nun mal auch dazu." Hubert wurde wahnsinnig, er war völlig ungehalten. Er nahm Selmas leeren Nachtkrug und schlug diesen Vater über den Schädel. Mit einem schrecklichen Schmerzensschrei ging er zu Boden. Am Kopf war eine riesige Wunde, die furchtbar blutete. Das Blut spritzte förmlich heraus. Es dauerte nur einen kleinen Moment, da verdrehte Vater die Augen und hatte sein Leben ausgehaucht. „Was habe ich getan", schrie Hubert.

Der Krach hatte auch Edi und Babsi herbei gerufen. Alle standen nun in Selmas Zimmer. Hubert hielt noch den Griff vom zerbrochenen Krug in der Hand und starrte auf den toten Vater. Selma hatte einen Heulkrampf. Babsi war die Erste die Worte fand, sie schrie förmlich: „Du hast das einzig Richtige getan, Du hast das Schwein erschlagen."

Edi nahm Hubert in den Arm und nickte nur kurz und fast ganz gegen seine Gewohnheit meldete auch er sich zu Wort: „Hubert das wurde Zeit." Was wussten alle, was er nicht wusste? Jetzt war es wieder Babsi die sprach: „Schon eine ganze Zeit lang ging er in Selmas Zimmer, immer wieder habe ich die Tür und ihr Jammern gehört." Hubert war außer sich. Was aber nun? Er hatte seinen Vater getötet.

Edi nahm den Leichnam, zog ihn aus dem Zimmer heraus und warf ihn die Treppe herunter. „So ist er umgekommen", sagte Edi. „Ich werde jetzt ins Dorf gehen und dem Gendarmen Bescheid sagen, dass ich ihn so gefunden habe. Wischt das Blut hier noch weg und wenn der Gendarm dann morgen früh kommt,

sagt einfach, ihr habt geschlafen. Es war richtig so und von uns wird nie jemand etwas erfahren."
Edi verließ das Haus. Babsi wischte das Blut weg, Hubert setzte sich zu Selma an den Bettrand und tröstete sie. „Warum hast Du mir nichts erzählt", fragte Hubert sie. Selma erklärte ihm, es wäre ihr so peinlich gewesen und sie hätte so eine Angst vor Vater gehabt. Er hatte ihr immer wieder gesagt, dies sei nun eine ihrer Pflichten. Sie wäre der Ersatz für Mutter. Ein schreckliches Geheimnis lag über dem Loserhof.

4. Hubert übernimmt den Hof

Am nächsten Morgen kam Edi zusammen mit dem Gendarm und dem Doktor wieder zurück. Diese sahen den Vater am Ende der Treppe liegen und der Gendarm sagte: „So ist das mit dem Suff, irgendwann ist man nicht mehr Herr seiner Sinne und dann passiert der Unfall." Damit war alles gesagt und einer Beerdigung stand nichts mehr im Wege. Auch bei Vaters Beerdigung war niemand außer dem Pfarrer anwesend. Wirklich traurig war auch keiner über seinen Tod.
Hubert war nun der Herr auf dem Hof. Zuerst stellte er noch einen Hütejungen und eine zweite Magd ein. Nur so konnten sie die Arbeit bewältigen. Er übernahm Vaters Aufgaben, half Edi mit dem Holz und alles andere was Vater, vor Mutters Tod, erledigt hatte.
Eigentlich waren alle ganz zufrieden, nur Selma ging es nicht gut. Sie musste sich oft übergeben und ihr war ständig übel. „Sie trägt das Kind der Schande unter ihrem Herzen", sagte Babsi zu Hubert. Hubert erschrak, war Selma etwa schwanger vom eigenen Vater? Ein schrecklicher Gedanke. So hatte er über seinen Tod hinaus noch Elend über den Hof gebracht. Für Selma war es schrecklich. Nie würde sie einen angemessenen Mann finden mit so einem Balg. Hubert sagte ihr zu, dass sie immer auf dem Hof bleiben könnte, wenn sie das wollte.
Das alles war kein wirklicher Trost für Selma. Ihr Leben war zerstört und das durch den eigenen Vater. Sie wurde immer stiller und zog sich ständig zurück. Alle Versuche sie irgendwie

aufzuheitern scheiterten. Hubert konnte es verstehen, ihre Zukunft war zerstört.

Er hatte den Hirtenjungen eingewiesen und Selma und Babsi lernten Nina, die neue Magd an. Nina, etwa auch in Babsis Alter, verstand sich von Anfang an gut mit den beiden Frauen auf dem Hof. Sie war ein Mädchen aus dem Dorf und harte Arbeit gewohnt. Auch der Hirtenjunge kam von dort und hatte als vierter Sohn des Schusters keine andere Möglichkeit als diese Arbeit zu finden. Im eigenen Geschäft konnte der Vater ihn nicht mehr versorgen.

Im Wald bei den Holzarbeiten war Edi jetzt für Hubert der Lehrmeister. Edi kannte alles was mit der Arbeit im Wald zu tun hatte. Seine lange Erfahrung machte ihn jetzt sehr wertvoll. Über den Tod des Vaters hatte übrigens nie wieder einer ein Wort verloren. Das Geheimnis war mit ihm im Grab verschwunden. Wäre da nicht Selmas Schwangerschaft gewesen, hätte die schlimme Zeit einfach in Vergessenheit geraten können. Aber so wuchs Selmas Bauch immer mehr und es war nicht mehr zu verbergen das sie schwanger war. Zwar hatte Nina Babsi schon mal gefragt, wer der Vater des Kindes wäre, aber Babsi hatte einfach nur gesagt, sie wüsste es nicht und es ginge sie auch nichts an.

Die Jahresarbeit war getan, der Winter und somit auch die Geburt von Selmas Kind standen vor der Tür. Sie waren überein gekommen, dass Babsi und Nina ihr bei der Geburt helfen würden. So könnten sie es doch immerhin auf dem Hof etwas geheim halten.

Der Winter kam wie jedes Jahr auf dieser Höhe sehr früh. Sogleich fiel reichlich Schnee. Hubert und Edi waren damit beschäftigt, die Pfade zu den Stallungen und zur Käserei frei zu halten. Der Hirtenjunge war über den Winter frei gestellt und war schon wieder ins Dorf zurück gekehrt.

Es war ein Donnerstag, als Selmas Wehen unerträglich wurden. Babsi hatte sofort begonnen, jede Menge Wasser auf dem großen Ofen zu erhitzen und war dann mit Nina zusammen in Selmas Kammer verschwunden. Hubert hatte die Aufgabe sich um den Ofen zu kümmern, ansonsten sollte er sich heraus halten. Er war

froh darüber, bei der Geburt nicht dabei sein zu müssen. Viele Stunden waren sie jetzt schon in Selmas Kammer, immer wieder hörte er ihr Schreien. Eine Geburt musste etwas sehr schmerzhaftes sein, dachte Hubert. Er kannte es ja nur von den Ziegen, aber da war das wohl doch etwas leichter und etwas anderes.
Gegen Abend dann vernahm Hubert ein leises Wimmern. Zuerst kam Babsi aus Selmas Zimmer und sah etwas verstört aus. „Es ist ein komisches, hässliches und wohl nicht ganz gesundes Kind", sagte sie mit einem traurigen Blick. „Es sieht aus, als ob es das Ganze Böse wieder mit auf diese Welt gebracht hätte." Hubert war erschrocken von diesen Worten.
Sofort rannte er rauf in Selmas Zimmer. Diese lag erschöpft in ihrem Bett und war noch von den Anstrengungen der Geburt gezeichnet. Nina war dabei das Kind oder was man so nennen wollte, zu reinigen. Hubert schaute sich das Kind an. Es hatte einen riesigen Kopf mit einem verschobenen Gesicht. Nina sagte: „Es ist wohl ein Junge, aber er ist sehr klein und recht dicklich." Diesen Blick in das Gesicht des Kindes würde Hubert nie vergessen. Es war gar schrecklich anzusehen. Nichts im Gesicht war da, wo es hätte sein sollen. Der Mund war weit aufgerissen und glich eher dem eines Tieres. Die Augen in unterschiedlicher Höhe und die Nase übermäßig groß. Hubert war der Schrecken förmlich anzusehen. Zwar kannte Hubert auch von den Ziegen, dass es Nachwuchs gab, der anders aussah, aber dieser wurde dann immer gleich getötet. Aber das konnte man ja mit einem Menschen nicht machen. Vaters schreckliche Tat hatte wieder zurück auf die Erde gefunden. Immer würde dieses Kind sie alle an das Geschehene erinnern.
Selma war nicht nur erschöpft, sie war auch traurig, so ein Wesen auf die Welt gebracht zu haben. Ihr Leben war schon wieder vom Bösen gezeichnet. Sollte das denn nie enden? Sie wäre froh gewesen, wenn das Baby gestorben wäre. Jeder der dieses Kind sehen würde, wäre erschrocken und könnte sich vorstellen, dass es sich um Inzucht handeln müsste. Das war gerade hier in der ländlichen Region nicht ganz ungewöhnlich, doch waren die Kinder meistens nicht so schrecklich anzusehen. Sie würde es für

alle Zeiten verstecken müssen. Auch Nina schaute Hubert traurig an, sie hatte so etwas ebenfalls noch nicht gesehen. Aber sie machte ihre Arbeit, als wäre alles in Ordnung. Hubert drückte fest Selmas Hand und sagte: „Ich werde Dir helfen und immer für Dich da sein, egal was kommt. Das sollst Du wissen." Selma schloss die Augen und hielt seine Hand lange fest. Dann verließ Hubert Selmas Zimmer und ging wieder nach unten.
Dort saß Babsi noch am Tisch, sie war ebenfalls erschöpft von den vielen Stunden und schien Tränen in den Augen zu haben. „Die arme Selma, warum trifft es sie nur so hart", sagte Babsi und ließ ihren Tränen freien Lauf. Auch sie versuchte Hubert zu trösten.
Das im Winter ruhige Leben ging auf dem Hof weiter. In dieser Zeit war es zumindest sicher, dass niemand das Kind sehen würde. Selma jedenfalls würde dieses Kind nie lieben können und das konnte ein jeder verstehen. Dennoch würde sie es aufziehen; denn alles andere wäre eine weitere Sünde vor dem Herrn gewesen.
Selma aber war nur noch traurig. Sie würde Hubert bitten, im Frühling auf die Almhütte ziehen zu dürfen um ihr weiteres Leben dort zu fristen. Sie wollte einfach nicht mit diesem Kind hier gesehen werden. Die Schande war zu groß. Irgendwann im Winter würde sie mit Hubert sprechen und ihn darum bitten. Die Almhütte wurde zwar genutzt wenn die oberen Almen von der Herde abgegrast wurden, aber auch im vergangenen Jahr war der Hirtenjunge trotz des weiten Weges immer am Abend zum Hof zurück gekehrt. Vielleicht könnte sie dort einige Ziegen halten und dann nur mit Beginn des Winters wieder zum Hof zurück kehren.
Das Weihnachtsfest fiel nach all dem Geschehen im vergangenen Jahr, sehr traurig aus. Es kam keine feierliche Stimmung auf. Zwar waren alle gesund, selbst das Kind wuchs und saugte kräftig, aber sein Äußeres war nicht schöner geworden. Hatten sie Anfangs noch gehofft, es wären Auswirkungen der Geburt gewesen, so hatten sie jetzt doch Gewissheit, dass sich diese Verunstaltungen nicht verwachsen würden.
Es war dann auch der Weihnachtsfeiertag, als Selma Hubert ihren Wunsch vortrug. Dieser war überrascht über ihre Bitte; denn hatte

er Selma doch all seine Hilfe zugesagt. Aber er spürte ihre Angst, dass Fremde das Kind sahen und mit dem Finger auf sie zeigen würden. Hubert versprach ihr, dass sie die Hütte bekommen würde. Dazu einige Ziegen um sich zu versorgen. Auch würde er immer wieder nach ihr sehen und sie unterstützen. Den Hirtenjungen würde er anweisen, abends immer zum Hof zurück zu kommen. Sollte das nicht möglich sein, würde er mit Edi zusammen eine zweite Hütte für den Hirtenjungen bauen.
Selma schien förmlich erleichtert und seit langem sah Hubert sie mal wieder lächeln. Hubert fühlte sich immer noch mitschuldig. Hätte er damals gleich auf den Hinweis von Babsi gehört, vielleicht wäre Selma dieses Unglück erspart geblieben. Jedenfalls würde er alles dafür tun, was Selma helfen konnte.
In einem waren sich aber alle einig. Eine Taufe käme für das Kind nicht in Frage. Zum einen würden es dann alle sehen, zum anderen war es ihrer Meinung nach, nicht von Gott gewünscht. Zwar würde das Kind natürlich größer, aber das war noch lange hin und vielleicht würde es sich ja auch normaler entwickeln, als es aussah. So bald der Winter sich dem Ende neigen würde, wollte Hubert mit Edi die Almhütte aufsuchen, nach dem Rechten schauen und eventuelle Veränderungen oder Reparaturen vornehmen.
Edi würde noch ein zweites Bett für das Kind zimmern was sie schon mitnehmen würden. Im Haushalt käme Hubert mit den beiden Mägden schon aus, da musste er sich keine Sorgen machen. Babsi und Nina teilten sich die Aufgaben nach ihren eigenen Vorstellungen und Hubert musste sie in keiner Weise anleiten. So würde seine ganze Arbeitskraft für die Wald- und Holzarbeiten zur Verfügung stehen. So lange Edis Kräfte noch ausreichten, würden sie die Arbeit schaffen.
So wie der Winter, so kam auch der Frühling sehr zeitig im neuen Jahr. Hubert machte sich mit Edi, dem zerlegten Bett und einer Menge Werkzeug auf den Weg zur Almhütte. So bepackt, würden sie fast einen ganzen Tag für den Aufstieg benötigen. Sie hatten vor, alle Arbeiten soweit möglich, gleich zu erledigen und kämen erst dann zurück. Hubert und Edi genossen den Weg, beide waren sie froh, dem Übel welches den Hof ereilt hatte, für ein paar Tage

zu entkommen. Endlich fühlte es sich mal wieder frei an. Während des Aufstieges scherzten sie und es war wie in früheren Zeiten, wenn Hubert mit Edi mal alleine gewesen war. Sie nahmen sich reichlich Zeit für den Weg und genossen die erwachende Natur. Nun würde es nicht mehr lange dauern, dann dürften auch die Ziegen wieder auf die Almen.

Am späten Nachmittag kamen sie auf der Almhütte an. Sie öffneten die Tür, nahmen die Schutzbretter von den Fenstern und lüfteten erstmal durch. Da die Hütte ja im vergangenen Jahr nicht benutzt worden war, lag überall eine dicke Staubschicht. Bis zum Abend waren sie damit beschäftigt sich erst einmal einzurichten, bevor sie am nächsten Tag mit den Arbeiten beginnen konnten. Früh und müde vom langen Aufstieg, schliefen sie schon kurz nach der Dämmerung ein.

Am nächsten Morgen trat Hubert vor die Hütte, atmete ein paar Mal kräftig durch und dann begannen sie mit der Arbeit. Es gab einige Stellen am Dach und am kleinen Anbau der den Stall darstellte, zu flicken. Ebenfalls mussten ein paar Bretter erneuert werden. Ansonsten war die Hütte noch in einem guten Zustand. Sicherlich würden sie nur zwei Tage benötigen um diese Arbeiten auszuführen. Wenn Selma dann eingezogen wäre, würde Hubert bei jedem Besuch noch Brennholz mitbringen und ihr dabei helfen, welches in der Nähe der Hütte zu machen, so dass sie zumindest kochen und heizen konnte. Selma konnte dann auch hier etwas an Käse produzieren, den er dann immer auf dem Rückweg mitnehmen und zusammen mit dem eigenen im Dorf verkaufen konnte.

Wenn das Wetter so bliebe, wollte er in der kommenden Woche mit Selma und dem Kind, sie hatten es Xaver genannt, schon den Aufstieg wagen. Es sollte jedenfalls geschehen, bevor der Hirtenjunge wieder seinen Dienst antrat und eventuell davon im Dorf erzählen würde.

Dank Edis Hilfe kamen sie schnell mit den Arbeiten voran und wie gedacht, waren sie nach 2 Tagen fertig und machten sich wieder auf den Weg zum Hof. Dort gegen Abend angekommen, freuten sie sich auf eine ausgiebige Mahlzeit; denn das hatten sie nun doch vermisst. Selma freute sich zu hören, dass die Hütte

noch in so einem guten Zustand war. Es war ihr nur Recht, schon in der kommenden Woche mit Hubert den Weg anzutreten. Sie würde die Einsamkeit brauchen und genießen. Es würde sicher einiges an Zeit brauchen, all diese schrecklichen Vorfälle zu verarbeiten.
Als Herr des Hauses, saß Hubert zwar nun am Kopf des großen Tisches, aber die Gewohnheit, dass der Herr das Brot verteilt, hatte Hubert als Erstes eingestellt. Er wollte nicht der Tyrann wie sein Vater sein, sondern den Hof in einer Art Gemeinschaft führen. Er wusste, nur so wären auch alle motiviert, um die ihnen gestellten Aufgaben zu schaffen.
Selma hatte begonnen, einiges an Gepäck zusammen zu stellen und Hubert spürte, dass es auch ihr Begehren war, zügig auf die Hütte zu kommen. Aber vermissen würden sie sich schon, das war Hubert und Selma bewusst.
Xaver hatte in der Zwischenzeit begonnen zu krabbeln und gab immer komische Grunzlaute von sich. Das Krabbeln ermutigte alle etwas, dass aus Xaver doch noch etwas werden konnte. Andere Regungen, wie Lachen, Weinen oder überhaupt eine Form der Mimik, zeigte er aber nicht. Wenn er sich beim Krabbeln mal an den Kopf stieß, schüttelte er sich nur etwas, gab ein paar seiner Grunzlaute von sich, weinte aber nie. Er schien recht schmerzunempfindlich zu sein.
Der Tag des Abschieds war gekommen. Selma verabschiedete sich von Babsi, Nina und Edi. Dann begann sie mit Hubert den Aufstieg. Hubert hatte ein Tragegestell für Xaver gebaut, so dass Selma ihn auf dem Rücken tragen konnte. Er selbst hatte sich mit reichlich Gepäck beladen, vor allem Vorräte und fehlende Kochutensilien. Auch einige Ziegen hatten sie schon mit auf den Weg genommen. So schwer beladen, war es schon fast Abend, als sie an der Almhütte ankamen. Xaver hatte die meiste Zeit auf dem Weg geschlafen und war nun hellwach und krabbelte durch die Hütte. Selma und Hubert verstauten alles, was sie mitgenommen hatten und waren froh, als Xaver endlich Ruhe gab und auch sie sich vom Aufstieg erholen konnten.
Gleich am nächsten Morgen verabschiedete sich Hubert von Selma. Er versprach ihr, sie so oft wie möglich zu besuchen und

immer das mitzubringen, was sie brauchen würde. Sollte sie die Einsamkeit überkommen oder sie das Gefühl haben, hier nicht bleiben zu wollen, so könnte sie jederzeit zum Hof zurück kehren. Selma dankte Hubert dafür, doch sie wusste, wenn überhaupt, dann würde sie nur im Winter auf den Hof zurück kehren. Noch lange schaute sie Hubert hinterher; denn das war bis zum nächsten Besuch der letzte menschliche Kontakt.

Selma war froh, dass der Schnee in diesem Jahr schon so früh getaut war. Mit den Vorräten, die sie hatte und der Milch von den Ziegen konnte sie schon eine Weile klar kommen. Sicher würde Hubert sie bestimmt bald wieder besuchen. Aber was war aus ihrem Leben geworden, aus allen ihren Träumen. Nun saß sie hier in der einsamen Almhütte und hatte nicht viel anderes zu tun, als sich um Xaver zu kümmern und auf die paar Ziegen aufzupassen. Welch ein trauriges Dasein. Zwar hatte sie schon das eine oder andere Mal darüber nachgedacht, Xaver sich seinem eigenen Schicksal zu überlassen, aber das brachte sie dann doch nicht übers Herz. Aber wie sie so ihr ganzes Leben verbringen sollte, das konnte sie sich auch nicht vorstellen.

Hubert war schon am frühen Nachmittag wieder auf dem Hof angekommen. Gleich am nächsten Tag wollte er den Hirtenjungen aus dem Dorf holen, damit endlich die Ziegen wieder auf die Alm kämen und die Normalität wieder Einzug halten würde. Es war ungewohnt ohne Selma und Xaver. Ja komisch, dass er sogar dieses komische Wesen fast vermisste. Es war zwar immer ein trauriger Anblick ihn zu sehen, aber dennoch hatten sie auch manchmal ihre Freude an ihm gehabt. Xaver konnte ja am wenigsten für sein Dasein.

Aber zumindest hatte er mit Edi, Babsi und Nina immerhin noch ein paar Menschen um sich. Wie musste sich da erst Selma fühlen, dachte er. Schon in der nächsten Woche würde er sie wieder besuchen. Er musste nur die Arbeiten so regeln, dass er immer zwei Tage weg bleiben konnte. Während der Heuernte, später im Jahr, war das dann sicher nicht möglich, da waren alle über mehrere Wochen von morgens bis abends im Einsatz.

Am Abend, nach dem Essen, saß er noch lange mit Edi und den Mägden zusammen. Sie sprachen über Selma, die Almhütte und

die Zukunft, die vor ihnen lag. Das Thema Zukunft war das, was Hubert am meisten Sorgen machte. Wie sollte alles weitergehen. Sicher wusste er, er konnte sich auf Edi und die Mägde verlassen, aber was war mit seiner persönlichen Zukunft. Auch ihn überkamen ja immer mal wieder die Gefühle für Babsi und wenn er ehrlich war auch für Nina. Obwohl so unterschiedlich, so mochte er doch beide auf ihre Art. Er hätte noch nicht einmal sagen können, welche von beiden er bevorzugen würde. Zusätzlich stellte sich natürlich auch die Frage, was die beiden überhaupt von ihm halten würden. Immer mal wieder war ein gegenseitiges Lächeln im Laufe der Zeit vorgekommen, aber war das nur Freundlichkeit oder hatte es eine andere Bedeutung. Auch war es unklar, wie dann die andere reagieren würde, sollte er sich für eine von beiden entscheiden. Zwar glaubte Hubert nicht daran, dass eine von ihnen etwas über den wirklichen Tod von Vater erzählen würde, aber immerhin wäre bei Babsi die Gefahr vorhanden gewesen.
Wieder einmal, wie schon so oft, ging Hubert mit diesen vielen Fragen zu Bett. Hier dachte er noch darüber nach, vielleicht mit Selma darüber zu sprechen, aber wie sollte die ihm diese Entscheidung abnehmen? Wahrscheinlich würde es ihr sogar noch zusätzlich weh tun wenn sie hörte, dass er eine Beziehung eingehen wollte, während sie ihr einsames Leben auf der Almhütte führen musste. So verwarf er diesen Gedanken wieder ganz schnell.
Der nächste Tag stand wieder ganz im Sinne der Arbeit. Hubert musste mit Edi in ein Waldstück, um zu sehen ob hier Schäden durch den Schnee entstanden waren. Eventuell mussten sie dann umgefallene Stämme heraus ziehen, Äste beschneiden und trockene Stämme abholzen. Hubert mochte diese Art der Arbeit. Da konnte er seine ganze Kraft mit einbringen und alle schlechten Gedanken waren während dessen nicht in seinem Kopf.
Edi hatte schon das Kaltblut vor den Wagen gespannt und zusammen fuhren sie los. Dieses riesige Pferd hatte enorme Kräfte und war ein guter Helfer im Wald. Die grossen Stämme hätten sie allein niemals herausziehen können. Edi war mit dem Pferd schon viele Jahre vertraut und kannte alle seine

Gewohnheiten. Hubert lästerte manchmal: „Ihr seid wie ein altes Ehepaar." Dann lachte Edi nur und gab ihm irgendwo Recht. So viele Jahre waren die beiden schon zusammen bei der Waldarbeit, dass Hubert sich gar nicht daran erinnern konnte, wie es ohne das Pferd war.

Kaum angekommen sahen sie schon das Malheur. Eine ganze Menge Bäume waren vom Schnee umgekippt. Zwar war der Schnee ja früh wieder weg getaut, aber dafür schon im Spätherbst gefallen, als teilweise noch Blätter an den Bäumen waren. Die große Schneemenge, gepaart mit den Blättern, war zu schwer für die Bäume gewesen und hatte sie umgeworfen. Hier würden sie einige Tage benötigen, bis alles wieder aufgeräumt wäre.

Zwar hatten sie dann eine Menge Brennholz, aber der Wald musste auch wieder aufgeforstet werden, damit zukünftige Generationen ebenfalls noch davon profitieren konnten. Bis fast zur beginnenden Dunkelheit arbeiteten sie. Nur kurze Pausen hatten sie sich gegönnt und kamen ziemlich müde wieder auf dem Hof an. Babsi und Nina hatten schon die Ziegen gemolken, so dass Edi nur noch das Pferd ausspannen musste und sich dann auch erholen konnte. Hubert hatte angekündigt, die Arbeit im Wald so schnell wie möglich zu verrichten, danach würde er dann erstmal wieder zu Selma gehen.

Für den Abend hatte Hubert Babsi noch gebeten ihm den Badezuber zu richten, damit sich seine geschundene Muskulatur erholen konnte. Babsi wollte das gleich nach dem Essen erledigen hatte sie ihm mit einem verschmitzten Lächeln versprochen. Irgendwann dann klopfte es an Huberts Tür und Babsi rief ihn zum baden in die Küche.

Hubert entkleidete sich und nahm im Zuber Platz, während Babsi wechselweise heißes und kaltes Wasser hineinschüttete. Es war eine Wohltat nach so einem langen Arbeitstag. Hubert schloss die Augen und fühlte sich nur noch wohl. Plötzlich schreckte er hoch, war er eingeschlafen? Er spürte eine Bürste auf dem Rücken, die begann diesen mit warmem Wasser abzureiben. Etwas schüchtern drehte Hubert den Kopf und sah Babsi, die ihm den Rücken schrubbte. Sie erkannte sofort seine Verblüffung und sagte: „Schon vor 6 Jahren als ich hier angefangen habe, hast Du Dich

geziert, immer durfte das nur Deine Mutter machen. Hat sich das immer noch nicht geändert, traust Du mir nicht, glaubst Du ich tue Dir weh?" „Nein" stotterte Hubert etwas. „Mach ruhig weiter, es tut mir sehr gut." Das ließ Babsi sich nicht zweimal sagen. Mit aller Sorgfalt und Mühe machte sie weiter, ihm Gutes zu tun.
Es begann Hubert gerade Spaß zu machen und in seinen Träumen dachte er schon wieder mehr, als an nur den Rücken waschen. Da öffnete sich die Tür und Nina stand im Raum. „Oh, da komme ich wohl zu spät", sagte sie und zog einen Schmollmund. Aber Babsi sprach nur: „Ach Nina, an so einem kräftigen Kerl ist doch genug Platz für 2 Bürsten." Dabei kicherte sie etwas unanständig. Nina lachte ebenfalls und sagte: „Na dann wollen wir unserem Herren mal mit 2 Bürsten verwöhnen."
Gesagt getan, schnappte sie sich ebenfalls eine Bürste und rieb ihm die Beine damit. Jetzt wurde Hubert doch mehr als nur warm ums Herz. Er spürte seine Erregung und war froh über den vielen Schaum, der verbarg, was sich bei ihm regte. Da fiel Nina die Bürste aus der Hand, als sie begann mit ihrer Hand danach im Zuber zu suchen, fand sie das, was Hubert verbergen wollte. Sie grinste frech und sagte: „Oh das war wohl nicht die Bürste, es sei denn sie hätte einen dickeren Stiel im Wasser bekommen."
Im Hintergrund lachte Babsi. Nun aber brachten sie ihre Aufgabe ordnungsgemäß zu Ende und verließen kichernd den Raum. Hubert stieg aus dem Zuber, kleidete sich an und ging mit einem komischen Gefühl aus der Küche.
Auf seinem Zimmer dachte Hubert noch lange über das Geschehene nach. Es war ein seltsames Gefühl, Ninas Hand dort zu spüren. Seltsam aber verdammt gut. Hatten die beiden das absichtlich so arrangiert? Warum hatten beide gekichert? Keine von ihnen schien auf die andere eifersüchtig gewesen zu sein. Sollte er die nächsten beiden Tage nach der harten Arbeit wieder baden oder würde das komisch aussehen? Er würde den morgigen Tag abwarten und es dann kurzfristig entscheiden. Mit diesem Gedanken schlief Hubert ein.
Nach einem frühen und kurzen Frühstück machten Edi und Hubert sich wieder auf den Weg. Hubert schien heute besonders vergnügt fand Edi. So lustig war die Arbeit doch nun auch wieder

nicht. Zwar war es eine Abwechslung im Alltag, aber dafür auch besonders anstrengend. Heute und morgen würden sie noch brauchen, um das Waldstück wieder auf Vordermann zu bringen. Vom Nachpflanzen mal noch gar nicht gesprochen. Aber das war dann nicht mehr so anstrengend und die Mägde konnten dabei auch helfen.

Hubert befreite die umgefallenen Bäume von ihren Ästen, Edi zog zusammen mit dem Kaltblut die Stämme aus dem Wald und lagerte sie an einem Seitenweg. Obwohl sie alles nach Kräften gaben, würden sie morgen noch mal herkommen müssen. Erst wieder spät am Abend kamen sie zurück. Hubert spürte jeden Muskel in seinem Körper. Ohne über die Folgen nachzudenken, wies er Babsi erneut an den Badezuber zu füllen. Diese lächelte etwas unverschämt, nickte nur und würde ihn dann wieder rufen, wenn dieser bereit war. Schon vor dem Essen setzte sie große Mengen an Wasser auf, so dass Hubert später nicht so lange warten musste.

Das gemeinsame Abendessen war immer der Höhepunkt des Tages. Ein jeder erzählte kurz das erlebte und für den nächsten Tag wurden noch Abstimmungen der Arbeit vorgenommen. Es war wie in einer großen Gemeinschaft. Es gab nicht die herrischen Worte wie zu Vaters Zeiten und dennoch klappte es viel besser. Auch die Stimmung untereinander war viel gelöster. Bevor sie sich nach dem Mahl wieder auflösten, sagte Babsi noch zu Nina: „Ich brauche wieder Deine Hilfe nachher und pass gut auf, dass Dir die Bürste nicht wieder aus der Hand rutscht." Nina grinste nur und sagte ihre Hilfe zu.

Hubert war noch nicht lange in seiner Kammer, da rief ihn diesmal Nina zum Bad. Er zog sich ganz ungeniert aus, nahm im Zuber Platz und wartete auf das Wasser. Babsi und Nina füllten es im Wechsel auf und Hubert konnte die Wärme genießen, die seinen Körper umgab. Er spürte förmlich wie sich die Muskulatur lockerte. Heute hatten die beiden Mägde die Rolle getauscht. Nina schrubbte ihm den Rücken und Babsi die Beine. Babsi fiel mehr als einmal die Bürste ins Wasser und auch sie fand was sie suchte. Alles nur nicht die Bürste. Jedes Mal wenn sie mit der Hand ins Wasser langte berührte sie wie zufällig sein Glied. Dieses war mittlerweile ganz steif und Hubert schloss bei jeder Berührung die Augen. Dass Nina inzwischen gar nicht mehr seinen Rücken schrubbte hatte er überhaupt nicht bemerkt. Sie half Babsi beim suchen. Als er wieder mal seine Augen aufschlug, wäre er vor Schreck fast aus dem Zuber gesprungen. Babsi und Nina hatten ihren Oberkörper entblößt und begannen sich ebenfalls mit einem Tuch zu waschen. Er sah ihre üppigen Brüste und konnte nicht widerstehen sie zu berühren. Zuerst die von Babsi, dann Ninas. Beide Mägde waren kräftig gebaut, wie es für die Frauen vom Lande üblich war. Zwar konnte Hubert Unterschiede erkennen, aber nicht sagen welche ihm besser gefiel. Die Mägde kicherten und bespritzten sich gegenseitig mit Wasser. Dann wieder streichelten sie ihn. Es gefiel Hubert sehr was er da sah. So plötzlich wie alles begonnen hatte, endete es auch wieder.

Die beiden trockneten sich ab und verließen wieder den Raum. Im Herausgehen hörte er nur noch wie Babsi zu Nina sagte: „Du, morgen nehmen wir den großen Zuber, dann können wir mit rein klettern." Beide lachten recht unanständig dabei. Hatte er das vielleicht gar nicht hören sollen oder hatten sie es extra so gesagt? Hatten sie das wirklich vor? Morgen Abend würde er es erfahren. Verwirrt, aber irgendwie glücklich, verließ auch Hubert die Küche und schlief trotz wilder Phantasien schnell ein. Der Tag war eben doch sehr anstrengend gewesen.

Der letzte Tag der Waldarbeit begann wieder früh am Tage. Edi hatte schon eingespannt und gleich nach dem Frühstück ging es los. Das Kaltblut ging auf dem Hinweg immer langsam und auf dem Rückweg viel schneller, war Hubert aufgefallen. Als er Edi drauf ansprach sagte der nur: „Na ja, Feierabend ist halt schöner als Arbeitsbeginn, das wissen Tiere eben auch." Dabei lachte er auf seine ihm so eigene Art und Hubert fand, dass Edi irgendwie stolz auf das Pferd war. Dies war er auch mit Recht. Die beiden leisteten zusammen eine so gute Arbeit. Die fehlende Kraft macht Edi durch seine Erfahrung wieder wett und das Kaltblut hatte beides, Kraft und Erfahrung. Edi musste ihm kaum Kommandos geben. Das Pferd wusste immer von selbst, dass es rückwärts an die Stämme heran gehen musste und konnte auch den Abstand einschätzen, der für die Kette benötigt wurde. „Ihr seid schon ein tolles Team", sagte Hubert.

An diesem Tag schafften sie es schon bis zum Nachmittag fertig zu werden. Morgen würde Hubert sich aufmachen, Selma zu besuchen. Noch am Abend wollte er alles bereit legen, was er mitnehmen wollte, damit er am nächsten Tag gleich frühzeitig aufbrechen konnte. Dementsprechend benannte er noch vor dem Abendessen die Dinge, so dass Nina und Babsi diese herauslegen konnten.

Als er in die Küche kam um den beiden das zu sagen, sah er zu seiner Verwunderung den großen Zuber mitten in der Küche stehen. Auch waren schon Töpfe mit Wasser auf dem großen Herd und die Küche sehr warm. Hubert sagte nichts dazu, dachte sich aber mit einem Lächeln seinen Teil. Beim Herausgehen teilte er den Mägden noch mit, dass er am Abend wieder Baden wollte. Er musste sich zusammen reißen dabei nicht ebenfalls zu kichern. Nur gut, dass er den Raum verließ und sie sein Gesicht nicht sehen konnten, sonst hätte er bestimmt loslachen müssen.

Nach dem Essen sagte Nina, dass die Sachen für den nächsten Tag bereit lägen und sie ihn holen würde, wenn der Badezuber bereit sei. Hubert konnte es kaum erwarten. Aber heute dauerte es recht lange bis Nina kam. Es schien etwas, als habe sie sich besonders viel Mühe mit ihrem Aussehen gegeben. Hubert nahm das freudig zur Kenntnis und ging zur Küche. Die Mägde hatten den Zuber schon gefüllt, so dass sie kein Wasser mehr nachschütten mussten. „Da hätte aber noch mehr Wasser reingepasst", sagte Hubert. Babsi und Nina antworteten fast zeitgleich: „Das tut nicht Not Herr, der Rest wird heute anders aufgefüllt."

Kaum hatte er sich entkleidet und war in den Zuber gestiegen, da taten Babsi und Nina es ihm gleich. Zuerst bespritzten sich alle drei gegenseitig mit Wasser. Dann begann sich zuerst ein jeder mit einem Tuch zu waschen. Irgendwann wuschen Babsi und Nina sich dann gegenseitig und plötzlich auch Hubert. Erst wieder nur den Rücken und die Beine, dann schließlich überall. Aber auch Hubert ließ es sich nicht nehmen die beiden zu berühren. Erst ihre Brüste, dann auch an ihrer Weiblichkeit. Alle drei konnten

ihre Erwartungen erfüllen und es wurde ein unvergessliches Badeerlebnis für alle. Heute verließen die beiden Mägde zusammen mit Hubert den Zuber und die Küche. Sie gingen mit auf seine Kammer und verbrachten dort mit ihm die Nacht.
Diese Nacht hatte alles verändert im Leben von Hubert. Er fragte sich nur, warum die beiden nicht eifersüchtig aufeinander waren. Wie überhaupt hatten sie die Idee gefasst, beide zu ihm in den Zuber zu steigen. Es war ihm nicht klar, aber er wusste, es hatte ihm sehr gefallen. Würde das nun etwas in ihrer Beziehung verändern fragte er sich. Wie sollte er ihnen ab jetzt gegenüber treten und was würde Edi sagen, wenn dieser das mitbekam. Sie könnten es nur schwerlich ihm gegenüber verbergen. Mit all diesen Fragen wollte er sich auf dem Weg zu Selma befassen. Hubert freute sich darauf Selma zu sehen. Ihr würde er jedenfalls noch nichts von seinen Erlebnissen mit Babsi und Nina erzählen. Auch wusste er, dass es vor Gott nicht richtig war. Aber was war überhaupt vor Gott richtig und warum hatte dieser in seiner Allmacht nicht verhindert, was Selma geschehen war.
Da Edi schon früh am Morgen draußen war, konnte Hubert die Sache mit Babsi und Nina beim Frühstück locker angehen. Sie lachten, freuten sich übereinander und küssten sich zum Abschied. Da fiel Hubert erst auf, dass die beiden sich auch gegenseitig küssten. Es erschreckte ihn, er musste in Ruhe über alles nachdenken. Nur gut, dass er auf dem langen Weg zur Almhütte viel Zeit dafür hatte. Wieder reichlich bepackt machte Hubert sich auf den Weg. Unterwegs fragte er sich immer wieder was die beiden Mägde wohl miteinander verband. Warum ihr Verhalten so ungewöhnlich war und vor allem wie es weitergehen sollte. Er konnte doch nicht mit beiden gleichzeitig eine Beziehung haben? Oder etwa doch? So viele Fragen und keine Antworten. Er beschloss einfach die Zeit zu genießen und es erstmal so hin zu nehmen.
Am Nachmittag endlich erreichte der Selmas Hütte. Sie freute sich so darüber ihn zu sehen. Selbst Xaver kam angekrochen und machte seine Grunzlaute. Was immer diese auch zu bedeuten hatten. Es tat Hubert so leid, dieses Elend zu sehen. Ihm ging es so gut und Selma musste sich mit diesem Balg der Bosheit

herumquälen. Aber dieses Gefühl zeigte er Selma nicht. Sie erzählte wie es ihr die ersten Tage ergangen war. Sie hatte sich bereits mit der Herstellung von Käse befasst und bald könnte Hubert die ersten Laibe mitnehmen. Ganz stolz erzählte ihm Selma, dass dieser Käse bestimmt eine besondere Qualität hätten, da hier auf den hohen Bergalmen wesentlich mehr Kräuter wuchsen. Hubert sagte er wäre gespannt darauf und würde sich sehr darüber freuen, dass Selma sich so engagierte. Aber sie erzählte auch von den traurigen Momenten. Dann am Abend, wenn die Einsamkeit kam. Zwar beschäftigte Xaver sie schon, aber es war eben keine Unterhaltung mit einem anderen Menschen. Auch machte er keine sonderlichen Fortschritte und versuchte nicht wie andere Kinder sich an Möbeln hochzuziehen, sondern beschränkte sich auf sein Krabbeln. Dieses allerdings konnte er immer schneller und Selma musste schon aufpassen, dass er nicht manchmal entwischte. Als sie das erzählte, lächelte Selma sogar etwas. Hubert hoffte so sehr, dass sich noch einiges normalisierte und Selma vielleicht irgendwann zurück kehren konnte. Aber insgeheim wusste er, dass es nicht so sein würde.

Sie sprachen noch den ganzen Abend. Hubert erzählte was alles auf dem Hof so vor sich ging. Sie lachten gemeinsam über Edi und das Kaltblut. Nur von Babsi und Nina erzählte er nichts Ungewöhnliches. Lediglich das sie ihre Arbeit machten und er zufrieden mit ihnen war. Hubert spürte wie sehr Selma seine Nähe genoss. Es musste schlimm sein, so lange nicht mit jemanden zu sprechen. Hubert konnte es sich gar nicht vorstellen.

Nach einer langen Nacht machte sich Hubert früh am nächsten Morgen wieder auf den Rückweg. Selma hatte ihm noch einige Dinge genannt, die er beim nächsten Besuch mitbringen sollte. Sie hätte gerne gesehen, wenn er noch einen Tag geblieben war, aber sie kannte die Arbeit auf dem Hof und wusste, dass Hubert nicht so lange fern bleiben konnte. Sie schaute ihm lange nach und winkte, bis sie ihn nicht mehr sehen konnte.

Am Nachmittag dann war Hubert wieder zurück auf dem Hof. Beim Abendessen erzählte er von seinem Besuch bei Selma. Alles wollten Babsi und Nina wissen. Edi hingegen wurde erst hellhörig, als Hubert von dem Käse erzählte den Selma herstellte. Er nickte wissend und sagte: „Da hat sie bestimmt Recht, die vielen Kräuter auf den hohen Almen werden ihm einen ganz besonderen Geschmack verleihen. Du solltest ihn getrennt von dem eigenen zu einem höheren Preis verkaufen. Dann hat auch Selma mehr davon und vielleicht ermöglicht es ihr eine bessere Zukunft." Diese Worte machten Hubert nachdenklich. Edi hatte Recht. Wenn das so war und er einen höheren Preis für diesen Käse erzielen konnte, dann war vielleicht Selmas Zukunft doch nicht ganz so düster, wie zuvor gedacht. Er dankte Edi für seine Einschätzung. Edi freute sich darüber, dass seine Meinung gefragt war. Das hatte er in der Zeit von Huberts Vater nie erlebt. Immer wenn er dann einen Vorschlag gemacht hatte, sagte dieser nur, dass er der Herr im Hause wäre, er die Entscheidungen träfe und nicht ein Knecht. Mit diesem guten Gefühl verabschiedete sich Edi und ließ die drei anderen alleine.

Jetzt kam ein komischer, ja fast peinlicher Augenblick. Alle drei hatten nun fast zwei Tage Zeit gehabt über das Geschehene nachzudenken. Zuerst wollte keiner den Anfang machen, dann redeten alle drei fast gleichzeitig los. Sie mussten lachen darüber und dies brach das Eis, dass sich in der Zwischenzeit gebildet hatte.

Babsi ergriff nun als erste das Wort. „Sicher hast Du Dich über uns gewundert Hubert. Als Erstes einmal, wir sind nicht weltfremd und nicht böse. Vielleicht sind wir etwas anders. Wir lieben nicht nur Männer sondern auch Frauen. Aber es kommt immer auf die andere Seite an. Es bedeutet bei weitem nicht, dass wir jeden lieben. Es war für Dich genauso ein ungewohntes Erlebnis wie für uns. Aber sei sicher, wir haben es von ganzem Herzen getan und würden es gerne so beibehalten, wie es begonnen hat. Auch möchten wir keine Sonderstellung und ebenfalls wissen wir darum, dass es niemand außer uns dreien erfahren darf." Damit hatte Babsi in nur wenigen Sätzen eigentlich alles aufgezählt, was Hubert solche Sorgen bereitet hatte. Er war verblüfft, wie dieses Wesen alles so konkret auf den Punkt bringen konnte. Bevor Hubert darauf antworten konnte, sagte Nina noch: „Genau so ist es Hubert, mach Dir nicht so viele Sorgen; denn davon hast Du auch schon ohne uns genug. Genieß die Zeit mit uns so wie auch wir sie genießen. Lass Dich nicht von den spießigen Gedanken der restlichen Welt einfangen."

Jetzt wusste Hubert schon gar nicht mehr, was er dazu noch sagen sollte. Es blieb ihm nur noch ein: „Ja das wünsche ich mir ebenfalls so. Wir sind alle noch jung und sollten unser Leben genießen. Die Vergangenheit hat gezeigt, wie schnell und wie schlimm sich Dinge verändern können." Nach diesen Worten küssten sie sich leidenschaftlich und doch gingen sie einzeln zu Bett. Hubert hatte darum gebeten, er wollte erst noch den Besuch von Selma verarbeiten und noch einmal in Ruhe über den Vorschlag von Edi nachdenken. Babsi und Nina zeigten Verständnis und sagten nur: „Wir freuen uns auf den neuen Tag und jeden der da folgen mag."

Im Bett dachte Hubert noch kurz an die Worte von Babsi und Nina. Er war innerlich sehr ruhig und froh über das Gesprochene. Dann aber waren seine Gedanken bei Selma und ihrem Käse. Er war gespannt darauf, wie dieser schmecken würde. Hatte er im Dorf die Möglichkeit diesen besser zu vermarkten oder würde es vielleicht sogar Sinn machen, diesen gleich in der nächsten Stadt anzubieten. Er musste auch unbedingt noch einmal mit Edi darüber sprechen; denn der hatte die größte Erfahrung in der Käseherstellung. Vielleicht wäre es sogar gut, wenn er die ersten Proben hätte, dass Edi einmal Selma besuchen würde um ihr noch den einen oder anderen Rat zu geben. Ja so wollte er es machen, gleich morgen würde er mit Edi darüber sprechen.

Edi hatte schon wieder früh vor allen anderen gefrühstückt. Aber Hubert erwischte ihn noch und rief ihn ins Haus. Dort erzählte er von seinem Plan, den Käse woanders zu verkaufen und bat nach den ersten Proben Edi darum, Selma zu besuchen, um ihr zu helfen. Edi nickte, aber dann sprach er: „Lieber Hubert, Deine Gedanken sind gut, aber wenn dann müsste ich bald Selma besuchen. Denn jeder Käse den sie jetzt schon herstellt kann falsch sein und das wäre sehr schade drum." Hubert verstand Edi nur zu gut. Wenn es um Käse ging, war er der Fachmann und es war nicht nur ein Teil seines Berufes, sondern genau wie das Kaltblut eine Liebe von Edi. Irgendwie bewunderte er Edi. Dieser

wäre bestimmt ein guter Bauer geworden. Das Knechtsein war viel zu schade für seine Fähigkeiten.
Edi fand sich schon wieder geschmeichelt und bat Hubert darum am Sonntag, seinem freien Tag, Selma besuchen zu dürfen. Dieser Gedanke gefiel Hubert sehr und sofort stimmte er zu und schlug Edi wohlwollend auf die Schulter. Er sollte schon am Samstag früh losgehen und solange bei Selma bleiben wie er es für nötig hielt, gab Hubert ihm noch mit auf den Weg.
Edi hatte noch einiges an Gepäck mitgenommen auf dem Weg zu Selma. Er wusste ja, was auf der Almhütte vorhanden war und was seiner Meinung nach noch fehlte. Edi kannte die Gegend wie seine eigene Westentasche und hatte noch eine gute Idee.
Diese aber hatte er Hubert gegenüber erst einmal verschwiegen. Er wollte erst die Umstände prüfen bevor er etwas sagte, was vielleicht sonst nicht stimmte. Mit dem guten Gefühl sein Wissen kund zu tun und gebraucht zu werden, machte Edi sich auf den Weg.
Als er am Nachmittag an Selmas Tür klopfte erschrak diese beinahe zu Tode. Wer kam da? Hubert konnte es nicht schon wieder sein. Sie schlich zum Fenster und schaute vorsichtig wer da an ihre Tür geklopft hatte. Zuerst war sie erschrocken Edi zu sehen.
War etwas auf dem Hof passiert? Dann öffnete sie die Tür und schon an Edis Gesicht erkannte sie, dass es sich nicht um eine schlechte Nachricht handeln konnte. Edi lächelte sie an und begrüßte sie herzlich. Sogleich bat Selma ihn herein und fragte warum er denn zu ihr gekommen sei. Edi erzählte von Huberts und seinen Plänen und Ideen. Auch lobte er Selma dafür, dass sie es erkannt hatte, was die hohen Almen für Möglichkeiten boten.
Selma war hoch erfreut. Es gab ihr neuen Lebensmut und davon konnte sie reichlich gebrauchen. Xaver hingegen krabbelte wieder grunzend durch den Raum. Selma schaute ihn an und sagte dann: „Vielleicht wird ja doch noch vieles gut."
Gleich am nächsten Morgen machten sie sich an die Arbeit. Edi schaute, wie Selma bisher den Käse verarbeitet hatte. Bis dahin hatte sie alles richtig gemacht. Edi riet ihr, beim zerschneiden des Frischkäses noch feiner zu arbeiten; denn je kleiner die Stücke

waren, desto cremiger würde der Käse schmecken. Danach prüfte er die Lake und war auch hier zufrieden. Nur die Lagerung der reifenden Laibe gefiel ihm nicht. Er sagte zu Selma: „Hier ganz in der Nähe ist eine Felsenhöhle. Ich habe dort früher, bevor diese Hütte hier erbaut wurde, als Hirtenjunge oft übernachtet. Lass uns zusammen dort hingehen, und schauen, wie die Temperatur in der Höhle ist. Wenn sie sich eignet, solltest Du den Käse dort lagern. Zwar wäre es jeden Tag ein Stück Weg für Dich, aber glaube mir, es wird ein lohnender."

Selma die die Höhle nicht kannte freute sich über jede Abwechslung und war froh etwas Neues kennenzulernen. Sie schnappten sich Xaver und zogen los. Eine Viertelstunde mussten sie laufen, dann kamen sie bei der Höhle an. Sie gingen hinein und schauten sich um. Als Junge hatte sich Edi nie weit hinein getraut, nur so, dass er trocken blieb wenn es regnete. Jetzt aber ging er mit einer Kerze tapfer vorweg, immer tiefer in die Höhle. Er legte Selma dabei ans Herz, immer eine Kerze mitzunehmen, denn die würde ihr zeigen, wenn die Luft zum atmen nicht ausreichen würde. Es wäre wichtig für ihre Sicherheit. Selma hatte die Warnung verstanden und versprach es ihm.

Die Höhle ging tief in den Berg hinein. Jetzt waren sie in einem riesigen Raum. Wie eine Kathedrale, dachte Selma. „Die Höhle liegt soweit im Berg, dass hier immer die gleiche Temperatur und Feuchtigkeit herrscht", sagte Edi. „Hier findest Du die besten Bedingungen zum reifen des Käses. Dann kannst Du ihn zum einen lange lagern und brauchst ihn nicht so oft abholen lassen, zum anderen wird er durch die gleichmäßige und lange Lagerzeit einen unvergleichbaren Geschmack bekommen."

Edi versprach noch heute einige Regale aus dem Anbau der Hütte hier einzubauen, damit Selma schon am nächsten Tag mit der Lagerung hier beginnen könnte. Er würde auch Hubert vorschlagen ihr noch ein paar Ziegen mehr zu überlassen, da im jetzigen Lagerraum ja ein zusätzlicher Stall zur Verfügung stehen würde. Edi arbeitete bis zum späten Abend. Sogar half er Selma noch die bisher erstellten Käse umzulagern.

Als er sich am nächsten Morgen von Selma verabschiedete, schien diese wirklich froh zu sein, über das was er ihr gezeigt hatte. Es gab ihr die Möglichkeit, trotz ihres elenden Daseins, etwas ganz Besonderes herzustellen.

Wieder auf dem Hof angekommen, erzählte Edi Hubert von seiner Idee mit der Höhle. Hubert war so froh, dass es Edi gab. Seine Erfahrung kam dem Hof und ihnen immer wieder zugute. Er freute sich schon auf seinen nächsten Besuch bei Selma, um sich die Höhle anzuschauen; denn auch ihm war sie nicht bekannt. Hubert gefiel seine jetzige Situation sehr gut. Er wusste darum, dass seine Schwester auf lange Sicht versorgt wäre, er selbst hatte mit Babsi und Nina alles was er sich nur wünschen konnte. So könnte es immer weiter gehen, dachte Hubert für sich. Vor Edi konnten sie ihre Beziehung bisher gut verbergen. Immer wenn der im Haus war, spielten die Mägde ihre normale Rolle. Es war als könnten sie einfach einen Schalter umlegen und schon wurde aus der Geliebten wieder die Magd.

Hubert selbst fiel es schon deutlich schwerer sich zu verstellen. Erst kürzlich hatte Edi ihn gefragt, ob er denn nicht langsam mal eine Frau suchen wollte. Beinahe wäre Hubert da etwas herausgerutscht. Als er antwortete: „Mit Babsi und Nina habe ich doch alles was ich brauche", sagte Edi nur: „Hubert es gibt noch mehr als Essen kochen und Wohnung sauber halten." Er konnte gerade noch nicken und sprach: „Ja Hubert, da hast Du sicher Recht, aber alles zu seiner Zeit." Edi fand diese Antwort sehr vernünftig und wenn er so an sich dachte, war er doch auch ohne Frau immer glücklich gewesen.

Der Frühling ging ins Land und jetzt im Sommer wurde es für den Hirtenjungen Zeit, die höher gelegenen Almen zu besuchen. Er hatte sich schon vor ein paar Stunden auf den Weg gemacht, als Hubert plötzlich einfiel, er hatte vergessen ihm zu sagen, er solle sich von der Almhütte fernhalten. Aber dafür war es nun zu spät. Er konnte nur darauf hoffen, der Junge würde die Hütte meiden. Ein schlechtes Gefühl überkam Hubert. Er wusste selbst, wie er mit 13 Jahren war. In diesem Alter war man besonders neugierig. Gleich morgen würde er ihn darauf hinweisen.

Anton, der Hirtenjunge, von allen nur Toni gerufen, war auf einer der hoch gelegenen Almen angekommen. Die Ziegen grasten und Toni gönnte sich erstmal eine Pause. Es war ein langer Aufstieg

gewesen und die Müdigkeit überkam ihn. Er war kurz eingedöst und als er erschrocken wieder aufwachte, stellte er fest, dass einige Ziegen fehlten. Sofort machte er sich auf die Suche. Er folgte der Alm bis zu einem felsigen Stück. Vielleicht hatten sie sich dahinter versteckt. Kurz bevor er aber bei den Felsen war, glaubte er eine Erscheinung zu haben. Da kam eine junge Frau aus den Felsen. Sie hatte ein leeres Tragegestell auf dem Rücken und ging über die nächste Alm. Was sollte Toni nun machen? Seine Neugier sagte ihm, er sollte ihr folgen, seine Verantwortung, dass er nach den Ziegen suchen musste.
Toni entschied sich für die Neugier. Die Ziegen würde er schon wiederfinden. In sicherem Abstand folgte er der jungen Frau. Nach einiger Zeit sah er eine Almhütte und in dieser verschwand sie. Das machte ihn nur noch neugieriger. Er ging zu der Hütte, klopfte an die Tür und wartete. Selma die das Klopfen gehört hatte, ging wie gewöhnlich erst zum Fenster und schaute nach. Sie kannte den Jungen nicht, der dort vor der Tür stand. Zuerst wollte sie nicht öffnen, doch da sie immer so lange ohne menschliche Nähe war, siegte auch bei ihr die Neugier.
Sie öffnete die Tür einen Spalt weit und Toni sagte: „Hallo, ich bin der Toni, der Hütejunge vom Loserhof und suche einige meiner Ziegen." Selma wusste, dass Hubert einen Hütejungen eingestellt hatte, kannte ihn aber bis jetzt nicht persönlich. Xaver schlief zum Glück, aber Selma trat trotzdem lieber vor die Tür um zu vermeiden, dass Toni den Xaver eventuell sehen könne. „Ich habe Dich aus den Felsen kommen sehen", stocherte Toni weiter. Selma antwortete: „Ja aus der Felsenhöhle, dort lagere ich meinen Käse. Aber Deine Ziegen habe ich nicht gesehen."
Auf der Teerasse bot sie Toni etwas zu essen an. Ein Junge in dem Alter kann immer essen, wusste sie. Für sie war jede Ablenkung etwas Besonderes in ihrem tristen Alltag. Unterhaltung war das, was ihr am meisten fehlte. Sie erzählte dem Jungen das sie hier ihren Käse herstellen würde und die Einsamkeit liebte. Auch das sie zum Loserhof gehöre und sich eben für die Alm entschieden habe, da hier die schönsten Kräuter wuchsen und es ihr größtes Bedürfnis sei, einen besonderen Käse herzustellen. Toni, der die Schönheit der Almen kannte, konnte das gut

verstehen. Als Hirtenjunge kannte er ja die Einsamkeit und auch ihm gefiel das sehr gut.

Nach dem Essen verabschiedete sich Toni mit der Begründung, dass er ja noch seine Ziegen suchen musste. Selma sagte ihm noch, er könne gerne mal wieder vorbei kommen, sie würde sich immer über Besuch freuen. Das versprach Toni gerne und verwies darauf, dass er die ganzen nächsten Tage auf dieser Alm wäre. Dann aber lief er los die Ziegen zu suchen. Er ging zurück zu den Felsen und dort standen sie auch. Hatte er sie nur in seiner Neugier übersehen? Toni nahm sie mit zum Rest der Herde und machte sich bereit für den Abstieg.

Wieder auf dem Hof angekommen, warteten schon Edi und Babsi auf ihn, um die Ziegen zu melken. Diesen Moment hatte auch Hubert abgepasst, damit er Toni von der Almhütte ablenken konnte. Er hatte gerade damit angefangen, da unterbrach ihn Toni schon und erzählte von seiner Entdeckung. Hubert war erschrocken, doch als er merkte, dass Toni nichts von Xaver wusste, beruhigte er sich wieder. Selma war eben schlau genug gewesen, damit Toni nichts erfährt. Es beruhigte Hubert nicht nur für den Moment, sondern zeigte ihm auch, wenn zukünftig Menschen in die Nähe kamen, dass Selma sich ihrer Situation durchaus bewusst war und wusste wie sie sich zu verhalten hatte. Er sagte Toni noch, wenn Selma die Möglichkeit hätte, die Milch der Ziegen ebenfalls mit zu verarbeiten, dann könnte Toni ihr helfen diese zu melken und sollte nur jeden zweiten Tag zum Hof zurück kehren. So würde er viel Zeit beim Auf- und Abstieg sparen. Toni sollte das Selma so mitteilen und sie müsste dann entscheiden ob das ginge.

Da zurzeit die Heuernte war, hatte Hubert ohnehin keine Zeit Selma zu besuchen. Vielleicht war es da sogar ganz gut, wenn sie jemanden hatte, mit dem sie ein paar Worte wechseln konnte. Von früh bis spät war jetzt harte Arbeit angesagt. Von den näheren Almen holten sie das Heu direkt zum Hof. Auf den weiter entfernten hatte Edi im Laufe der Jahre einzelne Schober gebaut, so dass sie es dort lagern konnten, wenn es trocken war. Jetzt war der Tagesablauf so, dass die beiden Mägde und Hubert das Heu zusammenharkten, dann mit Edi auf den Wagen luden und dieser mit dem Kaltblut es zum Hof fuhr.

Manchmal wenn Edi gerade weg gefahren war, landete er mit Babsi und Nina auch im Heu. Was dann geschah war zwar schön für ihn, aber nicht produktiv. Ein schlechtes Gewissen hatte Hubert nicht, sie waren noch jung und mussten schon genug vernünftig sein, da lag es nur nahe die Gelegenheit halt hin und wieder auszunutzen.

5. Selma entdeckt ihre böse Seite

Mit der Nachricht für Selma hatte sich Toni wieder auf den Weg gemacht. Heute würde er die Ziegen direkt in der Nähe der Almhütte weiden lassen. Er ging zur Hütte und klopfte an die Tür. Selma hatte wieder zuerst am Fenster geschaut und war dann gleich heraus gekommen. Diesmal musste sie aufpassen, Xaver war wach und krabbelte grunzend durch die Hütte. Sie schloss die Tür gleich hinter sich und begrüßte Toni. Dieser erzählte von Huberts Plan und fragte sogleich, ob es denn die Möglichkeit gäbe, dass sie die Milch mit verarbeiten könnte. Bevor Selma zusagte, überlegte sie noch, wie sie das handhaben sollte. Sie müsste diese Milch ja getrennt von der anderen behandeln, da diese Ziegen nicht immer auf den Hochalmen waren. Nach einigen Überlegungen sagte sie dann zu. Aber sie bat Toni, ihr beim Melken zu helfen.

Was aber sollte sie mit Xaver machen? Wie könnte sie ihn vor Toni geheim halten? Dann kam ihr eine schlimme Idee. Sie würde Toni bitten, ihre Ziegen, die ein Stück weiter hinter der Hütte standen, zu melken. In dieser Zeit würde sie dann Xaver mit seinem Bettzeug in die Höhle bringen. Er schlief ohnehin immer durch und in seiner Beschränktheit würde er das gar nicht merken. Sie wusste zwar, dass dies keine richtige Entscheidung war, aber sie hatte einfach keine Beziehung zu diesem Balg. So hätte sie die Möglichkeit, am Abend noch ungestört mit Toni zu plaudern. Vielleicht könnte er ihr die eine oder andere Neuigkeit aus dem Dorf erzählen.

Sie machte Toni also den Vorschlag und diesem gefiel es gut. Er hatte auch die Hoffnung, dann unter einem festen Dach schlafen zu können. Toni aß noch etwas, versprach gegen Abend wieder da zu sein um ihre Ziegen zu melken. Selma kehrte in die Hütte zurück und richtete diese so her, dass Toni nichts von Xavers Existenz bemerken konnte. Dann packte sie die wichtigsten Sachen für Xaver zusammen. Zuletzt suchte sie noch ein Seil. Mit diesem würde sie ihn zur eigenen Sicherheit am Fuß anbinden, dass falls er wach würde, er nicht in der Gegend herum krabbeln konnte.

Der Abend kam und damit auch Toni. Selma wies ihm die Richtung wo ihre Ziegen standen und machte ihm schon Appetit auf ein leckeres Abendessen. Toni tat wie ihm geheißen. Selma beobachtete wann er außer Sichtweite war, dann schnappte sie sich Xaver und ging mit ihm zur nahen Höhle. Sie bettete ihn warm im Lagerraum, band das Seil an seinen Fuß und mit dem anderen Ende an ein Regal. Xaver grunzte zwar noch etwas, doch bald würde er einschlafen und nichts bemerken. Fröhlich und endlich mal mit einem Gefühl der Freiheit kehrte Selma zur Hütte zurück.

Es dauerte nicht mehr lange, da kam auch schon Toni. Er hatte wie versprochen die Ziegen gemolken und die Milch separat im Lagerraum der Hütte abgestellt. Dort könnte Selma sie dann am nächsten Tag verarbeiten. Nach einer Weile servierte Selma das versprochene Essen und wunderte sich mal wieder darüber, was so ein Hirtenjunge alles verspeisen konnte. Dieser plapperte wie ein Wasserfall was es so alles an Neuigkeiten und Gerüchten im Dorf gab. Wer geheiratet, wer sich stritt und wer wen im Dorfkrug verprügelt hatte. Es war ein lustiger Abend. Für Selma seit langem mal wieder ein richtig ausgelassenes Gespräch. Auch wenn es viel Tratsch war, so war ihr dieser doch nur willkommen. Noch lange saßen sie beim Schein der Kerze, dann bot Selma ihm ein Platz in ihrem Bett an. Toni war ja fast 4 Jahre jünger, so dachte sie sich nichts dabei.

Am Morgen dann gab sie dem Toni noch ein kurzes Frühstück und verabschiedete ihn dann. Toni fragte noch, ob er denn wiederkommen dürfte. Selma sagte nur: „Wenn Du mich wieder so gut unterhalten kannst, dann gerne."

Als Toni gegangen war, ging Selma schnell zur Felsenhöhle. Xaver war schon wach und grunzte vor sich hin. „Hier wirst Du jetzt öfter nächtigen", sagte sie zu ihm. Er tat ihr überhaupt nicht leid. Im Gegenteil, sie hatte es befreiend empfunden, Xaver anzubinden. Selma war selbst etwas erschrocken über ihre Bosheit, aber auch sie hatte ja genug Schlimmes erfahren müssen, so dass sie nun einiges davon zurück geben konnte. So wollte sie sein, erfolgreich ihren Käse produzieren und schlecht und böse zur Männerwelt. Der Gedanke gefiel ihr immer besser. Die einzigen Ausnahmen würden Hubert und Edi sein.

Toni machte sich auf den Weg ins Tal zurück. Er freute sich über die nette Unterhaltung mit Selma und war so froh, die Nacht in einer festen Unterkunft verbracht zu haben. Am Hof musste er sich zusammenreißen, damit niemand etwas merken würde, sonst könnte es passieren, Hubert würde ihn von der Hütte fernhalten. Er erzählte von seinem erneuten Besuch bei Selma. Hubert wusste zwar nicht, wie Selma es angestellt hatte, dass Toni den Xaver nicht gesehen hatte, aber er wusste ja um das Geschick der eigenen Schwester. Es würde noch eine ganze Weile dauern, bis er sie wieder besuchen könnte. Noch war die Heuernte vorrangig; denn ohne Futtervorräte im Winter konnte er die Herde nicht halten.

Für Selma war heute ein besonderer Tag. Nicht nur das Toni wieder kommen und ihr Neuigkeiten erzählen würde, nein heute war der erste Tag an dem sie ihren Höhlenkäse probieren konnte. Die ersten Laibe waren durchgereift. Kurz vor Mittag ging sie mit Xaver zur Höhle und probierte das erste Stück. Sie war begeistert und stieß einen Freudenschrei aus. Das war mit Abstand der beste Käse, den sie je gegessen hatte und das Schönste daran war, sie selbst hatte ihn hergestellt. Hubert und Edi würden stolz auf sie sein. Dann versiegelte sie den Käselaib wieder, fütterte Xaver noch mal kräftig und band ihn wieder am Regal fest. Da es noch nicht mal Mittag war und Xaver hellwach, protestierte dieser mit lautstarkem Grunzen. „Grunz Du nur, Du Gnom", fauchte sie ihn an. „Vielleicht werde ich Dich bald ganz hier lassen, dann kannst Du den Käse bewachen. So eine Höhle passt ohnehin viel besser zu Dir als eine Hütte."

Selma war noch nicht lange wieder zurück, da klopfte auch schon Toni an die Tür.

Selma freute sich sehr den Toni zu sehen. Ihre erste Frage galt gleich wieder den Neuigkeiten. Aber in der kurzen Zeit war nicht viel geschehen, so dass der Toni ihr nichts Neues erzählen konnte. Selma gab ihm erstmal etwas zu essen. Danach begab sie sich mit Toni zu seinen Ziegen. Die beiden genossen es sehr, so in der freien Natur zu sein. Was sie verband, war die große Freude an kleinen Dingen. Sie konnten sich lange über eine kleine Blume freuen, die sich mühte durch das Gras zu schauen um ihren Teil vom Sonnenlicht zu erhaschen. Auch einfach mal nur in der Sonne zu liegen und diese genießen. Diese besondere Art der Freiheit, der unbearbeiteten Natur, das waren solche Momente des Glückes für die beiden.

Immer wieder fand einer von ihnen etwas Neues, was er dem anderen unbedingt zeigen musste. Aber manchmal waren es auch nur die verrückten Ziegen, die sie laut lachen ließen. Jede von denen hatte so ihre Eigenarten. Manche standen nur herum und waren die ganze Zeit am fressen, andere wiederum schienen nichts anderes im Kopf zu haben, als die anderen Ziegen zu ärgern. Sie schubsten sie oder nahmen sich gegenseitig auf die Hörner. „Die sind fast genau so verrückt wie die Menschen", sagte Toni.

So verging der Nachmittag und erst am Abend machten sie sich auf den Rückweg zur Hütte. Sowohl für Toni, als auch für Selma war es wieder eine schöne Abwechslung gewesen. In dieser Einsamkeit, verbanden sie ihre Gemeinsamkeiten.

Auch in dieser Nacht durfte Toni wieder in Selmas Bett schlafen. Aber sie waren wie Geschwister, nur durch die Natur verbunden.

Nach dem Aufwachen und dem begrüßen des neuen Tages, nahm Toni noch das erhoffte Frühstück zu sich, dann wollte er sich wieder auf den Weg ins Tal machen.

Selma gab ihm einen großen Käselaib mit, den sollte er Hubert geben, damit dieser ihn probieren könne. Trotz des schweren Käselaibes zog er fröhlich zum Hof zurück. Dort händigte er den Käse dann Hubert aus.

Hubert rief sofort nach Edi. Mit ihm zusammen wollte er den Käse probieren. Was die beiden dann erlebten war ein völlig neuer Geschmack. Sie waren begeistert von Selmas Käse. Selbst Edi sagte, es wäre der Beste, den er je gegessen hatte. Nach der Heuernte wollte Hubert gleich in die nächste Stadt fahren und versuchen ihn zu vermarkten. Diese Information gab er am nächsten Morgen an Toni weiter, mit der Bitte es Selma so auszurichten. Toni freute sich drauf, die gute Nachricht Selma geben zu können.

Xaver blieb jetzt fast ständig in der Höhle angebunden. Selma kam zweimal am Tage zu ihm, um ihn zu füttern und machte ihn sauber, dann ging sie wieder und ließ ihn an das Regal gebunden zurück. Manchmal hatte sie das Gefühl, er würde sie traurig anschauen. Aber er weinte nie, das hatte er ohnehin noch nicht gemacht. Gegen Mittag kam dann wieder Toni an ihre Tür. Er brachte ihr die Nachricht von Hubert und Selma freute sich wirklich darüber. Ganz besonders, dass auch Edi so begeistert davon war, machte sie sehr stolz.

Den Nachmittag verbrachte Selma dann wieder mit Toni bei den Ziegen. Sie hatten sich inzwischen ein Spiel daraus gemacht, welche Ziege wohl die nächste rammen oder ärgern würde. Aber die Ziegen brachten ihre Vorplanungen einfach immer wieder durcheinander. Sie waren so wie die Natur eben nicht zu berechnen. Sie waren einfach freie Ziegen, die machten was sie wollten. So müsste es uns Menschen auch gehen, dachte Selma. Keinen Stress, einfach tun und lassen was man möchte und hin und wieder nur aus Spaß einfach mal den anderen necken. Sie kam zu dem Entschluss, die Menschen könnten noch von den Ziegen lernen.

Endlich war die Heuernte vorüber. Sie hatten reichlich davon eingebracht und konnten was die Herde betraf, beruhigt auf den Winter schauen. Bevor Hubert jetzt aber Selma besuchen würde, wollte er noch versuchen den Käse in der nächsten Stadt zu vermarkten.

Zusammen mit Edi fuhr er los. Sie würden einfach die örtliche Läden aufsuchen und den Inhaber davon kosten lassen. Die üblichen Preise im nahen Ort waren ihnen ja bekannt. Nun mussten sie aber noch den Transport berücksichtigen und auch die besondere Arbeit, die Selma mit der Herstellung hatte.

Gegen späten Vormittag fuhren sie in das Städtchen ein. Schon der Erste Inhaber eines Ladens machte ihnen ein gutes Angebot. Aber dennoch wollten sie erst alle besuchen bevor sie sich festlegen würden. Manche hatten gar kein Interesse, andere nur widerwillig. Als sie alle Angebote zusammen hatten, fuhren sie noch zum hiesigen Markt und wollten sich erstmal stärken, bevor sie eine Entscheidung treffen würden.

Was ihnen auffiel war, dass es zwar jede Menge Stände auf dem Markt gab, aber keinen an dem man Käse kaufen konnte.

Edi und Hubert schauten sich an und hatten im selben Moment die gleiche Idee. Ja das wäre die Lösung. Sie müssten den Käse selbst vermarkten. Nicht nur den von Selma, sondern nach Möglichkeit auch den eigenen. So würden sie es versuchen. Hubert würde sich darum kümmern, dass einige Käselaibe von Selma zusammen kämen, dann noch eigene hinzu packen und mit einer der Mägde zum Markt fahren, um den Käse zu verkaufen. Gleich Morgen wollte er zu Selma gehen und ihr die gute Nachricht bringen.

Während Hubert und Edi auf dem Markt waren, bekam Selma Besuch von Toni und seinem ältesten Bruder. Dieser musste heute nicht dem Vater im Schusterladen helfen und wollte einfach mal sehen, was der Toni so den ganzen Tag machen musste. Auch war er etwas neugierig auf Selma, von der Toni immer soviel gutes erzählt hatte.

Zuerst unterhielten sie sich eine Weile. Toni erzählte ihr, dass Hubert heute mit Edi in die Stadt gefahren war um sich über die Vermarktung ihres Käses zu informieren.

Im Laufe des Gespräches bemerkte Selma, dass Tonis Bruder recht wortkarg und wohl auch nicht sonderlich intelligent war. Er hatte sogar versucht mit ihr anzubändeln. Selma wollte nicht grob oder unhöflich sein, hatte aber auch nicht das Bedürfnis ihn näher kennenzulernen. Immer wieder lächelte er sie an. Dann quälte er sich sogar den Satz: „Für Dich würde ich Alles tun" heraus.

„Ihr werdet demnächst alle meine Käse zum Hof bringen", hatte Selma daraufhin scherzhaft geantwortet. Tonis Bruder war sofort begeistert, ohne wohl zu ahnen, was da auf ihn zukam.

Nachdem sie sich von Selma verabschiedet hatten, hörte Selma noch wie sie draußen stritten. Toni machte seinen älteren Bruder Vorwürfe darüber, dass dieser ihnen in seiner Blödheit eine riesige Arbeit aufgebürdet hatte. Aber nun konnten sie nicht mehr heraus aus seinem Versprechen.

Da sie wusste, dass Hubert heute in der Stadt war, holte sie am Abend Xaver nach Hause. Hubert sollte nicht sehen, wie sie ihn

behandelte. Ihm gegenüber hatte sie nun doch ein schlechtes Gewissen.
Es war am kommenden Mittag, als Hubert zu ihr kam. Die Freude bei beiden war riesig und aufrichtig. Als Hubert dann Xaver sah, wurde er traurig. Es waren überhaupt keine Fortschritte zu erkennen. Immer noch krabbelte und grunzte er. Nur die komischen Marken an seinem Fuß verwirrten ihn. Selma sah, dass Hubert etwas erkannt hatte. „Manchmal wenn ich die Ziegen hole, muss ich ihn kurz anbinden, damit er sich nicht verletzt", erklärte Selma. Das konnte Hubert verstehen und es gefiel ihm, dass Selma so um seine Sicherheit besorgt war.
Dann erzählte ihr Hubert von seiner Entdeckung des Marktes und dem Vorhaben der eigenen Vermarktung. Selma hingegen erklärte sie habe sich schon Gedanken über den Transport gemacht. Der Hirtenjunge hätte erzählt, er würde das gerne mit seinem großen Bruder übernehmen. Dafür bekäme er dann hin und wieder bei ihr etwas zu essen. Hubert lachte und sprach: „Ja für Essen tun die Jungs in dem Alter alles". Danach ging Selma mit Hubert zur Felsenhöhle und zeigte ihm ihren Lagerplatz. Sie erklärte was Edi ihr beigebracht hatte und das hier immer die gleiche Temperatur und Feuchtigkeit herrschte. Hubert blieb noch bis zum nächsten Morgen. Lange hatten sie sich unterhalten. Hubert spürte, wie Selma wieder deutlich mehr Lebensmut hatte. Es schien ihr doch nicht so schlecht zu gehen. Sie vereinbarten, dass Selma sich um den Transport zum Hof kümmerte, Hubert um den Verkauf. Nach dem ersten Markttag würde er dann wiederkommen, ihr berichten und sie bezahlen. Selma freute sich darüber und verabschiedete ihn frohen Mutes.
Mit einem guten Gefühl verließ Hubert dann Selma und machte sich auf den Weg zurück zum Hof. Heute Abend müsste er dringend mal wieder im großen Zuber baden, nahm er sich vor und grinste dabei innerlich.
In den kommenden drei Tagen kamen immer der Hirtenjunge und sein Bruder und brachten die Käse. Hubert war erstaunt, wie fleißig die Jungs waren. Er sagte zu ihnen: „Na da will ich aber mal hoffen, dass Selma Euch ordentlich verköstigt". Die Jungs nickten nur und schienen zufrieden.

Am Abend verkündete dann Hubert, dass es Morgen losginge mit dem Verkauf. Edi sollte schon zeitig das Kaltblut anspannen und ihm dann helfen den Käse zu verladen. Er wollte schon früh mit Nina zum Markt fahren um ihn dort zu verkaufen.

Jetzt geschah etwas, wo er nie mit gerechnet hatte. Schon soviel hatte er mit Babsi und Nina gemeinsam oder mit einer von ihnen gehabt, aber nie war Eifersucht aufgekommen. Als er heute das aber gesagt hatte, konnte er sofort in Babsis Augen das böse Funkeln erkennen. Warum machte ausgerechnet die Fahrt zum Markt sie eifersüchtig, nicht aber wenn er mit Nina das Bett geteilt hatte? Hubert konnte es nicht verstehen, hielt es aber auch nicht für nötig mit ihr darüber zu sprechen.

Mit beginnender Helligkeit waren sie losgefahren, schon lange vor dem Frühstück. Babsi war zwar auch schon in der Küche, war aber sehr verschlossen, fast patzig gewesen. Sie wird sich schon wieder beruhigen, dachte Hubert. Ich kann die beiden ja auch wechselweise mitnehmen. Nina hingegen war bestens gelaunt. Sie lachte, lehnte sich an Hubert und schien förmlich glücklich zu sein. Er freute sich darüber sehr, sie so zu sehen. Heute war es nicht wie Herr und Magd, sondern fast wie ein Paar.

Auf dem Markt angekommen, präsentierten sie die zwei Käsesorten. Von jedem hatten sie ein paar kleine Stücke zum probieren für die Besucher abgeschnitten. Auch auf den normalen Käse vom Hof hatte Hubert einen Preisaufschlag gemacht. Er hatte schon beim letzten Besuch in den Geschäften gesehen, dass hier in der Stadt die Preise deutlich höher lagen. Sicher würden die meisten aber trotzdem den günstigeren Käse vom Hof kaufen, hatte er gedacht. Schon am Mittag bemerkte er seinen Irrtum. Alle die beide Sorten probiert hatten, kauften den teuren Käse von Selma. Für Selma freute er sich, aber das sein Käse soviel schlechter lief, das machte ihn nachdenklich. Er wusste zwar um den großen Unterschied, hatte aber doch mit der Sparsamkeit der Leute gerechnet.

Am frühen Nachmittag dann, war der teure Käse ausverkauft und Huberts Geldbörse gut gefüllt. Nun kauften die Marktbesucher aber auch endlich seinen Käse. Bis zum Abend waren sie fast alles

los geworden und machten sich mit einem guten Gefühl auf den Rückweg.
Nina hatte den Tag an Huberts Seite sehr genossen. Er hatte sie auch nicht behandelt wie eine Magd oder dies irgendwem gegenüber erwähnt. Jeder hätte gedacht, sie wäre seine Partnerin. Als sie zurück kamen, war es Edi, der am neugierigsten war. Schließlich war es mit der Höhle ja auch seine Idee gewesen. Hubert erzählte allen vom Verkauf und dem ungewöhnlichen Verhalten der Menschen, dass sie zuerst den teuren Käse gekauft hatten. Edi hatte gehört, was er hören wollte und war gerade im Begriff zu gehen, als Hubert ihn zurückrief.
„Edi, ich möchte, dass wir für Dich als Knecht einen Nachfolger suchen, ich würde Dich lieber als verantwortlichen Käsemeister hier auf dem Hof haben. Du sollst Dich alleine um die Herstellung, den Verkauf, aber auch den Ausbau des Geschäftes kümmern. Deine Bezahlung wird ab sofort eine ganz andere sein und ich werde Dich mit am Verkaufsgewinn beteiligen. Die schweren Arbeiten, die Du sonst noch alle hast, sollen ab nun jüngere machen." Edi wusste gar nicht wie ihm geschah. Seine ersten Worte waren: „Was wird dann mit dem Kaltblut?" „Daran habe ich schon gedacht, für die anderen Arbeiten werden wir ein zweites beschaffen; denn dies brauchst Du ja für den Transport", antwortete Hubert.
Es war typisch Edi, zuerst dachte er an das Pferd, dann an sich. Hubert beauftragte Edi noch einige Vorschläge in den nächsten Tagen zu machen, wie man das Geschäft ausbauen und verbessern könnte. Vielleicht wüsste er ja auch noch eine Höhle hier in der Nähe, hatte er noch gescherzt.
Edi zog sich mehr als glücklich zurück. Endlich wurden alle seine Mühe, seine Loyalität und sein Wissen belohnt. Er war nicht nur glücklich sondern auch wirklich stolz. Er würde Hubert nicht enttäuschen, dass wusste Edi. Ganz im Gegenteil, jetzt würde er erst richtig loslegen und zeigen was wirklich in ihm steckte.
Den Abend hatte Hubert vor gehabt, Babsi etwas aufzumuntern. Aber die war immer noch zickig. So sprach Hubert sie direkt auf ihr Empfinden an. Babsi erklärte ihm, dass sie enttäuscht war nicht mitfahren zu dürfen. Sie die schon viel länger hier auf dem

Hof war und auch gerne mal die Stadt gesehen hätte. Hubert versprach ihr, am kommenden Sonntag, mit ihr einen Ausflug in die Stadt zu machen. Sie beide ganz alleine. Babsi strahlte daraufhin wie ein Honigkuchenpferd.

Morgen aber wollte Hubert erstmal zu Selma gehen um auch mit ihr den Erfolg des Verkaufs und die vielen Neuigkeiten zu teilen.

Selma, die wusste, dass Hubert bald wieder auftauchen würde, hatte Xaver die letzten Tage im Haus belassen. Aber sie spürte schon wieder den Druck und die Belastung, die dieser ihr machte. Hubert ging zu Selma, berichtete ihr alles und sagte auch, dass er Edi die Vollmacht gegeben hätte, die Käserei auszubauen und das ggf. auch für sie sich dann noch einiges ändern würde. Aber das könnte Edi dann selbst mit ihr besprechen.

Hubert blieb diesmal nicht über Nacht, sondern machte sich gleich auf den Rückweg; denn schon Morgen früh wollte er im Dorf nach einem neuen Knecht suchen.

Hubert wurde fündig, der neue Knecht war Johannes. Johannes war auch schon etwas über dreißig Jahre alt, aber hatte ausreichend Erfahrung auf anderen Höfen gesammelt. Der letzte auf dem er war, wurde aber aufgelöst und somit suchte auch Johannes Arbeit.

Edi würde ihn in den ersten Tagen anleiten und sich dann immer mehr zurückziehen, um seiner neuen Aufgabe gerecht zu werden.

Es war Sonntag, Babsi hatte sich herausgeputzt und wartete schon früh am Morgen auf ihre Ausfahrt mit Hubert. Gleich nach dem Frühstück sollte es losgehen, hatte dieser ihr versprochen.

Was Hubert versprach, das hielt er auch. Auch er freute sich darauf den Tag mit Babsi einfach mal zu genießen. Einen Tag mal ohne Arbeit. Als er sah wie Babsi sich herausgeputzt hatte, war er sehr überrascht. So hatte er sie noch gar nicht gesehen. Er kannte sie eben nur als Magd oder als Lustobjekt, nicht aber als Frau.

Er war sogar stolz mit ihr losfahren zu können. Bevor sie aber loskamen, stand da noch Edi. Er hatte das Kaltblut eingespannt und bat Hubert, falls sie noch durch eine andere Stadt kämen, sich nach dem Marktplatz zu erkundigen. Hubert sagte dies zu, hatte aber nicht vor, mehr als in eine Stadt zu fahren.

Auch Babsi war wie Nina auf der Reise, völlig aufgelöst, lustig und anlehnungsbedürftig. Die beiden machten es ihm aber auch so schwer, wie hätte er sich jemals für eine von beiden entscheiden können. Aber das sollte auch heute nicht geschehen, heute sollte ein Tag der Freude werden.

Zuerst fuhren sie in die Stadt, wo er mit Nina den Käse verkauft hatte. Er zeigte ihr den Marktplatz, die kleinen Geschäfte die es gab und zum Schluss die große Kirche. Babsi, die außer dem Dorf und dem Hof nichts kannte, war völlig überwältigt. Allerdings störten sie die vielen Menschen auf der Straße. So war sie froh, als sie wieder weiterfuhren.

Danach ging es zu einem nahe gelegenen See. Hier wollten sie ein Picknick machen. Babsi hatte viele schöne Dinge in einen Korb gepackt und auch eine Decke mitgenommen. Sie schlenderten dann eine Zeitlang am Ufer des Sees bis sie eine schöne Stelle für ihren Gaumenschmaus fanden. Nach dem Essen räkelte sich Babsi lasziv auf der Decke. Hubert aber ging darauf nicht ein. Das war etwas anderes als zuhause und er hatte auch nicht vor, Nina eifersüchtig zu machen. Babsi hätte bestimmt erzählt was geschehen war.

Am späten Nachmittag fuhren sie zum Hof zurück und Babsi fühlte sich wie eine Bäuerin, nicht wie eine Magd. Der Ausflug hatte ihr sichtlich gut getan. Eine Art Belohnung für die lange Arbeitszeit. Nach dem Abendessen ging Hubert mit beiden Mägden in seine Kammer und so gab es für keine einen Grund zur Eifersucht.

Wieder froh über den häuslichen Frieden begann der nächste Tag. Johannes war schon früh in den Wald gefahren und Edi kam zu Hubert um ihm seine Pläne vorzustellen. So schlug er vor, die Herde bei Selma noch aufzustocken, dafür dann den dortigen Stall zu erweitern. Sie würde auch Hilfe bei der Heuernte benötigen, da auch die Menge größer würde.

Die unteren Almen am Hof sollten durch Kühe genutzt werden. Diese waren für Kühe zugänglich und lagen in angemessener Entfernung zum Hof. Die verbleibenden Ziegen sollten nur auf höheren Almen grasen, um nahezu den gleichen Erfolg beim Käse wie Selma zu haben.

Eine halbe Stunde vom Hof entfernt lag noch eine Höhle, diese könnte dann für die Reifung sowohl des Ziegen- als auch des normalen Käses genutzt werden.

Hubert sah ihn etwas erstaunt an und sagte: „Dann lass uns gleich alles so einrichten, dass wir im kommenden Frühling so beginnen können. Die nötigen Umbauten, eine Vorauswahl beim Vieh, die Einrichtung der Höhle, all diese Dinge können wir noch in diesem Jahr angehen. Auch werden wir dann die Käserei etwas vergrößern müssen um die Milchmengen der Kühe aufzufangen. Wie wir das mit der Anzahl des Personals schaffen, müssen wir dann entscheiden, ansonsten werden wir es so machen, wie du es vorgeschlagen hast.

An Kühe hatte auch Hubert schon gedacht, das behielt er aber für sich. Die Höhle, die Edi erwähnt hatte, musste er ihm zeigen, die kannte Hubert noch nicht. Am kommenden Sonntag, so hatte Edi vorgeschlagen, wollten sie einen Spaziergang dorthin machen.

Überall war zu spüren, dass es mit dem Loserhof aufwärts ging. Lag es nur an der anderen Art der Führung oder hatten sie im Moment einfach nur mehr Glück?

Am Abend ging Selma zur Höhle um Xaver zu füttern und zu säubern. Sie hatte ihn jetzt fast nur noch in der Höhle eingesperrt. Wenn sie dann rein kam, rollte er mit seinen schiefen Augen und grunzte freundlich. Inzwischen konnte sie seine Grunzlaute durchaus deuten. Da er so freundlich gegrunzt hatte erbarmte sie sich und nahm Xaver mit zu ihr nach Hause.

Am nächsten Vormittag war Selma froh, dass sie Xaver mitgenommen hatte; denn Edi kam zu Besuch. Er erzählte ihr von allen Neuerungen und das er bald mit Hubert käme um den neuen Stall anzubauen. Im nächsten Jahr würde sie dann auch Hilfe bekommen, wenn die Heuernte anstand oder wenn sie es allein nicht mehr schaffen würde.

Selma freute sich natürlich über alle diese Aussichten, doch befürchtete sie für sich, es würde ihre besondere Art doch sehr einschränken. Sie müsste dann wohl ständig Xaver in der Hütte haben. Trotzdem überwog am Ende die Freude über diese neuen Aussichten.

Am frühen Nachmittag verabschiedete sich Edi und Selma benutzte die Gelegenheit sich Xaver wieder zu entledigen. So oft wie möglich würde sie ihn in die Höhle bringen.
Auch auf dem Hof nahmen die Arbeiten Gestalt an. Der Ausbau der Käserei stand als Erstes an. Zusammen mit Hubert und Johannes ging Edi strikt nach seinem Plan vor. Alles wurde nach seinen Anforderungen hergerichtet.
Am Sonntag unternahm Hubert mit Edi seinen Spaziergang zur Höhle. Sie waren gleich nach dem Frühstück aufgebrochen und wie bei einem normalen Spaziergang genossen sie die Schönheit der Natur. Der Weg zur Höhle folgte einem Bachlauf und wäre gut mit einem Fuhrwerk zu bewältigen. Dies war mitentscheidend bei der Suche von Edi gewesen; denn über so eine lange Strecke die Käselaibe zu tragen wäre nicht mehr sehr effizient gewesen. Zum Glück lag die Höhle noch auf dem Land, was zum Loserhof gehörte. Trotzdem würden sie die Höhle sichern müssen, darüber waren sie sich schon im Voraus bewusst.
Trotz des gemütlichen Gehens, hatten sie nur knapp eine halbe Stunde gebraucht. Die Felsen kannte Hubert natürlich, aber dass es hier einen Eingang zu einer Höhle gab, war ihm nicht bekannt gewesen. Sie hatten extra Petroleumlampen mitgenommen um die Höhle ausgiebig zu erforschen. Außerdem noch Seile und Haken um sich gegebenenfalls abzuseilen. Der Eingang der Höhle lag wirklich sehr versteckt, so dass Hubert sich nicht wunderte, diesen nicht gefunden zu haben.
Kurz nachdem sie die Höhle betreten hatten waren sie schon in völliger Dunkelheit. Sie entzündeten ihre Lampen und gingen weiter hinein. Edi kannte wohl einen Teil der Höhle und ging vorweg. Immer wieder sahen sie Seitengänge, aber wenn sie hinein leuchteten konnten sie feststellen, dass diese schon nach einem kurzen Stück endeten. Auch waren sie noch nicht so tief im Inneren, das es schon eine konstante Temperatur gab.
So zogen sie immer weiter. Jetzt entzündete Edi noch zusätzlich eine Kerze um sicher zu sein, dass die Atemluft auch ausreichend war.
Sie waren schon eine ganze Zeit dem Hauptgang gefolgt, als sie in die Kathedrale kamen. Ein riesiger Raum in der Höhle. Hier

fanden sie alles was sie für ihr Vorhaben benötigen würden. Der Raum war einfach riesig. Sie müssten nur ausreichend Regale aufbauen, dann könnten sie hier ihren Käse lagern.
Edi wollte schon wieder nach draußen als Hubert ihn aber bat noch weiter zu gehen. Edi machte plötzlich einen komischen Eindruck. Es schien fast so als gäbe es dort etwas, was gefährlich war. Aber er sagte nichts. Er ließ jetzt sogar Hubert voran schreiten.
Der Gang wurde wieder deutlich schmaler und ging tiefer in den Berg. Sie liefen die ganze Zeit nur abwärts. Auch gab es wieder Seitengänge. In jeden leuchtete Hubert hinein. Dann standen sie plötzlich vor einem Abgrund. War das der Grund warum Edi nicht weitergehen wollte? Hatte er Angst gehabt hier abzustürzen? Hubert schätzte die Tiefe ab, schlug dann einen Haken in die Felswand und band das Seil an. Er bat Edi oben zu bleiben und ihn mit dem Seil zu sichern. Edi war sehr nervös, merkte aber, dass Hubert sich nicht abbringen ließ.

6. Ein schreckliches Geheimnis

Langsam seilte Hubert sich ab. Zwar konnte er durchaus Halt finden, aber trotzdem war er froh das Seil zur Sicherheit zu haben. Schritt für Schritt ging es tiefer. Es waren ungefähr 8 Meter. Wer da reinfiel war mit großer Wahrscheinlichkeit tot. Als Hubert wieder festen Boden unter den Füßen hatte, entfernte er das Seil und leuchtete den Raum ab.
In der Mitte befand sich ein kleiner See. Drumherum konnte man aber gut laufen; denn die Ränder waren scheinbar vom Wasser glatt gespült. Hubert nahm sich vor einmal komplett um den kleinen See zu laufen. Überall waren noch kleine Einbuchtungen und Höhlen. Alle leuchtete Hubert aus. In einer der Einbuchtungen schien etwas zu liegen. Sicher waren es nur angeschwemmte Hölzer oder Steine, aber Hubert wollte Gewissheit. Wenn er schon einmal hier war, dann wollte er die Höhle auch richtig erkunden. Er kam sich ein bisschen vor wie ein neugieriger Junge. Eine Art Entdecker, der fremde Welten erforscht. So etwas hatte er als kleiner Junge schon immer

gemocht, wenn er sich auf dem Land des Loserhofes umschaute. Die Spannung stieg, Hubert ging gebeugt in die Höhle. Es schienen helle Äste zu sein oder Kalkablagerungen. Erst als er direkt davor stand, erkannte er, es waren Knochen, sogar ganze Skelette. Es waren komische Skelette, einerseits sahen sie aus wie Menschen, dann wieder wie ein Tier. Er ging noch dichter heran und dann erschrak er noch mehr. Immer noch in seinem Forschermodus untersuchte er sie genauer, sie hatten alle dicke Köpfe, waren von kleiner aber gedrungener Gestalt. Sie sahen irgendwie aus wie Xaver.
Was war hier geschehen? Kannte Edi das Geheimnis und wollte deshalb nicht dass er hier her kam. Hatte er auch aus diesem Grunde immer die Höhle verschwiegen? Es konnten auch keine Skelette aus der Urzeit sein; denn es waren noch deutlich Teile von Kleidung zu erkennen. Angewidert machte sich Hubert auf den Rückweg, verknotete wieder das Seil und stieg die Höhlenwand empor. Oben angekommen fragte er sofort Edi: „Edi, was ist das was da liegt, weißt Du darüber etwas, wenn ja, dann jetzt raus mit der Sprache." Edi war völlig blass geworden, dass konnte Hubert sogar beim Schein der Lampe erkennen.
„Lass uns raus gehen, ich erzähle es Dir draußen", antwortete Edi nur. Schweigend verließen sie die Höhle und setzten sich vor ihr ins Gras.
Edi atmete ein paar Mal schwer durch. Dann begann er zu reden: „Hubert Du weißt, ich bin schon ewig lange auf dem Hof. Schon Dein Großvater hat mich eingestellt. Immer war ich allen treu ergeben und habe nur das getan was mir geheißen wurde. Aber trotzdem habe auch ich mein dunkles Geheimnis, da ich von all dem was Du gesehen hast, Bescheid wusste. Was Du gefunden hast, sind sozusagen Deine älteren Geschwister.
Aber nicht Dein Vater war ihr Vater, sondern Dein Großvater. Er war ein Tyrann, noch schlimmer als Dein Vater es war. Er hat Deine Mutter schon als junges Mädchen immer und immer wieder vergewaltigt. Dies sind die Ergebnisse des Inzests. Dein Vater kam ja erst später auf den Hof. Aber auch er wusste darum; denn das letzte der Kinder bekam Deine Mutter als sie schon mit Deinem Vater verheiratet war. Dein Vater hatte aber nicht die

Kraft sich gegen den Alten durchzusetzen. Er hatte nicht die Kraft, die Du bewiesen hast.

Wenn Du nicht gleich zurück gekehrt wärst nach deinem Fund, dann hättest Du noch mehr gefunden. Es gab das Gleiche schon in anderen Generationen. Es ist ein grauenvoller Ort. Ich selbst war auch schon dort unten; denn ich musste die toten Kinder dorthin tragen. Wie froh bin ich nur darüber, dass Du und Selma nicht dieses Böse in Euch tragt." Dann begann Edi gar furchtbar zu heulen.

Hubert wusste nicht so recht, wie er damit umgehen sollte. Was hätte Edi denn tun können? Als Knecht und gerade in der damaligen Zeit war er zum absoluten Gehorsam verpflichtet. Sollten sie überhaupt diesen Ort des Grauens für ihren Käse nehmen? Das konnte Hubert jetzt noch nicht beantworten. Völlig fassungslos vom Gesehenen ging er schweigend nach Hause. Dort am Hof angekommen, sagte er nur noch zu Edi: „Ich weiß, dass Du daran keine Schuld hast, mach Dir also keine Vorwürfe. Aber ich muss in Ruhe darüber nachdenken, ob wir diesen Ort überhaupt für unser Vorhaben verwenden können."

Für den heutigen Tag wollte Hubert niemand mehr sehen. Er musste das alles erst einmal verarbeiten. Selbst Babsi und Nina konnten ihn nicht aufheitern. Hubert ging gleich nach dem Abendessen zu Bett, aber an Schlaf war nicht zu denken.

Tausend Dinge gingen ihm durch den Kopf. Welch ein schrecklicher Fluch lag nur auf dem Hof. Würde er später wenn er älter würde, auch so böse sein? Nein, das konnte er sich nicht vorstellen. Selma und er waren da anders. Sollte er Selma überhaupt davon erzählen? Wohl besser nicht, sie hatte ja schon genug unter diesem Fluch gelitten. Das zusätzliche Elend wollte er ihr ersparen. Er beschloss niemanden davon zu erzählen.

Gleich in den nächsten Tagen würde er mit Edi die Leichen bergen und sie dann an einem geheimen Ort bestatten. Er wollte nicht, dass sie dort in der Grotte lagen. Wenn dies dann erledigt wäre, könnten sie die Höhle wie angedacht benutzen.

Gleich am nächsten Morgen teilte Hubert seine Entscheidung Edi mit. Dieser schien zwar nicht davon begeistert, war sich aber seiner, wenn auch kleinen Mitschuld bewusst und wollte so zumindest wieder etwas Gutmachung leisten.

Sie nahmen Johannes mit und setzten diesen mit Sägen und Axt in einem Waldstück ab und sagten sie würden gleich zum nächsten fahren und würden ihn dann am Nachmittag wieder abholen. Aber sie fuhren zur Höhle. In einiger Entfernung auf einer kleinen Lichtung hoben sie eine große Grube aus. Hier würden sie die Leichen alle zusammen begraben. Dann fuhren sie den Wagen ganz dicht an die Höhle heran und ließen ihn zusammen mit dem Kaltblut dort stehen.

Gezielt gingen sie zum Ende der Höhle, Hubert seilte sich wieder ab. Sie hatten mehrere Säcke mitgenommen in die sie die Skelette packen wollten. Edi würde sie dann am Seil nach oben ziehen und später würden sie diese zusammen vergraben.

Es war noch viel schlimmer als Hubert es sich vorgestellt hatte. In den verschiedenen Seitenarmen und kleinen Höhlen fand er insgesamt 8 Skelette. Es musste schon über viele Generationen so gewesen sein. Nicht alles waren Kinderskelette, auch 2 Erwachsene waren dabei gewesen. Aber alle waren irgendwie verkrüppelt oder hatten die komischsten Kopfformen. Bei einem war sogar an der Schädelseite noch ein kleines zweites Gesicht oder das was davon übrig war, zu erkennen. Hubert schauderte es, wie schrecklich muss dieser Mensch ausgesehen haben. Wie bloß hatten sie ihn versteckt über so viele Jahre. Er packte alles in die Säcke, für jedes Skelett einen, dann brachte er sie zum Aufstieg und band sie nacheinander an, damit Edi sie herauf ziehen konnte. Als sie die Säcke endlich vergraben hatten, setzten sie sich auf den Wagen und mussten erstmal tief durchatmen. Hubert erzählte Edi von dem Skelett mit dem Kopf am Kopf. Edi nickte nur und sprach: „Sei froh das Du ihn nicht lebendig gesehen hast. Ich habe es nämlich. Es war ein Bruder Deiner Mutter, also Dein Onkel. Er wurde viele Jahre nur im Keller versteckt. Immer wieder kam es dazu, dass er ausbrach. Dann wurden in der Nähe tote und geschändete Tiere gefunden. Lange Zeit konnten es die Großeltern geheim halten, aber irgendwann wurden die Menschen in der Gegend neugierig und sprachen schon von einem Werwolf. Kurze Zeit später kam es dann zum Schlimmsten, er hatte sich wieder einmal dank seiner enormen Kräfte befreit, da wurde im Dorf hier in der Nähe ein Mädchen getötet und auf die schlimmste Weise zerstückelt, ja zerbissen. Als Dein Großvater das erfuhr, hat er ihn erschlagen und hier mit den anderen in die Höhle geworfen.

Hubert wurde übel von der Vorstellung, er musste sich übergeben. Wie schrecklich muss der Anblick dieses monströsen Wesens für die anderen Menschen gewesen sein. Er hoffte nur darauf, dass nicht Xaver solche Dinge tun würde. Was sollten sie dann machen? Ihn etwa auch töten? Wie sollten sie das vor Gott verantworten?

Ab nun aber sollte die schreckliche Höhle nur noch dem Guten dienen, der Reifung von Käse. Auch war die Entfernung vom Fundort der Skelette bis zur sogenannten Kathedrale, in der die Reifung stattfinden sollte, ja ziemlich groß.

Schon morgen würden sie beginnen die Regale zu bauen und einige Tische zum lagern. Mit dem Begräbnis der Skelette war der Spuk endlich vorbei. Bis auf Xaver, kam es Hubert noch in den Kopf.

Diesen Abend nahm Hubert mal wieder ein Bad mit Babsi und Nina im großen Zuber. Er tat dies jetzt mit einem richtig guten Gewissen; denn seine Art seine Gefühle auszuleben, schadete niemanden. Er fühlte sich frei und war froh darüber, das Böse nicht in sich zu tragen. Nach ihrem gemeinsamen Bad gingen alle drei in Huberts Kammer und erlebten eine ihrer wildesten Nächte. Erst als schon fast der Morgen graute, kamen sie in den Schlaf. Als Hubert dann erwachte, waren Babsi und Nina schon weg um in der Küche das Frühstück vorzubereiten. Irgendwann quälte sich dann auch Hubert aus dem Bett und wusste, dies wird ein schwerer Tag. So wenig Schlaf hatte er schon lange nicht mehr gehabt.

Heute nahmen sie Johannes mit, so dass sie zu dritt mit der Arbeit beginnen konnten. Johannes war ein stiller, aber sehr fleißiger Kerl. Auch musste man ihm nicht jedes Mal alles erklären, er hatte eine gute Auffassungsgabe und konnte selbständig arbeiten. Hubert war froh darüber ihn eingestellt zu haben. Edi hatte ja schon einiges vorgearbeitet, so dass sie nur noch die Balken und

die Bretter vernageln mussten. Schon am frühen Nachmittag standen alle Regale und Tische. Sie schauten sich noch einmal um und waren sehr zufrieden mit ihrer Arbeit.
Jetzt stand ihnen aber noch eine schwere Aufgabe bevor. Sie mussten zwei Türen in den Eingang der Höhle einbauen. Hubert hatte diese schon beim ersten Besuch vermessen und in den letzten Tagen angefertigt. Aber sie mussten noch Löcher in die Steine hauen und bohren, so dass sie auch die Türen hier verankern konnten. Dies war die mühseligste Aufgabe und sie mussten sich mehrfach abwechseln. Erst gegen Abend war auch diese Arbeit erledigt und sie konnten die Höhle verschließen. Edis Lagerraum war fertig. Stolz erfüllte ihn, er würde hier großartigen Käse machen.
Der Herbst neigte sich auch schon dem Ende, bald würde sicher der erste Schnee fallen. Toni konnte mit der Herde jetzt nur noch die unteren Almen begrasen lassen. So war auch der Weg zu Selma für ihn jetzt schwierig. Er hatte ihre Unterhaltungen und das Zusammensein mit Selma immer so genossen.
Der Winter begann plötzlich und mit Unmengen an Schnee. Für Selma gab es gar keine Möglichkeit mehr ins Tal zu gehen um den Winter auf dem Hof zu verbringen. Auch wollte sie nicht, dass irgendwer Xaver sehen konnte. Laufen konnte er immer noch nicht, aber er hatte mittlerweile eine Art Affengang, so dass er sich auch so recht schnell fortbewegen konnte. Er lief mehr oder weniger auf allen Vieren.
Diese Schneemengen waren schlimm für Selma, sie musste sich einen Pfad zur Höhle frei räumen. Denn täglich wurde ja der Käse gewendet und Xaver könnte sie auch nicht die ganze Zeit ertragen. Jetzt war sie sich gar nicht mehr so sicher, ob die Entscheidung auf der Almhütte zu bleiben die richtige war.
Auf dem tiefer gelegenen Loserhof war das Wetter noch etwas milder. Es hatte zwar auch schon das eine oder andere Mal geschneit, aber das meiste war gleich wieder getaut. Hubert hatte also gar keine Vorstellung wie es Selma zurzeit erging. Er war jetzt jeden Tag mit Johannes und Edi im Wald zum Holz schlagen. Im Winter konnten sie die Stämme viel besser heraus ziehen. Hier war der wenige Schnee sogar hilfreich. Auch waren die Bäume

jetzt trockener, da sie das Wachstum eingestellt hatten. Den Wagen hatten sie gegen einen Schlitten eingetauscht, so dass die Hin- und Rückfahrt mit dem Kaltblut immer ein Heidenspaß war.
Am Sonntag dann wollte Hubert Selma mal wieder besuchen.
Er machte sich bei nur wenig Schnee gleich morgens auf den Weg. Irgendjemand musste kurz vor ihm ebenfalls diesen Weg gegangen sein, denn er konnte frische Spuren im Schnee erkennen. Aber er war kaum eine Stunde unterwegs und etwa in Höhe der Hochalmen, als ein Schneesturm losbrach. Sofort kehrte er um und beeilte sich noch rechtzeitig zurück zu kommen. Er kannte die Gefahren eines Schneesturmes hier in den Alpen. Völlig verschneit kam er zum Hof. Babsi und Nina bereiteten ihm gleich ein warmes Bad, diesmal aber zum Aufwärmen, nicht zum Vergnügen.
Die ganze Zeit fragte sich Hubert aber wer da vor ihm gelaufen war. Wohin wollte derjenige und hoffentlich war ihm nichts passiert.
Es war Toni, der auf dem Weg zu Selma war. Er hatte es ebenfalls noch vor dem Schneesturm geschafft, ihre Hütte zu erreichen. Nun hörte es überhaupt nicht mehr auf zu schneien. Den ganzen Tag und die ganze Nacht. Selma bekam es mit der Angst zu tun; denn Xaver war noch in der Hütte. Wie sollte sie dahin kommen? Sie konnte ihn ja nicht holen, solange Toni hier war. Auch den konnte sie nicht einfach weg schicken, dass wäre sein Todesurteil gewesen. Sogar am nächsten Morgen schneite es noch. Sie musste es irgendwie schaffen bis zur Höhle zu kommen. Sie erklärte Toni, dass der Käse unbedingt jeden Tag gedreht werden musste und bat ihn ihr zu helfen. Toni, der immer froh darüber war Selma helfen zu können, willigte sofort ein.
Als es auch nur etwas nachließ begaben sie sich dick angezogen nach draußen und versuchten sich einen Weg zu bahnen. Es war aussichtslos. Sie sackten bis zum Oberkörper im Schnee ein. „Der Schnee ist zu tief und zu weich", fluchte Selma. Aber Toni hatte eine Idee.
Er kämpfte sich zum Schuppen durch und holte zwei längere Bretter und zwei Stäbe. Dann zeigte er Selma was sie machen sollte. Er band ihre Schuhe auf den Brettern fest, so sackte sie

nicht mehr ein und konnte den Weg zur Höhle schaffen. Sie war nur froh, dass es ein gerader und ebener Weg bis zur Höhle war. Zwar dauerte es recht lange und sie musste sich erst an den komischen Gang gewöhnen, aber sie kam durch und konnte Xaver versorgen. Dieser konnte nun sein Leben eigentlich Toni verdanken.
Im Dorf herrschte Aufregung. Der Toni war verschwunden, hörte man überall. Sein Vater und der Gendarm hatten Suchtrupps zusammengestellt. Einer von diesen kam auch zum Loserhof. Hubert öffnete die Tür und fragte was los wäre. Einer der Männer berichtete, dass Toni verschwunden war. Da fielen Hubert die Spuren ein, die er gesehen hatte. „Wann ist er den los gegangen", fragte er die Männer. „Soweit wir wissen noch vor Tagesanbruch", antwortete einer der Männer. Hubert erzählte vom Gesehenen und erklärte, dass er bestimmt zu Selma auf die Almhütte gegangen war. Wenn er wirklich vor Tagesanbruch aufgebrochen war, dann war er auch vor dem Schneesturm dort angekommen. Im Moment wäre es nicht möglich, diesen Weg zu gehen. Der Schnee dort lag bestimmt Meterhoch und der Pfad war ohnehin schon gefährlich. Sie sollten zurück gehen und die Eltern informieren wo Toni wahrscheinlich wäre. So bald der Weg auch nur annähernd begehbar wäre, würde er zu Selma gehen und nachschauen.
Die Männer verließen den Loserhof und waren froh, den Eltern doch etwas Hoffnung machen zu können. Hubert fragte sich allerdings, was Toni dort wollte. Sicher wusste er, dass er oft dort etwas zu essen bekommen hatte, aber das war doch kein Grund bei so einem Wetter den Aufstieg zu wagen. Vielleicht hatte er Selma versprochen zu helfen und hatte unbedingt Wort halten wollen. Er wusste ja, dass der Toni sehr zuverlässig und umsichtig war. Bestimmt war ihm nichts passiert.
Auf dem Hof begann jetzt eine etwas ruhigere Zeit, wenn man vom Betrieb in der Küche absah. Hier wurden schon die ersten Vorbereitungen für das Weihnachtsfest getroffen. Dieses Jahr sollte es ja wieder gefeiert werden. Babsi und Nina übertrafen sich gegenseitig beim Kekse backen. Auch schien Babsi in letzter Zeit etwas viel genascht zu haben. Sie war noch etwas fülliger

geworden. Nicht das es Hubert gestört hätte, es stand ihr sogar ganz gut. Aber wenn sie mit den Keksen so weitermachte, dann würde sie bis zum Frühling kugelrund sein, hatte er ihr schon scherzhaft gesagt. Babsi konnte darüber gar nicht lachen, sie hatte einfach Angst zu dick und damit unansehnlich zu werden. Hubert aber tröstete sie und sagte: „Ich finde es sogar sehr reizvoll, es sieht so fraulich aus". Das machte sie stolz und ließ den Hunger nach Keksen nur noch mehr wachsen.

Wieder begann es zu schneien, eine dicke Schneedecke lag jetzt auch über der Natur am Loserhof. Es herrschte eine seltsame Stille. Alle Geräusche wurden vom Schnee gefiltert. Hubert liebte diesen Anblick. Es war so ein gutes Gefühl, das Jahr ging auf sein Ende zu, die Arbeit war getan und die Aussichten für das kommende waren gut. Da war diese ruhige Zeit wie eine Belohnung für die vergangene Zeit. Lange stand er vor der Tür und bemerkte noch nicht einmal wie auch sein Kopf langsam vom Schnee bedeckt wurde. Er sog beim atmen diesen Frieden förmlich mit ein. Als er dann endlich wieder ins Haus ging, schüttelte er sich wie ein Hund.

Auf dem Loserhof lagen die Weihnachtsvorbereitungen in den letzten Zügen. Es war eine gute Stimmung unter allen; denn auch für Edi, Johannes den Knecht und die Mägde war dies die schönste Zeit. Edi und Johann bauten weitere Regale und Tragegestelle für Käse. Die Mägde wirkten in der Küche und Hubert schaute einfach überall mal nach dem Rechten. Für den Nachmittag hatte er Edi gebeten das Kaltblut vor den Schlitten zu spannen. Er wollte mit Babsi und Nina eine Schlittenfahrt machen. Noch hatte er es ihnen nicht verraten, das wollte er sich bis nach dem Mittagessen aufheben.

Nichtsahnend tischten Babsi und Nina das Mittagessen auf. Wie immer wurde das Mahl gemeinsam eingenommen. Dies vereinfachte nicht nur den Ablauf in der Küche, sondern gab auch allen ein gewisses Gemeinschaftsgefühl. Zumindest seit Hubert den Hof führte, bei seinem Vater dem Tyrannen hatten die Bediensteten eher Angst davor. Als die Mägde mit dem Abräumen begannen, tat Hubert seine Überraschung kund. Bei beiden konnte er das Leuchten in den Augen sehen. So eine

Abwechslung im Alltag war halt für die Mägde immer etwas Besonderes.
Beide wollten sich noch herausputzen, aber Hubert drängte zum Aufbruch. „Ich weiß doch wie Ihr ausseht, da müsst Ihr Euch nicht extra schick machen", waren seine Worte.
Sie bestiegen den Schlitten, in der Mitte Hubert, rechts und links eine der Mägde. Hubert freute sich über den goldenen, warmen Platz und genoss es natürlich auch, von den beiden angehimmelt zu werden. Zwar hatte er keine Ehefrau, dafür aber die Beiden, die mehr als das ersetzten.
Es störte ihn auch nicht, als sie so durch das nahe Dorf fuhren, dass die Leute sie so sahen. Das Gerede über die Beziehung gab es ohnehin, ob es stimmte oder nicht. Es war Hubert egal. Aus den meisten würde ohnehin nur der Neid sprechen. Mitten im Ort sahen sie jemanden der ihnen heftig zuwinkte. Hubert verlangsamte die Fahrt und dann erkannte er auch Tonis Vater. Er fragte Hubert ob er schon was von Toni erfahren hätte. Hubert verneinte, versprach ihm aber am kommenden Sonntag mit ihm zusammen den Aufstieg zu wagen. Sie würden mit Hilfe von Schneeschuhen und Seilen versuchen den Aufstieg gemeinsam zu schaffen.
Tonis Vater war überaus dankbar. Gerade jetzt so kurz vor Weihnachten, war die Ungewissheit so schlimm für ihn. Hubert konnte das verstehen, er würde Alles versuchen es zu schaffen und Gewissheit zu bekommen.
Die drei genossen ihre Fahrt über Land. Erst gegen späten Nachmittag kamen sie zurück. Babsi und Nina setzten viel Wasser auf und den Ausklang sollte der Tag bei einem gemeinsamen Bad finden.
Ganz früh am Sonntag kam Tonis Vater. Er hatte seine Schneeschuhe mitgebracht und konnte es kaum erwarten den Aufstieg zu beginnen. Das Wetter war zwar kalt aber sonnig, so dass sie den Aufstieg wagen wollten. Stundenlang kämpften sie sich durch den tiefen Schnee. Es war schon Nachmittag bis sie es zur Almhütte geschafft hatten. Selma die gerade in der Höhle war um den Käse zu wenden und Xaver zu versorgen, hatte sie schon von weitem kommen sehen. Sie ging schnell zur Hütte zurück.

Als es klopfte, öffnete Selma die Tür. Hubert und Tonis Vater platzten förmlich hinein. Tonis Vater strahlte vor Glück, seinen Sohn lebend hier anzutreffen. Selbst nach schimpfen war ihm im Moment nicht zumute. Aber Toni wusste, dass würde schon noch kommen. Er musste sich schon einen guten Grund einfallen lassen, um seinem Vater die Tour zu Selma zu erklären. Er bekam nicht lange Zeit sich etwas zu überlegen, die Frage des Vaters, nach dem Grund kam sofort. Toni sagte einfach die Wahrheit.

Er erzählte, dass es ihm auf der Alm einfach besser gefiel. Er fühlte sich hier in der Natur am wohlsten. Es war ihm egal in welcher Jahreszeit, für ihn war es die Freiheit und die Verbundenheit zur Natur die zählten. Tonis Vater schien das im Gegensatz zu Selma nicht zu verstehen. Wahrscheinlich musste man einfach mal eine Zeit hier verbracht haben, um diese Schönheit schätzen zu können.

Jetzt meldete sich auch endlich Hubert zu Wort: „Wie wäre es denn, wenn Toni der Selma helfen würde hier im Winter klar zu kommen. Er würde den Lohn als Hirte einfach weiter bezahlen und allen wäre gedient." Tonis Vater überlegte einen Moment, dann befragte er Toni dazu, der sofort nickte. Auch Selma war einverstanden. So vereinbarten sie, dass Toni bis zum Beginn der Ziegensaison, Selma hier helfen sollte.

Tonis Vater war mehr als dankbar dafür. Sie verabschiedeten sich sogleich wieder, da sie noch die Helligkeit für den Abschied nutzen wollten. Auch war es Hubert nur recht, dass Tonis Vater nichts von Xaver erfuhr.

Erst mit Einbruch der Dunkelheit kam Hubert mit Tonis Vater auf dem Hof an. Hubert bat Johannes, Tonis Vater noch mit dem Schlitten ins Dorf zu fahren. Dieser bedankte sich auch noch einmal bei Hubert, für Selmas Gutherzigkeit. Er würde so Alles seiner Frau erzählen und zumindest wüssten sie Toni in guten Händen und versorgt.

Endlich war Weihnachten. Nur das Selma nicht dabei sein konnte, trübte etwas die Stimmung von Hubert. Ausgerechnet sie, die soviel Gutes tat. Sich um Xaver und Toni kümmerte und für ihr Dasein auf all die schönen Dinge verzichtete. Aber sonst war es ein glückliches Fest für Hubert. Der Hof wuchs und gedieh, mit

Edi hatte er einen tollen Käsemeister, mit Johannes einen fleißigen Knecht und die beiden Mägde waren ohnehin sein persönliches Glück. Mehr hätte er sich nicht wünschen können. Jede Mahlzeit bei diesem Fest war ein großes Vergnügen für Alle. Gemeinsam machten sie sich dann am Weihnachtsfeiertag auf zum Gottesdienst im nahegelegenen Dorf.

Während der Predigt über die Weihnachtsgeschichte und die Barmherzigkeit im Allgemeinen, dankte der Pfarrer denen, die sich für andere aufopferten.

Mit dem Wort Gottes im Ohr fuhr Hubert mit seinen Leuten wieder zum Hof zurück. Noch lange saßen sie am Abend in der Stube zusammen. Sie sprachen über das vergangene Jahr, über die Zukunftspläne und gemeinsam freuten sie sich auf die Veränderungen im kommenden Jahr. Gleich zu Beginn des neuen Jahres wollte Hubert zusammen mit Edi und Johannes, bei den anderen Bauern in der Nähe, sich nach einigen Kühen und Rindern umsehen. Sie würden sich dafür Zeit lassen um auch eine gute Auswahl treffen zu können.

Ganz besonders Johannes gefiel es sehr gut, dass er mit eingebunden wurde und auch sein Rat gefragt war. Er war froh, es so gut mit diesem Hof getroffen zu haben.

Bei Selma, Toni und Xaver gab es kein Weihnachtsfest. Für sie war es ein Tag wie jeder andere. Xaver saß angebunden in der Höhle und grunzte und sabberte vor sich hin. Er war jetzt schon über ein Jahr alt. Seine kleine aber gedrungene Gestalt, sein viel zu großer, verschobener Kopf ließen ihn einfach grauenhaft aussehen. Wenn er dann noch in seiner eigenen Gangart sich grunzend fortbewegte, konnte einem angst und bange werden, wie das später mal werden sollte wusste sie einfach nicht. Es wurde Zeit, auch Toni mit Xaver bekannt zu machen. Ihm gegenüber konnte sie ihn nicht mehr verheimlichen.

Die einfachste Möglichkeit war wie so oft, die Wahrheit. In einem langen Gespräch erzählte sie dem Toni die ganze Geschichte. Nur wie der Tod des Vaters zustande kam, dass hatte sie verschwiegen. Hier blieb sie bei der Variante mit dem Sturz. Als später Toni dann Xaver auch sah, verstand er warum dieser besser in der Höhle aufgehoben war.

Zusammen war der Winter so doch nicht ganz so langweilig für Selma. Sie wurden einfach gute Freunde.
So ging der Winter dahin und der Frühling nahte. Hubert hatte mit seinen Angestellten die Kühe und Rinder schon ausgesucht und bald würden sie diese abholen. Mit Volldampf würden sie den Hof nach vorne bringen. Er war stolz auf sein Team und natürlich auch etwas auf sich selbst. Auch Edi konnte es kaum noch erwarten, dass seine Ideen fruchteten.
Auch in der Höhe der Almhütte begann der Schnee zu schmelzen, auch hier standen alle Zeichen auf Frühling. Es wurde Zeit für Toni die Alm wieder zu verlassen und seiner Tätigkeit als Hirtenjunge nachzukommen.
Auch Xaver wurde immer kräftiger und schneller. Seine neueste Entdeckung war es Fliegen zu fangen. Er erschlug sie nicht nur, er aß sie dann auch. Das sah zwar ziemlich eklig aus, dennoch musste Selma immer wieder darüber lachen. Ihr Lachen schien ihn dann nur noch mehr zu motivieren.
Heute war auf dem Loserhof ein besonderer Tag. Eine neue Ära wurde eingeläutet. Das erste Mal Kühe auf dem Loserhof. Bisher hatten sich soweit Hubert das wusste, alle Generationen nur auf Ziegen beschränkt. Bei der Auswahl der Tiere hatte sich am meisten Johannes hervorgetan. Er hatte auf den anderen Höfen schon reichlich Erfahrung gesammelt und wusste worauf zu achten war. Am Mittag kamen die Tiere. Hubert, Edi und Johannes kontrollierten ob es die vereinbarten waren. Zufrieden brachten sie die Kühe und Rinder in die neuen Stallungen. In wenigen Tagen schon könnten sie dann auf die Alm. Auch die Ziegen wurden schon unruhig. Für sie wurde es ebenfalls Zeit. Die Tiere spürten einfach den Frühling und waren dann immer nervös und ungeduldig. Sie wollten Freiheit und rennen. Endlich wieder frisches Gras und Kräuter, statt Heu.
Abends stand das erste Melken der Kühe an. Zwar gaben sie jetzt durch die Winterzeit noch nicht viel Milch, aber es war eine gute Gelegenheit für Johannes den Mägden ebenfalls das melken der Kühe zu zeigen. Nach anfänglichen Schwierigkeiten bekamen sie es hin und so konnten sie immer mal wieder einspringen, falls Johannes eine andere Arbeit hatte. Die weitere Verarbeitung war

dann ähnlich der Ziegenmilch, sie mussten nur darauf achten, diese nicht zu vermischen.

Babsi hatte jetzt im Frühling auch wieder abgenommen. Hubert hatte zeitweise schon Bedenken gehabt, dass ihre Gewichtszunahme von was anderem, als vom essen kam. Dies hatte sich zu seinem Glück aber nicht bestätigt. Aber er machte sich schon seine Gedanken, was er tun sollte, falls eine der beiden oder noch schlimmer beide, schwanger würden. Sollte er sie dann heiraten, oder lieber einfach so weiter leben? Er nahm sich vor, dies mit den beiden am Abend mal zu besprechen.

Auch wie sie sich überhaupt ihre Zukunft hier vorstellten. Lange schon hatte er das Gespräch vor sich her geschoben. Immer mit der Angst, die Situation würde sich dann verändern. Aber diese Ungewissheit musste aus der Welt.

Nach dem Abendessen bat Hubert die Mägde dann mit in die Stube zu kommen. Er wusste gar nicht wie er das Gespräch beginnen sollte. Dann gab er sich einen Ruck und begann: „Babsi, ich hatte ehrlich gesagt etwas Bedenken, dass Du schwanger wärst". Babsi lachte nur und sprach: „Hubert, wenn Du mich die Jahre davor auch schon aufmerksam beobachtet hättest, wäre Dir bestimmt aufgefallen, dass es jeden Winter so ist. Aber worüber machst Du Dir wirklich Sorgen? Das ich dann auf eine Ehe bestehen würde? Die Angst kann ich Dir nehmen". Sie lächelte auch Nina an und fuhr fort: „ Wir sind so glücklich wie es ist. Wir sind uns einig, dass keine von uns beiden mehr bekommen soll als die andere. Wir wollen uns haben und dich gemeinsam. Das ist alles was wir wollen. Sollte wirklich mal der Fall eintreten, dass eine von uns schwanger werden sollte, dann ist es eben so. Es soll Dich zu nichts verpflichten; denn allein der Gedanke daran würde unser aller Freiheit und den damit verbundenen Spaß nur trüben".

Hubert war erleichtert und überrascht über diese Antwort. Die beiden hatten sich also ebenfalls ihre Gedanken gemacht und waren zu dieser eigentlich einfachen, aber ungewöhnlichen Lösung gekommen. Hätte er nur schon viel früher danach gefragt, es hätte ihn von vielen Sorgen befreit. Wieder einmal hatte sich gezeigt, dass seine Zurückhaltung nicht immer von Vorteil war.

Auf der Almhütte waren jetzt auch die Ziegen immer schon draußen. Wenn Toni einmal bei Selma war, half er ihr noch beim reinholen oder beim melken der Tiere.
Xaver verbrachte wieder die meiste Zeit in der Höhle. Immer wenn Selma die Ziegen in den Stall gebracht hatte, ging sie zu Xaver um ihn zu versorgen. An diesem Abend machte sie doch eine ungewöhnliche Entdeckung. Xaver hatte scheinbar eine Ratte gefangen und diese bis auf den Schwanz komplett aufgegessen. Er saß nun da, grinste blöd und sein Gesicht war blutverschmiert. Den Schwanz der Ratte hielt er wie eine Trophäe in der Hand und er grunzte zufrieden. Selma schüttelte sich vor Ekel. Aber dann sah sie den praktischen Nutzen. Die Ratten würden sonst nur den Käse fressen, so aber wären sie entweder verschreckt oder Xaver würde sie fangen. Eine Katze hätte es nicht besser machen können.
Am nächsten Tag kam überraschend Hubert vorbei. Er wunderte sich, dass Xaver nicht im Hause war. Selma sagte ihm, sie hätte jemand aus der Ferne gesehen und ihn vorsichtshalber solange in der Höhle gelassen, aus Angst dass er sonst vielleicht entdeckt würde. Hubert war sehr zufrieden mit dieser Antwort, wollte er doch auch nicht, dass Xaver entdeckt wird.
Im Tal, auf dem Loserhof ging alles seinen Gang. Die Neuerung mit den Kühen klappte gut, die Käseproduktion lief und Hubert war mit der Welt und sich zufrieden. Das Einzige, was ihm etwas Sorgen machte war Edis Gesundheit. Dieser hatte sich zwar nicht beklagt, aber Hubert hatte schon gesehen, wie er sich manchmal quälte. Wenn er etwas Schweres heben musste, oder sich bückte, zeigte sein Gesichtsausdruck den Schmerz deutlich an. Hubert wollte ihn zuerst darauf ansprechen, dachte aber es sei eine vorübergehende Erkrankung und wartete lieber noch etwas.
Auch wollte er Edi nicht das Gefühl geben, zum alten Eisen zu gehören. Edi war für Hubert so eine wichtige Person, ohne ihn wäre vieles hier nicht zustande gekommen. Soviel hatte er schon von ihm gelernt. Eines hatte sich Hubert geschworen, wenn Edi einmal nicht mehr arbeiten könnte, dann würde er ihn trotzdem auf dem Loserhof behalten und zwar mietfrei und bei freier Verköstigung.

Edi selbst spürte auch wie die Kräfte ihn verließen. Die vielen Jahre der harten Arbeit im Wald hatten ihre Spuren hinterlassen. Er war schon froh darüber, diese Aufgaben jetzt nicht mehr machen zu müssen. So würde er es noch ein paar Jahre schaffen und mit dem jetzigen Gehalt konnte er sich sogar noch etwas für das Alter ansparen. Aber er merkte auch, dass es nicht nur ein verdrehter Rücken war der ihn plagte, irgendetwas war da in seinem Körper, das ihm die Kraft nahm. Es war nur gut, dass er sich mit dem neuen Aufgabengebiet so gut ablenken konnte. Er wollte noch viel erreichen mit seinen Ideen. Zumindest musste er durchhalten, bis die ersten Käse in der Höhle gereift waren.

Selma ging mal wieder zur Höhle um nach Xaver zu sehen. Dieser hatte schon wieder eine Ratte gefangen und war gerade noch dabei sie aufzufressen. Der Saft und das Blut von dem Vieh lief ihm das Gesicht herunter und sah gar schrecklich aus. Als er das letzte Stück herunter geschluckt hatte, rülpste und grunzte er. Jetzt sah Selma auch warum, neben ihm lagen schon 3 Rattenschwänze, also war dies die vierte die er gefressen hatte. Wahrscheinlich war er satt. Wenn er so weiter machte, könnte er sich bald selbst versorgen. Aber dennoch machte es Selma auch Angst, was wäre wenn er größer würde, was würde er dann alles fressen.

Er konnte nicht unterscheiden was richtig und falsch, was gut oder böse war. Sie musste sich für die Zukunft wohl oder übel etwas einfallen lassen. Vielleicht sollte sie einmal mit Hubert darüber sprechen. Der würde ohnehin in kurzer Zeit zu ihr kommen um die nächsten reifen Käse abzuholen.

Nur 3 Tage später war es soweit. Hubert kam in Begleitung von Johannes und Toni. Die Ziegen waren heute im Tal geblieben und wurden von Edi beaufsichtigt. Der wäre zu gern mitgekommen, doch sein Gesundheitszustand erlaubte es ihm leider nicht. Nach dem sie in der Höhle und die Käse verladen waren, bat Selma Hubert noch um ein kurzes Gespräch unter 4 Augen.

„Hubert, ich muss Dir etwas sagen, was ich für bedenklich halte. Ich habe Xaver in letzter Zeit zuerst Fliegen fangen und fressen sehen, dann Ratten. Er fängt sie und verspeist sie bis auf den Schwanz", begann Selma das Gespräch. Hubert war verdutzt. Er wusste gleich, worauf Selma hinaus wollte. Beinahe hätte er ihr von den Skeletten in der anderen Höhle erzählt, aber damit wollte und konnte er sie nicht belasten. „Wir müssen das im Auge behalten und wenn es schlimmer wird, uns irgendwas überlegen", antwortete er. Im Moment wüsste er auch keine Lösung fuhr er dann fort, doch er würde darüber nachdenken, was sie mit Xaver machten konnten. Selma tat ihm leid, was sie alles auf sich nehmen musste. Sein Leben war so schön und sie musste leiden, nur weil Vater sich nicht hatte benehmen können.

Diesmal fuhr Hubert mit Babsi und Nina zusammen zum Käseverkauf. Noch einmal wollte er deshalb keinen Streit untereinander haben. Einige Kunden erinnerten sich noch an den Käse vom letzten Jahr und kauften ohne zu probieren. Es gab sogar Einzelne, die einen ganzen Laib auf einmal kauften. Ansonsten lief der Verkauf wie im letzten Jahr, zuerst war der teure Berghöhlenkäse verkauft, dann der normale. Beim nächsten Mal schon könnten sie auch den eigenen Käse aus der Höhle anbieten, darauf freute sich Hubert schon ganz besonders.

Dann könnte Edi endlich das Ergebnis seiner Mühen sehen. Da sie schon am frühen Nachmittag ausverkauft waren, gab Hubert den beiden Mägden noch Gelegenheit sich in der Stadt mit anderen Dingen einzudecken. Für beide war es was Exklusives sich einmal in den Geschäften der Stadt umzusehen und sich wie eine Dame zu fühlen. Spät erst kamen sie mit vollen Taschen zurück. „Das nächste Mal werden wir wohl einen größeren Wagen nehmen müssen", scherzte Hubert als er sie kommen sah. Die beiden lachten nur und stiegen mit all ihren Habseligkeiten auf den Kutschbock.

Unterwegs tuschelten sie immer wieder miteinander und Hubert hatte nur herausgehört, dass auch er etwas davon habe. Wollten sie ihm etwas schenken? Er würde sich überraschen lassen. Aber es gefiel ihm gut, die beiden so glücklich zu sehen. Überhaupt war das ein tolles Gefühl, glücklich am Glück anderer zu sein.

Als sie dann nach Hause kamen, wollte Hubert als Erstes Edi vom Erfolg erzählen. Dieser war mit Johannes in der Käserei und zeigte ihm gerade einige Dinge. Hubert war darüber überrascht, da es eigentlich nicht zu seinem Aufgabengebiet gehörte. Er freute

sich aber dennoch über das Engagement von Johannes. Es war wirklich eine tolle Truppe.
Edi beglückwünschte Hubert zu seinem Erfolg. Komisch, dachte Hubert, Edi sieht jeden Tag schlechter aus. Er sollte sich lieber schonen, als anderen noch Dinge zu lehren. Aber so war Edi eben, er gab immer Alles. Vielleicht hatten die beiden sich auch angefreundet, es waren ja einsame Seelen. Die Mägde hatten sich und Hubert, er hatte die Mägde und Selma, aber Edi und Johannes hatten sonst niemanden. Schaden könnte es ja nicht wenn Johannes etwas von Edi lernt.
2 Monate waren vergangen, Morgen würden Hubert und die beiden Mägde den ersten Käse aus der neuen Höhle auf dem Markt anbieten. Somit hatten sie dann 3 Sorten. Einmal den Käse aus der oberen Höhle von Selma, dann den Ziegenkäse aus der unteren Höhle und ebenfalls neu den Käse aus der Kuhmilch. Alle waren ungeheuer gespannt auf den Verkauf.
Alle Sorten schlugen bestens ein. Schon am Mittag waren sie diesmal ausverkauft. Ihre Qualität hatte sich schon in der Stadt herumgesprochen. Heute wollte Hubert sofort nach Hause fahren. Er konnte es nicht erwarten, Edi die gute Nachricht zu bringen. Als würde es das Kaltblut ahnen, dass sein Freund Edi wartete, es lief wie noch nie. Die Mägde scherzten schon und Babsi sagte: „Edis Braut will schnell zu ihm". Alle drei lachten den ganzen Rückweg darüber. Auf dem Hof angekommen sprang Hubert vom Kutschbock und lief in die Käserei. Dort war Edi wieder mit Johannes zusammen. Hubert verkündete die frohe Botschaft und Edi freute sich ungemein. Als fiel ihm ein Stein vom Herzen. Er hatte alles richtig gemacht.
Am nächsten Morgen kam Edi nicht zum Frühstück. Es war nichts ungewöhnliches, da er manchmal schon früher mit der Arbeit begann. Dann kam er aber zumindest vorher in die Küche. Hubert hatte ein schlechtes Gefühl und ging zu Edis Kammer. Edi lag tot im Bett. Sein Gesicht zeigte ein seliges Lächeln. Er war friedlich und zufrieden eingeschlafen. Hatte er nur noch auf das Ergebnis gewartet? Wollte er nur noch wissen, ob sich seine Arbeit gelohnt hatte? Es war ein ganz schwerer Schlag für Hubert. Sofort rief er das ganze Personal zusammen um ihnen die traurige

Mitteilung zu machen. Alle waren sehr betroffen. Johannes sprach: „Er hat es schon lange gewusst, er hatte nur noch den großen Wunsch zu erfahren, wie der Verkauf gelaufen war. In den ganzen letzten Wochen hat er mir alle seine Geheimnisse über den Käse gezeigt und erzählt. Er wollte sich sicher sein, dass es dem Loserhof auch ohne ihn gut geht".

Hubert hatte sich so etwas schon beinahe gedacht. Das war Edi, immer für den Hof ohne an sich zu denken. Sie würden ihm ein würdiges Begräbnis zu Ehren kommen lassen. Er hatte mit seinem Wissen und seinen Ideen den Hof auf Jahre geprägt. Hubert schickte sogleich den Toni zu Selma um sie zu informieren, dass in drei Tagen die Beerdigung von Edi wäre. Es wäre ihm wichtig, wenn sie daran teilnehmen würde.

Toni machte sich sogleich auf den Weg. Selma war überrascht ihn zu sehen. Toni überbrachte ihr die schlechte Nachricht. Selma wurde sofort ganz still und weinte. „Sag meinem Bruder, ich werde da sein und dann geh bitte, ich möchte jetzt alleine sein", sagte sie unter Tränen. Toni konnte das nur zu gut verstehen und machte sich sogleich auf den Rückweg.

Nach über 18 Monaten kam Selma mal wieder zurück zum Loserhof. Sie kam direkt am Tag der Beerdigung und würde gleich am nächsten Morgen den Rückweg wieder antreten; denn sie musste ja Xaver versorgen.

Es wurde eine große Beerdigung. Edi hatte ungeahnt viele Freunde auch im Dorf gehabt. Alle kannten ihn als ehrlichen, aufrechten Mann. Nicht nur der Pfarrer hielt eine Rede, sondern auch Hubert. Er dankte noch einmal Edi für alles was er für den Loserhof getan hatte.

Es gab viele Tränen am Grab von Edi. Als Selma am Grab stand, sagte sie zu sich selbst, du warst einer der beiden Männer, die ehrlich und gut zu mir waren. Nun ist nur noch Hubert übrig. Dann warf sie eine Blume hinein und drehte sich mit Tränen in den Augen um. Auch Hubert blieb lange am offenen Grab stehen, um in Ruhe und persönlich noch einmal Abschied von seinem großen Lehrmeister zu nehmen. Mit dem Wort Danke warf er seine Blume ins Grab. Auch Hubert hatte Tränen in den Augen. Es war einfach so unglaublich traurig für alle.

Mehrere Tage herrschte eine unheimliche Stille auf dem Loserhof. Obwohl Edi immer im Stillen gearbeitet hatte und unauffällig war, merkte doch ein jeder sein Fehlen. Sein guter Geist war halt nicht mehr da. Johannes kam zu Hubert und sprach: „Ich möchte nicht anmaßend erscheinen und es ist auch nicht meine Entscheidung Herr, aber ich würde gerne die Aufgaben von Edi wahrnehmen. Er hat mir alles gezeigt was ich wissen muss". „Danke Johann, ich wollte Dich das auch schon fragen, aber verzeih mir, es war so ein schwerer Abschied für mich", antwortete Hubert. Er wusste, dass Edi sich darum gekümmert hatte und auch das er Johannes nicht ohne Grund ausgewählt hatte. Edi hatte auch im Nachhinein sein blindes Vertrauen.

Johannes war also ab sofort der neue Käsemeister und Hubert würde versuchen schnell einen neuen Knecht als Ersatz zu finden. Durch den mittlerweile guten Ruf des Loserhofes, fiel das leicht. Es gab sogar mehrere Bewerber. Es sollte jemand sein, der sich mit Kühen und Ziegen auskannte, im Wald arbeiten konnte und auch mal bereit war, andere Aufgaben zu erfüllen.

Lorenz hieß der neue Knecht. Lorenz war groß, kräftig und knapp 30 Jahre alt. Er hatte bis zum Frühling auf einem Hof auf der anderen Seite des Dorfes gearbeitet. Nachdem der älteste Sohn aber den Hof übernommen hatte, gab es des oft Streit und Lorenz hatte gekündigt.

Diesmal war es nun an Johannes Lorenz einzuarbeiten. Die beiden verstanden sich von Anfang an sehr gut und wurden schnell Freunde.

7. Die ersten Besucher auf der Almhütte

Der Verkauf des Käses in der Stadt hatte eine ungeahnte Nebenwirkung. In letzter Zeit kamen immer wieder Städter zum Loserhof und fragten nach der Almhütte wo der wunderbare Käse hergestellt wurde. Hubert der für diese Anerkennung dankbar war, erklärte gerne den Weg, wies aber darauf hin, dass dieser mühsam wäre. Aber genau das schienen die Städter zu suchen. Sie wollten eine ausgiebige Wanderung machen, dann auf der Almhütte sich mit dem leckeren Käse stärken und später wieder zurück wandern.

Hubert musste unbedingt zu Selma und mit ihr sprechen, wie sie das bewältigen konnte. Schon einige Zeit hatte er es nicht mehr geschafft zu ihr zu kommen. Erst war da Edis Tod, dann kam die Heuernte und das Geschäft mit dem Käse wurde auch immer mehr.
Er wollte gerade am Sonntagmorgen losgehen, als wieder Städter kamen und ihn nach dem Weg fragten. Er bot an sie zu führen. Unterwegs unterhielt er sich mit ihnen und erfuhr, dass es jetzt in der Stadt als schick galt, solche Ausflüge zu machen und die Natur zu genießen. Hinzu kam dann noch der besonders wohlschmeckende Käse. So verbrachten sie die Zeit des Aufstieges und als sie zur Hütte kamen, war Hubert verwundert. Draußen vor der Hütte standen 2 Tische und einige Bänke. Die Städter nahmen Platz und Hubert klopfte an Selmas Tür. Selma recht adrett gekleidet öffnete und war sehr erfreut Hubert zu sehen. „Du Hubert, es kommen jetzt immer mehr Besucher und ich kann eine Menge Käse schon gleich hier verkaufen. Zusammen mit selbstgebackenem Brot bekomme ich da noch mehr, als auf dem Markt", plapperte Selma sofort los. „Genau deshalb bin ich bei Dir", lachte Hubert. Er wollte halt schauen, ob sie ohne weitere Hilfe klar kam. „Wer hat Dir überhaupt die Tische und die Bänke gezimmert"? war seine nächste Frage. Sie erklärte, dass der Toni so freundlich war ihr zu helfen.
Aber es würde immer schwerer, mit allem schnell genug nach zu kommen. Auch wäre es gut, wenn sie außer Käse, noch Schinken oder Wurst und vielleicht außer Brunnenwasser, Bier verkaufen könnte. Diese Dinge würden ebenfalls oft gewünscht. Huberts Geschäftssinn wurde aktiv. In seinem Kopf arbeiteten alle Zellen. Das größte Problem für alles war der Transport. Durch sein Nachdenken hatte er gar nicht bemerkt das Selma schon lange nicht mehr neben ihm stand, sondern gegangen war um die Gäste zu bedienen.
Nach einiger Zeit kam sie zurück, stieß ihn an und sagte: „Bruder, aufwachen". Beide lachten wie sie schon ewig nicht mehr miteinander gelacht hatten.
Hubert setzte sich noch einen Moment zu den Gästen. Er fragte sie einfach, was sie sich hier am meisten wünschen würden. Beide

überlegten einen Moment, dann sprach der Mann: „Bier wäre gut, Wurst und Schinken, vielleicht ein einfaches warmes Essen und das Allerbeste wäre, wenn man hier übernachten könnte um am nächsten Tag weiter zu ziehen. Also in Prinzip ein einfaches Gasthaus für Wanderer und Kletterer".

Nun wusste Hubert alles was er wissen wollte. Als die Gäste sich schon auf den Rückweg gemacht hatten, besprach Hubert all diese Dinge noch mit Selma. Sie beschlossen kurzfristig. Die Hütte mit Schinken und Wurst vom Hof zu beschicken, kühlen konnte Selma es in der Höhle problemlos. Bier müssten sie erstmal vom Wirt im Dorf beziehen. Aber soweit er sich erinnerte hatte der Hof noch eigene Braurechte, dafür müsste er aber die Unterlagen heraus suchen. Ein einfaches warmes Gericht stellte auch kein Problem dar. Aber alles andere, wie Räume zur Übernachtung oder einen Raum zum Essen wenn es mal regnete bedurfte eines Anbaus.

Hubert machte folgenden Vorschlag, er würde ein Maultier besorgen, dies könnte jedes Mal von Toni geführt, die benötigten Dinge mit auf die Alm bringen. Noch in diesem Herbst würde er mit Lorenz und Johannes einen Anbau beginnen. Hier sollten einige Zimmer sowie ein Gastraum entstehen. Wenn Selma noch Hilfe brauchte, dann sollte sie sich eine Magd einstellen, die ihr half am Wochenende die Gäste zu versorgen. So wollten sie es probieren. Wenn er das nächste Mal dann in der Stadt zum Käseverkauf wäre, wollte er allen von der Alm erzählen, dass sie auch genügend Gäste bekommen würde. Für den Moment war Selma etwas von Huberts Plänen erschlagen, aber sie wusste, er kannte sich aus und so erfolgreich wie er den Hof führte, vertraute sie ihm blind.

Nun musste sich aber auch Hubert auf den Weg machen, sonst käme er erst im Dunkeln nach Hause. Er war froh, dass Sommer und es somit lange hell war. Noch am selben Abend trommelte Hubert alle zusammen und berichtete von seinen und Selmas Plänen. Die Begeisterung war groß und jeder versprach nach Kräften zu helfen.

Gleich morgen sollte Johannes losziehen um sich nach einen Maultier umzuschauen. Hubert vertraute ihm dazu gleich das nötige Geld an um im Erfolgsfall dieses gleich zu erwerben. Mit Lorenz wollte er nach Baumaterial für den Anbau suchen. Denn das müsste schon jetzt bei jedem Aufstieg von Toni mit dem Maultier mitgenommen werden, damit sie im Herbst rechtzeitig mit dem Bau beginnen konnten. Hubert versetzte alle in Bewegung. Nina hatte den Auftrag beim Wirt nach Preisen für Bier in Flaschen zu fragen und Babsi sollte einiges an Wurst und Schinken heraus suchen. Auch wollten sie für Selma das Brot mitbacken, da ihre Zeit ja noch durch Xaver beschränkt war. Jetzt erst fiel ihm ein, was würde Selma überhaupt mit Xaver machen, wie sollte sie es handhaben? Aber irgendeine Lösung musste sie ja auch jetzt schon gefunden haben.

Am nächsten Tag machte sich ein jeder an seine Aufgaben. Johannes, der alle Höfe in der Gegend kannte, wusste wo er nach einem Maultier suchen musste. Schon beim zweiten Hof wurde er sich mit dem Bauern handelseinig. Dieser war zwar verwundert, dass ein Knecht geschickt wurde um ein Tier zu kaufen, aber es war ihm auch egal, Hauptsache er hatte sein Geld. Stolz kehrte Johannes mit seinem Erwerb am Nachmittag zum Hof zurück. Hubert war über den schnellen Kauf sowohl überrascht als auch erfreut. Dieses Stück hatte er für am schwierigsten gehalten.

Aber auch er und Lorenz waren fleißig gewesen und das vorhandene heraus gesucht und alles was noch fehlte, würden sie in den nächsten Tagen herstellen oder beschaffen. Auch Nina brachte gleich einige Flaschen Bier mit zum Hof. Sie hatte den Wirt erweichen können, wenn sie größere Mengen benötigten, den Preis noch zu mindern. Der Wirt ahnte wohl, dass auch er Vorteile davon haben könnte, wenn manche Gäste dann auch bei ihm nächtigen würden. Babsi hatte ja die leichteste Aufgabe gehabt und hatte schon einige Pakete vorbereitet und mit dem Brotbacken begonnen.

Es lief wie am Schnürchen. Als Toni am nächsten Morgen zum abholen der Ziegen kam, war er sehr verwundert, was in der Zeit seit Gestern geschehen war. Auch das er ein Maultier mitnehmen sollte irritierte ihn. Das Maultier aber war recht friedfertig und ließ sich leicht führen. So konnte er auch noch sein Gepäck mit drauf packen und musste selbst weniger schleppen. Der Gedanke wiederum erfreute ihn natürlich.

So kam er schon am nächsten Tag mit Maultier, Bier, Wurst, Schinken und frischem Brot bei Selma an. Diese fiel aus allen Wolken, wie hatte Hubert das nur so schnell geschafft. Sie schüttelte nur mit dem Kopf und lachte. So kannte Toni Selma noch gar nicht. Die Aussichten, jetzt wieder mehr mit Menschen zu tun zu haben, hatten sie völlig verändert. Aber das war ihr selbst auch aufgefallen. Es war als wäre sie plötzlich aus einem Loch der Bosheit entstiegen und nahm wieder am normalen Leben teil.

Toni sollte jetzt jeden Tag am Nachmittag wieder zum Hof kommen, damit er am nächsten Morgen, dann gleich Baumaterial oder Lebensmittel mitnehmen konnte. So ging es jetzt tagein tagaus bis zum Herbst.

Pünktlich war alles an Baumaterial auf der Almhütte angekommen. Sie wollten möglichst noch vor Wintereinbruch mit der Arbeit fertig werden. Aus diesem Grunde hatte Hubert noch einige Männer zusätzlich aus dem Dorf für die Arbeiten angeheuert. So zog dann ein ganzer Trupp den steilen Weg zur Almhütte hinauf. Es sah vom Hof aus wie eine Ameisenstraße hatte Babsi später erzählt.

An den Wochenenden hatte der Betrieb von Gästen immer mehr zugenommen. Es hatte sich in der Stadt schnell herum gesprochen, dass es gutes Essen und Bier zur Stärkung auf Selmas Hütte, so wurde sie mittlerweile genannt, gab. Jetzt sahen die, die da waren, dass für das nächste Jahr auch Gästezimmer und ein Schankraum gebaut wurden. Auch das würden die Menschen weiter erzählen.

Selma lebte richtig auf, das war es, was Hubert am meisten freute und auch der Hauptantrieb für ihn gewesen, diese Investitionen zu tätigen. Auch Selma sollte ja ihren Teil vom Hof bekommen. Dank der vielen zusätzlichen Arbeiter ging der Bau schnell voran. Nach nur 4 Wochen war der Anbau fertig und noch rechtzeitig zum Winter hatten sie alles erledigt. Nun konnten der Winter und die ruhige Zeit kommen. Diese könnten sie jetzt alle gut gebrauchen.

Auch Selma war froh zur Ruhe zu kommen. Erst 18 Monate gar keine Menschen und dann so viele auf einmal, das war schon eine Umstellung für sie.

Xaver wurde immer selbständiger, soweit man das so nennen konnte. Er lief auf allen Vieren durch die Höhle, fing jegliches Getier und fraß es auf. Eine zusätzliche Ernährung brauchte er fast gar nicht mehr. Obwohl er etwas gewachsen war, war er so breit wie groß. Er hatte ungeheuer kräftige Arme, die es ihm erlaubten sich schnell fortzubewegen und andererseits auch zu klettern. Seine Grunzlaute hatte er beibehalten, eine Sprache würde er wohl nie erlernen.

Wieder wurde das Weihnachtsfest ausgiebig gefeiert und das Besondere in diesem Jahr, war der Besuch von Selma. Der Winter hatte bisher noch kaum Schnee gebracht, so dass sie es gewagt hatte, für einen Tag dazu zu kommen. Im Laufe des Tages hatte sie auch bemerkt, wie Huberts Beziehung zu den Mägden war. Als sie einen Augenblick alleine waren, sprach sie ihn konkret darauf an. Hubert erzählte ihr alles und war froh, dieses Geheimnis zumindest schon einmal geteilt zu haben.

Für Selma stellte es kein Problem da. Zuerst hatte sie zwar den Gedanken, typisch Mann gehabt, doch als Hubert ihr ausführlicher davon erzählte und auch die Übereinkünfte und Einstellung von Babsi und Nina erklärt hatte, bekam sie Verständnis dafür. Nur eins wollte sie noch von ihm wissen und deshalb fragte sie: „Bist Du glücklich Hubert"? Hubert antwortete mit einem kurzen aber eindeutigen: „Ja sehr sogar". Das war für Selma das Wichtigste und es waren die Worte die sie hören wollte. Mit einem guten Gefühl machte sie sich am nächsten Morgen wieder auf den Weg zur Alm.

Ihr erster Weg führte sie zu Xaver. Der saß wieder einmal blutverschmiert im Eingang der Höhle und war gerade noch dabei ein Murmeltier zu verspeisen. Wie und wo er das gefangen hatte, würde Selma ohnehin nie von ihm erfahren, so sparte sie es sich, danach zu fragen.

Kurz nach Weihnachten kam dann doch noch der Schnee. So spät er kam, so reichlich kam er. Es schneite mehrere Tage am Stück und Selma war froh, dass sie das Weihnachtsfest noch so genutzt hatte. Jetzt kam erstmal eine lange Zeit der Stille. Erst vor ein par Tagen war wie im letzten Jahr wieder der Toni bei ihr eingetroffen, um ihr zu helfen. Er half ihr beim Schnee schaufeln und den Weg bis zur Höhle erledigte sie mit ihren Brettern.

Auch auf dem Loserhof wurde der Winter genutzt. In der Werkstatt bauten sie noch einige zusätzliche Tische und Bänke. Aber manche Tage war Hubert auch mit Babsi und Nina auf dem Schlitten unterwegs. Das alte Kaltblut erfreute sich immer noch guter Gesundheit. Hubert musste wieder einmal Babsi ärgern, so sagte er: „Nur gut das wir vor dem Schlitten ein Kaltblut haben, bei den Mengen, die Babsi im Winter immer zulegt." Diese konnte jetzt auch darüber lachen, wusste sie doch, dass in dieser Zeit Hubert ihr besonders zugetan war. Sie hatte schon mehr als einmal darüber nachgedacht, vielleicht ein paar Kilo mehr mit sich herumzutragen. So schön ihre Dreierbeziehung war, aber mit zunehmendem Alter, wurde der Wunsch nach etwas mehr Geborgenheit doch größer. Ganz recht war ihr das mit Nina schon nicht mehr, aber sie machte gute Miene zum bösen Spiel. Was sie dabei nicht wusste war, dass auch Nina ähnliche Gedanken hatte. Ihr würde der Status der Bäuerin auch besser gefallen.

Selma hoffte, dass der Winter bald vorüber wäre. Sie konnte es kaum erwarten, ihre Gäste im Frühling dann in ihren neuen Räumen begrüßen zu können. Alles war mit soviel Liebe hergerichtet. Auf alle Kleinigkeiten, die der Hütte ein alpines Flair gaben, hatte sie geachtet. Den ganzen Winter benutzte sie, um immer noch kleine Verbesserungen durchzuführen. Wäre doch nur schon Frühling. Was sie bisher noch überhaupt nicht einschätzen konnte, war die Menge der Arbeit, die auf sie zukam. Würde sie es alleine schaffen oder müsste sie doch noch eine zusätzliche Magd, für die Wochenenden einstellen.

Endlich war es soweit, der Schnee wich schnell den Sonnenstrahlen. Im Tal war er schon komplett geschmolzen und ein neues Jahr kam auf den Loserhof zu. Ein Jahr, das viele Veränderungen versprach. Bald würde Toni wieder seine Arbeit als Ziegenhirte mache und das erste Mal mit dem Maultier kommen um die nötigen Lebensmittel mitbringen. Selma wurde schon etwas nervös. Hoffentlich würde alles funktionieren und es kämen auch genug Gäste.

Schon von weitem konnte Selma die Geräusche des Maultieres hören. Die machte es immer, wenn der Aufstieg fast geschafft war. Sie freute sich aber nicht nur auf die Lieferung, sondern auch auf Toni. Sicher würde er ihr die vielen Neuigkeiten aus dem Dorf erzählen, die über den Winter heraus gekommen waren. Was dies betraf, war Toni eine kleine Plaudertasche.

Toni war erstaunt, was Selma noch in den verbliebenen paar Tagen alles an den Räumen verändert oder ergänzt hatte. „Hier werden sich Deine Gäste richtig wohl fühlen", sagte er. Selma war erstaunt über sein Lob. Dass ein Junge so etwas überhaupt sah, überraschte sie. „Aber ich habe auch noch eine Überraschung für Dich", sagte Toni und ging noch einmal hinaus zum Maultier. Selma von der Neugier getrieben, folgte ihm. Dann holte er ein großes Schild aus dem Packsack. Auf diesem stand in großen Buchstaben: „Selmas Almhütte". Sein Bruder hatte es selbst im Winter gebaut und Toni war nun stolz darüber, es Selma zu geben. „Vielen Dank Toni, komm lass es uns gleich anbringen", sprach Selma, freudig.

Zusammen brachten sie das neue Schild an und Selma war so stolz auf ihre Almhütte. „Unten im Tal und bei der Abzweigung, habe ich auch noch je eins aufgestellt, damit die Leute Dich hier besser finden können", komplettierte Toni ihre Freude. Selma nahm ihn in den Arm und drückte ihn fest.

Das erste Wochenende verlief enttäuschend für Selma. Kein Wanderer, kein Gast kam zu ihr. Ihre Laune sank auf den Tiefpunkt, soviel Arbeit für Nichts. Aber daran musste sie sich wohl auch gewöhnen, dass es Wochenenden gab, an denen die Besucher ausblieben.

Auf dem Loserhof hatte Hubert mit Freude festgestellt, dass Babsi diesmal nicht zum Frühling wieder abgenommen hatte. Ihm gefiel das sehr, er mochte ihre dralle Figur aus dem Winter. Nina fiel das auch sofort auf und es war zu erkennen, dass auch sie beim Essen neuerdings etwas kräftiger zulangte. War zwischen den beiden etwa ein Konkurrenzkampf entstanden? Hubert jedenfalls genoss die übermäßige Aufmerksamkeit, ihm gegenüber sehr. Aber was

würde er tun, wenn sich die Lage zuspitzen würde? Wie sollte er sich dann entscheiden?
Für die Tiere war jetzt die schönste Zeit im Jahr, endlich durften sie wieder aus den Ställen. Frisches Gras war doch etwas anderes als das ewige Heu. Sie hatten die Bewegung vermisst. Sie rannten, sprangen und freuten sich ihres Lebens. Es war für Hubert jedes Jahr im Frühling ein ganz besonderer Augenblick, wenn er diese ungezähmte Freude der Tiere sah. Am Wochenende hatte er darauf geachtet, ob Besucher auf dem Weg zu Selma waren. Mit Enttäuschung hatte auch er keine entdeckt. Hoffentlich war es keine Fehleinschätzung, aber der Frühling hatte ja gerade erst begonnen.
Schon am nächsten Wochenende sah die Welt ganz anders aus. Eine ganze Wandergruppe war am Samstagmorgen am Loserhof vorbei gekommen und machte sich auf den Weg zu Selma. Von Toni wusste er ja, dass dieser Schilder aufgestellt hatte, damit die Wanderer Selmas Almhütte nun besser finden konnten. Es gefiel ihm gut, dass der Junge so mitdachte. Wenn er später mal wieder einen neuen Knecht brauchen würde, dann wäre der Toni sicher der richtige dafür.
Selma fiel aus allen Wolken, als sie sah, was da auf sie zukam. Eine ganze Wandergruppe war auf der Almhütte erschienen. Bei dem Sonnenschein, wollten alle draußen sitzen, aber dafür reichten ihre 2 Tische leider nicht. So mussten doch einige in der Schankstube Platz nehmen. Selma kam ganz schnell an ihre Grenzen. Alles alleine und gleichzeitig war nicht so einfach, wie sie sich das vorgestellt hatte. Wären die Leute nacheinander gekommen, hätte sie die Arbeit leicht geschafft, aber so geballt stellte es sie vor Probleme. Immer wenn sie gerade etwas zu essen zubereitete, rief schon wieder einer nach Bier. Daran musste sie sich erst einmal gewöhnen. Als endlich alle verköstigt waren, wischte sie sich über die Stirn und wusste, sie brauchte in Zukunft Hilfe.
Die Wanderer machten auch gar keine Anstalten wieder zurück zu gehen, ganz im Gegenteil, sie fragten nach einer Übernachtungsmöglichkeit. Da konnte Selma mit dienen. Ihre Zimmer hatten ja nur darauf gewartet. Aber sicher wollten die Wanderer dann auch frühstücken. Ihre Lebensmittel würden gar

nicht ausreichen und Toni kam heute nicht, das wusste sie. Jetzt hatte sie ein echtes Problem.

Gegen späten Nachmittag kam die Rettung. Selma vernahm die Geräusche des Maultieres. Es war Hubert der mit Nachschub kam. „Wie konntest Du das nur wissen", fragte Selma ihn. „Eigentlich war es ganz einfach, ich sah die Leute am Aufstieg und als sie nicht zurück kamen, dachte ich mir schon, dass sie über Nacht bleiben würden und Du dann noch Lebensmittel benötigen würdest", antwortete Hubert. Es war schön, dass sie sich so auf ihren Bruder verlassen konnte. Aber ganz plötzlich wurde ihr bewusst, dass sie nun noch ein anderes Problem hatte. Hubert würde ebenfalls auf der Hütte übernachten müssen. Die Gästezimmer waren belegt und wohin jetzt mit Xaver?

Sie müsste ihm ein Lager in ihrem Zimmer einrichten, es wäre doch etwas komisch, wenn Hubert sehen würde, dass Xaver in der Höhle schlafen würde.

Hubert wollte auch unbedingt mitkommen um Xaver abzuholen. So ging Selma schweren Herzens mit ihm zur Höhle. Zu ihrem Entsetzen war Xaver nicht da. Das Seil war durchgebissen. Sie lauschten einen Moment, dann hörten sie ihn in einer Ecke der Höhle schmatzen und grunzen. Wieder hatte er ein Murmeltier gefangen und war gerade dabei es aufzufressen. Sein ganzes Gesicht war blutverschmiert und die Darmsäfte des Tieres liefen ihm über Gesicht, Brust und den Rest des Körpers. Selbst Hubert musste sich ekeln. Immer mehr tat Selma ihm leid, die dieses Elend jeden Tag mit ansehen musste. Selma reinigte Xaver grob und dann nahmen sie ihn mit zur Hütte. Unter freudigem Grunzen ließ er sich baden. Er schien das warme Wasser sehr zu genießen.

Die Übernachtungsgäste hatten sich schon wieder im Schankraum eingefunden und wollten wohl noch Bier trinken bevor sie zu Bett gingen. Hubert übernahm die Gäste, so dass Selma sich erst einmal um Xaver kümmern konnte. Nun wusste auch Hubert, dass Selma dies alles nicht alleine schaffen konnte. Sie würde ebenfalls eine Magd brauchen. Vielleicht wäre es auch eine Möglichkeit, eine seiner Mägde gegen eine neue auszutauschen und Babsi oder Nina würden Selma helfen. Aber für welche nur

sollte er sich entscheiden? Immer wieder kam dieses Problem auf den Tisch. Er würde in Kürze sich für eine von beiden festlegen müssen, sonst holte ihn das immer wieder ein.
Der Abend wurde noch lang, die Gäste wollten einfach nicht zu Bett. Es schien ihnen gut zu gefallen in Selmas Almhütte. Später kam dann noch Selma hinzu und unterstützte Hubert. Ein junges Mädchen hinter dem Tresen, motivierte die Männer aber nur noch mehr dazu, länger zu bleiben. Die Gäste machten zum Teil derbe Witze und je betrunkener sie wurden, umso anzüglicher wurden ihre Scherze. Selma die nun mit genau so etwas eine schlimme Erfahrung gemacht hatte, litt sehr darunter. Das spürte auch Hubert und umso schneller musste hier Abhilfe geschaffen werden. Gleich morgen würde er mit Babsi und Nina sprechen und die schwere Entscheidung treffen. Auch müsste einer am morgigen Tag noch mal Bier zur Hütte bringen, da die Männer fast alles getrunken hatten.
Die Einnahmen des Tages überraschte beide. Sie schienen alles richtig gemacht zu haben. Hubert sprach, nachdem endlich alle auf ihre Zimmer gegangen waren, noch mit Selma. Er erzählte von seinem Plan eine seiner Mägde zu ihr zu schicken. Das wäre auch einfacher in Bezug auf Xaver, da diese ja Bescheid wussten. Selma spürte wie schwer sich Hubert mit einer Entscheidung tat. Aber hierbei konnte sie ihm nicht helfen, dieses konnte nur sein Herz.
Gleich am nächsten Morgen verabschiedete sich Hubert. Er versprach ihr, noch Bier und andere Lebensmittel zu schicken. Den Heimweg nutzte er um immer wieder über Babsi und Nina nachzudenken. Aber je mehr er an die beiden dachte, umso schwerer fiel ihm die Entscheidung. Es blieb also nur die Möglichkeit, es bei einem Gespräch mit Babsi und Nina herauszufinden. Hubert graute es vor diesem Gespräch. Es war nicht der Umstand, nur noch mit einer von beiden sein Vergnügen zu haben, sondern eher, eine vor den Kopf stoßen zu müssen.
Kaum zuhause angekommen, bat er Johannes Selma mit Bier und Lebensmitteln zu versorgen. Dieser machte sich auch sogleich auf den Weg. Johannes wusste, Hubert würde ihn nicht ohne

wichtigen Grund extra am Sonntag losschicken. Er war so dankbar dafür, dass er den Posten des Käsemeisters bekommen hatte, dass er gerne auch mal bereit war eine Sonderaufgabe zu übernehmen.
Hubert rief Babsi und Nina in die Stube. Als würden sie etwas ahnen, was auf sie zukäme, schienen beide sehr ruhig und still zu sein. Dies war ja sonst gar nicht ihre Art. Hubert druckste etwas herum und begann erstmal zu erzählen, was er auf Selmas Alm erlebt hatte. Von den vielen Gästen, der vielen Arbeit und den langen Abend im Schankraum mit den anzüglichen Gästen. „Ach Hubert, Du bist aber auch empfindlich, so etwas gehört doch dazu, ein bisschen Spaß muss doch sein", sagte Nina und ihre Augen leuchteten. Hubert wusste nicht, welche von beiden die Richtige für ihn wäre, aber er erkannte, Nina wäre die Richtige für die Aufgabe. Diese Erkenntnis machte es ihm plötzlich einfacher. Deshalb sagte er: „Nina, ich möchte, dass Du ab sofort zu Selma auf die Alm gehst und sie dort unterstützt." „Wir müssen ohnehin eine Entscheidung treffen, so schön die Beziehung zu dritt auch ist, es ist so nicht richtig." Um es noch zu bekräftigen, sprach er weiter: „Ich habe mich für Babsi entschieden, uns verbinden schon seit vielen Jahre so viele Dinge."
Er hatte gedacht, Nina würde jetzt in Tränen ausbrechen, doch das war gar nicht der Fall. Es sah so aus, als würde sie sich befreit fühlen. „Ich habe das schon lange gespürt und gewusst, es ist sicher für mich der bessere Weg und ich glaube, dass ist genau die Aufgabe, die ich mir wünsche und die mir liegt. Gleich morgen werde ich mich auf den Weg machen", beendete Nina das Gefühlschaos von Hubert.
Babsi hatte sich zurück gehalten, doch innerlich war sie so was von glücklich, sie hätte platzen können vor Glück. Sie würde die Bäuerin werden. Beide verließen Hubert und die Stube und waren trotz allem, einträchtig miteinander. Es war soviel leichter gewesen als Hubert gedacht hatte. Ein riesiger Stein fiel ihm vom Herzen. Endlich war Klarheit geschaffen und dieses ewig hinaus geschobene Problem beseitigt.
Gleich am nächsten Morgen machte sich Nina zusammen mit Toni und dem Maultier auf den Weg. Sie hatte alle ihre Sachen

gepackt und das Maultier war bis zum Bersten beladen. Zum Abschied nahm sie Hubert noch einmal in den Arm und sagte: "Du hast die richtige Entscheidung getroffen und sei froh, dass Du nicht noch länger gewartet hast, sonst hättest Du Babsi verloren." Hubert war den Tränen nahe und froh, dass alles so gekommen war. Babsi stellte sich nun an Huberts Seite und zusammen schauten sie Nina hinterher.
Selma freute sich sehr über Ninas Ankunft. Nicht nur das sie nun Hilfe hatte, auch Unterhaltung mit einem normalen Menschen und noch besser, sogar mit einer Frau war nun möglich. Selma hatte sich vorgenommen, mit Nina ganz offen über die „kleinen Geheimnisse" der Almhütte zu sprechen.
Selma und Nina redeten erstmal stundenlang über alles. Immer wieder mussten sie gemeinsam lachen und es war ein Gefühl, als wären sie schon ewig beste Freundinnen.
Offen hatte Nina Bedenken gegenüber Xaver geäußert. Sie würde sich schon schwer damit tun, sagte sie zu Nina. Vielleicht würde sie sich daran gewöhnen, aber versprechen könnte sie es nicht. Selma war über Ninas Ehrlichkeit und Offenheit erfreut. Es war besser die Dinge richtig zu benennen, als Freude über etwas zu heucheln, was nicht so war.
Aber dennoch wollte sich Nina von Selma erstmal Xaver und die Höhle zeigen lassen. Sie wollte gleich mit allem konfrontiert werden. Nur so könnte sie die Situation richtig einschätzen.
Xaver war inzwischen angekettet worden, da er ja das Seil durchgebissen hatte. Er saß also grunzend und wie fast immer blutverschmiert in der Höhle. Wieder waren es Ratten, die hatten dran glauben müssen. Nina fand es sehr eklig, was sie da sehen musste. Sie zeigte aber sofort Verständnis dafür, dass Selma ihn so nicht in der Hütte haben wollte, ja konnte.
Danach zeigte Selma ihr noch die Geträume, den Schankraum und alles andere was zur Hütte gehörte.
Auf dem Loserhof kam es mal wieder zu Veränderungen. Hubert informierte alle darüber, dass Babsi die zukünftige Bäuerin würde. Er hatte sie gebeten, selbst die neue Magd auszusuchen, damit diese gleich ihre Stellung auf dem Hof kennen würde. Nun wurden die Vorbereitungen für die Hochzeit getroffen. Jetzt wo

alles geklärt war, wollte Hubert auch vor Gott seine Beziehung legitimieren. Die Hochzeit sollte auf jeden Fall noch vor der Heuernte stattfinden.

Babsi fand eine junge Magd, gerade erst 16 Jahre alt, im nahen Dorf. Sie selbst war ja damals auch in sehr jungen Jahren auf den Hof gekommen und wusste am besten, dass es einfacher war, wenn das Mädchen noch nicht auf einen anderen Hof gearbeitet hatte. Nicht überall ging es so friedlich für die Mägde zu, wie auf dem Loserhof. Auf den meisten waren Übergriffe der Bauern, ihrer Söhne oder der Knechte leider üblich. Schon am nächsten Tag sollte Silvia ihren Dienst beginnen.

Toni hatte mit Hilfe des Maultieres die Almhütte in der Woche über gut versorgt. Noch einmal sollte es nicht zu so einer Knappheit kommen. Das Wochenende stand bevor, Selma und Nina waren gerüstet. Sie hatten die Aufgaben etwas aufgeteilt, so dass Selma vorwiegend sich um die Küche und die Gästezimmer kümmern wollte und Nina, die offenherzige, sich den Schankraum und die Bedienung der Tische vor der Hütte als ihren Platz ausgewählt hatte. So wäre Selma nicht mehr den derben Scherzen der angetrunkenen Wanderer ausgesetzt. Toni hatte die Zeit in der Woche noch dazu genutzt 2 weitere Tische und einige Bänke zu bauen und aufzustellen. Es war jetzt eine richtig ansehnliche Teerasse geworden. Selma hatte diese in ihrer kreativen Art noch mit einigen Blumen verschönert.

Auf dem Loserhof hatte Hubert nur noch ein Problem zu lösen. Sollte er Babsi von den Geschehnissen in der Höhle erzählen oder es lieber verschweigen. Hubert entschied sich für die Wahrheit. Als künftige Bäuerin sollte sie über alles informiert sein was auch die Geschichte des Hofes betraf. Als Hubert nach dem gemeinsamen Abendessen mit Babsi in der Stube saß erzählte er ihr von seinem schrecklichen Fund in der Höhle. Babsi war sehr erschrocken darüber. Solch schlimme Dinge hätte sie sich überhaupt nicht vorstellen können. Besonders machte ihr die Ähnlichkeit der Skelette zu Xaver Sorgen. Auch über dessen Besonderheiten sprach Hubert mit ihr. Es beruhigte Babsi nur sehr, dass Hubert nicht dieses Böse in sich hatte. Scheinbar hatte es eine Generation übersprungen und vielleicht wäre Xaver ja auch der letzte in der Reihe, der diese Bosheit in sich trug.

Das Wochenende kam und mit ihm die Gäste auf der Alm. Schon am Freitagmittag kamen die Ersten. Durch die Aufteilung und natürlich die zusätzliche Hilfe war es kein Problem für Selma und Nina. Die heutigen Gäste waren aber nur Tagesgäste und würden nach dem Essen wieder zurück wandern.

Diesmal waren nicht nur Männer sondern auch zwei Ehepaare unter den Besuchern. Eine der Damen, hatte einen kleinen, süßen Hund mit dabei. Dieser lief Nina immer wieder zwischen die Füße wenn sie am bedienen war. Aber es störte sie nicht, sie fand ihn sogar niedlich und streichelte ihn dann immer wieder. Überall schnupperte der Hund und fühlte sich sichtbar wohl auf der Alm. Als die Gäste dann wieder zurück wollten, fehlte der Hund. Sie suchten ihn überall, riefen nach ihm aber nirgends war er zu finden. Die Dame war sehr traurig, aber Nina und Selma versprachen ihr auch die kommenden Tage nach dem Hund zu suchen und wenn sie ihn fänden, würden sie ihn ihr zukommen lassen. Zwar traurig, aber mit dieser kleinen Hoffnung verließ das Ehepaar die Almhütte.

Am Abend dann ging Selma wie gewohnt zu Xaver. Kaum hatte sie die Höhle betreten, wusste sie was mit dem Hündchen passiert war. Xaver kaute noch daran. Angewidert schlug Selma ihn ins Gesicht. Xaver schien verwirrt, das hatte sie noch nie getan. Er grunzte sogar recht bösartig, so als wollte er sein Essen verteidigen. Der Hund war beim schnüffeln wohl in die Nähe der Höhle gekommen und hatte Xaver gewittert. Dieser musste die Situation ausgenutzt und ihn gefangen haben. Wie die Knochen aussahen, hatte er ihm das Genick gebrochen und sich dann an den Verzehr des Tieres gemacht. Selma war sichtlich erschrocken und es bereitete ihr Angst.

Wieder zurück auf der Hütte erzählte sie Nina davon. Falls die Dame einmal wiederkam müssten sie ihr sagen, dass sie den Hund nicht gefunden hätten. Sie sprachen noch lange am Abend über den Vorfall und gingen erst sehr spät zu Bett. Am kommenden Morgen war es daher auch etwas später mit dem Aufstehen geworden.

Nun mussten sie sich aber ranhalten, bestimmt kämen auch am heutigen Samstag wieder einige Gäste. So war es denn auch, eine ganze Männertruppe, ein Verein aus der nahen Stadt war zu Gast. Diese wollten auch bis zum nächsten Tag bleiben. Schon kurz nach der Ankunft am Mittag, zechten die Männer kräftig. Nina hatte sich heute extra ihr Dirndl mit dem großen Ausschnitt angezogen. Dies hatte sie, so erzählte sie Selma, vor einiger Zeit zusammen mit Babsi gekauft. Sie wollten damit eigentlich Hubert überraschen, hatten sich aber dann doch immer nicht getraut, da es doch etwas unzüchtig wirkte. Selma fand das es ihr gut stand. Der recht kurze Rock und der große Ausschnitt betonten ihre weiblichen Formen doch sehr.
Auch den Herren schien es zu gefallen. So üppig wie Ninas Formen, so üppig waren auch ihre Trinkgelder. Selma sah schon, wie die Männer ihr in den Ausschnitt gafften wenn sie die Flaschen auf den Tisch stellte oder versuchten ihr unter den Rock zu schielen, wenn sie sich bückte. Diese primitiven Schweine, dachte sie nur. Den ganzen Nachmittag, bis spät in den Abend herein hatten sie gut zu tun. Am Abend dann, ging es in der Schankstube heftig weiter. Je betrunkener die Männer waren, umso mehr trauten sie sich. Manche gaben Nina einen Klaps auf den Po.
Erst spät löste sich die Gruppe auf und die meisten wankten mehr als das sie gingen.
Gleich beim Frühstück dann sagten die Männer, dass es ihnen sehr gut gefallen hätte und sie bestimmt bald wiederkämen. Selma wusste, dass sie dies auch Ninas Offenherzigkeit zu verdanken hatten. Nach dem Frühstück brach die Truppe auf und wanderte sich den Alkohol aus dem Körper. Zum Mittag kamen noch ein paar Tagesgäste, so dass die Einnahmen auch an diesem Wochenende mehr als gut waren.
Auf dem Loserhof gingen die Hochzeitsvorbereitungen in die Endphase. Viele Leute aus dem Dorf wurden schon eingeladen und es sollte eine große Bauernhochzeit werden. Hubert wollte alle an seinem Glück teilhaben lassen. Auch Selma und Nina wurden eingeladen und hatten ihr Kommen zugesichert. Lorenz und Johannes begannen schon die große Scheune auszuräumen;

denn dort sollte die Feier stattfinden. Alle anderen Räume waren viel zu klein für so viele Personen. Hubert war damit beschäftigt sich ausreichend Tische und Stühle auszuleihen. Auch war er schon mit Babsi zusammen in der Stadt gewesen, damit sich beide festlich einkleiden lassen konnten. Es war an soviel zu denken bei so einer Feier. Hubert hatte es sich viel einfacher vorgestellt, aber seiner künftigen Bäuerin sollte es an nichts fehlen. Alle Wünsche, die sie geäußert hatte, waren berücksichtigt. Für diesen Tag hatte Hubert auch ausreichend Hilfskräfte organisiert; denn alle die zum Hof gehörten, sollten mitfeiern und an diesem Tag nicht arbeiten.
Als Hubert bei Selma und Nina war um die beiden einzuladen, hatte Selma ihn gebeten, ob nicht eines der Gästezimmer noch mal geteilt werden könnte. Es kämen auch Ehepaare zu Besuch und die sollten dann schon die Möglichkeit haben, paarweise zu Schlafen. So wäre es unangenehm für sie. Hubert gab ihr sofort Recht, an Paare hatte er bei den Besuchern gar nicht gedacht. Für ihn waren Wanderer immer nur Männer gewesen.
Er würde Johannes und Lorenz beauftragen das zu erledigen, hatte er versprochen. Bei der Gelegenheit hatte Selma auch die Geschichte von dem kleinen Hund erzählt. Das machte auch Hubert Angst und er war nur froh, dass Xaver inzwischen an einer Kette und nicht mehr an einem Seil befestigt war. So schlimm sich das anhörte, jemanden anzuketten, so unmöglich war es doch, ihn frei laufen zu lassen. Er würde ihnen bestimmt noch viele Sorgen bereiten, da war sich Hubert schon sicher. Nicht das er plötzlich Verständnis für die Vorfahren, deren Opfer er als Skelette entdeckt hatte bekam, aber konnte es nicht sein, dass die auch nicht mehr wussten was sie tun sollten.
Lorenz und Johannes kamen wie versprochen und trennten eines der Gästezimmer mit einer Bretterwand. Für die beiden war es eine Kleinigkeit und somit schnell erledigt. Hubert war es immer wichtig, dass Selmas Wünsche erfüllt wurden, schließlich musste sie schon genug auf sich nehmen.
Am nächsten Wochenende war die Almhütte wieder gut besucht, aber es gab nur einen Gast, der über Nacht bleiben wollte. Ein schon älterer Herr, der im Laufe des Tages viel über sich erzählt hatte. Das Wandern war seine Passion und einzige Leidenschaft.

Seine Frau war schon vor einigen Jahren recht jung verstorben. Leider hatten sie keine Kinder gehabt und so war er ganz allein auf der Welt. Aber es störte ihn nicht, die Einsamkeit gewohnt, waren die Wanderungen in den Bergen, für ihn genau das passende. Selma und Nina hatten gespürt, dass von diesem Mann eine gewisse Macht ausging. Bestimmt hatte er einen wichtigen Posten. Zu solchen Menschen musste man immer nett sein, man wusste nie, wie es einem vielleicht mal zugute kam.

Am kommenden Wochenende war die große Hochzeit, da würden sie die Hütte schließen und ein Schild aufhängen, dass es erst danach wieder weiter ginge.

Auf dem Hof lag alles in den letzten Zügen der Vorbereitung. Hubert und Babsi waren überall und nirgends. Ihre Gedanken waren nur noch beim Ablauf des Festes. Wenn sie dann abends müde ins Bett sanken, sagten sie sich, sie wären froh, wenn es endlich vorüber wäre. Aber trotzdem freuten sie sich auf ihren großen Tag und vor allem auf die Zeit die dann folgte. Für Babsi war es noch oft ungewohnt, die Stellung der Bäuerin schon zu übernehmen. Sie musste sich erst daran gewöhnen. Aber da es nicht unüblich auf dem Loserhof war, mit anzupacken, fiel dies nicht sonderlich auf. Hubert wusste, sie würde eine gute Bäuerin werden. Das Beste wäre für alle Bäuerinnen, wenn sie zuerst Magd wären, dachte er, denn die anderen könnten die Arbeit, die diese leisten mussten gar nicht einschätzen.

Samstag, es war soweit. Von überall kamen die Leute. Auch Selma und Nina waren da. Sie begrüßten Hubert und Babsi und freuten sich auf das Fest. Nina tat so, als würde sie sich von ganzen Herzen für Babsi freuen. Bevor es aber losging, fragte Nina ob Babsi noch ihr Dirndl hätte, was sie damals zusammen in der Stadt gekauft hatten. Sie würde es ihr gerne abkaufen; denn auf der Alm würde das gute Geschäfte bringen. Dabei zwinkerte sie Babsi zu. Babsi, die sofort wusste, was Nina damit meinte, schenkte es ihr sogar. Sie hätte so etwas als Bäuerin ohnehin nicht tragen können und selbst bisher hatte es nur ungetragen im Schrank gelegen.

8. Hochzeit auf dem Loserhof

Die große Menge an Menschen ging nun zusammen mit dem Brautpaar zur nahe gelegenen Kirche. Viele der Frauen hatten Tränen in den Augen bei der Zeremonie. Dann kam der Moment, wo sie sich gegenseitig die Ringe ansteckten und der Pfarrer sie als Mann und Frau benannte.
Im Anschluss gingen alle in gelöster Stimmung zur Scheune vom Loserhof. Dort wurde an Essen aufgefahren, was man sich nur vorstellen konnte. Hubert hielt eine kurze Rede, dann wurde angestoßen und es war eine lange Nacht mit Tanz und viel Freude. Die letzten hielten bis zum Morgengrauen durch.
Den nächsten Tag bis nach dem Mittagessen verbrachten Selma und Nina noch mit dem Brautpaar. Sie erzählten vom Betrieb auf der Hütte, von Xaver und all den anderen Dingen die so vorfielen. Hubert sprach schon von der bevorstehenden Heuernte und fragte Selma ob sie das auf ihrer Alm denn alleine mit Nina schaffen würde. Selma bejahte dies, zu zweit wäre das kein Problem. Selma wusste, sie würden nun Hubert eine Weile nicht sehen; denn die Heuernte forderte von jedem auf dem Hof eine Menge ab.
Selma und Nina verabschiedeten sich vom Brautpaar und wünschten ihnen noch einmal alles erdenkliche Glück. Dann machten sie sich an den Aufstieg. Nina erzählte Selma unterwegs, dass Babsi ihr das Dirndl geschenkt hatte. Das gefiel Selma sehr; denn sie wusste, das wäre gut fürs Geschäft.
Am kommenden Tag begann sowohl auf dem Loserhof, als auch auf der Alm, die Heuernte. Selma und Nina hatten auch Toni mit eingespannt. Zu dritt würden sie alles innerhalb der Woche schaffen; denn am Wochenende würden bestimmt wieder Gäste die Alm stürmen. Noch am Abend hatte Nina das neue Dirndl vorgeführt und Selma war begeistert. Der kurze Rock war noch besser geeignet, Ninas Schokoladenseite zu präsentieren. Nina selbst wusste darum und auch wie diese einzusetzen war.
Das Wochenende begann Vielversprechend. Schon am Freitag kam die Männergruppe wieder, die schon vor einiger Zeit auf der

Alm gewesen war. Sie wollten diesmal das ganze Wochenende bleiben und die nähere Umgebung bewandern.

Neben der Männergruppe waren auch noch 2 Frauen angekommen. Auch diese wollten das ganze Wochenende bleiben. Sie waren schon älter, ca. 40 bis 50 Jahre alt und machten einen komischen Eindruck auf Selma. Es war sehr ungewöhnlich, dass 2 Frauen allein reisten. Sie waren recht gut gekleidet, machten einen durchaus herrischen Eindruck und schienen etwas unnahbar. Aber die beiden sollten ja nicht ihr Problem sein, ihr Augenmerk lag ganz klar auf der Männergruppe. Allerdings mussten sie ihr Verhalten etwas anpassen und nicht gar zu freizügig auftreten.

Entgegen Selmas Erwartung, waren die beiden Frauen am Abend auch in der Schankstube. Die Männer ließen sich davon nicht stören, sie tranken ihr Bier und wurden immer lustiger. Als Nina mal wieder kurz in der Küche war und Selma die Bestellung durchgeben wollte, nahm Selma sie beiseite und sprach: „Das mit den beiden Frauen ist irgendwie komisch, wir sollten sie mal beobachten. Dann wissen wir vielleicht anschließend mehr über sie."

Während des abends, hatten immer wieder Männer versucht auch mit den beiden alten Frauen anzubändeln. Diese aber wiesen das konsequent und bestimmend ab. Irgendwann zogen sich die Frauen dann auf das ihnen zugewiesene Zimmer zurück.

Selma war noch am kommenden Morgen sehr neugierig, was die beiden Frauen auf die Almhütte getrieben hatte. Sie konnte nicht umhin, sie direkt zu fragen. Beim Frühstück dann bot sich die Gelegenheit. Auf die Frage ob ihnen denn die Herren am Vorabend nicht gefallen hätten, antwortete die ältere von beiden: „Wir sind nicht hier um Männer zu finden, so etwas haben wir schon zuhause. Wir sind hier um zu uns selbst zu finden. Wir wollen Abstand von der Hektik der Stadt und uns hier in der Natur erholen und wollen zur Ruhe kommen. Wir suchen das Gute."

„Heute Morgen waren wir schon draußen und konnten zusehen wie der Tag erwacht. Als sich die Nebel lichteten und die Bergspitzen freigaben, die Vögel zwitscherten, die Blumen den neuen Tag begrüßten, da wussten wir, hier sind wir richtig", waren

die folgenden Worte. „Aber wollen wir uns nicht beim Vornamen nennen? Wir sind übrigens Hanna und Magda", schloss sie ihre kurze Selbstbeschreibung.
Selma hatte die beiden falsch eingeschätzt und fand ihre Einstellung sehr bemerkenswert. Diese beiden ließen sich nicht im Alltag unterkriegen, sondern suchten den richtigen Weg für sich selbst. Nach dem Frühstück würden sie die nächste Wanderung machen und sich am Tag und der Schönheit hier erfreuen.
Das Frühstück der Männer war ein Katerfrühstück. Alle sahen noch recht müde und verquollen aus. Zwar wollten die Männer ebenfalls eine Wandertour machen, doch das war ganz im Gegensatz zu der der Frauen, sicher mehr ein Ernüchterungsspaziergang.
Auch auf dem Loserhof war die Heuernte vorbei und alles ging seinen normalen Gang. Die neue Magd, Silvia hatte sich gut eingearbeitet und Babsi behandelte sie nicht wie eine Magd, sondern eher wie eine jüngere Freundin. Das Ziegenmelken ging ihr flink von der Hand und im Haushalt hatte sie durch ihre Mutter schon einige Erfahrung. Für diese war es nicht einfach gewesen Silvia durchzubringen; denn der Vater war nicht bekannt, bzw. hatte die Mutter nie einen angegeben, so dass sie das Mädchen alleine aufziehen musste. Dies alles ließ sich Silvia aber nicht anmerken, sie war ein fröhliches und aufgewecktes Mädchen. Sie kam gut mit Lorenz und Johannes aus.
Den Verkauf des Käses übernahmen jetzt Hubert und Babsi. Es war noch immer eine Art Kaufrausch wenn sie mit ihrer Köstlichkeit auf dem Markt in der Stadt eintrafen. Hätten sie die Möglichkeit gehabt, mehr zu produzieren, so hätten sie diesen ohne Probleme verkaufen können. Selbst von Ladenbesitzern waren sie in der Zwischenzeit schon angesprochen worden, die von ihnen beliefert werden wollten. Hubert und Babsi hatten sich aber dagegen ausgesprochen. Zum einen hatten sie so einen direkten Draht zum Kunden und außerdem genossen sie den Tag der Fahrt in die Stadt. Es war immer noch etwas Besonderes, einmal kurz dem Alltag zu entfliehen.

Babsi und Hubert waren heute selbst zu einer Hochzeit im Dorf eingeladen. Leider musste Hubert alleine gehen, da Babsi sehr erkältet war und Fieber hatte. Es gefiel ihm gar nicht, sie alleine zu lassen, aber wenn er etwas versprochen hatte, dann hielt er es auch ein. Babsi sagte ihm, er solle sich den Abend nicht verderben lassen und es wäre viel wichtiger, dass er sich nicht bei ihr anstecken würde.

Da er bestimmt ohnehin spät zurück käme, sollte er sich dann lieber gleich auf dem Sofa in der Stube zur Ruhe begeben. Hubert tat wie ihm geheißen und ging zur Hochzeit. Es war ein großes und lustiges Fest. Es wurde sehr viel Alkohol getrunken. Hubert war das gar nicht gewohnt, aber irgendwann hatten ihn die anderen überredet und auch er langte kräftig zu. Babsi war ja sowieso nicht dabei und in der Stube könnte er seinen Rausch ausschlafen.

Es war schon fast morgens, als er nach Hause wankte. Er schaffte es noch bis kurz vor die Tür, dann brach er zusammen und schlief einfach ein. Zum Glück hatte ihn Silvia gehört, die schon sehr früh in der Küche war. Sie half ihm auf und brachte ihn in die Stube. Er sagte immer danke Schatz, ja Schatz. Er war wohl im festen Glauben, es wäre Babsi die ihm half. Sie zog ihm die Jacke aus, öffnete seinen Gürtel und wollte gerade gehen, da hielt er sie fest und packte sie. „Komm Schatz, schlaf mit mir" waren seine Worte. Silvia wusste nicht was sie tun sollte. Sollte sie ihn abweisen und würde er sie dann rauswerfen. Von so etwas hatte sie schon oft gehört. Aber sie brauchte die Arbeit. Also ließ sie sich überreden. Hubert war im guten Glauben es wäre Babsi.

Erst am nächsten Mittag erwachte er. Er hatte einen dicken Kater. Babsi kümmerte sich trotzdem um ihn. Auch fehlten ihm einige Erinnerungen. Babsi dachte außerdem er würde immer noch wirr reden; denn er erzählte ihr dauernd, wie wild sie in der Nacht gewesen war. „Du hast wohl wild geträumt, dass war das einzige", sagte sie und lachte dabei. Hubert brauchte bis zum Abend, bis er wieder einigermaßen klar war. Außer dem Kater hatte er ein ganz komisches Gefühl. Warum tat Babsi immer noch so als hätte er geträumt, er wusste doch genau, dass er mit ihr geschlafen hatte. Er würde sich nie wieder betrinken, schwor er sich.

Am nächsten Morgen ging es Hubert wieder gut, nur irgendein komisches Gefühl blieb. Aber die Arbeit half ihm schnell wieder darüber hinweg und der Tag nahm seinen normalen Lauf.

Der Sommer verging ohne besondere Vorkommnisse auf der Alm und auf dem Loserhof. Als der Herbst begann, konnte Silvia es nicht mehr verstecken. Sie war schwanger. Babsi hatte sie mehrfach gefragt wer der Vater war, aber Silvia hatte immer geschwiegen. Babsi bat Hubert mit ihr zu sprechen, vielleicht würde er mit seiner Autorität den Namen des Vaters erfahren. Im Laufe des Tages rief Hubert Silvia zu sich und fragte sie, wer der Vater wäre. Silvia schaute ihn ungläubig an, dann sagte sie: „Ihr Herr, seid der Vater, es geschah in der Nacht nach der Hochzeit im Dorf, als ihr sehr betrunken ward." Jetzt fiel es Hubert wie Schuppen von den Augen. Er erinnerte sich daran, erst bruchstückweise, dann immer genauer. Deshalb hatte Babsi auch so komisch reagiert. Er sagte zu Silvia: „Das wollte ich nicht, ich war nicht Herr meiner Sinne. Es darf niemals heraus kommen. Du wirst zu Deiner Mutter zurück gehen und das Kind bekommen. Ich werde Dich finanziell versorgen, so wahr ich der Herr vom Loserhof bin". Silvia erklärte sich einverstanden und würde den Mund halten.

Hubert sagte zu Babsi, er habe auch nichts aus ihr heraus bekommen, aber sie müssten ihr kündigen, schwanger wie sie war, konnte sie die Arbeiten nicht mehr verrichten. Er fragte Babsi, ob sie mit der Mutter sprechen wollte oder ob er das selbst übernehmen sollte. Babsi war froh, diese Aufgabe auf Hubert abzuwälzen.

Es wurde ein schwerer Gang für Hubert. Er hatte auch mit Silvia vereinbart, dass sie auch der Mutter gegenüber nichts sagt. Gleich für jetzt hatte er ihr soviel Geld gegeben wie sie noch nicht einmal in einem Jahr verdient hätte. Bei der Mutter angekommen erzählte er, dass sie nicht sagen würde, wer der Vater wäre. Die Mutter, die sofort den Bauch gesehen hatte, sagte nur: „Hauptsache, ihr seid es nicht; denn Silvia ist Eure Halbschwester, es war Dein Vater, der mir das Balg angedreht und sich dann aus dem Staub gemacht hat." Hubert wurde blass vor Angst. Wenn das stimmte, dann hatte er das gleiche Böse getan wie seine Vorfahren. Er hatte nicht

nur seine Frau betrogen sondern auch noch ein Inzestkind gezeugt. Er verabschiedete sich schnell und ging verwirrt nach Hause. Babsi schob seine komische Stimmung auf die unangenehme Aufgabe es der Mutter sagen zu müssen. Sie hatte sich genau aus dem Grunde ja davor gedrückt. Sie konnte es verstehen, dass es nicht so einfach war, so eine Nachricht zu überbringen.
Im goldenen Herbst, kamen Hanna und Magda noch einmal für ein Wochenende zu Selmas Almhütte. Freudig wurden sie von Selma und Nina begrüßt. Magda sagte: „Jetzt ist doch so eine wunderschöne Zeit, die Blätter haben begonnen sich zu verfärben. Wenn die Sonne scheint, sieht alles golden aus. Wenn die Morgennebel dann sanft der noch kräftigen Sonne weichen und diese alles mit ihrem warmen Licht durchflutet, dann spürt man doch das auch der Herbst noch Leben hat. Es ist die Zeit der Ernte, der Gewissheit über die vergangene Zeit und Hanna und ich, sind ja schließlich auch im eigenen Herbst, im goldenen Alter."
Wieder war Selma von der Weisheit der beiden Frauen inspiriert. Sie nahmen die schönen Dinge viel intensiver war als sie selbst. Lag es daran, dass sie die Schönheit, die hier geboten wurde, gar nicht mehr sah, weil sie diese für selbstverständlich hielt?
Dies waren die Momente, wo ihr Xaver unendlich leid tat. Das arme Wesen, das nichts für seine Erscheinung konnte und von ihr immer wieder in der Höhle eingesperrt wurde. Hatte auch er vielleicht ein Empfinden für seine Umwelt und die Schönheiten oder vegetierte er nur dahin.
Selma bat Magda und Hanna, sie doch am nächsten Tag einmal auf ihrer Wanderung begleiten zu dürfen. Sie begründete es einfach damit, mal wieder einen Tag dem Alltag entfliehen zu wollen. Die beiden alten Frauen nahmen ihren Vorschlag gerne an.
Nach dem Frühstück am kommenden Morgen begann ihre gemeinsame Wanderung. Es war genauso wie Magda es ihr beschrieben hatte. Der Nebel lichtete sich, die Wärme der Sonne durchdrang die Schwaden und löste sie auf. Dann wurde der Blick auf die großen Wälder im Tal plötzlich frei. Selma sah plötzlich

alles mit ganz anderen Augen. Die goldene Farbe der Blätter leuchtete in allen Facetten. Von noch grün über gelb, rot und einem tiefen braun. So schön, so bewusst hatte Selma das noch nie gesehen.
Oft blieben sie einfach einen Moment stehen, genossen den Anblick und atmeten tief ein und aus. Ganz bewusst genossen sie diesen Augenblick. Manchmal hielten Magda und Hanna auch einfach an einem besonders schönen Baum an, umarmten ihn, schlossen die Augen und saugten förmlich seine Kraft auf. Dieser Umgang mit dem Lebewesen Baum, machte Selma sehr nachdenklich. Plötzlich überkam es sie, Selma setzte sich in das Gras und begann bitterlich zu heulen.
Magda setzte sich neben sie, sagte kein Wort, sondern hielt sie einfach nur fest. Es war als würde die Güte von Magda sich auf sie übertragen und Selma ließ ihren Tränen freien Lauf. Sie war verwundert, dass Magda sie nicht fragte was mit ihr wäre. Spürte diese etwa, dass Selma ein finsteres Geheimnis hatte.
Noch auf dem Spaziergang erzählte Selma ihre ganze Geschichte. Alle Wahrheiten ließ sie heraus, selbst die dunkelsten Geheimnisse über Xaver. Wider Erwarten war Magda nicht entsetzt über ihr Verhalten. Sie tröstete sie und sagte ihr nur, dass sie jeden Tag zur Umkehr nutzen könnte. Sie würde lange brauchen um all diese Dinge zu verarbeiten, aber es käme der Tag, wo sie dafür belohnt würde.
Selma war so glücklich, all diese Dinge nun benannt zu haben. Sie beschloss ihr Leben zum Guten zu verändern, sie würde Xaver zu sich nach Hause holen und ihm die Liebe geben, die er verdient hatte. Dieser Spaziergang hatte alles verändert. Als sie wieder auf der Hütte waren, spürte auch Nina sofort eine Veränderung in Selma. Selma erzählte ihr ganz offen, was geschehen war und bat Nina darum, am nächsten Tag ebenfalls mit den beiden alten Damen eine Wanderung zu machen. Es wäre so schön, wenn auch Nina ihr Herz dem Guten öffnen könnte, dachte Selma.
Sofort ging Selma zur Höhle, holte Xaver und wusste, dass er nie wieder dorthin zurück müsste. Schien Xaver das zu spüren? Er grunzte in einem freundlichen Ton.

Nina tat wie gewünscht. Auch sie machte sich auf die Wanderung mit den beiden alten Damen. Obwohl Ninas Vergangenheit bei weitem nicht so dunkel wie die von Selma war, gab es aber dennoch in ihrem Leben auch Dinge, die nicht ganz richtig gelaufen waren. Besonders in der letzten Zeit war in ihr ja die Missgunst für Babsi aufgekommen. Zwar hatte sie vorgespielt, dass es nicht so wäre, aber in ihrem Inneren hatte sie es genau gemerkt. Sie hätte sich selbst viel lieber als Bäuerin vom Loserhof gesehen.

Als Nina am Nachmittag dann zurück kam, war auch ihr vieles klar geworden. Sie war sehr glücklich darüber, von nun an zusammen mit Selma hier einen Ort des Guten zu gestalten. Am nächsten Morgen verabschiedeten sich Magda und Hanna. Sie versprachen im Frühling wieder zu kommen um zusammen mit Selma, Nina und Xaver das beginnende Jahr zu begrüßen.

Der Winter kam früh in diesem Jahr. Für Selma und Nina kam damit wieder die lange Zeit der Einsamkeit. Zuerst war es immer sehr schön, wenn die Schneedecke das Land überzog. Überall kehrte Stille ein und es war die Zeit der Besinnlichkeit. Die Zeit in der man über das vergangene Jahr nachdenken konnte. Das tat sie seit ihrem Spaziergang mit Magda und Hanna zwar ohnehin sehr oft, aber jetzt in der Muse, fand sie viel mehr Tiefe in ihren Gedanken.

Der Loserhof schneite ebenfalls ein. Babsi hatte inzwischen eine neue Magd eingestellt. Hubert war seit dem Weggang von Silvia irgendwie verändert. Was nur hatte ihn so aus der Bahn geworfen. Wenn sie ihn darauf ansprach, verneinte er das zwar, aber Babsi spürte das irgendetwas nicht stimmte. Es begann sogar ihre Beziehung zu belasten. Hubert versuchte zwar fröhlich und glücklich zu wirken, aber genau das zeigte, dass es nicht der Wirklichkeit entsprach.

Das Weihnachtsfest in diesem Jahr, war nicht nur durch Huberts Stimmung getrübt, sondern auch durch das Fehlen von Selma und Nina. Der Schnee machte es für die beiden unmöglich, den Abstieg ins Tal zu wagen. Selma war nur froh Nina zu haben, sonst wäre so ein langer Winter nicht zu ertragen gewesen. Allein mit Xaver einen ganzen Winter zu verbringen, war kein

Vergnügen. Xaver war jetzt 3 Jahre alt und war immer schwerer zu bändigen. Mit seiner Gangart auf allen vieren war er verdammt schnell und seine kräftigen Arme durfte man nicht unterschätzen. Wenn ihm etwas nicht passte, dann grunzte er laut und das eine oder andere Mal, hatte er auch schon nach Selma gebissen.
Selma war nicht wirklich darüber verwundert. Zu lange hatte sie ihn einfach schlecht behandelt. Sie sprach jetzt immer in einem freundlichen Ton mit ihm und versuchte so gut es ging ihn in den Alltag zu integrieren. Dennoch spürte sie aber auch, wie es sie oft an ihre Grenzen brachte. Dann aber ließ sie nicht Xaver das spüren, sondern ging eine Weile vor die Tür, atmete tief durch und sammelte ihre Kraft. Aber auch Nina war ihr sehr mit Xaver behilflich, oft teilten sie sich die Arbeit mit ihm.
An den Abenden sprachen sie über die Vergangenheit und über die Zukunft. Wie würden sie ihre Almhütte im kommenden Jahr ausrichten, um auch dem Guten gerecht zu werden. Es würde sicher keinen Sinn machen, sich wie Nonnen zu verhalten, aber gab es nicht trotzdem eine Möglichkeit, die Menschen auf den richtigen Weg zu bringen. Viele kamen ja extra zur Erholung oder wegen der Natur. Andere aber wieder machten aus dem Hüttenaufenthalt ein Trinkgelage. Letzteres erinnerte Selma eben immer wieder an das, was ihr betrunkener Vater mit ihr gemacht hatte.
Ende März begann dann endlich die Schneeschmelze. Die Sonne war kräftig und jeden Tag konnte man sehen, wie die ehemals weiße Pracht, immer weiter zusammen schmolz.
Im nahe gelegenen Dorf herrschte große Aufregung. Silvia hatte ein gar furchtbares Kind zur Welt gebracht. Klein, gedrungen, mit einem riesigen Kopf der aussah, als hätte er 2 Gesichter. Nur die Alten im Dorf erinnerten sich, so etwas schon einmal gesehen zu haben. In ihrer Kindheit gab es so ein Monster auf dem Loserhof. Dieses war dann später einfach verschwunden und niemand hatte je etwas noch davon gehört. Überall wurde getuschelt. War die Silvia denn nicht als Magd auf dem Loserhof gewesen? Hatte ein Fluch sie gar ereilt? Das war jetzt das Tagesgespräch im Dorf.
Auch bis zum Loserhof war das Gerücht vorgedrungen. Hubert wusste was passiert war und auch Babsi erinnerte sich nun an die

Geschichte, die Hubert ihr damals von den Skeletten erzählt hatte. Babsi glaubte nicht an einen Fluch. Sie dachte an die Veränderung von Hubert, der Schwangerschaft von Silvia und das schreckliche Kind von dem erzählt wurde.

Babsi forderte ein Gespräch mit Hubert. Hubert erschien kleinlaut in der Stube und versuchte seine Erinnerungen an die Nacht nach der Hochzeit im Dorf zu erzählen. Babsi war enttäuscht und traurig. Wie hatte er das nur tun können. Gerade er, dessen Vater auch im Suff nicht gewusst hatte was er tat. Hubert wusste, jede Entschuldigung war vergebens. Was er getan hatte, ließ sich nicht mehr rückgängig machen. Das Einzige, was Babsi ihm zugute hielt war, dass er nicht wissen konnte, dass Silvia ebenfalls ein Zeugungsprodukt seines Vaters und somit seine Halbschwester war. Immer wieder versicherte ihr Hubert, dass er im festen Glauben gewesen sei, Babsi wäre in der Nacht bei ihm gewesen. Diese erinnerte sich zwar an diese komische Aussage von damals, die sie ja auf seinen Zustand der Verwirrung geschoben hatte, aber das reichte ihr nicht um die Sache zu entschuldigen. Sie wusste noch nicht wie sie damit umgehen sollte. Babsi erbat sich eine Auszeit, um in Ruhe über das Geschehene nachzudenken.

Hubert nutzte diese für den ersten Aufstieg zu Selmas Almhütte. Selma erkannte sofort, dass etwas nicht stimmte mit Hubert. Zu gut nur kannte sie ihren Bruder. Der wusste gar nicht wie er anfangen sollte. Er hatte sich vorgenommen, über alles Vergangene, sogar die Geschichte der Familie, zu sprechen.

So begann er bei den gefundenen Skeletten und endete mit der Geburt von Silvias Kind. Selma war entsetzt. In ihr brach eine Welt zusammen. Ausgerechnet der einzige Mann, für den sie die Hand ins Feuer gelegt hatte, enttäuschte sie nun so sehr.

Sie hielt Hubert an beiden Händen, schaute ihm in die Augen und sagte: „Hubert ich vergebe Dir". Sie sprach dann noch von der schweren Vergangenheit, aber das bekam Hubert gar nicht mehr richtig mit, so groß war die Freude über die Entscheidung seiner Schwester.

Der Alltag holte alle wieder ein. Auf dem Loserhof begann die Zeit wo das Vieh endlich wieder auf die Almen konnte und in Selmas Hütte kamen die ersten Gäste. Schnell war die Zeit der Nachdenklichkeit und Besinnung vergessen. Auch Babsi hatte nach langem Nachdenken den Entschluss gefasst, Hubert zu vergeben. Aber dennoch, das wussten beide, würde diese Sache immer zwischen ihnen stehen.

Am Tage drauf kam dann auch Toni mit dem Maultier und brachte einiges an frischen Lebensmitteln. Eine Plaudertasche wie er nun mal war, erzählte er alle Neuigkeiten aus dem Dorf, das meiste drehte sich natürlich um das Kind von Silvia.

Es sei ein Mädchen, wenn man das so nennen könnte und sie hätte 2 Gesichter. Ein fast normales und ein zweites, kleineres noch mal an der Seite des Kopfes. Die Leute hätten erzählt, wer sie einmal gesehen hätte, der würde diesen Anblick nie wieder vergessen.

Manche Alten sagten, so etwas hätte es schon einmal in der Gegend gegeben. Aber die Silvia würde mit dem Kind nicht nach draußen gehen, damit niemand verschreckt würde. Nina hatte das Bedürfnis mehr von dieser Schauergeschichte zu hören, Selma hingegen, die wusste um was es ging, sagte: „Genug jetzt davon, das ist ja furchtbar".

Dann zog Toni wieder seines Weges, Selma und Nina verstauten die Lebensmittel.

Zusammen mit dem Frühling kamen wie versprochen auch Magda und Hanna wieder auf die Almhütte. Selma erzählte den beiden von Huberts Seitensprung und dem schrecklichen Ergebnis daraus. Die hörten sich alles in Ruhe an und bemerkten auch die Enttäuschung in Selma. Dann ergriff Magda das Wort: „Das Böse ist leider sehr stark und immer wieder zeigt es uns seine Macht. Aber man darf sich von ihm nicht besiegen oder einschüchtern lassen. So schwer es auch manchmal ist, so schwierig der Weg erscheint, den man gehen muss, immer wieder muss man sich vor Augen führen, wofür man steht und auch das Vertrauen in das Gute finden. Leider gibt es viele solcher Kinder, gerade hier in der einsamen Landgegend. Diese werden dann genau wie Silvias Kind

oder auch Xaver früher versteckt gehalten. Alle Fähigkeiten, die diese Wesen aber dennoch haben, verkümmern somit elendig."
Selma seufzte und wusste, dass Magda so was von Recht hatte.
„Aber was können wir dagegen tun liebe Magda?" fragte Selma.
„Hier wäre der richtige Platz für solche Kinder. Sie könnten die Freiheit und die Natur genießen ohne dauernd wie Monster von anderen angestarrt zu werden. Es sind ja nicht nur Kinder, auch viele Erwachsene, die einfach nur in ihrem Leid dahinsiechen. Sicherlich bist Du viel beschäftigt mit Deiner Almhütte Selma, aber wenn Du Dich wirklich für das Gute entschieden hast, dann solltest Du hier eine zweite Hütte bauen. Eine Hütte nur für solche Kinder und Menschen. Hanna und ich wären Dir gerne dabei behilflich."
Selma überlegte lange, dann verkündete sie, dass es eine wunderbare Idee wäre. Nur wer sollte das alles bezahlen? Da war ja nicht nur der Bau der Hütte, die Kinder und Erwachsenen müssten ja auch versorgt werden. Es wären Leute von Nöten, die sich den ganzen Tag um diese armen Wesen kümmern müssten. Das könnte sie mit ihrer Almhütte nicht erwirtschaften.
Magda schlug vor, Hubert zu fragen, die Leute, die ihre Kinder hier abgaben mit in die Pflicht zu nehmen und natürlich auch mit dem örtlichen Pfarrer zu sprechen; denn die Kirche würde solche Häuser auch unterstützen.
Selma machte sich gleich am nächsten Tag auf den Weg zu Hubert. Dieser war sehr überrascht sie zu sehen. Er dachte zuerst es wäre etwas Schreckliches passiert. Dann aber erzählte sie von Magda und Hanna sowie deren Idee.
„Wäre es nicht möglich, eine zweite Hütte zu bauen, dort diese armen Wesen unterzubringen und sie geschützt vor der Gesellschaft zu versorgen. Die wenigen Wanderer würden sie dann ohnehin kaum zu Gesicht bekommen und sicher wären die verständnisvoll für eine solche Einrichtung, die ja auch in gewisser Weise zum Schutz beiträgt. Eine Schutzhütte im anderen Sinne".
Hubert war begeistert von dieser guten Idee. Es wäre eine Möglichkeit, der Welt wieder etwas Gutes zurück zu geben. Auf dem Loserhof war nun wahrlich schon genug Böses passiert, da wäre so eine Einrichtung die richtige Sache. Auch Babsi war sehr

erfreut solche Worte aus Huberts Mund zu hören. Da spürte sie, dass ihre Meinung über ihn, doch ein guter Mensch zu sein, nicht verkehrt war.

9. Selmas Schutzhütte

Schon Morgen werde ich ins Dorf gehen, die nötigen Männer und Material besorgen, so dass wir sobald es nur geht mit dem Neubau beginnen können.
Die Finanzen des Hofes erlaubten es, nach den guten vergangenen Jahren, diese Investition zu tätigen. Außerdem war Huberts Meinung nach, Selma die einzige, die ein reines Herz hatte. Er würde versuchen soviel Gutes wie nur möglich zu tun, vielleicht konnte er so vor dem Herrn doch einiges wieder ins rechte Licht rücken.
Selma machte sich zufrieden mit dieser Lösung auf den Rückweg und erzählte allen am Abend was sie mit Hubert vereinbart hatte. Hanna und Magda würden kurze Zeit in der Stadt verbringen um ihre Häuser zu verkaufen und dann so schnell wie möglich zurück kommen. Gleich am nächsten Morgen machten sich Hanna und Magda auf den Weg.
Hubert aktivierte das ganze Dorf, selbst der Pfarrer war begeistert von dieser barmherzigen Idee, so dass er zusagte, er würde sich bei den Kirchenoberen um Gelder bemühen, um das Projekt zu unterstützen. Sogar der Bürgermeister bedankte sich bei Hubert, würde doch dieses gute Haus dem Ruf des Dorfes wohl tun. Die Handwerker und Materiallieferanten würden zu einem besonders günstigen Preis ihre Arbeit verrichten. Scheinbar hatte im Dorf jeder etwas gut zu machen.
Nur wenige Tage waren vergangen, da kamen Kolonnen von Menschen und Massen an Material. Ein Stück abgelegen von der Almhütte war eine ebene Alm für das Vorhaben ausgesucht worden. Zwar dicht dran, aber dennoch etwas versteckt vor den normalen Gästen.
Da während der Bauphase immer wieder auch Handwerker die Gästezimmer belegten, mussten die vier Frauen sich um deren Wohlergehen kümmern. Sie versorgten die Arbeiter, und waren

immer dort zur Stelle wo sie gebraucht wurden. Bürgermeister und Pfarrer, die sich von den Fortschritten selbst überzeugen wollten, waren hoch erfreut über die Barmherzigkeit der Damen. Das gute Licht, dass sie warfen, würde bis auf das Dorf leuchten, hatte der Pfarrer gesagt.

Noch vor der Heuernte war das neue Haus fertig und mit einer feierlichen Eröffnung durch Bürgermeister und Pfarrer, wurde das Haus übergeben. Die vier Frauen waren dankbar für die Unterstützung und versprachen, alles dafür zu tun, den Benachteiligten den Tag so angenehm wie möglich zu machen.

Am Wochenende dann, war die Almhütte gut besucht. Sicher kamen einige um sich das neue Haus anzuschauen. So ein Neubau im Gebirge war doch immer etwa Herausragendes, was man nicht so oft sah.

Hubert hatte Selma gebeten, ob nicht Silvia mit ihrem Kind ebenfalls im Heim einziehen könnte. Silvia wäre ihnen ja auch noch eine gute Arbeitskraft. Selma hatte ihm vorgeschlagen, dass Silvia erst einmal alleine zu ihnen kommen sollte. Dann könnte sie sich in Ruhe alles anschauen und selbst einschätzen, ob dieses Haus etwas für sie und ihre Tochter wären. Denn zu bedenken war ja auch, dass diese dann auf absehbare Zeit, dass einzige Mädchen unter den Patienten wäre. Im Moment war das sicher noch nicht von Bedeutung, aber was würde geschehen, wenn z. B. Xaver und Silvias Kind, selbst noch Kinder bekämen. Dieses Ergebnis mochten sich weder Selma noch Hubert vorstellen.

Seit Xaver jetzt im neuen Haus wohnte, war es möglich, dass Selma mal die anderen in die Höhle, zum Käsewenden schicken konnte. Diese Arbeit, die jeden Tag gemacht werden musste, hatte ihr doch immer viel Zeit geraubt. Bald stand der nächste Verkauf an und Selma freute sich schon auf die Einnahmen. Durch den Verkauf, die Almhütte aber auch die Zuwendungen für die Hütte mit den benachteiligten Menschen, liefen ihre Geschäfte beachtlich gut. Sie hatte inzwischen die Zahl der angebotenen Mahlzeiten deutlich erhöht, so dass die Wanderer eine größere Auswahl hatten. Dies war ebenfalls erst möglich geworden, nachdem die Höhle für andere zugänglich war, da diese durch ihre gleichbleibende Temperatur, als Vorratskammer genutzt wurde.

Die nächste Investition die sie tätigte, war ein zweites Maultier für Toni, so dass dieser bei jedem Transport, deutlich mehr Waren mitnehmen konnte.

Auf dem Loserhof ging auch die Entwicklung voran. Hubert hatte das Dokument mit den Braurechten gefunden und plante einen Anbau für eine kleine Brauerei und eine erweiterte Schweinezucht mit Schlachtmöglichkeit. Dieses könnten sie zum Teil auf der Hütte vermarkten, die Versorgung der Patienten im Neubau auf der Alm musste gewährleistet sein, aber auch die Personenzahl auf dem Hof war angewachsen. In der Zeit, in der Hubert nun der Bauer auf dem Hof war, hatte sich viel getan und sein Geschäftssinn trug zum Wohle aller bei. Hubert wusste, dass er aber mit Babsi eine Frau an seiner Seite hatte, die ihm viel Arbeit abnahm und ihn immer unterstützte. Besonders ihr freundlicher Umgangston mit dem Personal, trug zu guter Motivation der Untergebenen bei. Wenn jemand einen Fehler machte, dann schimpfte sie nicht, sondern erklärte es solange richtig, bis derjenige seine Aufgabe beherrschte.

Heute war Silvia auf dem Almhütte angekommen. Sie stellte sich bei Silvia vor und sagte dass Hubert sie gebeten habe, sich die Möglichkeiten einmal anzuschauen. Selma führte sie zuerst herum um ihr das neue Haus zu zeigen. Dann kamen sie zu den Räumen in denen die Patienten untergebracht werden sollten. Als Silvia dann Xaver sah ereilten sie sofort die Erinnerungen an ihre Tochter. Kopf und Körperbau waren ähnlich. Es machte sie traurig, dass Xaver nun mit fast 4 Jahren, immer noch nicht sprach, nicht laufen konnte, sondern einfach wie ein Tier grunzte und sich bewegte. Sie wusste, für ihre Tochter waren die Aussichten nicht besser. Im Dorf konnte sie das Mädchen schlecht lassen. Nie hätte sie nach draußen gekonnt, die Menschen hätten immer mit dem Finger auf sie gezeigt. Hier in der Abgeschiedenheit und unter mehreren Benachteiligten, wäre es ein einfacheres Dasein.

Im Anschluss sprach Selma noch lange mit Silvia; denn diese müsste ja auch ihr Leben verändern und auf der Schutzhütte mit einziehen und helfen. Sie vereinbarten, dass Silvia mit ihrem Kind ein Zimmer im Haus bekommen würde. Sie sollte dafür bei der

Versorgung der Patienten helfen, bei den allgemeinen Arbeiten und im Notfall auch mal in der Almhütte. Silvia war mehr als froh über diese Möglichkeit, so war sie nicht mehr den ganzen Tag ans Haus gefesselt und konnte sich noch mit einbringen. In Kürze würde sie mit dem Kind zur Alm kommen.
Selma informierte die anderen Frauen und besprach sogleich wie sich Silvia in die Gemeinschaft mit einbringen würde.
Die An- und Umbauten auf dem Loserhof waren beendet. Hubert hatte inzwischen Toni den Hirtenjungen, Lorenz den Knecht, Johannes den Käsemeister und 2 neu Mägde. Nun kamen noch 1 Metzger für die Schweine und ein Brauer hinzu. Trotzdem stand auch Hubert von morgens bis abends auf den Beinen und half überall wo es von Nöten war. Er war nicht der Bauer, der nur bestimmte, sondern einer der mit anpackte. Die Tafel bei den gemeinsamen Mahlzeiten war schon beachtlich, so dass Babsi mit den beiden Mägden gut beschäftigt war. Aber den Käseverkauf, den machten sie immer noch selbst. Es war immer ihr Tag; denn so konnten sie kurz den Alltag entfliehen.
Selmas Schutzhütte füllte sich immer weiter, nicht nur Silvia mit ihrer Tochter war gekommen, auch der Pfarrer hatte noch 2 geistig zurückgebliebene junge Männer vermittelt. Diese konnte Selma immerhin zu leichten Arbeiten mit einsetzen. Die Kirche bezahlte ein monatliches Salär für die Unterbringung der beiden. Obwohl sie nicht klar denken und nur schlecht sprechen konnten, hatten die beiden aber die schlechte Angewohnheit den Frauen immer nachzustellen. Selma, Nina und Silvia waren angewidert davon. Selma hatte schon angedroht, es ihnen bald auszutreiben, aber die beiden hatten wie so oft nichts davon verstanden. Manchmal schafften sie es noch nicht mal sich anzuziehen, dann liefen sie mal ohne Oberteile, mal ohne Hosen oder auch mal ganz unbekleidet durch das Haus oder auch nach draußen. Selma wollte nicht, dass sie sich außerhalb des Hauses so zeigten.
Erst kürzlich hatte sie wieder einen von beiden völlig nackt vor dem Haus angetroffen. Darauf angesprochen, hatte er nur blöde gelacht und sein Geschlechtsteil präsentiert. Das waren Dinge, damit musste Selma noch lernen umzugehen. Für sie war so ein Geschlechtsteil immer noch eine Art Bedrohung. Aber Magda

hatte ja davon gesprochen, dass das Böse sich immer wieder zeigen würde. Sie führte ihn zurück auf sein Zimmer und half ihm beim Anziehen.

Viel Schlimmer war einige Tage später, dass einer der beiden Verwirrten, die der Pfarrer gebracht hatte, einen Abhang hinunter gestürzt und verstorben war. Das hatte alle sehr getroffen, war es doch ihre Aufgabe auf die Menschen aufzupassen. Selma machte sich große Vorwürfe.

Selma ging am nächsten Tag zum Pfarrer, erzählte ihm von der traurigen Geschichte, dass eines seiner Schäfchen abgestürzt war. Der Pfarrer tröstete sie und sagte: „Er war nur eine erbärmliche Gestalt und kann froh sein, dass der Herr ihn zu sich geholt hat. Aber gut das Du hier bist Selma, das erspart mir den Aufstieg zu Euch, denn ich habe noch 2 arme Kinder Gottes, die bei Euch am Besten aufgehoben wären. Es sind 2 Frauen hier aus dem Dorf. Die Eltern hatten sie wegen ihrer Blödheit lange im Haus versteckt und mich jetzt erst über ihr Dasein informiert und gefragt ob ihr sie nicht mit aufnehmen könntet. Sie würden dafür auch einen monatlichen Obolus entrichten." Selma versprach das gerne zu tun und die Eltern könnten sie dann einfach zur Schutzhütte bringen. Der Pfarrer bedankte sich und segnete Selma für ihre große Barmherzigkeit.

Auf dem Rückweg machte Selma noch auf dem Loserhof halt, um dort zu übernachten, für den Aufstieg wäre es schon zu dunkel. Hubert freute sich über den Besuch und wies die Mägde an, ein Gästezimmer zu richten.

Stolz zeigte Hubert ihr die neuen Einrichtungen, die Metzgerei, den Schweinestall, die Braustube und die zusätzlichen Unterkünfte für die Bediensteten. Selma war sehr stolz auf Hubert. Am Abend sprach sie dann noch lange mit Babsi und Hubert. Erzählte vom schrecklichen Absturz des Irren. Auch vom Besuch beim Pfarrer sprach sie und das dieser schon wieder 2 armselige Gestalten für die Schutzhütte hatte. Jetzt war es Hubert, der stolz auf seine Schwester war. Trotz allem was ihr widerfahren war, hatte sie ihre Barmherzigkeit nicht verloren. Babsi erkundigte sich nach Nina und freute sich darüber zu hören, wie Nina sich einbrachte und förmlich in ihrer Aufgabe aufging.

Nach dem Frühstück am nächsten Morgen machte sich Selma zusammen mit Toni und den Maultieren auf dem Weg zur Almhütte. Toni war wie immer am plaudern, über alle möglichen Neuigkeiten und Gerüchte aus dem Dorf. Somit war Selmas Unterhaltung bis zur Hütte gesichert. Sie freute sich immer über sein Mitteilungsbedürfnis. Dieser leichte Klatsch unterhielt sie gut. Auf der Almhütte angekommen, erzählte sie allen die Neuigkeiten und über den Besuch beim Pfarrer. Auch das bald 2 Frauen eintreffen würden, die ebenfalls verwirrt wären.
Nur wenige Tage später, brachten die Väter ihre irren Töchter. Eine hieß Maria, war angeblich 15 Jahre alt und sehr dick. Sie hatte rote Haare, einen großen Kopf mit dicken vorquellenden Augen, riesige Brüste, die ihr bis zum Bauchnabel hingen und konnte nur komische Laute von sich geben. Sie machte aber einen friedlichen Eindruck, was der Vater ihnen auch versicherte. Die andere, Julia, war fast eine Kopie von ihr. Nur das sie schwarze Haare hatte und schon Anfang 30 war. Selma wies ihnen zusammen ein Zimmer zu und verabschiedete die Väter mit den Worten: „Bei uns sind sie in guten Händen, wir kümmern uns schon um die beiden". Die Väter bedankten sich und schienen froh, ihre Missgeburten los zu sein.
Selma bat alle anderen, in den kommenden Tagen, die Neuankömmlinge gut im Auge zu behalten. Sie mussten erstmal ihr Verhalten studieren, um zu wissen, welchen Aufwand an Aufsicht die beiden Frauen benötigten. Ob sie besondere Eigenarten hatten oder vielleicht sogar bösartig werden konnten. Bestimmt hatten die Väter versucht ihre Schützlinge besser zu verkaufen, als diese wirklich waren. Hier waren jetzt Hanna und Magda gefragt, die die meiste Zeit in der Unterkunft waren.
Bis auf Xaver und Silvias Kind, nahmen die Wirren, wie sie alle nannten, ihre Mahlzeiten im Speiseraum gemeinsam ein. Das war nicht immer einfach; denn oft wurde gekleckert, gesabbert und hin und wieder auch einfach das Essen auf den Boden geworfen. Hanna und Magda reagierten dann sehr freundlich aber bestimmt, aber die Wirren konnten sich das Verhalten natürlich weder erklären, noch konnten sie die Anweisungen umsetzen. Sie machten einfach was ihnen gefiel. Eine sinnvolle Steuerung vom

Gehirn war nicht mehr möglich. Jede Veränderung brachte da Probleme. Es würde einiges an Zeit benötigen, bis die anderen sich an Maria und Julia gewöhnen würden.
Das erste Auffällige war der unheimliche Appetit von den beiden Frauen, sicherlich war das auch der Grund für ihre Leibesfülle. Alles was die anderen auf den Tellern ließen, wurde von den beiden noch im Nachgang aufgegessen. Der verbliebene Verwirrte des Pfarrers war immerhin noch so Herr seiner Sinne, dass er dafür etwas haben wollte. Er deutete so gut er das konnte, mit seinen komischen Lauten, darauf hin, dass er die riesigen Brüste der Frauen anfassen wollte. Die schienen seine Laute zu verstehen, wie eine eigene Sprache. Ihnen war das egal, vielleicht gefiel ihnen das sogar. Hauptsache für sie war das Essen. Der Wirre knetete dann ihre Brüste, während die Frauen seinen Teller leerten. Es war für Hanna und Magda nicht einfach mit anzusehen, wie alle drei ihrer niedersten Triebe, nur wegen etwas Nahrung nachgaben. Als sie Selma davon berichteten, sagte die nur: „Solange es darüber keinen Streit gibt, lasst sie nur, es ist ihnen ja sonst nicht viel vergönnt in diesem Leben."
Hanna und Magda ließen daraufhin der Essorgie, wie sie es nannten, freien Lauf. So ungebremst nutzten die Wirren das sofort aus. Je mehr der Wirre auf seinem Teller ließ umso gieriger waren die Frauen. Das schien sogar er bemerkt zu haben. Es gab einen regelrechten Zweikampf wer die Portion bekam. Die ältere, Julia hatte inzwischen bemerkt, wenn sie den Wirren an sein Geschlechtsteil fasste und ihn befriedigte, war sie es die die Reste bekam. Es war widerlich mit anzusehen, wie sie neben ihm stand, eine Hand an seinem Glied hatte und mit der anderen ohne Besteck, das Essen vom Teller fraß.
Aber solange es friedlich blieb, wollten Magda und Hanna nicht mehr einschreiten. Das Mittagessen brachte Selma immer aus der Küche der Almhütte, die Sachen für Frühstück und Abendbrot waren direkt in der kleinen Küche des Hauses gelagert. In letzter Zeit war aufgefallen, dass die Müllbehälter vor dem Haus offensichtlich durchwühlt waren. Zuerst hatten sie Wildtieren in Verdacht, doch eines Abends machte Hanna eine Entdeckung. Es

war der Wirre, der die Mülltonnen durchsuchte. Sie informierte Magda und zusammen wollten sie beobachten was er da tat.

Als er wieder bei den Tonnen war, sahen sie es. Er wühlte solange, bis er entsorgte Lebensmittel fand. Sachen die auch von der Almhütte auf den Tellern geblieben waren oder aber auch verdorbene Lebensmittel, die sie entsorgt hatten. Magda sagte: „Der hat bestimmt Hunger, weil er bei den Mahlzeiten immer extra viel übrig lässt. Jetzt sucht er sich Ersatz." Vorsichtig folgten sie ihm als er ging. Aber wider Erwarten ging er nicht auf sein Zimmer mit seiner Beute, sondern zu Maria und Julia. Die schienen schon auf ihn gewartet zu haben und ließen ihn in ihr Zimmer. Die beiden Frauen horchten an der Tür und dann hörten sie das eindeutige Schmatzen der beiden Frauen. Nach einer Weile ging das Schmatzen in Stöhnen über. Magda riss die Tür auf und konnte nicht glauben, was sie da sah. Die beiden dicken Weiber saßen nackt auf dem Wirren. Jetzt mussten sie aber wirklich einschreiten, das ging einfach zu weit. Sie müssten in Zukunft wohl doch abends die Zimmer verschließen.

In der kommenden Woche kam unangemeldet der Pfarrer um nach seinen Schützlingen zu sehen. Er sprach zuerst mit Selma, dann wollte er zu dem Wirren und später zu den beiden Frauen gehen. Selma die nichts zu verbergen hatte, gewährte es ihm gerne. Der Pfarrer bat aber darum, jeweils mit den Patienten, wie er sie nannte, alleine zu sein. Er wollte mit ihnen beten und soweit das möglich war, ihnen die Beichte abnehmen. Es dauerte sehr lange, bis er damit fertig war. Freundlich verabschiedete sich der Pfarrer, bedankte sich noch einmal für die gute Pflege der Patienten und versprach bald wieder zu kommen, da er doch gemerkt hätte, dass seine Schäfchen das Wort Gottes doch benötigten.

Die Besuche des Pfarrers häuften sich, er kam nun wirklich wöchentlich vorbei. Selma wunderte sich sehr darüber; denn immerhin war der Aufstieg ja doch anstrengend und der Pfarrer auch nicht mehr der Jüngste. Was war ihm so wichtig bei seinen Besuchen?

Selma, die unbedingt wissen wollte ob da alles in Ordnung wäre, schlug den anderen vor, bei seinem nächsten Besuch einfach mal durchs Schlüsselloch zu sehen.
Da der Pfarrer sich mittlerweile nicht mehr bei ihr vorher meldete, bat sie Hanna und Magda darum, ihr Bescheid zu geben, wenn er wieder da wäre.
Gleich in der kommenden Woche kam Magda zu ihr und berichtete der Pfarrer sei wieder im Hause. Zuerst ging er zum Wirren. Selma schlich vor die Tür und beobachtete ihn. Er holte seine Bibel hervor, las dem Verwirrten daraus einiges vor. Dann betete er gemeinsam mit ihm und verabschiedete sich freundlich. Dann ging er in das Zimmer der Frauen. Selma überlegte ob sie sich überhaupt noch die Mühe machen sollte, dort auch zuzuschauen. Aber sie wollte Gewissheit.
Auch im Zimmer der Frauen öffnete er die Tasche. Dann holte er einige Brote hervor, die er den Frauen reichte. Selma dachte noch, er weiß wie man Gutes tut. Doch kaum hatte sie den Gedanken zu Ende geführt, da änderte sich das Bild schlagartig.
Der Pfarrer begrabschte die beiden, fasste ihnen an die Brüste. Dann zog er sich aus und ließ sich von den beiden Weibern nacheinander verwöhnen. Immer wenn sie von ihm ablassen wollten, holte er wieder ein Brot aus der Tasche und sie machten willig weiter. Dieses Schwein, dachte Selma. Nicht besser als die anderen Männer. Nein, eigentlich sogar noch schlimmer. Sie beobachtete die Situation bis zum Ende und schlich sich dann mit ihrem neuen Wissen auf die Almhütte zurück.
Dort berichtete sie gleich Nina davon was sie entdeckt hatte. Auch Nina war entsetzt. Wie sollten sie vorgehen? Sollte sie einfach warten, bis eine Situation eintrat, wo sie die Hilfe des Pfarrers benötigten oder sollten sie ihn mit dem Wissen konfrontieren und es ihm eindringlich verbieten?
Sie entschieden sich für die zweite Variante. Wenn er das nächste Mal bei den beiden wäre, würden sie wie zufällig die Tür öffnen und gleich zu viert in den Raum treten. Schon in der nächsten Woche wäre es soweit. Selma freute sich darauf, dem Pfarrer zu zeigen, dass auch er nur ein Schwein wie jedes andere war.

Aber der nächste Besuch der zur Schutzhütte kam, war nicht der Pfarrer, sondern der Bürgermeister. Er tat kund, er wollte sich auch mal nach dem Wohlergehen der Schützlinge erkundigen. Wie der Pfarrer sprach auch er zuerst mit Selma und bat dann darum, ihm die Zimmer zu zeigen, damit er sich in Ruhe die Patienten anschauen könnte.
Selma hatte sofort einen Verdacht. Steckte der Bürgermeister mit dem Pfarrer unter einer Decke? Hatte er das gleiche vor wie dieser? Sie zeigte ihm kurz die Zimmer und verabschiedete sich mit der Aussage, dass noch viel Arbeit auf sie warten würde.
Selma bezog sofort Stellung am Schlüsselloch.
Bei dem Wirren hielt der Bürgermeister sich nur kurz auf. Er merkte schnell, dass dieser ihn ohnehin nicht verstand. Er gab ihm zwei Äpfel, wofür der Wirre sehr dankbar war. Er würde wissen wie er diese einzusetzen hatte. Der Bürgermeister ahnte ja nicht, welchen Gefallen er dem Wirren damit getan hatte.
Dann ging er weiter zu Maria und Julia. Selma hatte auch dies fest im Blick. Der Pfarrer musste ihn eingewiesen haben. Denn sogleich holte er etwas Essbares aus der Tasche und so als wäre es die Bezahlung fasste er die Frauen an ihre Brüste. Dann zeigte er ihnen, was er noch alles an Essen mithatte und zog sich dabei aus. Die beiden Frauen kannten ja schon dieses Spiel, entkleideten sich ebenfalls und ein wildes Grunzen und Stöhnen entstand. Der Bürgermeister aber war ein noch größeres Schwein als der Pfarrer. Er hatte scheinbar Gefallen daran, den beiden Frauen Schmerzen zuzufügen. Selma die nun selbst hartgesotten war, wurde fast übel von seiner brutalen Vorgehensweise.
Selma wusste sofort, auch er würde wiederkommen und auch ihn würden sie mit der Situation konfrontieren. Sie würden ihm ebenfalls zeigen, welche Abgründe sich in seinem Verhalten zeigten.
Auch vom heute Gesehenen informierte Selma die restlichen Frauen. Sie schüttelten nur den Kopf über dieses Widerwärtige Verhalten der Respektpersonen des Dorfes.
Der Loserhof war inzwischen fast eine Attraktion in der näheren Umgebung geworden. Wenn Hubert und Babsi es nicht selbst gewollt hätten, so wären die Fahrten zum Markt nicht mehr nötig

gewesen. Die Leute kamen von selbst zum Loserhof um hier Käse, Schinken, Wurst und sogar Bier zu kaufen. Es schien in der nahen Stadt schick zu sein, diese Dinge direkt vom Bauern zu kaufen. In der Scheune richtete Hubert eine Art kleinen Laden ein, wo die Leute sich dann versorgen konnten. Damit sich seine Kunden wohl fühlten, hatte Hubert auch ein paar Tische und Bänke aufgestellt, wo sie gleich ihre erworbenen Lebensmittel verzehren konnten. Manchmal backte Babsi sogar extra noch einen Kuchen und verwöhnte damit die Käufer.
Das versorgen seiner Gäste stellte aber keine Konkurrenz zu Selmas Almhütte dar. Es war eine ganz andere Gruppierung als die Wanderer. Oft waren es Familien mit Kindern, die einen Ausflug machten. Die Kinder wollten dann immer die Tiere sehen, da sie diese aus der Stadt nicht kannten. Hubert hatte inzwischen ein paar besonders zahme und friedliche Ziegen ausgesucht, die er dann am Wochenende separat auf einer kleinen Wiese grasen ließ. Diese konnten die Kinder dann ohne Angst streicheln. Das hatte sich schnell herum gesprochen und die Zahl der Besucher wuchs immer mehr. Manchmal kamen sogar Leute aus großer Entfernung und waren dann traurig, dass sie bei Hubert und Babsi nicht übernachten konnten. Die verwiesen die Besucher dann an den Wirt im nahen Dorf.

10. Der Loserhof wird ausgebaut

„Wenn das so weiter geht, dann können wir im nächsten Jahr einen Neubau machen. Dort können die Leute Kuchen und Gerichte hier vom Hof essen, ja sogar übernachten", sagte Hubert zu Babsi. So ganz ernsthaft hatte er das gar nicht gemeint, aber Babsi hatte auch schon diese Idee gehabt und stimmte sofort zu. „Es wäre wie in einem Hotel in der Stadt", sagte sie. Noch lange an diesem Abend sprachen sie darüber und am Ende stand der Entschluss fest, ein Hotel in den Alpen. Ein Alpenhotel. Das wäre ihr großes Projekt für das nächste Jahr. In Zusammenarbeit mit Selma und der Almhütte, war dann für jeden was dabei. Es stellte sich nur die Frage, ob der Bürgermeister dieses auch genehmigen

würde. Gleich morgen müsste er ihn fragen, denn ohne jede Genehmigung wäre eine weitere Planung unsinnig.
So früh es ging machte Hubert sich auf den Weg ins Dorf. Beim Bürgermeister trug er sein Vorhaben vor. Dieser aber hatte einige Bedenken, z. B. das Auskommen des Wirtes hier im Dorf und auch würden die vielen Fremden die Ruhe stören. Es blieb ihm also nichts anderes übrig, als das Vorhaben abzulehnen. Etwas traurig ging Hubert zum Loserhof zurück und erzählte Babsi vom Gespräch.
Diese gab nicht so schnell auf und bat ihn das alles noch mal zu überdenken, auch mit Selma zu besprechen und dann mit einem ausgereiften Plan es dem Bürgermeister noch einmal vorzutragen. Hubert war dankbar für Babsis Unterstützung. So schnell würde er nicht aufgeben. Hubert machte Zeichnungen, Berechnungen und dann nur wenige Tage später würde er sich auf den Weg zu Selma machen, um auch mit ihr darüber zu sprechen.
Auf der Almhütte war heute der Besuchstag des Pfarrers. Die Frauen waren darauf vorbereitet und hatten genau abgesprochen wie sie vorgehen würden. Als der Pfarrer kam, taten alle beschäftigt, so dass er ohne sich anzumelden einfach zu den Zimmern ging. Bei dem Wirren machte er die gleiche Prozedur wie immer. Hier ging er tatsächlich immer wieder seinen kirchlichen Vorgaben nach. Tat er das um sein schlechtes Gewissen zu beruhigen?
Dann aber begab er sich zu den Frauen. Auch hier gab es die gleiche Prozedur oder besser Schweinerei wie beim letzten Mal. Als sowohl der Pfarrer und beide Weiber nackt waren, die dicke Julia auf ihm saß uns sich seiner Männlichkeit erfreute, während er die Brüste von Maria genoss, flog die Tür auf und alle vier Frauen standen im Raum.
Es dauerte einen Moment bis der Pfarrer es mitbekam. Dann sagte Selma in einem freundlichen Ton: „Wir hatten ein Stöhnen gehört und uns Sorgen um sie gemacht Herr Pfarrer. Aber wie ich sehe, nehmen sie den beiden gerade die Beichte ab". Der Pfarrer war nun nicht nur vor Anstrengung rot im Gesicht. Er wollte aufspringen, doch die dicke Julia wollte noch weitermachen, ihr war es noch nicht genug. Gegen dieses Gewicht war der

schmächtige Pfarrer chancenlos. So musste er in dieser eindeutigen Position verharren und warten bis auch die dicke Julia das hatte wonach sie gierte. Selma und die Frauen drehten sich wieder um und beim verlassen des Zimmers sagte Selma noch: „Herr Pfarrer, ich würde sie gerne noch sprechen, bevor sie uns heute wieder verlassen". Dies war keine Bitte, sondern eine klare Ansage, das wusste der Pfarrer und er müsste diesen bitteren Gang gehen.

Mit gesenktem Kopf kam der Pfarrer zu Selma. Er begann herumzustammeln und sagte etwas von Verführung durch die Frauen oder den Teufel. Er versuchte sich als das Oper darzustellen. Selma fiel ihm ins Wort und sagte: „Hören sie einfach auf zu lügen Hr. Pfarrer. Wir wussten schon viel länger, was da vor sich ging. Es war kein Zufall, dass wir in das Zimmer gekommen sind. Sie sind genauso ein Schwein wie ihr Freund der Bürgermeister. Bestimmt haben sie ihm davon erzählt, so dass auch er uns regelmäßig besucht um seinen verdorbenen Phantasien freien Lauf zu lassen. Ich warne sie gleich im Vorfeld, auch ihm gegenüber den Vorfall von heute mit nur einem Wort zu erwähnen. Sollte ich das merken, werde ich mit Maria und Julia in ihrem nächsten Gottesdienst erscheinen und was dann geschieht, wissen wir beide. Aber glauben sie bloß nicht, dass es damit getan ist. Sie werden sich ab sofort für die Benachteiligten ernsthaft einsetzen. Sollten sie denen nicht von Nutzen sein, ist ihre Karriere hier im Dorf und bei der Kirche vorbei. Haben wir uns verstanden"? Der Pfarrer antwortete mit einem kläglichen ja, schien aber froh zu sein, dass die Sache dafür im Moment erledigt war.

Er bedankte sich bei Selma für ihren Großmut und verließ dankbar den Raum. Sie wusste, jetzt war er in ihrer Hand.

Nur 2 Tage später ereilte den Bürgermeister das gleiche Schicksal. Er war gerade dabei die Frauen wieder zu quälen, als die Tür aufflog und die Frauen im Raum standen. Auch er wurde zum Gespräch gebeten und mit den gleichen Worten bedacht. Er sagte seine Unterstützung umgehend zu.

Hubert der nun alle Unterlagen, die er selbst erstellen konnte zusammen hatte, machte sich auf den Weg zu Selma. Sie freute sich ihn zu sehen. Als er ihr seine Ideen erzählt und gezeigt hatte, war sie Feuer und Flamme. Sie wusste, auch die Almhütte würde davon profitieren. Sie war schlau genug, zu erkennen, dass es keine Konkurrenz für sie war, sondern ein weiterer Gewinn. Als ihr dann allerdings Hubert von der Ablehnung des Bürgermeisters erzählte wurde sie kurz nachdenklich. Dann sagte sie: „Geh mit Deinen Unterlagen noch einmal hin, erzähl ihm unbedingt, dass Du heute mit mir darüber gesprochen hast und ich Dir versichert hätte, das der nette Bürgermeister bestimmt Deinem Vorhaben zustimmt; denn er wird sich bestimmt an meine Barmherzigkeit und meinen Großmut erinnern. Merk Dir das und sag es ihm bitte genau so". Hubert war erstaunt, doch er würde auf seine Schwester hören und es genau so vortragen. Hubert verabschiedete sich mit einem guten Gefühl, er wusste nicht warum, aber er hatte ein gutes Gefühl wenn er es erneut vorbringen würde.

Noch am späten Nachmittag war er beim Bürgermeister und trug sein Vorhaben mit den von Selma genannten Worten erneut vor. Der Bürgermeister verwies auf seine guten Ausarbeitungen und sagte nur: „Ja wenn man es so richtig betrachtet, ist es doch ein Gewinn für das Dorf. Ich erlaube Dir Dein Vorhaben und grüß mir Deine Schwester". Hubert war höchst erfreut. Hatte Babsi doch Recht gehabt und seine Ausarbeitungen hatten sich gelohnt. Er hatte einfach eine wunderbare Frau.

Noch in diesem Herbst begann Hubert mit Hilfe seiner Angestellten den Bauplatz vorzubereiten. Er hatte mit Babsi einen Platz ausgewählt, der den Gästen sowohl vom Cafe, als auch aus den Fremdenzimmern einen gigantischen Ausblick auf die Berge gab. Hubert war jetzt voll und ganz in das Projekt eingespannt. Es gab soviel zu tun. Baumaterial musste organisiert, Handwerker für das kommende Jahr verpflichtet werden. Sie wollten sofort nach der Schneeschmelze mit dem Bau beginnen. Aber wieder mussten auch die Kapazitäten in der Küche, in der Schlachterei, der Käserei und der Brauerei erweitert werden. Es war ein steter Wandel, dem der Loserhof unterzogen war. Auch um Personal müsste er sich rechtzeitig kümmern. Hierzu fuhr er extra mit Babsi in die Stadt um bei der dortigen Zeitung einige Annoncen aufzugeben. Diesmal konnten sie den Bedarf mit den Leuten aus dem Dorf nicht mehr decken.

Seit vielen Jahren war es der erste Winter, indem Hubert kaum zur Ruhe kam. Nur direkt zu Weihnachten hatte Babsi ihm förmlich das Arbeiten verboten. Hubert wusste, er musste auf Babsi hören, sonst würde sie ihn das spüren lassen. Die Weihnachtsfeier in diesem Jahr war dann wohl die letzte, die in den Räumen des Loserhofes stattfand. Ab dem nächsten Jahr könnten sie die Räume im Hotel nutzen. Der Schnee erlaubte es in diesem Jahr, dass auch Selma und Nina mitfeiern konnten. Hubert erzählte ihnen sofort, wie der Bürgermeister, dank seiner Unterlagen, seine Meinung positiv geändert hatte. Selma grinste leicht und dachte sich ihren Teil.

Das beherrschende Thema bei der Weihnachtsfeier aber blieb das zu bauende Hotel. Alles drehte sich nur noch darum. Babsi hatte sich mit Nina etwas zurück gezogen. Die beiden hatten sich soviel zu erzählen über die vergangene Zeit. Eine jede von ihnen hatte ihr Glück gefunden und von den bösen oder schlechten Dingen, sprachen sie einfach nicht. Es war insgesamt eine frohe Gemeinschaft, die sich zusammen auf das kommende Jahr und die bevorstehenden Ereignisse freute.

Erst am Mittag des kommenden Tages, machten sich Selma und Nina auf den Rückweg. Es wurde schon dämmrig, als sie die Almhütte erreichten. Sogleich wollten sie allen von ihrem Besuch und den Neuerungen auf dem Loserhof erzählen. Aber niemand war zu sehen. Sie liefen zur Schutzhütte um nachzuschauen, ob sich alle dort aufhielten.

Nach langem rufen fanden sie irgendwann Silvia. Die erzählte ganz aufgeregt, dass Xaver aus dem Zimmer ausgebrochen war, als Magda ihm das Essen gebracht hatte. Seit dem waren sie auf der Suche nach ihm. Da es schon lange nicht mehr geschneit hatte, waren auch keine frischen Spuren zu sehen. Magda und Hanna wären weiter auf der Suche, fuhr sie fort. Selma und Nina teilten sich sofort auf. Silvia sollte im Haus bleiben. Selma begab sich zur Höhle und Nina würde auf dem Gelände suchen.

Nina war gerade auf dem Weg zum Ziegenstall, als sie eine Blutspur entdeckte. Dieser folgte sie bis sie ebenfalls zur Höhle kam. Dort fand sie Selma und auch Xaver. Er war offensichtlich in den Ziegenstall eingebrochen, hatte sich eine junge Ziege geschnappt und war nun dabei diese in der Höhle zu fressen. Es war ein grauenvoller Anblick. Sie zerrten ihn hinter sich her zum Haus. Widerwillig unter wildem Grunzen folgte er ihnen. Das tote Vieh ließen sie angewidert zurück. Sie brachten ihn auf sein Zimmer und verschlossen die Tür. Inzwischen waren auch Hanna und Magda zurück gekommen und zumindest froh, dass Selma und Nina ihn gefunden hatten.

Sie müssten Xavers Tür von nun an verschlossen halten. Es war einfach zu gefährlich. Er war schon so schnell in seinen Bewegungen, dass Magda keine Chance gehabt hatte ihn festzuhalten. Wie lange würde er sich noch mit Tieren begnügen, wann wären Menschen seine Opfer? Es war das einzige Problem, für das Selma keine Lösung wusste.

Jetzt endlich fanden Nina und Selma Gelegenheit über die Neuigkeiten vom Loserhof zu berichten. Auf der Alm hatte es bis auf Xavers Ausbruch keine Besonderheiten gegeben.

Die richtigen Schneemengen kamen spät und blieben auch nur kurz. Ein ungewöhnlich sanfter Winter in diesem Jahr, kam Huberts Bauplänen sehr entgegen. Schon viel früher als geplant konnten sie mit den Arbeiten beginnen. Hubert, der in den vergangenen Jahre gemerkt hatte, dass seine Planungen immer in zu kleinen Schritten voran gegangen waren, wollte diesmal nicht wieder den gleichen Fehler machen. Von Beginn an, war das Hotel mit allen dazugehörigen Wirtschaftsräumen, sehr großzügig und auf Zuwachs geplant. Zwar hatte er eine Hypothek auf den Hof aufnehmen müssen, aber er war sich sicher, er könnte diese in der geplanten Zeit zurückzahlen.

Auch Selmas Schutzhütte bekam Zuwachs. Auch der Bürgermeister hatte Wort gehalten. Drei Familien brachten ihre nicht so gelungenen Nachwuchsexemplare. Alle drei hatten die gleiche Problematik wie Maria und Julia. Es schien eine Besonderheit dieser Erkrankung zu sein, dass die Erkrankten maßlos aßen. Denn alle hatten fast die gleiche Figur. Sie waren im Alter von 14 bis 21 Jahren und Selma gab ein jeder ein eigenes Zimmer. Sie wollte die Frauen erstmal eine Weile beobachten, bevor sie eine Entscheidung treffen konnte, welche gegebenenfalls zusammen ein Zimmer belegen konnten. Auch wollte sie in Ruhe beurteilen, welche Besonderheiten sie hatten.

Der Hotelbau ging zügig voran, Hubert würde es noch schaffen, dass Haus zum Herbst zu eröffnen. Er hatte nun sogar Werbeanzeigen in überregionalen Zeitungen aufgegeben. Das Personal war schon komplett ausgesucht und stand ebenfalls in den Startlöchern. Eine Eröffnung noch in diesem Jahr war von Vorteil, so konnte er bei Belegung, schon früher mit der Rückzahlung des Darlehens beginnen als geplant.

Die Eröffnung des Alpenhotels war ein Ereignis der besonderen Art. Aus der ganzen Region kamen die Honoratioren und hochgestellte Persönlichkeiten. Sogar die ersten Hotelgäste waren da und ebenfalls Selma und Nina waren gekommen. Es war ein rauschendes Fest. Hubert führte alle voller Stolz durch das imposante Haus.

Aber irgendetwas stieß Selma förmlich ab. Waren es diese ganzen hochgestellten, rücksichtslosen Menschen, die ihr Geld meistens auf dem Rücken anderer verdient hatten. Wenn sie sah, wie hier geprasst wurde und dann auf der anderen Seite, wie die gleichen Menschen wie z.B. der Bürgermeister an den Schwächsten sich vergingen. Sie musste hier raus, dass war nicht ihre Welt. Nicht das sie ihrem Bruder nicht den Erfolg gönnte, aber zu welchem Preis geschah dies. Selma bat Nina mit ihr wieder zu gehen. Sie zogen sich auf das für sie vorgesehene Zimmer zurück und würden gleich nach dem Frühstück wieder das Hotel verlassen. Selma überlegte noch, ob sie mit ihrem Bruder über alles sprechen sollte. Aber das würde ihn in seiner Euphorie jetzt sicherlich nicht erreichen.

Wieder zurück auf der Alm sprach Selma über ihre Eindrücke mit Magda. Diese erklärte ihr, dass sie nicht alles Übel auf der Welt bekämpfen könnte. Sie müsste sich immer nur für sich entscheiden wo sie stände. Hatte sie nicht sogar mit ihrer Beeinflussung des Bürgermeisters zum Gelingen beigetragen. „Konzentriere Dich auf das was Du hier tust, vermeide die Kontakte mit den Menschen die anderen schaden und dann hast Du der Welt schon einen großen Gefallen getan. Denk daran, Du bist nicht für die Boshaftigkeit anderer verantwortlich.", sagte Magda.

Selma dankte ihr für ihre Offenheit. Ja im Nachhinein war es ein Fehler gewesen, die Schlechtigkeit des Bürgermeisters, für die Zwecke ihres Bruders auszunutzen.

Sie würde sich jetzt wieder hier auf ihre Aufgaben konzentrieren, den Benachteiligten helfen und dafür kämpfen, dass auch die Gesellschaft das ihrige dafür tun würde, diese Menschen zu unterstützen. Jeder sollte seinen Wohlstand haben, aber eben nicht auf Kosten der Schwächsten.

Selmas Hauptaufgabe, die sie sich selbst gestellt hatte, war die Benachteiligten in irgendeiner Form mehr zu beschäftigen. Bei Xaver und Silvias Tochter Lara war das so gut wie unmöglich, aber alle anderen könnten versuchen, einfache Tätigkeiten zu erlernen. Dies würde ihnen auch das Gefühl geben, gebraucht zu werden.

Das erste was Selma in dieser Richtung unternahm, war mit ihnen die Ziegen zu besuchen. Nach anfänglicher Angst, war es für die Patienten ein tolles Gefühl diese zu streicheln. Sie freuten sich wie diese sprangen und rannten, wie sie fraßen wenn sie ihnen was zu essen gaben. Sogar die dicken Weiber gaben plötzlich ihr Essen an die Ziegen ab. Was sie sonst selbst verschlungen hatten, bewahrten sie oft mittags schon auf, wenn sie wussten am Nachmittag durften sie die Ziegen besuchen. Das hatte nicht nur positive Auswirkungen auf ihr Gewicht, sondern tat ihrem Verhalten gut. Sie spürten, wie sie dafür durch die Ziegen belohnt wurden.

Auch Wanderungen unternahmen Selma und Magda mit den Patienten. Immer wieder hielten sie auch dabei an den unterschiedlichsten Stellen an und ließen die Verwirrten einfach sich selbst beschäftigen. Dabei stellten sie schnell fest, dass jeder doch irgendwelche Fähigkeiten hatte. Ob es das Flechten von Gräsern war, das Malen mit Steinen auf Felsen, es gab soviel wo sich die bisher Ungebrauchten, mit einbringen konnten.

Besonders 2 der Frauen taten sich sehr beim Malen hervor. Magda gab ihnen im Haus dann Papier und Stifte und ließ sie ihre Werke erstellen. Selma war verwundert, welch Talent in ihnen steckte. Es

waren Bilder aus der Landschaft, von Ziegen und allen anderen Dingen die man in der Natur finden konnte. Wie schnell sie diese Anblicke verinnerlicht hatten und wie sicher sie das zu Papier brachten. Niemals selbst hätte Selma das so hinbekommen.
Noch vor dem ersten Schnee machte sich Selma auf um Hubert zu besuchen. Sie wollte ihn bitten, ein paar der Bilder in seinem Hotel auszustellen um dann vom eingenommen Geld richtige Malutensilien in der Stadt zu beschaffen. Bestimmt würde er sich darüber freuen.
Aber zu Selmas Entsetzen, lachte Hubert sie aus. Er würde niemals in sein Hotel Bilder von Bekloppten aufhängen und damit die Gäste verscheuchen. Dies sagte er ohne auch nur eines der Bilder gesehen zu haben. Selma war enttäuscht und traurig zugleich. Sie versuchte es daraufhin noch einmal bei Babsi und erhielt eine ähnliche Antwort. Was war nur mit den beiden geschehen, fragte sich Selma.
Sie beschaffte die Utensilien von ihrem eigenen Geld und kehrte damit zur Almhütte zurück. Die beiden Frauen freuten sich und legten gleich los um neue Bilder zum Verkauf zu erstellen. Selma hatte es ihnen nicht sagen können, dass niemand ihre Bilder sehen wollte. Als sie Magda von der traurigen Unterhaltung mit Hubert und Babsi erzählte war diese ebenfalls erschüttert über deren Verhalten. Sie sagte nur: „Es ist sehr schade, dass Dein Bruder den Bezug zum Menschen verloren hat und jetzt sein Glück im Wohlstand sucht. Aber im kommenden Jahr werden wir einige Bilder vielleicht auf dem Markt oder hier in der Almhütte verkaufen können.
Auf dem Loserhof saßen Hubert und Babsi im Salon. Sie unterhielten sich über das lächerliche Angebot von Selma. Hubert war immer noch entsetzt darüber, dass sie gedacht hatte, er würde die Kritzeleien der Bekloppten hier den Leuten aufzwängen. Sollten ihre Gäste denn denken, hier wären alle nicht ganz recht beieinander. Ihre Gäste, die sonst Kunstwerke in Galerien kauften und sich hohen kulturellen Gesprächen widmeten mit so etwas zu kommen, hätte ja das ganze Hotel ins Lächerliche gezogen.
Babsi nickte nur und sprach: „Ich finde, es ist ohnehin nicht angebracht, wie sie hier auftaucht. In der Kleidung wäre es besser,

wenn sie den Dienstboteneingang benutzt. Was sollen die Leute denken, wenn sie dann auch noch hören, dass es Deine Schwester ist. Sonst kommt sie vielleicht sogar noch mit ihrem Balg hierher. Besser ist es, Du sagst es ihr wenn Sie das nächste Mal kommt"
Hubert stimmte ihr zu und sie widmeten sich anderen wichtigen Dingen.
Der Herbst neigte sich dem Ende, die Tage wurden deutlich kürzer und kälter. Lange würde der erste Schnee nicht mehr auf sich warten lassen. Auch bei ihren Spaziergängen mit den Patienten merkte Selma das deutlich. Sie konnten nicht mehr lange draußen bleiben; denn die Leute froren schon zu sehr. Aber genau das war der Auslöser für Selmas Idee. Die Patienten brauchten dicke Jacken, warme Mützen und Socken. Gleich am nächsten Tag würde sie sich noch einmal auf den Weg machen um zu versuchen noch Wolle und Stricknadeln zu besorgen. Sollte sie bei Hubert noch einmal nachfragen? Vielleicht hatte sie ihn ja letztes Mal nur in einem schlechten Moment angetroffen.
Zusammen mit Nina machte sie sich am nächsten Morgen gleich auf den Weg. Als sie im Hotel ankamen und nach Hubert fragten, wurden sie gleich beiseite genommen und mussten an einem Seitentisch in der Halle warten. Aber schon nach kurzer Zeit war Hubert da. Er bat sie ihm in sein Büro zu folgen.
Hier standen ein mächtiger Schreibtisch, hochwertige Möbel und viele Bücher. Hubert hatte sich wirklich etwas geschaffen. Bevor Selma etwas sagen konnte, begann Hubert damit: „Selma, so geht das nicht, Du kannst hier nicht ewig reingelaufen kommen. Vor allem nicht in diesem Aufzug. Es wäre wesentlich besser, Du würdest den Dienstboteneingang benutzen, was sollen sonst die Gäste denken." Selma und Nina schauten sich nur ungläubig an, dann sagte Selma nur: „Das werde ich das nächste Mal machen, lieber Hubert, ich werde dann sogar Deine Tochter mitbringen. Die Leute im Hotel werden sich bestimmt freuen, wenn sie zu ihrem Papa läuft."
Das war eindeutig zuviel für Hubert, er warf Selma und Nina hinaus und verbat sich das sie je wieder das Hotel betraten.
Wie schon bei den Schreibutensilien war Selma gezwungen, die Wolle und die Nadeln selbst auf ihre Kosten zu besorgen. Sie

hatten die Nacht im Gasthaus im Dorf verbracht und sich dann gleich weiter auf den Weg in die Stadt gemacht.
Die Leute im Dorf fragten sich, warum denn die Schwester des Hoteliers im Gasthaus übernachten musste. War das Hotel etwa selbst jetzt im Herbst noch komplett ausgebucht. Manche aber vermuteten, es hätte Ärger zwischen den beiden gegeben.
Voll bepackt mit Wolle verschiedenster Farbe und diversen Stricknadeln ging, es für Selma und Nina wieder auf den Rückweg. Den ganzen Aufstieg zur Hütte dachte Selma über das sonderbare Verhalten von Hubert nach. Sie konnte sich überhaupt nicht erklären, was mit ihm geschehen war. Was war nur der Grund dafür, sie und auch die Benachteiligten so zu behandeln? Wollte er verdrängen, dass sein Inzestkind sich auf der Hütte befand oder war ihm einfach nur das Geld zu Kopf gestiegen. Sie jedenfalls würde ihn nicht mehr aufsuchen.
Nadeln und Wolle lieferte Selma bei Magda und Hanna ab. Sie waren die Spezialisten für Stricksachen. Mit Magda sprach sie diesmal nicht über Hubert; denn sie kannte deren Meinung und nun war noch mal bestätigt, dass sie Recht hatte.
Die Kälte wurde immer extremer und der erste Schnee fiel schon bald. Wie so oft auf dieser Höhe gleich in enormen Mengen.
Magda und Hanna hatten mit ihrem Strickunterricht begonnen. Anfangs fiel es den Patientinnen schwerer als Magda sich das gedacht hatte. Nur dank ihrer Geduld, immer wieder neuen Erklärungen und dem Willen der Benachteiligten etwas Produktives zu tun, kamen die ersten Socken zustande. Hanna hatte zum Glück vorgeschlagen damit zu beginnen. Wenn sie das dann beherrschen, könnten sie sich an schwierigere Aufgaben trauen.
Seit die Patienten beschäftigt wurden, trat ein starker Wandel in ihrem Verhalten ein. Sie dämmerten nicht mehr nur in ihrer eigenen Welt, sondern hatten Interesse am normalen Geschehen teilzunehmen. Selbst Aufgaben wie Pfade im Schnee anzulegen waren als Arbeit förmlich so begehrt, dass fast Streit entstand wer zuerst durfte. Selma ließ so einfach auch mal unnötige Wege anlegen, nur um auch allen die Möglichkeit zu geben. Als sie dann später diese kontrollierte; denn da bestanden die Benachteiligten

drauf um ihr Lob zu erhalten, war Selma sehr überrascht. Sie hatten doch tatsächlich einen Schneemann gebaut. Sie schienen ihrer kindlichen Freude am Leben Ausdruck zu geben.

Nur bei Xaver und Lara gestaltete sich jegliche Weiterentwicklung schwer. Zu stark war ihre Beeinträchtigung. Aber trotzdem ließen Selma uns Silvia es sich nicht nehmen auch mit den beiden Spaziergänge zu unternehmen. Diese beruhigten Xaver und Lara sichtlich, sogar das Grunzen vergaß Xaver zeitweise.

Das Alpenhotel vom Loserhof war trotz des Wintereinbruches immer noch gut besucht. Hubert hatte Pferdeschlitten organisiert, so dass die Gäste Ausflüge in die wunderschöne Schneelandschaft machen konnten. Die Knechte des Hofes, die in dieser Zeit ohnehin nicht viel zu tun hatten, waren als Kutscher eingeteilt und nutzten ihre Ortskenntnisse um den Städtern die Schönheiten der Gegend zu zeigen. Oft bekamen sie dafür sogar noch ein Trinkgeld von den Gästen. Ihnen gefiel somit diese Aufgabe gut, da sie ihren Lohn so aufbessern konnten.

11. Intrigen und Skifahren

Ein Highlight auf jeder Tour war die Käsehöhle, diese wurde von den Knechten so genannt da ja hier der Käse gelagert wurde. Babsi hatte 2 Mägde beauftragt, dort immer einen kleinen Imbiss mit den eigenen Produkten zu reichen und warme Getränke an die Städter zu verteilen.

Vor wenigen Tagen hatten sich 4 Männer im Hotel eingefunden, die einer ganz ungewöhnlichen Beschäftigung nachgingen. Sie hatten sich vorne aufgebogene Bretter unter die Schuhe geschnallt, in jeder Hand einen Stock und rutschten mit diesen Brettern den Hang vor dem Hotel herunter. Erst hatten alle mit dem Kopf geschüttelt, aber nach kurzer Zeit gab es immer mehr Gäste die zuerst zuschauten und sich dann von den Männern in das Geheimnis ihres Sports einweisen ließen. So gab es bei den ersten Versuchen dann immer viel zu lachen, da die Neulinge mehr Zeit im Schnee, als auf den Brettern verbrachten.

Hubert hatte das Ganze gleich als Geschäftsidee erkannt. Er bot den 4 Männern an, kostenlos im Hotel zu übernachten und im

Gegenzug den Gästen das Skifahren, denn so nannten es die vier, beizubringen. Da der Aufstieg am Hang für die Skifahrer so mühsam war, stellte Hubert ein Kaltblut mit einem langen Seil zur Verfügung, das die Sportler dann immer wieder den Hang hinauf zog.

Am Rande des Hügels hatte er eine kleine Hütte zimmern lassen, hier konnten sich Zuschauer und Sportler jederzeit mit warmen Getränken versorgen. Hubert war entzückt, wie gut diese neue Sportart das Hotel mit Gästen füllte. War doch sonst die Winterzeit eine ruhige und besinnliche Zeit, so war jetzt mehr Trubel als im Rest des Jahres.

Die Weihnachtsfeier ließ Hubert wegen der starken Belegung einfach ausfallen. Die Bediensteten, die schon viele Jahre bei Hubert waren, zeigten sich enttäuscht darüber. Für sie war es doch immer eine Belohnung für die harte Arbeit des Jahres gewesen.

Immer weiter dehnten die Skifahrer ihren Hügel aus. Sie begannen höher und höher mit ihrer Abfahrt. Hubert hatte inzwischen mit dem Zimmermann aus dem Nachbarort vereinbart, dass dieser die Bretter der Skifahrer nachbauen sollte. Er würde diese dann an die Gäste verleihen oder sogar verkaufen. Das Geschäft lief prima und machte Hubert und Babsi glücklich. Er, der früher noch bei jeder Arbeit auf dem Hof mit angepackt hatte, saß jetzt fast nur noch in seinem luxuriösen Büro. Babsi hatte es sich zur Gewohnheit gemacht, als Chefin überall Kontrollen durchzuführen. Nicht mehr wie früher, erklärte sie ausführlich wenn jemand einen Fehler machte, sie war dazu übergegangen die Leute dann gleich zu entlassen. Unter den Angestellten herrschte eine große Angst vor ihren scharfen Augen. Ihre Härte und Unnachgiebigkeit zeigte Erfolg, die Abläufe im Hotel klappten wie am Schnürchen und keiner wagte sich auch nur zu faulenzen.

Auf der Almhütte hingegen ging es gemächlich zu. Die Patienten machten ihre Spaziergänge, strickten ihre Strümpfe und genossen die Ruhe und die Natur. Die neuen Aufgaben hatten eine Art Gemeinschaftsgefühl geschaffen. Wären die Behinderungen nicht so offen sichtbar gewesen, dann hätte man es im täglichen Miteinander gar nicht mehr bemerkt.

Diese Veränderungen waren auch Selma anzumerken. Sie kam in ein Gefühl der Zufriedenheit und der inneren Ruhe. Was früher für sie wie eine Belastung erschien, war jetzt das was ihren Lebensinhalt ausmachte. Selma war sehr glücklich mit all diesen Umständen. Eine Aufgabe, für die es sich lohnte zu kämpfen. Diese Benachteiligten waren so dankbar für alles was mit ihnen unternommen wurde. Sie fragten nicht nach Geld, wenn sie eine Aufgabe erledigen sollten, sondern freuten sich darüber, etwas Nützliches zu tun und das Gefühl zu bekommen gebraucht zu werden. Selma fragte sich manchmal, wer denn in Wirklichkeit die Benachteiligten waren, denn die sogenannten, schienen viel zufriedener und glücklicher als die „Normalen".

Hubert war in seiner Geschäftstüchtigkeit überhaupt nicht mehr zu bremsen. Seine neueste Idee war eine geführte Wanderung / Expedition in die Käsehöhle. Dort wollte er mit einigen Gästen die Höhle erkunden und als gelungenen Abschluss, mit diesen dort ein gemeinsames Essen an einem Höhlengrill durchführen.

Schnell hatten sich 10 Gäste gefunden die ihr Interesse bekundeten und am nächsten Samstag sollte es losgehen. Hubert hatte noch zusätzlich 2 Knechte beauftragt, die Seile Haken und zusätzliche Lampen mitnahmen.

Mit Pferdeschlitten fuhren sie dann zu den Felsenhöhlen. Dort angekommen, erzählte Hubert erst etwas zur Geschichte und jetzigen Nutzung der Höhle. Dann gingen sie unter Huberts Führung, jeder mit einer Lampe ausgestattet in die Höhle. Auf dem Weg bis zur sogenannten Kathedrale, leuchteten die Gäste jeden Seitengang aus. Irgendwie hatte wohl jeder das Gefühl hier einen versteckten Schatz zu finden.

In der Kathedrale machten sie dann eine erste kurze Rast. Hier wurden Proben vom selbst hergestellten Käse gereicht und die Gäste hatten die Möglichkeit, gleich welchen für ihre Abreise zu bestellen. Allein schon durch den Gruppenzwang und keiner wollte ja zeigen, dass er sich so etwas nicht leisten konnte, war der Käseverkauf grandios.

Immer tiefer gingen sie in die finstere Höhle. Die Gänge wurden enger und bei den Ersten konnte Hubert schon etwas Angst feststellen. Aber zugeben wollte das natürlich niemand. Hubert

hatte ursprünglich nicht vorgehabt, in die tiefere Höhle mit dem kleinen See herunter zu steigen; denn die Erinnerung an das damals Gefundene, war doch stark. Aber irgendwie wollte er jetzt seinen Gästen auch das Besondere bieten. So hatte er seine Meinung geändert. Die Knechte, die sie begleiteten hatten ja glücklicherweise die Seile und Haken mitgenommen und von dem Gesehenen keine Ahnung. So kamen sie an den entscheidenden Abgrund.
Hubert ließ sich als Erster abseilen um den Gästen etwas die Angst davor zu nehmen. Dann folgte einer nach dem anderen. Mit den vielen Lampen dann am See stehend, ergab sich ein fast magisches Bild. Die Knechte waren oben geblieben und sahen fast erschreckt auf diese Art der Beleuchtung. Hubert bot den Gästen an ihm zu folgen oder aber selbst auf die Suche nach dem Unbekannten zu gehen. Sie vereinbarten die Abstiegstelle als Treffpunkt und dann trennten sich die Gruppen.
Die Hälfte der Gäste war ihm gefolgt, die anderen, wohl die mutigeren unter ihnen, machten sich selbständig auf die Suche. So wie auch Hubert leuchteten sie wieder alle Gänge und Vertiefungen aus. Einer aus Huberts Gruppe feixte: „Hier muss doch ein Schatz versteckt sein."
Als sie schon einige Seitengänge erforscht hatten, hallte plötzlich ein Schrei durch die Höhle, der alle bis ins Mark erschütterte. Einer der Gäste, die alleine auf die Suche gegangen waren, schrie nur noch: „Hier, hier, kommt hier her, schnell." Sofort liefen alle wie an der Schnur gezogen zu dem Schreienden.
Alle Lampen erhellten den kleinen, fast unscheinbaren Seitengang. Dann sahen sie das Schreckliche. Dort lagen 2 kleine Skelette. „Bestimmt Zwerge die hier arbeiten mussten", rief gleich einer. Die die ohnehin schon Angst gehabt hatten, rückten dichter zusammen. Das war nun doch etwas womit keiner von ihnen gerechnet hatte, am wenigsten Hubert. Er machte sich sogleich Vorwürfe, nicht noch einmal alles vorher genau kontrolliert zu haben. Dann rief der nächste: „Eine tolle Idee von unserem Hotelier, so etwas hier zu verstecken, der Mann ist unbezahlbar."
Diese Gelegenheit ergriff Hubert sofort und lächelte, als wäre er bei einem kleinen Scherz erwischt worden. „Ja, das Alpenhotel

lässt sich eben immer etwas Außergewöhnliches einfallen", war Huberts Antwort.

Die Gäste feierten ihn förmlich. Die Skelette blieben dann ungeachtet dort liegen und alle begaben sich in bester Stimmung zum Aufstieg.

Nach dem die Knechte alle wieder nach oben gezogen hatten, gingen sie dann zum inzwischen angefachten Höhlengrill und hatten nur noch ein Gesprächsthema, die Skelette der Zwerge.

Der schaurige Fund machte niemand ein schlechtes Gefühl, da es ja ohnehin alle für einen von Hubert eingefädelten Scherz hielten. Sie ließen sich den gegrillten Schweinebraten mit reichlich Bier schmecken und machten sich dann wieder belustigt auf den Heimweg.

Auf den Pferdeschlitten herrschte eine gute Stimmung und diese verbreitete sich anschließend auch im Hotel. Einem jeden wurde erzählt, was er verpasst hatte und wie genial der Hotelier war, so etwas in der Höhle zu verstecken. Eine rundum gelungene Veranstaltung fand ein gutes Ende. Noch tagelang war es die Attraktion des Hotels und das aufregendste Erlebnis für die Teilnehmer.

Babsi war ebenfalls begeistert über Huberts tolle Idee und fragte, ob er extra die Skelette wieder ausgegraben und versteckt hätte. Ihr gegenüber konnte Hubert ja die Wahrheit sagen und plötzlich war Babsi dann doch etwas erschrocken und entsetzt. Sie warf ihm Gleichgültigkeit vor. So etwas Ungeplantes durfte einfach nicht passieren. Zwar war es ja gut gegangen und sogar zum Höhepunkt der Expedition geworden, aber Hubert sollte unbedingt so etwas vermeiden.

Danach sprachen sie aber dann gleich über den erfolgreichen Käseverkauf und das so etwas in regelmäßigen Abständen wiederholt werden sollte. Die Skelette sollte Hubert ruhig liegenlassen dann wäre der tolle Effekt jedes Mal wieder das Besondere der Expedition. „Das die Boshaftigkeit unserer Ahnen sogar noch Geld einbringt, ist schon faszinierend", schloss Hubert das Gespräch.

Für die nächste Tour, die 2 Wochen später stattfinden sollte, hatten sich fast doppelt so viele Teilnehmer angemeldet. Das

Gerücht, über etwas Außergewöhnliches hatte sich unter den Gästen immer weiter herumgesprochen.
In Magdas „Strickfabrik", so nannte sie es selbst, wurden jetzt die ersten Versuche unternommen, auch Jacken zu stricken. Durch die Übung mit den Socken, ging hier der Fortschritt wesentlich schneller voran. Aber Socken hatten die Patienten so viele gestrickt, dass sie entweder für Jahre genug hätten oder diese gar verkaufen konnten. Vielleicht würden sie das sogar im nächsten Jahr machen, um vom Ertrag wieder neue Wolle kaufen zu können.
Selma fand die Idee gut, sie könnten auf dem Markt in der Stadt, die Gemälde, Socken und vielleicht ja sogar ein paar Jacken verkaufen. Davon würden sie dann die verbrauchten Materialien ersetzten und wenn noch etwas übrig wäre, könnten die Benachteiligten sich ein paar Dinge in der Stadt aussuchen. Vielleicht käme ja sogar genug zusammen, um dann irgendwann einmal einen größeren Ausflug zu machen.
Endlich und mit Spannung erwartet, war es soweit. Die nächste Expedition des Alpenhotels sollte starten. Voller Erwartung bestiegen die Gäste die Pferdeschlitten und wie schon beim ersten Mal ging es zur Felsenhöhle.
Alles sollte genau so ablaufen, wie beim letzten Ausflug. In der Erwartung des großen Kicks, waren die Gäste aber diesmal deutlich ungeduldiger. Immer wieder kamen bei Huberts Ansprache und auch bei der Vorstellung des Käses, die Fragen nach dem Grauen auf. Hubert beruhigte die Gäste und versprach, der Schrecken würde ihnen noch früh genug in die Glieder fahren. Sie wurden jetzt geduldiger und je weiter der Weg in die Höhle führte, je enger die Gänge wurden, desto stiller wurden die „Forscher".
Jetzt wurde es spannend, der Abstieg in die untere Höhle begann. Diese machte nun doch einen mächtigen Eindruck auf die Männer. Wie schon bei der ersten Führung, verteilten sich die Leute wieder. Die ängstlichen folgten Hubert, die anderen suchten alleine.
Hubert hatte geplant, dass wieder einer derer, die alleine gingen, die Skelette finden sollte. Er wartete förmlich jeden Augenblick

auf den Aufschrei, wenn es soweit war. Schon ungewöhnlich lange dauerte es und wie es schien, waren die Männer schon an dem besagten Seitengang vorbei. Sicher hatten sie nicht richtig hinein geleuchtet. Also müsste er mit seiner Gruppe das übernehmen. Langsam führte er seinen Trupp in die richtige Richtung und dann kam der Moment des Grauens. Aber nicht wie gedacht für die Gäste, sondern für Hubert. Die Skelette waren verschwunden.
Die anderen konnten in seinem Blick das Entsetzen bemerken.
„Da haben die Zwerge wohl aufgeräumt", sagte ein ganz vorwitziger Gast.
Hubert entschuldigte sich für das Fehlen des Höhepunktes der Führung und sprach darüber, dass es ja auch so ganz reizvoll wäre, eine solche Höhle anzuschauen. Die Gäste aber murrten enttäuscht und hatten auch keine Lust mehr auf Schweinebraten und Bier. Diesmal war die Stimmung auf dem Rückweg ziemlich ruhig, ja fast schon angespannt.
Am Abend erzählte dann Hubert Babsi vom Geschehenen. Babsi tadelte ihn wieder. Er war schon wieder Gleichgültig gewesen. Er hätte am Tag vorher prüfen müssen, ob die Skelette noch da waren. Aber wer überhaupt hatte sich so einen schlechten Scherz erlaubt, diese dort heraus zu nehmen. Wenn sie das herausfinden würde, wäre derjenige sofort gefeuert. Sie würde gleich am nächsten Tag mit allen Knechten und Angestellten sprechen, die von der Sache wussten.
Die Höhlenexpeditionen wurden erstmal auf Eis gelegt. Zuerst mussten sie wissen, was da vor sich ging. Sie wussten ja noch nicht einmal, ob die Skelette beim ersten Ausflug von jemand extra hineingelegt oder erst beim zweiten Mal entfernt wurden. Hubert sollte aber auf jeden Fall einmal die Stelle kontrollieren, wo sie damals die anderen vergraben hatten.
Drei Tage später machte sich Hubert auf den Weg. Niemand außer Babsi kannte sein Ziel. Sofort fand er die Stelle wieder an der er damals mit Edi die Skelette vergraben hatte. Dieser Ort hatte sich tief in seine Erinnerung eingebrannt. Aber nur er und Edi kannten ja die Stelle, Johannes hatten sie ja extra im Wald abgesetzt. Hubert schob den restlichen Schnee etwas beiseite, aber das Grab war definitiv unversehrt. Also musste jemand die

Skelette heraus genommen haben. War es vielleicht sogar einer der Gäste gewesen um sich ebenfalls einen Scherz zu erlauben. Was Hubert blieb, war die Ungewissheit. Noch einmal machte er sich den Weg in die Höhle um zumindest hier Gewissheit zu haben, dass er nicht doch etwas übersehen hatte.
Gezielt begab er sich in die untere Höhle und machte sich auf die Suche. Zur Sicherheit leuchtete er jeden Seitengang komplett noch einmal aus. Dann kam endlich der Gang, in dem sie vorletztes Mal die Skelette gefunden hatten. Aber da lagen wieder keine mehr. Hubert wollte sich gerade abwenden, als er ganz am Ende des kleinen Ganges etwas helles entdeckte. Dort lag ein Stück Papier. Hubert hob es auf, hielt es dicht an die Lampe und dann konnte er mit Schrecken die Worte lesen, die auf dem Zettel standen „Ich weiß was du getan hast."
Hubert war entsetzt. Wer wollte ihn da unter Druck setzen. Nur er, Babsi und Selma wussten davon. Edi war lange tot. Selma konnte es nicht sein, bei dem Schnee war kein Abstieg möglich von der Alm. Zwar hätte er ihr eine Art Rache zugetraut, aber sie hätte keine Chance dazu gehabt. Blieb nur Babsi, aber auch die konnte es ja nicht gewesen sein. Waren er und Edi damals von irgendwem beobachtet worden? Er musste das herausfinden. Von dem Zettel würde er Babsi nichts erzählen.
Wieder zuhause berichtete er nur darüber, am Grab nichts von Veränderungen gesehen zu haben. Er verschwieg, dass er noch einmal in der Höhle war.
Langsam wich der Schnee der Sonne und die Aktivitäten am Skihang fanden ihr Ende. Insgesamt gesehen, bis auf den Schreck mit den Skeletten, war es für Hubert ein sehr erfolgreicher Winter gewesen. Die neue Sportart war gut angekommen und hatte ihm jede Menge unerwartete Einnahmen gebracht. Hubert war bald ein gemachter Mann.
Auch auf der Almhütte war das Ende des Winters zu erkennen. Selma spürte es förmlich bei jedem Atemzug, dass der Frühling in der Luft lag. Dann konnten sie endlich wieder die Ziegen auf die Alm lassen, ihre ausgiebigen Spaziergänge durchführen. So schön der Winter war, doch jetzt freuten sich alle auf den Frühling. Sie würde jede Blume einzeln begrüßen nahm Selma sich scherzhaft

vor. Dann würden auch wieder die ersten Gäste zu bewirten sein. Selma hatte sich für das neue Jahr vorgenommen zwar immer noch genau so freundlich, doch etwas distanzierter gegenüber den Gästen zu sein. Auch Nina sollte und wollte nicht mehr ganz so freizügig bedienen. Die veranlasste die Männer doch immer nur Dinge zu tun, die sie besser lassen sollten und keiner könnte garantieren, dass es nicht irgendwann sogar zu Übergriffen kam.
Bei Hubert und Babsi wechselte jetzt das Publikum. Die Wintergäste und Sportler hatten sich bis zum nächsten Winter verabschiedet, jetzt war es die Zeit der Spaziergänger. Die meisten von denen machten sich auf kurze Tagestouren oder aber auch nur für wenige Stunden um später dann das Essen im Hotel genießen zu können. Aber auch geführte Wanderungen bot Hubert an. Diese leitete er nicht selbst, sondern dafür stellten sich dann die Knechte zur Verfügung. Mit der Hoffnung auf Trinkgeld, waren diese Jobs sehr begehrt.
Auch an diesem Morgen war wieder eine ganze Gruppe mit einem der Knechte aufgebrochen. Wie immer wurde die Möglichkeit der Käseverkostung an der Höhle dabei genutzt. Hubert war ständig drauf bedacht, neben dem Ertrag aus dem Hotel, den Gästen noch weiteres Geld locker zu machen.
Als erstes folgten sie dem rauschenden Bergbach, der hier im Tal schon zu einer beachtlichen Wassermenge angeschwollen war. Immer wenn sie an kleine Wasserfälle kamen, verharrten sie dort einen Moment, so dass sich auch jeder von der Schönheit des Ortes überzeugen konnte. In den hinter den Fällen liegenden Vertiefungen des Baches, konnten die Gäste dann bei Sonnenschein sogar Fische beobachten, die sich hier tollten. Während der Wanderung erzählten die Knechte dann etwas über die Geschichte des Loserhofes. Hubert hatte diese einen jeden von ihnen selbst eingebläut.
Die Mittagspause fand dann an den Felsenhöhlen statt, wo die Gäste nach der Verköstigung etwas Zeit hatten sich umzuschauen oder einfach nur auszuruhen. Einige wanderten etwas umher, kletterten auf die Felsen und schauten sich alles aufmerksam an. Andere wieder schlossen für ein paar Minuten die Augen um sich in der Schönheit der Natur zu erholen.

Diesmal rief einer derer, die die Gegend erkundeten nach dem Wanderführer. Als er zu ihm kam, fragte der Gast den Knecht, was denn dies für ein Grab wäre. Der Knecht hatte hierauf keine Antwort, versprach aber dem Gast, sich beim Hotelier danach zu erkundigen. Er selbst hatte das offensichtliche Grab bisher noch gar nicht bemerkt. Auch war es unscheinbar und nur ein kleines Holzkreuz zierte es. Auf diesem waren die Worte: „Immer sollst du an uns denken", eingeritzt.
Nach der Pause machte sich die Gruppe in einer weiten Schleife dann wieder auf dem Heimweg. Gegen späten Nachmittag kamen sie wieder am Hotel an. Der Knecht wartete geduldig auf sein Trinkgeld und verabschiedete sich von jedem per Handschlag, so dass auch keiner den Obolus vergessen konnte. Anders als sonst, wollte er aber noch seiner Pflicht genüge tun und fragte den Hotelier nach dem Grab mit der seltsamen Aufschrift auf dem Holzkreuz.
Hubert tat unwissend und beschäftigt. Er vertröstete den Knecht auf einen anderen Tag, dann würde er ihm die Geschichte darüber erzählen. Der ging zufrieden mit seinem heutigen Trinkgeld seines Weges und war froh wie der Tag für ihn gelaufen war.
Ganz anders sah die Sache bei Hubert aus. Dieser war erneut erschrocken, was war jetzt schon wieder passiert. Gleich am nächsten Tag wollte er sich das Grab anschauen. Früh schon hatte sich Hubert auf den Weg gemacht um nach dem Grab zu schauen. Tatsächlich stand jetzt plötzlich ein Holzkreuz auf diesem und auch die Worte, wie vom Knecht beschrieben, waren dort eingeritzt. Irgendwas geht hier nicht mit rechten Dingen zu, sagte Hubert zu sich selbst. Dieses Grab kannte nur noch er. Es musste ihn damals jemand beobachtet haben, war seine feste Überzeugung. Aber was wollte derjenige von ihm, warum tat er das und was würde als nächstes folgen? Langsam machte Hubert sich Sorgen.
Babsi hatte Hubert schon gesucht, sagten ihm die Angestellten. Als er sie dann traf, erzählte er von dem Ausflug der Gäste, dem ungewöhnlichen Kreuz, sowie der Aufschrift auf diesem. Babsi war erschrocken und fragte ihn nach einer Erklärung. Hubert sagte: „Irgendwer muss Edi und mich damals beobachtet haben,

anders ist es nicht zu erklären. Vielleicht ist derjenige jetzt neidisch auf unseren Erfolg und will uns drangsalieren, ja vielleicht sogar irgendwann erpressen. Aber wer es sein könnte, kann ich mir selbst nicht erklären." Babsi schien beunruhigt und bat Hubert unbedingt die Augen aufzuhalten, bevor noch Schlimmeres passierte.

Auch auf der Alm kamen die ersten Gäste auf die Hütte. Noch waren es nur Wanderer die die Hütte nutzten um sich zu stärken. Hier in der frischen Luft und mit der tollen Aussicht auf die Berge rundherum, hatten die Menschen immer Hunger und mächtig Durst. Selma und Nina bewirteten diese Gäste am liebsten. Sie nahmen nur ihr kurzes Mahl ein und machten sich dann wieder auf den Weg. Die Gäste, die über Nacht blieben waren da schon problematischer. Sie neigten dazu ausgiebig zu feiern und zu trinken und wurden dann eben auch schon mal sehr anzüglich.

Mit den Benachteiligten war jetzt auch wieder einfacher zu arbeiten, sie konnten die Ziegen beaufsichtigen, diese füttern und eben die ausgedehnten Spaziergänge genießen. Wovor Selma am Anfang etwas Bedenken hatte, dem Treffen zwischen den Patienten und den normalen Gästen, hatte sich als Irrtum herausgestellt. Die Wanderer die kamen, fanden es sogar sehr respektabel, dass sie mit den anderen Frauen, sich um diese armen Geschöpfe kümmerten.

Eigentlich mehr um ein paar Lücken zu füllen, hatte Selma 3 Bilder der Frauen aus dem Haus aufgehängt. Schon die ersten Gäste, die den Schankraum betreten hatten, blieben fasziniert davor stehen und fragten nach dem Maler, bzw. ob diese verkäuflich wären. Die Darstellung der Natur, der Landschaft und der Tiere wäre so außergewöhnlich naturgetreu, wie sie es bisher noch nicht gesehen hatten.

Selma hatte ihnen dann erzählt, dass diese von den Frauen aus dem Haus stammten und ihnen einen ihrer Meinung nach angemessenen Preis genannt. 2 der Bilder hatte sie daraufhin verkauft und die Gäste hatten ihr mit einem Lächeln glatt das Doppelte vom Preis bezahlt. Allein davon konnten sie für den nächsten Winter schon wieder für alle Farben, Pinsel und Papier kaufen.

Papier war es auch schon wieder, was Hubert aus der Fassung gebracht hatte. Auf dem Weg vom nahen Dorf zum Hotel hatte jemand ein Schild aufgestellt, auf dem stand: „Zum Loserhof, dort wo die Väter auf besondere Weise ihre Töchter lieben und die Söhne ihre Schwestern". Hubert hatte sofort veranlasst, dass dieses Schild abgenommen wurde. Aber einige hatten es halt schon gesehen und schauten schon etwas fragend drein. Wer in aller Welt wollte ihm nur so schaden, was hatte er getan und wen störte es so.

Als er Babsi davon erzählte, war diese ziemlich ungehalten und warf ihm die alte Geschichte wieder vor. Hättest du dich damals zurückgehalten und wärst nicht deinem Trieb gefolgt, dann hätten wir jetzt nicht solchen Ärger. Was sollte Hubert darauf antworten, es war nun schon Jahre her und er hatte es ja nicht mit Absicht getan. Auch konnte er nicht wissen, dass Silvia seine Halbschwester war. Klar er konnte nichts dagegen sagen und Recht hatte Babsi ja, aber als nichts passiert war, hatte sie es nicht dauernd wieder aufgewärmt.

Überhaupt war Babsi in letzter Zeit recht komisch. Natürlich war ihre Liebe nicht mehr so wie am ersten Tag, aber seit dieser Ärger mit den Skeletten begonnen hatte, zog sie sich immer mehr zurück. Wenn er sich ihr abends mal näherte, was durch die viele Arbeit ohnehin schon selten war, dann drehte sie sich nur lustlos um und redete von Kopfschmerzen oder Müdigkeit. Warum nur nahm sie dies alles so mit? Die Geschichte des Loserhofes holte ihn halt immer wieder ein und die Worte auf dem Kreuz: „Immer sollst du an uns denken", waren somit sogar wahr geworden. Bestimmt waren diese anders gemeint, aber zum denken an das Vergangene, hatten sie ihre Wirkung gehabt.

Selma hatte die verkauften Bilder gleich wieder durch 2 andere ersetzt. Vielleicht, so war ihre Hoffnung, würde sie ja noch mehr davon verkaufen können. Auch hatte sie noch einmal über die Worte der Käufer nachgedacht und musste ihnen in ihrer Einschätzung einfach recht geben. Wahrscheinlich sahen die Benachteiligten die Natur und die Tiere ganz anders als die Normalen. Jeder der denken konnte, wollte immer etwas in seine Bilder hinein interpretieren oder dem Zuschauer etwas damit sagen. Die „Wirren" machten sich diese Gedanken überhaupt nicht und stellten die Natur und ganz besonders die Tiere so dar, wie sie wirklich waren. Einfach natürlich. Das war das Besondere an diesen Bildern. Etwas was ein Normaler gar nicht malen konnte, da ihn sein Gehirn immer wieder fehlleitete. Sie würde die Bilder jedenfalls doch nicht auf dem Markt verkaufen, dafür schienen sie ihr jetzt viel zu wertvoll. Wenn sie das nächste Mal in der Stadt wäre, würde sie einige mitnehmen und dem dortigen Galeristen zeigen, um ihn nach seiner Meinung zu fragen.

Sie würde die Frauen auch wieder Malen lassen; denn gerade jetzt im Frühling, mit dem Erwachen der Natur, den sprießenden Blumen, dem frischen Gras, kam ja eine wunderbare Zeit zum Malen. Die Benachteiligten würden sich bestimmt sehr freuen, dieser Beschäftigung wieder nachgehen zu dürfen. Sie würde einfach mit ihnen spazieren gehen und sie dort malen lassen, wo sie es wollten. Sie sollten sich dabei nur auf ihren Instinkt verlassen und nicht von ihr zu irgendwelchen Motiven gezwungen werden.

Schon am nächsten Tag ging sie mit Malutensilien und den „Künstlern", wie sie sie jetzt nannte, auf einen ausgiebigen Spaziergang. Die Künstler wählten auch tatsächlich Plätze aus, die sie nie ausgesucht hätte. Sie wusste auch nicht, was sie dazu bewog oder was sie hier sahen, aber sie würde es später ja auf den Bildern erkennen. Als die Bilder dann fertig waren, wusste sie es. Die „Künstler" hatten etwas ganz anderes an diesen Orten gesehen als sie. Sie hatten kleine Blumen entdeckt die Selma überhaupt nicht wahrgenommen hatte. Aber was noch viel entscheidender war, sie hatten den Moment, die Stimmung so wie sie in der Natur vorkam, eingefangen. Jetzt wo sie die Bilder sah, fiel ihr das auch wieder ein, aber nie hätte sie gewusst, wie man das in einem Bild ausdrücken kann. Es war die Einfachheit des Denkens, die ihnen diese besondere Gabe schenkte.

Selma hatte zusammen mit Magda, Nina und Silvia eine kleine Auswahl an Bildern getroffen. Heute, am Montag wollte sie sich auf den Weg in die Stadt machen und die Galerie besuchen. Ein langer Marsch stand ihr bevor und sie musste sich beeilen um auch nur eine Strecke am Tag zu schaffen. Übernachten auf dem

Loserhof kam für sie nicht in Frage. Sie würde eine Nacht in der Stadt verbringen und sich dann wieder auf den Rückweg machen. Noch am späten Nachmittag kam sie in der Galerie an. Der Galerist schaute sie zuerst prüfend an. Sie machte ja nun nicht den Eindruck von ihrer Kleidung her, als könnte sie sich hier ein Bild leisten. Aber in ihrer natürlichen Art konnte Selma den Mann zumindest überreden einen Blick auf die Bilder zu werfen. Sie hatte ihm nicht gesagt, dass Behinderte diese gemalt hatten; denn sie hatte Angst davor, er würde sie sonst gar nicht betrachten. Der Galerist ließ sich viel Zeit. Dann fragte er Selma, ob sie die Bilder gemalt hätte. Selma antwortete wahrheitsgemäß mit nein und sagte, es wären Freundinnen von ihr, die mit ihr zusammen auf der Almhütte vom Loserhof wohnten. Erneut schaute er sich die Bilder an. Dann sprach der Galerist: „Es sind sehr ungewöhnliche Bilder. Sie scheinen förmlich den Moment und die Stimmung der Alm wiederzugeben. Die Maler müssen diese Gegend schon sehr lieben, dass sie soviel Stimmung mit in die Bilder packen können."
Selma erzählte, dass sie schon 2 davon auf der Alm für einen bestimmten Preis verkauft hätte. Der Galerist war erschrocken uns sprach: „Gute Frau sind sie wahnsinnig. Der Wert der Bilder hat ein Vielfaches davon." Jetzt wurde Selma auch klar, warum die Käufer freiwillig das Doppelte gezahlt hatten. Aber das traute sie sich nicht mehr zu sagen. Der Mann fuhr fort: „Wenn sie erlauben, stelle ich die Bilder hier aus und wenn sie verkauft werden, können sie einen großen Anteil davon den Künstlern übergeben.". Selma war einverstanden und fragte sogleich noch wo sie weitere Malutensilien kaufen könnte. Der Galerist sagte, er würde ihr die so zur Verfügung stellen und sie könnten es dann später mit den Bildern verrechnen.
Mehr als zufrieden ging Selma in ihr Quartier und am nächsten Morgen wieder zur Alm. Sie war beim Aufstieg, erst ein kurzes Stück hinter dem Loserhof, den sie aus gutem Grunde mied, da wollte Selma eine Rast bei einem der Heuschober einlegen. Sie legte ihr Bündel ab und setzte sich ins Gras um einen Moment auszuruhen. Da hörte sie erst Gekicher aus dem Heuschober, dann Stöhnlaute die sehr eindeutig waren. Von Natur aus

neugierig, versuchte Selma durch die Lücken zwischen den Brettern zu schauen, aber das funktionierte nicht. Es war einfach zu dunkel im inneren. Sie konnte nichts gegen ihre Neugier tun, so ging sie zur Tür, riss diese auf und rief: „Ist etwas passiert, ich habe Hilferufe gehört". Das Sonnenlicht strahlte in den Heuschober und ließ Selma erschrecken. Da lag Babsi nackt im Heu und zwischen ihren Schenkeln einer der Knechte vom Loserhof. Auch Babsi war zu Tode erschrocken. Selma knallte die Tür zu und ging sofort ein Stück weg von diesem Ort der Schande.

Es dauerte nur einen kleinen Moment, da kam Babsi hinter ihr her gerannt. Nur im Hemdchen bekleidet und rief sie sollte warten. Selma drehte sich um und blieb stehen. Babsi stammelte heraus, sie sollte ja nichts ihrem Bruder erzählen. Es wäre halt so über sie gekommen. Selma war entsetzt. Was war aus Babsi geworden. Sie schüttelte mit dem Kopf und sprach: „Es ist mir egal mit wem Du meinen Bruder und Gott betrügst. Du allein musst das verantworten. Aber in meinen Augen bist Du eine Schande und kein Stück besser als die Tyrannen vom Loserhof. Aber wage Dich noch einmal über meine Kleidung zu lästern, dann werde ich schon allen erzählen, wie Du im Hemdchen aussiehst, wenn Du Dich gerade mit dem Knecht vergnügt hast." Selma ließ sie stehen und setzte ihren Weg fort.

Auf der Almhütte erzählte sie allen ganz stolz von ihrem Gespräch mit dem Galeristen und was sie ausgehandelt hatte. Magda und die anderen Frauen waren hoch erfreut, den „Künstlern" war es egal, sie freuten sich einfach über die neuen Malsachen. Als Selma dann später mit Nina alleine war, erzählte sie ihr noch die Sache mit Babsi. Nina war entsetzt, aber sie hatte sich ja ohnehin schon über deren Veränderung gewundert. Warum nur gefährdete sie ihr Glück für so etwas? Nina konnte es nicht verstehen und dachte einen kurzen Moment daran, was wohl passiert wäre, wenn sich Hubert damals anders entschieden hätte.

Babsi war sehr betroffen davon, ausgerechnet von Selma erwischt worden zu sein. So oft hatte sie sich in letzter Zeit von dem Knecht beglücken lassen und nie war etwas dabei heraus gekommen. Das jetzt Geschehene konnte ihren ganzen Plan gefährden. Aber sie würde einfach so weiter machen und vielleicht gab es ja die Möglichkeit, die vielen bösen Dinge die Hubert widerfahren waren, Selma in die Schuhe zu schieben. Jedenfalls war sie gewarnt und würde sich mit dem Knecht ein neues Versteck suchen müssen. Denn auf seine Begabung wollte sie nun wirklich nicht verzichten und mit Hubert war ja schon lange nichts mehr los, der hatte nur noch das Geld im Kopf. Sie zwar auch, aber lieber ohne viel dafür zu arbeiten. Wie schön könnte doch das Leben sein, mit einem guten Liebhaber und einem Mann, der viel Geld verdient und bereit wäre es für sie auszugeben oder noch besser ihr zu vererben.

Hubert war heute in die Stadt gefahren, er wollte einige Anzeigen in der Zeitung aufgeben um für das Hotel zu werben. Danach schlenderte er noch durch die Stadt und genoss dabei sein Aussehen, dem man entnehmen konnte, dass er wohl situiert war. Wie es sich für einen Mann seines Standes gehörte, ging er auch in die Galerie und schaute sich dort um. Der Galerist begrüßte ihn und zeigte ihm ein paar der Bilder. „Die Gegend kenne ich sogar", sagte Hubert zu ihm und zeigte auf einige Bilder. Die würden sich bestimmt gut in der Empfangshalle machen, sie zeigen so eine wunderbare Stimmung und die Gäste könnten direkt bis zu diesen Orten wandern. Nach ein paar Verhandlungen wurden sie sich einig und Hubert erwarb die ganze Serie um sie in seiner Hotelhalle präsentieren zu können. Das war schon ganz was anderes als die Kritzeleien, die ihm Selma aufdrängen wollte, dachte Hubert. Es ist eben doch was anderes, wenn man direkt in einer Galerie die Bilder erwirbt.

Stolz mit seinem Kauf, den er zuhause gleich Babsi präsentierte war er zum Hotel zurück gekehrt. Ihr gefielen die Bilder ebenfalls. Was Geschmack betraf waren sie sich schon sehr einig. Hubert rief einen der Bediensteten und zeigte ihm wo er die Bilder sogleich aufhängen sollte. Hubert war sehr zufrieden mit dem Ergebnis. Ja das war etwas, was zu seinem Hotel passte.

Auf Selmas Alm war wieder ein Spaziergang bei herrlichstem Sonnenschein dran. Bei diesem Wetter durften alle bis auf Xaver und Lara mitkommen. Silvia war zur Versorgung der Almhütte und der beiden allein zurück geblieben. Selma hatte geplant, bis zur Quelle des Bergbaches mit den „Künstlern", wie sie sie inzwischen immer nannte, zu wandern. Aber schon auf dem Weg dorthin fanden sie einige Motive. Da sie aber ohnehin geplant hatten, bis zum Abend unterwegs zu sein, ließen sie sich Zeit um alle Schönheiten der Natur zu genießen. Wie so oft waren es ja nicht die Motive, die sich Selma oder die anderen Frauen ausgedacht hatten, sondern es waren die „Künstler", die ganz anderes für schön und wichtig hielten, was sie auf ihr Papier bringen wollten.

Gegen Mittag kamen sogar Wanderer zur Almhütte, so dass Silvia froh war, hier geblieben zu sein. Denn auch die mussten ja versorgt werden. Für Silvia war es ein Schönes, die Menschen zu bewirten und ihnen hier das Gefühl der Geborgenheit zu geben. Auch erfuhr sie so immer Mal wieder ein paar Neuigkeiten und Neugier war nun mal ihre Leidenschaft. Nach dem sie alle versorgt hatte, unterhielt sich Silvia so noch lange mit den Gästen. Erst am späten Nachmittag ging sie wieder ins Haus um nach Lara und Xaver zu schauen.

12. Xavers und Laras Verschwinden

Laras und Xavers Türen standen offen und sie waren weg. Silvia war entsetzt und begann sofort mit der Suche. Warum nur war jetzt niemand da, der ihr helfen konnte. Sie suchte und rief, aber nichts war zu sehen. Ihr nächster Weg führte sie zum Ziegenstall, aber auch dort keine Spur von den beiden.

Zwei Tage hatte Heiner, Babsis Knecht für die besonderen Zwecke, auf diese Gelegenheit gewartet. Babsi hatte Hubert erzählt, die Heuschober müssten unbedingt noch vor der Saison wieder in Ordnung gebracht werden und konnte Heiner somit für einige Tage freie Bahn verschafft. Hubert war froh, wenn Babsi sich um die Belange des Hofes kümmerte und er seine Zeit für die wichtigen Dinge im Hotel nutzen konnte.

Heiner hatte sich immer in der Nähe der Almhütte aufgehalten und genau auf so eine Situation gewartet. Zur Not hätte er auch Gewalt angewendet um die Frauen zu überwältigen. Sein Ziel war allein seiner Herrin gefällig zu sein. Jetzt hatte er die Chance genutzt, so leicht war es gewesen, die beiden Monster zu entführen. Was allerdings nicht so leicht war, die beiden halbwegs mit sich zu führen. Ihre seltsame Art ich fortzubewegen, war doch sehr ungewöhnlich. So hatte Heiner, Lara in ein Tuch gewickelt und sich auf den Rücken gebunden, Xaver hatte er fest an einem Seil und zerrte ihn in die Richtung die er eingeschlagen hatte. Er würde die beiden erstmal in einem der Heuschober einsperren und festbinden, bevor er seiner Herrin dann Bericht erstatten konnte. Babsi wäre stolz auf ihn und würde ihn sicher auf ihre Weise belohnen.

Bis zum Abend brauchte er mit seiner Last um sie in einen Schober zu verbringen. Angewidert hatten ihn die zwei, aber was zählte war eben nur Babsis Willen. Endlich angekommen, fesselte er sie so, dass sie keine Chance hatten von allein zu entkommen, dann machte er sich auf den Weg zum Treffpunkt mit Babsi.

Als Selma, die anderen Frauen und die „Künstler" nach einem erfolgreichen Tag zur Hütte zurück kehrten, fanden sie die völlig aufgelöste Silvia vor. Diese saß heulend vor dem Haus und fühlte sich so schuldig, dass die beiden entwichen waren. Sie konnte es sich auch nicht erklären, wie sie das geschafft hatten. Aber Xaver war ja nicht das erste Mal ausgebüxt. Schnell wurden alle auf ihre Zimmer gebracht und noch vor Beginn der Dunkelheit wurde eine große Suche gestartet.

Überall wurde gesucht, aber die Spuren von Xaver und Lara verloren sich sofort hinter dem Haus. Der Boden war durch die Trockenheit nicht geeignet um nach Fußspuren zu suchen. Bis in den späten Abend hinein suchten sie erfolglos. Selma machte Silvia aber keinen Vorwurf, sie konnte nicht gleichzeitig Gäste bewirten und auf die beiden aufpassen. Wenn überhaupt, musste sie sich selbst Vorwürfe machen, da sie nicht eine zweite Frau auf der Almhütte gelassen hatte.

Heiner und Babsi trafen sich wie vereinbart mal wieder am nahen Heuschober des Hotels. Stolz erzählte er wie es gelaufen war und wo die beiden Monster, wie er sie nannte, nun unter Verschluss waren. Das war sehr nach Babsis Geschmack und sie entlohnte Heiner sofort und gerne. Konnte er ihr doch geben, was ihr so

fehlte. Später dann, bevor Babsi wieder zu Hof zurück musste, erklärte sie Heiner noch ihren diabolischen Plan.
Gleich am nächsten Morgen, nach Sonnenaufgang, ging die Suche auf der Alm nach den beiden entflohenen weiter. Sie schwärmten in die ganze Umgebung aus. Selma konnte sich nicht vorstellen, was passiert war. Wohin waren die beiden bloß geflohen. Was hatten sie vor? Sicher war Xaver die treibende Kraft gewesen. Sie suchten alle Orte ab, an denen sie schon einmal mit Xaver waren, aber nichts war zu finden.
Babsi hatte Hubert darauf angesprochen, dass der Käseverkauf rückläufig war. Seit die Touren in die Höhle nicht mehr stattfanden, fehlte der Umsatz von dort doch merklich. Viele der Gäste hatten für die Abreise immer gleich einen ganzen Laib bestellt. Hubert verwies auf die Vorgänge in der Höhle und hatte schon Bedenken, diese Führungen wieder mit ins Programm zu nehmen. Aber fehlende Einnahmen, das war etwas, was Hubert gar nicht gerne hörte. Er wollte sich nicht von Babsi vorwerfen lassen, nur wegen seiner Bedenken, den wirtschaftlichen Erfolg zu mindern. Da war sie sehr empfindlich, dass wusste Hubert und auch er definierte sich ja inzwischen selbst darüber. Nach einigen Abwägungen erklärte Hubert sich bereit, die Tour wieder zu machen. Aber diesmal so sagte er Babsi, würde er am Tag zuvor noch einmal alles kontrollieren, nicht das es wieder zu unvorhersehbaren Zwischenfällen kommen würde.
Selma und die anderen Frauen waren völlig verzweifelt. Ohne Erfolg hatten sie die Suche eingestellt. Waren die beiden vielleicht in irgendeine Schlucht gestürzt? Es gab so viele abschüssige Stellen hier in den Bergen, da musste ein Normaler schon aufpassen wo er lang ging. Xaver in seiner komischen Fortbewegungsart und dann auch noch mit Lara zusammen, wäre bestimmt schnell in Gefahr gekommen. Gerade jetzt, wo sie etwas Liebe für Xaver hatte entwickeln können, wo sie sich ernsthaft darum bemüht hatte, ihn als Kind anzunehmen.
Eine Möglichkeit wäre noch der Loserhof, aber bis dahin würden die beiden es nie schaffen, da waren sich alle Frauen einig. Der Weg war viel zu weit und zu gefährlich. Selma hatte auch kein Bedürfnis, Hubert oder Babsi zu begegnen. Zu sehr hatte sie sich

über die sonderbare Wandlung der beiden geärgert. Ganz im Gegenteil, Hubert hätte sich bestimmt über das Verschwinden von Lara gefreut. Damit wäre das Zeugnis seiner Tat endgültig verschwunden.
Hubert hatte eine neue Höhlentour für den kommenden Sonntag mit in das Programm des Hotels aufgenommen. Die Gäste waren über die Abwechslung erfreut und recht schnell hatten sich viele angemeldet. Am Samstag aber würde er sich noch einmal alles in Ruhe vorher anschauen.
Hubert wollte diesmal nichts dem Zufall überlassen. So machte er sich schon am Samstagvormittag auf den Weg zur Höhle. Alles suchte er ab, jeden Winkel, jeden Seitengang leuchtete er aus. Auch bis zum Grab war er gegangen, aber nichts war zu finden. Ja, so musste es sein, so würden die Touren auch wieder zum Erfolg werden, da war er sich gewiss. Es freute ihn nicht nur wegen des besseren Verkaufs, sondern es war ihm auch immer wichtig, etwas Geschichtliches über den Loserhof zu erzählen. So konnte ein jeder hören, was er aus dem Hof gemacht hatte. Eine wunderbare Gelegenheit der Selbstdarstellung.
Nur für die Verköstigung mit Käse und später einem Schweinebraten auf dem großen Grill musste Hubert sich was neues einfallen lassen, das Personal, das bisher diese Aufgaben wahrgenommen hatte, weigerte sich strikt nach den Vorfällen die Höhle noch einmal zu betreten. Hubert würde dies also vor der Höhle durchführen lassen. Er hatte extra 2 Knechte damit beauftragt einige Tische und Bänke vor der Höhle aufzubauen, so dass nach der Führung auch alle bequem Platz hatten.
Es war Sonntagmorgen, die Fuhrwerke für die Gäste standen bereit, die Sonne schien, ein toller und spannender Tag würde die Teilnehmer erwarten. Alle, selbst Hubert waren bester Stimmung und die Tour begann. Entlang des Bergbaches, ging es zu ein paar Aussichtspunkten, an denen Hubert immer etwas über die Geschichte und die schwere Arbeit auf dem Bergbauernhof erzählte, die er ja nun noch aus eigener Erfahrung kannte.
Erst gegen Mittag, wie geplant, kamen sie dann am Highlight, der Felsenhöhle an. Zwei junge Frauen, in der üblichen Mägdetracht, begrüßten die Gäste und reichten die Probehäppchen. Die

mittlerweile schon hungrigen Gäste probierten fleißig und sogleich ging auch die Order für den Käse wieder los. Die meisten kauten noch, als Hubert sie vor der Höhle versammelte und über die Geschichte der Höhle erzählte. Auch sprach er von den damaligen schrecklichen Funden, um die Spannung für die Zuhörer noch höher zu schrauben. Dann öffnete er die Tür, kontrollierte noch einmal ob jeder eine Lampe hatte und die Führung begann.

Hubert schritt langsam voran, so dass die Gäste Gelegenheit hatten sich alles genau anzuschauen. Hinter den Gästen folgten dann noch 2 Knechte, die darauf achteten, dass niemand verloren ging. Sie trugen zur Überraschung der Gäste auch einige Seile mit sich. Was es damit auf sich hatte, konnten die Besucher ja noch nicht erahnen.

Als nächstes kamen sie in die sogenannte Kathedrale. Dieser riesige Raum, in dem der Käse gelagert war, machte einen imposanten Eindruck auf alle. Die Wände schienen unendlich hoch, was durch die Dunkelheit und den Schein der Lampen noch verstärkte wurde. Wenn einer etwas sprach, gab es sogar ein Echo, das von mehreren Wänden zurück geworfen wurde. Ein fast gespenstischer Klang. Hubert sah, wie die Gäste dichter zusammen rückten. Jetzt machten sich auch schon die ersten einen Spaß daraus und machten komische Laute, so dass den ängstlichen in der Gruppe, es kalt den Rücken herunter lief. Hubert konnte zwar nicht erkennen, wer diese komischen Grunzlaute von sich gab, aber wenn er es sehen würde, dann müsste er es unterbinden.

Langsam zog die Gruppe weiter. Immer tiefer ging es in die Höhle. Die Neugierigen unter den Gästen leuchteten dabei alle Seitengänge aus. Hier konnte man gleich erkennen, wer ängstlich war und wer nicht. Von oben tropfte das Wasser auf die Köpfe, aber das schreckte niemanden ab den Weg fortzusetzen. Wenn Hubert dann mal wieder die Gruppe stoppte, um einige Kenntnisse über die Höhle kund zu tun, konnte man hören, wie die Tropfen auf den feuchten Boden aufschlugen.

Wieder machte einer diese komischen Laute. Hubert hob die Lampe, aber auch diesmal erkannte er nicht den Übeltäter. Nun würden sie gleich zum Höhepunkt der Führung kommen. Hubert wartete schon am Abstieg zum tiefer gelegenen Verlauf der Höhle mit dem kleinen See. In diesem schien sich all das Wasser zu sammeln, was von der Decke tropfte. Während Hubert noch wartete, bis alle an dieser Stelle waren, versuchte er sich vorzustellen, wohin das Wasser dann wohl wieder ablief; denn der Wasserstand im See schien immer gleich zu bleiben. Irgendwo musste es ja wieder aus den Felsen heraus treten. Diese Quelle zu finden wäre sicher wertvoll, er könnte das Wasser als etwas ganz besonderes vermarkten oder es beim Brauvorgang mit verarbeiten.

Endlich waren alle versammelt, die Knechte mit den Seilen befestigten diese an den Haken, die in der Wand eingelassen waren und Hubert stieg wie gewohnt als Erster in die Tiefe. Alle anderen schauten genau zu, wie er das bewerkstelligte. Dann folgten die Mutigen und als auch die Ängstlichen sahen, dass auch denen nichts passierte, folgten sie zum Schluss. Die beiden Knechte blieben wie gewohnt am Abstieg stehen, um später alle wieder sicher nach oben zu holen.

Hubert erklärte gerade, dass die Gäste sowohl alleine die Höhle inspizieren oder aber ihm folgen könnten, als schon wieder dieses schaurige Grunzen zu hören war. Es schien immer lauter zu werden oder lag es nur an der Akustik der unteren Höhle? Die Einteilung war vorüber und die Gruppen trennten sich. Hubert sammelte seine Leute hinter sich und ging los. Wie immer leuchteten sie in alle Seitengänge. Nur gut, dass er am Vortag noch einmal alles genau kontrolliert hatte, sagte er sich selbst; denn ein komisches Gefühl war nach den letzten Touren immer noch vorhanden.

Ein Schrei des Entsetzens, durchriss die Stille in der Höhle. Ein Schrei, wie Hubert und keiner der anderen je gehört hatte. Hubert riss die Lampe empor, dann sah der den Mann auf der anderen Seite des Sees, der die Hände schützend vor den Kopf hielt und schrie wie am Spieß. Er schien sich gar nicht mehr einzukriegen. Sofort rannten einige aus der Nähe zu ihm und das Geschrei wurde immer mehr und lauter. Als Hubert endlich an der Stelle ankam, lag schon einer der Gäste auf dem Boden, hielt mit einer

Hand seine Brust und röchelte gar furchtbar. Dann sah auch Hubert das was er nie für möglich gehalten hatte. In einer Ecke des Seitenganges, waren Xaver und Lara angebunden. Xaver grunzte böse und Laras Anblick hatte das pure Entsetzen unter den Menschen entfacht. Sie guckte mit beiden Gesichtern die Leute an. Der Schein der Lampen ließ dabei ihre Augen gar furchtbar erscheinen. Hubert führte sofort die Gruppe zum Aufstieg. Erst als alle wieder oben waren und einer der Knechte die Gruppe heraus geführt hatte, machte er sich noch mal auf dem Weg zu Xaver und Lara. Er leuchtete in den Seiteneingang und schrie: „Wer in aller Welt hat Euch Höllenbrut hier her gebracht? Ich werde Euch hier drinnen lassen, bis ihr aussieht wie Eure Vorfahren."

Dann machte auch Hubert sich auf den Weg nach draußen. Die Gäste waren noch immer völlig aus dem Häuschen und fragten erzürnt, was das für Gestalten waren, die er ihnen da präsentiert hatte. Einige hörte er Fetzen wie: „Wir werden sofort abreisen, Frechheit" und andere Dinge sagen. Hubert wusste, dass war ein schwerer Schlag ins Gesicht. An Essen wollte keiner mehr denken und auch die Käse wurden ganz schnell abbestellt. Keiner wollte etwas essen, was aus dieser Höhle kam.

Es würde sich herumsprechen wie ein Lauffeuer, da wusste Hubert sofort. Er würde in arge Schwierigkeiten kommen. Was nur sollte er Babsi darüber sagen, sie würde ihn wieder für diesen riesigen Fehler verantwortlich machen. Wer nur wollte ihn fertig machen? Wer wusste nur davon und war so geschickt vorgegangen, ihn so zu hintergehen. Bestimmt steckten Selma und Silvia dahinter. Schon morgen würde er sie aufsuchen und dafür zur Verantwortung ziehen. Kein anderer hatte die Möglichkeit, diese bereiten Kreaturen hier her zu bringen.

Ein Großteil der Gruppe, aber auch weitere Gäste die davon erfuhren, reisten noch am selben Tage ab. Weder Huberts noch Babsis Beschwichtigungen konnte sie davon abhalten. Babsi hatte Hubert sofort als sie es hörte angeschrien, ob er denn das ganze Hotel durch seine Nachlässigkeit auf das Spiel setzen wollte. Erst als Hubert auf Selma verwies, wurde sie merklich ruhiger und pflichtete ihm bei, dass nur sie es gewesen sein könnte.

Als Hubert dann fortfuhr, sie gleich morgen deshalb aufzusuchen, riet sie ihm aber davon ab. Wahrscheinlich würde sie sagen, die wären geflüchtet oder etwas ähnliches, gab sie zu bedenken. Er sollte lieber seine Kraft und seine Macht dazu benutzen, Gäste auch vom Besuch der Almhütte abzuhalten und sie so zur Aufgabe zu zwingen. Nur wenn sie dauerhaft verschwinden würde, könnte endlich Ruhe einkehren.

Hubert dachte einen Moment über Babsis Worte nach, dann verstand er den Sinn ihrer Worte und wusste, dies wäre die beste Lösung für alle. Dann hätte er auch endlich Ruhe vor ihr hier im Hotel und sie könnte mit ihrer verblödeten Gemeinschaft sich woandershin verziehen.

Aber was würde er nun mit Xaver und Lara machen? Sollte er sie wirklich einfach dort sterben lassen? Das konnte er nicht machen. Es würden bestimmt Fragen kommen, was mit diesen Gestalten geschehen wäre. Wo sie nun wären. Es gab inzwischen genügend Menschen im nahen Dorf und hier auf dem Hof, die wussten wo die beiden hin gehören. Er müsste sie befreien und zurück bringen. So könnte er sich vielleicht noch als Retter einen Namen machen. Dieser Gedanke gefiel auch Babsi, warum aber, das erzählte sie ihm nicht. Sie wusste nur, sie müsste Heiner noch am selben Tag in die Höhle schicken, um die beiden Kreaturen wieder dort heraus zu holen, bevor Hubert noch daraus Profit schlagen konnte und wohlmöglich hinterher noch als Held da stand.

Heiner musste die beiden wieder in der Nähe der Almhütte aussetzen, so dass es unbedingt so aussah, als hätte Selma ihre Finger im Spiel. Sie war jedenfalls die erste, die Babsi über die Klinge springen lassen wollte. Wäre sie aus dem Weg geräumt, dann würde Hubert ihr folgen und sie wäre die Herrin von Hof und Hotel. Als letztes wäre dann Heiner dran, den würde sie schon schaffen und dann wäre der Weg frei für eine wunderschöne Zukunft. Sie müsste sich dann auch nicht mehr mit einem ungebildeten Knecht abgeben. Babsis Plan stand fest und sie würde ihn gnadenlos durchziehen. Sie die ehemalige Magd, wäre schon bald die Herrin vom ganzen Besitz.

Noch am Abend machte sich Heiner auf den Weg zur Höhle. Es würde eine lange und aufwendige Nacht für ihn werden, aber die

Belohnung hierfür wäre auch grandios, so hatte Babsi ihm versprochen. Er hatte ja mitbekommen, wie es Hubert geschadet hatte und wie sehr sie gewillt war, mit ihm das Hotel und den Hof zu übernehmen. Er der Knecht, wäre bald Herr vom Loserhof. Dafür lohnte es sich doch, sich die Nacht mal mit den beiden Kreaturen um die Ohren zu schlagen.
Ohne Angst machte er sich daran die beiden aus der Höhle zu holen. Für den Rückweg zur Alm schnallte er sich Lara wieder auf den Rücken und den Gnom fesselte er so, dass dieser nur laufen konnte. Der Morgen graute schon, als er endlich mit den beiden Gestalten auf der Alm ankam. Er machte beide los und ließ sie in der Nähe des Hauses einfach laufen. Was von nun an mit den beiden Geschehen würde, war ihm völlig egal. Er hatte seinen Teil der Abmachung eingehalten. Bald könnte er sich die Belohnung von Babsi abholen und irgendwann sogar die ganz Große, wenn er dann erstmal der Bauer wäre.
Wie jeden Morgen war Selma schon früh aufgestanden. Kaum blickte die Sonne über die Hügel, war sie schon auf den Beinen. Jeder Tag, an dem sie ihren „Künstlern" etwas Gutes tun konnte, war ein schöner Tag für Selma. Sie ging vor die Tür um den Tag auf ihre Weise zu begrüßen. Sie schloss dann für einen Moment die Augen, atmete ein paar Mal kräftig ein und aus und genoss diese Luft in ihren Lungen.
Beim zweiten tiefen Atemzug hörte sie ein Grunzen, das ihr verdammt bekannt vorkam. Sie riss die Augen auf und dann sah sie Xaver und Lara. Die beiden waren wieder zurück. Sofort rannte sie zu ihnen und küsste Xaver. Das war etwas, was sie bisher noch nie getan hatte. Xaver schaute sie mit seinen schiefen Augen verwundert an und ein ja entglitt seinen Lippen. Zuerst hatte Selma es gar nicht bemerkt, dann aber fiel es ihr auf und sie erschrak. Xaver hatte ein richtiges Wort gesprochen. Nicht gegrunzt. Selma nahm die beiden bei der Hand und ging schnell zu den anderen Frauen. Alle die noch nicht wach waren, waren es nun, so laut waren Selmas Freudenschreie.
Alle freuten sich über die Rückkehr der beiden. Als Selma dann auch noch von ihrem Erlebnis nach dem Kuss erzählte, war es Magda die als Erstes die Worte fand: „Vielleicht hat ihm einfach

nur die Liebe gefehlt. Warum hätte er auch eine Sprache lernen sollen, die die Kreaturen sprechen, die ihm bisher nur weh getan haben?" Diese Frage machte Selma nachdenklich, traurig und hoffnungsvoll zugleich. Ab sofort würde sie ihn mit ganz anderen Augen sehen. Auch Silvia ging es nicht anders. Sie begann sogar zu weinen und wurde sich plötzlich über ihr Verhalten bisher bewusst. Trotz ihres Aussehens waren es doch zwei Menschenkinder und Gott würde bestimmt nicht danach schauen, wie schön ein jeder war.

Auf der Alm war es ein Tag der großen Freude. Aber auch für Babsi wurde er das. Hubert war schon früh am Morgen aufgebrochen, um seine Heldentat, die beiden Kreaturen gerettet zu haben, auszuführen. Er würde es schon so hinstellen, dass er gut dabei weg kam und das Hotel und der Hof, wieder ins rechte Licht gerückt würden.

Hubert ging zügig bis zur unteren Höhle, seilte sich ab und wollte die Kreaturen holen, als er entdeckte, dass diese nicht mehr hier waren. Nur die Stricke, an die sie gebunden waren, lagen noch auf dem Boden. Hatten sie sich selbst befreit oder hatte Selma es tatsächlich in der Nacht geschafft, die beiden hier raus zu holen. Das wäre schon eine ungewöhnliche Leistung, aber sie war bestimmt bereit einiges zu riskieren, nur um ihm weh zu tun. Er würde sie fertig machen. Sie konnte jetzt schon ihre Alm vergessen. Alle Hebel würde er in Bewegung setzen um ihr zu schaden. Sein Hass auf Selma war unendlich.

Wieder zuhause erzählte er Babsi vom Verschwinden der beiden Kreaturen, aber auch von seinem Hass auf Selma. Sonderbarerweise, war sie diesmal nicht sauer auf ihn. Aber gut, mehr hatte er auch nicht tun können, er konnte sie ja nicht noch die ganze Nacht bewachen.

Jetzt wusste auch Babsi, dass Heiner seine Aufgabe erfüllt hatte. Sie würde ihn schon belohnen dafür, was ja auch ihr gefiel, zumindest solange es noch Hubert gab.

Zuerst würde er Selma den Toni samt Maultieren kürzen, dann ihren Käse nicht mehr verkaufen. Auch würde er ihr kein Bier, keine Schlachtwaren und nichts mehr vom Hof zur Verfügung stellen.

Schon am nächsten Tag war Selma bei ihm und fragte, warum der Toni nicht mehr käme und warum sie keine Lebensmittel mehr erhielt. Hubert antwortete nur kurz: „Ich habe selbst nicht genug für mein Hotel. Du musst Dich anderweitig versorgen. Auch kannst Du nicht verlangen, dass Deine Bekloppten das gleiche gute Essen bekommen, wie meine zahlenden Gäste. Genauso gut können die Verrückten auch Schweinefutter fressen, sie merken den Unterschied ohnehin nicht." Selma war fassungslos über diese Antwort. Dann bat Hubert sie auch eindringlich zu gehen und am besten nicht mehr hier her zu kommen. Es würde keinen guten Eindruck auf die Gäste machen.

Selma war froh draußen zu sein. Was nur war aus ihrem Bruder geworden? Sofort machte sie sich auf den Weg zum nahen Dorf. Dort besuchte sie den Wirt, zwei andere Bauern und verabredete mit diesen die Versorgung der Hütte. Einer von ihnen konnte kurzfristig sogar den Transport der Waren übernehmen, auf lange Sicht sollte sich aber Selma selbst etwas überlegen, bat er sie.

Selma übernachtete noch im Gasthaus im Dorf und machte sich am nächsten Morgen weiter auf den Weg in die Stadt. Sie wollte zum einen beim Galeristen vorbeischauen und auf dem Weg dorthin noch Ausschau nach Maultieren halten.

Der Galerist empfing Selma mit großer Freude und erzählte ihr vom kompletten Verkauf der Werke. Selma war begeistert. Als sie dann noch erfuhr, wer die Werke gekauft hatte, freute sie sich innerlich so sehr; denn Hubert hatte richtig viel für die Bilder bezahlen müssen und das kam nun den „Künstlern" zugute. Wenn er gewusst hätte, wer die Bilder gemalt hatte, er würde sie sofort aus dem Hotel entsorgen lassen. Mit einer reich gefüllten Börse und der Bitte um mehr Bilder durch den Galeristen machte sich Selma auf den Rückweg.

Die üppige Bezahlung durch den Galeristen ermöglichte es ihr, bei einem Bauern, noch 2 Maultiere zu erwerben, die sie sogleich mit auf die Alm nahm. Dort angekommen wunderten sich die anderen Frauen sehr über Selmas Begleitung. Noch vor dem Haus berichtete diese über ihr schlimmes Gespräch mit Hubert und auch darüber, dass sie schon das Nötigste in die Wege geleitet hatte. Jetzt erklärten sich auch die Maultiere.

Diese waren die neuen Favoriten der Benachteiligten. Jeder wollte sie streicheln oder füttern. Selma schimpfte lachend: „Wenn ihr so weiter macht, dann können sie zwar den Berg herunter rollen, kommen ihn aber nie wieder herauf." Innerlich natürlich freute sich Selma über die Begeisterung. Ohne jegliche Angst gingen die „Künstler" auf die Tiere zu und zeigten ihnen ihre Zuneigung. Die Tiere spürten die ehrliche Art der besonderen Menschen und waren sehr umgänglich. Gern lehnten sie ihre Köpfe gegen deren Schulter.

Hubert war schnell zugetragen worden, wie schnell Selma sich um Ersatz gekümmert hatte. Er war daraufhin gleich in das Dorf gefahren und hatte den Wirt, den Fleischer und die Bauern darauf angesprochen, die Belieferung von Selma doch zu unterlassen. Aber durch seine Arroganz in der letzten Zeit hatten ihm alle eine Absage erteilt. Zu protzig war Hubert ihnen geworden und Selma tat schließlich Gutes für die Schwächsten unter ihnen.

Hubert war daraufhin sehr bösartig geworden und hatte allen gedroht, er würde sie fertig machen. Das aber bestärkte die Leute aus dem Dorf nur, auf ihrer Meinung zu beharren. Hubert verließ das Dorf mit hochgerecktem Arm und fuhr wie der Teufel. Sie würden schon noch sehen, was sie davon haben, schwor er sich. Diese simplen Bauerntölpel würden noch vor ihm kriechen.

Als Hubert mit dem Fuhrwerk zum Hof zurück kam, wartete er vor der Scheune auf die Knechte, die normalerweise gleich kamen und die Pferde ausspannten. Aber keiner kam heraus. Hubert sprang vom Kutschbock und ging in die Scheune. Was musste er denn da sehen, die verrückten Knechte alberten herum. Einer hopste wie Xaver und tat so als würde er den anderen erschrecken. Dabei imitierte er auch dessen Grunzlaute. Hubert der sofort wusste was gemeint war, nahm die Reitgerte und züchtigte den Knecht. Dieser schrie laut auf und entschuldigte sich sofort. Aber Hubert ließ sich so etwas nicht gefallen, er warf beide sofort hinaus. Knechte würde er schon finden.

Das war das erste Mal, dass Hubert so etwas getan hatte. Zwar waren er und Babsi in letzter Zeit häufig schroff gegenüber dem Personal gewesen, aber das war doch etwas ganz anderes. Schnell sprach es sich unter den Bediensteten herum und die Angst vor

Hubert stieg noch mehr. Früher hatten sie Respekt vor Hubert, jetzt war es nur noch Angst. Viele die schon lange Jahre bei ihm waren, machten sich Sorgen über sein Verhalten. Er hatte doch soviel erreicht, warum nur war er so unzufrieden, dass er jetzt schon die Arbeiter schlug.
Nur Babsi gab ihm Recht in der Behandlung der aufsässigen Knechte. „So etwas darf man sich nicht gefallen lassen von diesem Pack. Sie saugen einem das Geld heraus und sind noch frech obendrein", sagte sie dazu.
Babsi hatte sich vorgenommen, Hubert beim Personal möglichst ungerecht aussehen zu lassen. Vielleicht könnte sie den einen oder anderen noch mal für einen ihrer Pläne gebrauchen. So tat sie sehr entsetzt, wenn sie darauf angesprochen wurde und heuchelte Verständnis. Sie würde mit ihrem Mann sprechen und ihn bitten, so etwas nicht wieder zu tun.
Der Betrieb im Hotel war seit dem letzten Vorfall deutlich weniger geworden. Selbst in der Stadt hatte es sich herum gesprochen, was für Monster in der Felsenhöhle gefangen gehalten wurden. Die Städter waren sich schnell einig, dass es sich dabei um Inzestkinder handeln musste, so etwas kannte man ja von den Dörfern.
Auf der Alm hingegen war nicht nur eine gute Stimmung und ein harmonisches Miteinander, sondern die Versorgung war gesichert und die Bilder der „Künstler" verkauften sich gut. Selma und Silvia lenkten nun einen großen Teil ihrer Aufmerksamkeit auf Xaver und Lara. Sie gaben ihnen die Liebe, die die beiden verdient hatten. Sie waren ja die am schlimmsten Betroffenen und konnten nichts für ihre Entstehung. Lara und Xaver dankten es doch freundliche Gesten, erste Worte und ein plötzlich deutlich anderes Sozialverhalten. Immer wieder durften auch sie zu den Ziegen und den Maultieren. Keiner der anderen Benachteiligten machte sich über die beiden lustig. Für sie waren es genauso Mitbewohner, wie jeder andere.
Bei den kürzeren Spaziergängen durften Xaver und Lara ebenfalls mitkommen. Xaver hatte sich vom letzten Spaziergang eine dicke Wurzel und einige Steine mitgenommen. Er hatte begonnen mit den Steinen an der Wurzel zu schnitzen. Selma war schon sehr

gespannt, was dabei herauskommen würde. Immer wenn er alleine war, dann schnitzte er an seiner Wurzel. Bedächtig und vorsichtig schabte er Holzstück für Holzstück ab. Selma bekam den Eindruck, als sollte es eine Figur werden.

Nina war zwar selbst nicht von Xaver und Lara sowie deren Verhalten betroffen, doch hatte sie seit der Veränderung derer großes Interesse an den ganzen Zusammenhängen bekommen. Sie hatte begonnen eine Art Tagebuch der Veränderungen zu führen. Hier notierte sie alle Fortschritte, aber auch was der Auslöser der Veränderung war, wie sich die Kinder veränderten, auch von ihrer Mimik und ihrem Aussehen. Immer wieder zeichnete sie in gewissen Abständen auch ihre Gesichter. Es war sensationell, welche Fortschritte die Kinder jetzt plötzlich machten.

Obwohl die Zahl der Gäste und somit die Umsätze rückläufig waren, hatte Babsi eine neue Magd eingestellt, die nur für sie und Hubert arbeiten sollte. Sie musste sich um nichts anderes kümmern als um die privaten Belange der beiden. Auch war sie nicht anderen unterstellt, sondern hatte eine Sonderstellung am Hof. Das Mädchen hieß Lisa, war 18 Jahre alt und hatte eine leicht dralle Figur. Lange schwarze Haare und blaue Augen, machten sie zu einer recht ansehnlichen Erscheinung. Babsi hatte sie von einer ihrer Einkaufstouren aus der Stadt mitgebracht. Man merkte ihr sofort an, dass sie aus der Stadt und nicht vom Dorf kam. Sie hatte ein ganz anderes Auftreten und fast schon eine leicht arrogante Haltung.

Die meiste Zeit kümmerte sich Lisa um die Kleidung von Babsi, um ihre Frisur und ihr allgemeines Wohlergehen. Sie richtete ihr das Bad, bürstete ihr die Haare und beriet sie sogar bei der Auswahl der Kleidung. Das Verhältnis unter den beiden Frauen schien fast freundschaftlich.

Der Rest des Personals mied Lisa etwas, sie hatten Angst sich mit ihr zu unterhalten; denn sie glaubten Lisa würde bestimmt alles den Herrschaften weitererzählen. So baute sich ein ganz seltsames Verhältnis auf. Aber Lisa hatte auch kein sonderliches Interesse an Kontakten mit dem übrigen Personal, sie hielt diese Personen, wie sie sie nannte, für recht primitiv, ungebildet und oberflächlich. Auch kleidete sich Lisa schon ganz anders, als die anderen Mägde.

Sie sah nicht aus wie eine Magd, sondern wie eine der Herrschaften.
Immer wenn Babsi jetzt in die Stadt fuhr, dann begleitete Lisa sie. Es sah beinahe aus, als könnte sie gar keinen Schritt mehr ohne Lisa machen. Von den anderen Bediensteten wurde sie schon „Lisas Schatten" genannt. Dabei war dann natürlich auch deutlich der Neid zu spüren, dass ausgerechnet eine Neue so einen besonderen Status hatte.
Babsi hatte Lisa ganz bewusst ausgewählt. Sie hatte lange nach einer solchen Person gesucht. Lisa sollte ihr folgen wie ein Hündchen und dann würde sie sie irgendwann für ihre Pläne einsetzten. Dazu war es natürlich erforderlich, dass Lisa auch engen Kontakt zu Hubert hatte und im Laufe der Zeit sein Vertrauen gewinnen konnte. Vielleicht, so dachte Babsi, wäre es sogar angebracht, wenn sie mehr als nur sein Vertrauen bekommen würde. Vom Äußeren war sie jedenfalls genau Huberts Typ, da hatte Babsi neben den Eigenschaften schon ganz gezielt drauf geachtet.
Auch Hubert gefiel Lisa sofort. Sie war so anders als diese Bauerntrampel, die sonst um ihn herum waren. Sie sprach anders, sie roch anders und verhielt sich ganz anders. Schon ihr Gang und ihre Haltung waren nicht die einer Magd, sie hätte auch gut als Bäuerin zu ihm gepasst. Nein, nicht als Bäuerin, dafür war sie viel zu fein, als Hotelbesitzerfrau, ja das wäre die richtige Bezeichnung gewesen. Das wäre ein passender Stand für dieses Mädchen. Hubert ertappte sich selbst, wie er begann Gefallen an Lisa zu finden. Manchmal schien ein Lächeln von ihr zu verraten, dass sie ähnlich empfand. Hubert fühlte sich dann geschmeichelt, wenn dieses Mädchen ihn anlächelte. Ihr Lächeln ließ dann all seine Sorgen verschwinden, alle schlechten Gedanken um rückgängige Gästezahlen oder gar die finsteren Machenschaften von Selma, waren plötzlich völlig unwichtig. Hubert beobachtete sie genau, wie grazil sie sich trotz ihrer leicht fülligen Figur bewegen konnte, wie schön ihr wohlgeformter Po aussah wenn sie etwas vom Boden aufhob. Immer mehr gingen seine Gedanken nur noch um Lisa.

Weder die Gäste der Almhütte, noch die Leute im Haus mussten irgendeinen Mangel leiden, dank Selmas Organisationstalent. Sie hatte im Dorf alles so gut organisiert, dass überhaupt kein Unterschied zur früheren Belieferung vom Hof zu bemerken war.
Lara und Xaver machten immer weitere Fortschritte. Aus Xavers Schnitzerei konnte man langsam aber sicher die Gestalt eines Mannes erkennen. Jeden Tag aber noch war er damit beschäftigt sie zu verfeinern und zu verbessern. Manchmal zeigte er sie Lara, diese erschrak dann aber, wenn sie die Figur sah. Selma bat ihn das zu unterlassen, aber für Xaver schien es förmlich ein Maß zu sein, wie sehr Lara über die Figur erschrak.
Im Wechsel machten sich Selma, Nina und Silvia mit den Maultieren alle zwei Tage auf den Weg in das nahe Dorf oder manchmal sogar bis in die Stadt. Für Hanna und Magda war der Weg mittlerweile zu anstrengend geworden. Manchmal, wenn das Wetter besonders gut war, durfte sogar einer der „Künstler" sie auf dem Weg begleiten. Das war dann ein Höhepunkt in deren Leben und sie erzählten den anderen tagelang von ihrer Reise, wie sie diese nannten. Es war dann nicht nur das Erlebnis, einen ganzen Tag mit den Maultieren und einer der Frauen unterwegs zu sein, sondern das Wichtigste war wohl die Erfahrung gebraucht zu werden und etwas für die anderen zu leisten.
Nina hatte begonnen auch hier rüber Aufzeichnungen zu machen. Sie fragte sich manchmal, was aus ihnen wohl geworden wäre, wenn man sie als Kind schon ganz normal behandelt hätte. Bestimmt hätten sie auch auf den Höfen der Umgegend dann zumindest einfach Arbeiten verrichten können. Es lag nicht nur an den Benachteiligten, das nichts aus ihnen geworden war, sondern viel mehr daran, wie sie von Anfang an behandelt wurden.
Heute war es Julia, die Nina auf dem Weg ins Dorf begleitete. Jede von ihnen führte ein Maultier und sie waren geradezu vergnügt miteinander. Nina hatte sich angewöhnt, ganz normal mit ihnen zu sprechen und sie wie jeden anderen zu behandeln. Zu loben, wenn etwas besonders gut war, aber auch Kritik zu äußern wenn ihr etwas nicht gefiel. Sie hatte dabei eine ganz besondere Art entwickelt, dies den Benachteiligten nahe zu

bringen. Sie versetzte sie einfach in ihre Lage und fragte dann, wie sie an ihrer Stelle ihr Verhalten empfinden würden. Nach einigem Überlegen und ein paar Fragen kamen sie dann meistens ganz schnell selbst auf die Lösung. Wenn sie erstmal ihr Fehlverhalten erkannt hatten und darum wussten, dass sie Nina oder den anderen damit schadeten, dann korrigierten sie es ganz von allein und vor allem auch nachhaltig. Ganz selten nur kam es vor, dass Nina einen Fehler ein zweites Mal ansprechen musste.

Die Menschen im Dorf hatten sich inzwischen an den Anblick gewöhnt und die meisten fanden es gut, wie Selma und die anderen Frauen die Benachteiligten mit in das normale Geschehen einbrachten. Nina war auf ihre gute Arbeit schon mehrfach angesprochen worden. Sie erzählte dann immer den Leuten, wie wichtig es wäre, wenn die Benachteiligten als Kinder schon betreut würden und nicht erst als Erwachsene; denn dann wären die Erfolgschancen doch deutlich höher. Viele könnten sicher dann ein fast normales Leben führen.

Nina und Julia hatten alle Lebensmittel an den verschiedenen Stellen eingesammelt und machten sich wieder auf den Rückweg. Kurz vor dem Aufstieg zur Alm, als sie dicht am Loserhof vorbei kamen, konnte Nina, Babsi und eine andere junge Frau erkennen. Babsi schien mit dem Finger auf sie zu zeigen und der anderen Frau etwas zu erklären, dann lachten die beiden offensichtlich über sie. Nina war nur traurig über die Veränderung von Babsi, was war nur aus ihrer guten Freundin geworden? Nie hätte Nina gedacht, dass Geld einen Menschen so negativ verändern könnte. Das waren die Momente, in denen sie dann doch wieder froh war, nicht die Bäuerin geworden zu sein. Aber hätte auch sie sich so verändert? Jedenfalls war sie glücklich so wie es jetzt war. Sie hatten eine wunderbare Gemeinschaft und das studieren der Verhaltensmuster der Benachteiligten machte ihr viel Freude.

Babsi stand mit Lisa vor dem Loserhof. Sie hatte Nina, die Maultiere und eine „Bekloppte" entdeckt. Sie sagte zu Lisa: „Da geht meine frühere Freundin Nina mit 3 Trampeltieren." Lisa und sie hatten dann laut gelacht. Dann erzählte Babsi ihr noch von den früheren Eskapaden zusammen mit Nina und Hubert und wie schön es manchmal auch mit Nina alleine war. Ganz offen sprach sie über ihre Veranlagung, auch mit Frauen ihren Spaß haben zu können. Lisa hörte ihr aufmerksam zu und sagte: „Das könnte ich mir auch gut vorstellen, klar hin und wieder ist ein Mann etwas schönes, aber eine Frau kennt eine Frau eben doch besser und weiß was ihr gut tut." Dieser Satz hatte Babsi besonders gut gefallen, sie wusste nun, wie sie Lisa für ihre Pläne gewinnen konnte. Sie würde ihr so gut tun, dass sie gar nicht mehr anders könnte, als auf sie zu hören. Sie rückte etwas dichter an Lisa heran, streichelte sanft ihre Hand und wusste was sie zu tun hatte. Aus einiger Entfernung sahen sie Hubert kommen. Babsi nahm ihre Hand von Lisas weg und als er vor ihnen stand, erzählte sie Hubert, wen sie eben gesehen hatten.

Er wollte gleich auf das Thema das Selma und die Frauen sich nun selbst versorgen kommen, aber Babsi hatte ein ganz anderes Thema im Kopf. Sie sagte nur kurz: „Ach lass sie mal, die werden schon irgendwann daran scheitern." Hubert war überrascht, dass Babsi nicht mehr Initiative von ihm, in Bezug auf Selma erwartete. Aber böse war er darüber nicht, im Gegenteil, er hatte genügend Probleme hier, da musste er sich nicht auch noch mit Selma herumärgern. Zu laut durfte er ohnehin nicht poltern; denn als Schwester und mit dem Wissen darum wie der Vater gestorben war, musste er schon etwas aufpassen.

Jetzt wurde es für Hubert dennoch etwas unangenehm; denn Babsi sagte plötzlich: „Ach Hubert, weißt Du noch wie viel Spaß wir damals zusammen mit Nina hatten?" Hubert konnte ja nicht wissen, dass Babsi schon mit Lisa darüber gesprochen hatte. Dann führte Babsi weiter aus: „Vielleicht sollten wir uns von Lisa mal den Badezuber richten lassen." Jetzt wurde Hubert erst blass, dann rot und gab vor, noch einen wichtigen Termin zu haben, um sich möglichst schnell in Sicherheit zu bringen. Babsi hatte seine Reaktion genau bemerkt. Sie kannte ihn schon viel zu lange, als dass er ihr etwas vormachen konnte. Er hatte bestimmt daran gedacht wie es wäre mit Lisa im Badezuber zu sitzen. Sie würde ihn schon dahin bekommen, wo sie ihn haben wollte und der Badezuber war nur ein Stückchen des Weges, den sie einschlagen wollte.

Lisa hatte dabei nur leise gekichert, was Hubert aber zeigte, dass sie auch nicht so ganz ohne Interesse war. Ihm allerdings wäre das Bad nur mit Lisa viel lieber gewesen, als wenn Babsi noch mit dabei war. Im Weggehen dachte er genau daran und spürte wie nicht nur sein Bauch kribbelte. Er musste dieses Mädchen haben, kostete es was es wolle. Sicher war es nur eine Frage der Zeit, bis er sie überredet hatte. Zwar wusste er noch nicht, wie er es genau anstellen würde, aber bestimmt würden ihr seine Macht und sein Geld schon imponieren, so jedenfalls schätze er sie ein.

Als Hubert verschwunden war, griff Babsi wieder Lisas Hand und hielt sie fest. Lisa machte keinerlei Anstalten, dass es ihr nicht gefiel. Sie wusste auch genau was sie wollte. Babsi und Lisa gingen gemeinsam ins Haus und in Babsis Räume. Dort konnten sie sich in aller Ruhe und ungestört ihrer gegenseitigen Anziehungskraft hingeben. Ab diesem Moment war für Babsi und Lisa Alles etwas anders.

Nina genoss den Aufstieg mit Julia und den beiden Maultieren sehr. Immer wieder blieben sie kurz stehen, genossen den wunderschönen Blick auf die Berge oder hinab ins Tal. Alleine wäre Nina einfach weiter gegangen, aber diese kurzen Pausen, die Julia einlegte, machten auch Nina wieder die Schönheit der Natur bewusst. Solche Momente waren es, die Nina dann fast neidisch auf das Bewusstsein der Benachteiligten machte. Sie konnten einfach den Moment genießen, einen Ausblick oder Eindruck. Sie machten sich keine Zukunftssorgen, sondern lebten im hier und jetzt. Wenn man es richtig nahm, so Ninas Gedanken, war es ein gegenseitiges lernen voneinander. Das machte ihre Gemeinschaft, in der sie lebten, natürlich nur noch viel wertvoller.

Hubert konnte seine Gedanken gar nicht mehr von Lisa weg bekommen. Dauernd spukte sie in seinem Kopf. Ohne es sich selbst zuzugeben, suchte er möglichst oft jetzt ihre Nähe oder aber erfand irgendwelche Aufgaben, die Lisa automatisch in seine Nähe brachten. Babsi als Frau, hatte das schnell bemerkt, aber sie würde ihn machen lassen, das entsprach ja schließlich genau ihren Vorstellungen. Sie würde ihm sogar eine besonders gute Möglichkeit einräumen. Jetzt musste sie es nur koordinieren,

Hubert von zwei Seiten anzugreifen. In der bisher Begonnenen in Zusammenarbeit mit Heiner und auf der Gefühlsebene mit Lisa.
Wieder auf der Alm angekommen, entluden die Frauen gemeinsam die Maultiere. Anschließend erzählte Nina von ihren Erfahrungen die sie im Dorf gemacht hatte. Das immer mehr Menschen dort die Arbeit von Selma lobten und froh darüber waren, dass es so eine Einrichtung gab. Auch waren weiterhin alle sich einig, sie mit der Versorgung zu unterstützen. Einzig mit der Mühle könnte es bald zu Problemen kommen, da der alte Müller keinen Nachfolger finden konnte. Er müsste wohl seine Mühle verkaufen um von dem Erlös seinen wohlverdienten Ruhestand zu finanzieren. Die Frauen sahen sich an und dann wussten sie, sie würden mit dem Müller sprechen und fragen, welche Summe er für die Mühle haben wollte.
Selma hatte inzwischen einiges an Rücklagen erwirtschaftet und wenn Hubert Wind von der Sache bekam, würde er bestimmt die Mühle kaufen und dann hätten sie ein Problem mit der Versorgung. Da die Leute im Dorf ihm aber nicht sehr wohl gesonnen waren, hatte er es bestimmt noch nicht erfahren. Selma würde sich gleich morgen auf den Weg machen.
Die Mühle lag am Bergbach, aber noch vor dem Land das zum Loserhof gehörte. Selma hatte sich schon früh am Morgen auf den Weg gemacht, so eine Gelegenheit durfte sie sich nicht entgehen lassen. Sie hatte zwar keinerlei Vorstellungen, wie man eine Mühle betrieb, aber das war ihr egal. Auch der alte Müller hatte ja schließlich Helfer die ihn immer mehr in letzter Zeit unter die Arme greifen mussten.

13. Die Mühle am Bergbach

Der Müller war ein alter, zwar sehr netter, aber doch verschrobener Kerl. Man hätte ihn gut als Dickkopf bezeichnen können. Als Selma zu ihm kam, bat er sie in die Mühle und hörte sich ihre Vorstellungen an. Dann sagte er: „Eine Mühle gehört in die Hände eines Müllers und nicht einer Frau. Aber die Umstände und meine Gesundheit zwingen mich leider zum Verkauf. Auch Eurem Bruder habe ich die Mühle schon angeboten, aber ihm war der Preis zu hoch. Er hat mir gesagt, dass ich schon noch den Preis nachlasse, wenn ich gar nicht mehr kann und solange würde er einfach warten, außer ihm hätte ohnehin niemand genug Geld die Mühle zu kaufen."

Selma war erschrocken, dass Hubert doch schon vom Verkauf wusste, aber nun wieder froh darüber, dass er so gierig war und warten wollte. Selma erklärte ihm dann ausführlich ihre Lage und wie schwierig es würde, wenn ihr Bruder die Mühle übernehmen würde. Der Müller, der immer alle Neuigkeiten erfuhr, wusste um die Veränderung von Hubert und kannte inzwischen sein Verhalten. Er nannte Selma also den Preis für die Mühle und die dazugehörigen Rechte.

Selma wusste, dass ihre Rücklagen dafür nicht ausreichten. Bevor sie aber den Weg angetreten war, hatten Magda und Hanna ihr zugesagt, sie zu unterstützen. Die beiden hatten ja nach dem Verkauf ihrer Häuser noch ein ordentliches Polster. Selma rechnete lange hin und her, der Müller spürte, es würde ihr nicht leicht fallen. Im Haus neben der Mühle wollte er gerne wohnen bleiben und dort seine letzten Tage verbringen. Er machte Selma daher den Vorschlag, von der Summe etwas nachzulassen aber im Gegenzug Pflege in seinem Haus zu erhalten, wenn er gar nicht mehr konnte. So lange würde er dort wohnen und erst nach seinem Tode könnte Selma dann auch über das Haus verfügen.

Das war die Lösung für beide Seiten. Selma und der Müller wurden sich einig und so wäre Selma bald auch Besitzerin der Mühle. Sie vereinbarten einen Termin für die Geldübergabe und der Müller stellte sie noch seinen Angestellten vor. Diese waren mehr als froh, dass der Betrieb zum einen weiter ging, aber noch mehr darüber, dass Hubert die Mühle nicht bekam. Es hatte sich bis überall hin herumgesprochen, dass er auch seine Bediensteten schlug. Mit Selma als Chefin hätten sie da ein deutlich besseres Leben.

Nur 2 Wochen später war die Übergabe. Hanna und Magda hatten den Rest hinzugesteuert und der Müller konnte endlich in seinen Ruhestand gehen. Im Dorf sprach es sich wie ein Lauffeuer herum, dass Selma die Mühle gekauft hatte. Die Menschen im Dorf waren sehr froh darüber; denn sie hatten schon ihre

Befürchtungen, wenn Hubert sie bekommen hätte. Aber genauso schnell wie ins Dorf, hatte sich auch die Neuigkeit bis zu Hubert und Babsi herumgesprochen.
Hubert war richtig sauer auf Selma. Aber noch wilder bei der Nachricht hatte Babsi reagiert. Sie war aber sauer auf Hubert, dass dieser es mal wieder versäumt hatte rechtzeitig zu reagieren. Sie machte ihm unendliche Vorwürfe darüber. Wenn Babsi einmal richtig sauer war, dann vermied Hubert möglichst den Kontakt zu ihr. Er drückte sich unnötig lange im Hotel herum und versuchte erst spät am Abend wieder auf den Hof zu kommen.
Babsi spürte wie Hubert sich ihr bewusst entzog. Sie hatte ihn nun genug verunsichert und musste sich wieder etwas zurück nehmen, damit Hubert nicht auf komische Gedanken kam. Er sollte ja weiterhin an ihre Liebe glauben. So machte sich Babsi zu ihm auf den Weg. Sie entschuldigte sich für ihre rüde Art und tat so, als ob Hubert ja vernünftig gehandelt hätte um den Preis zu drücken. Sie sagte ihm dann noch, dass bei geschäftlichen Entscheidungen er ja ohnehin immer Recht hätte und sie nur der Ärger darüber zu ihrem Verhalten getrieben hatte.
Hubert war nicht nur froh, dass der Ärger vorbei war, er war auch stolz auf sich. Ein Lob von Babsi hatte er schon lange nicht mehr bekommen und das tat ihm so gut. Gerade jetzt in der schwierigen Situation, wo die Gäste nicht mehr in der Menge kamen wie vorher. Es würde eine ganze Zeit dauern, bis der Vorfall in der Felsenhöhle vergessen wäre.
Selma hatte sich mit Hanna und Magda, die ja nun auch ihre Anteile an der Mühle hatten, auf den Weg gemacht um alles noch einmal in Ruhe anzuschauen und ggf. Veränderungen zu besprechen. Hanna und Magda hatten auch schon die Überlegung gemacht, ob sie nicht vielleicht im Dorf in der Nähe der Mühle wohnen sollten, da sich die steile Alm immer weniger für ihr Alter eignete.
Zusammen mit den Mahlrechten, gehörten zur Mühle auch das Wasser und das Fischrecht, sowie natürlich ein kleines Stück Land. Zuerst sprachen sie mit den Arbeitern und schauten sich ihre Tätigkeiten genau an. Dabei sahen sie, wie die erfahrenen Männer, sich oft mit ganz banalen aber zeitaufwendigen Dingen

beschäftigen mussten. „Manche dieser Aufgaben könnten auch unsere Patienten erledigen", sagte Selma. Hanna und Magda pflichteten ihr bei.

Dann sahen sie sich noch das dazugehörige Stück Land an. Dieses zog sich entlang des Bergbaches und war wunderschön gelegen. Sie setzten sich am Bach ins Gras und genossen den Augenblick und das erworbene Grundstück. Hanna wäre am liebsten gar nicht mehr aufgestanden, so wohl fühlte sie sich hier. „Jetzt fehlen nur noch ein paar Teiche für die Fische, dann fühle ich mich wie früher in meiner glücklichsten Zeit", sagte sie und blieb immer noch sitzen. „Was war denn in Deiner glücklichsten Zeit?" fragte Selma.

„Als ich klein war, wohnte ich mit meinen Eltern in der Nähe eines Klosters, dort gab es Fischteiche, die die Mönche bewirtschafteten. Dort war ich sehr oft und habe ihnen zugeschaut oder einfach nur am Wasser gesessen und darauf geschaut. Es war eine sehr abwechslungsreiche und behütete Jugend, die mir meine Eltern geschenkt haben. Die Mönche haben manchmal Steckerlfisch gebraten und dann durfte ich dort mitessen. Zu Weihnachten gab es dann Karpfen und jedes Jahr bekam ich einen für meine Mutter geschenkt."

Selma und Magda hatten ihr aufmerksam zugehört und Selma sagte: „Wir haben hier sowohl das Fisch-, als auch das Wasserrecht liebe Hanna, da sollten wir einmal näher drüber nachdenken." Jetzt stand auch Hanna auf, ging zum Bachlauf, dann wieder ein Stück auf die angrenzende Weide. Es sah aus, als würde sie mit ihren Schritten schon die Teiche vermessen. Als Magda sie darauf ansprach, waren in Hannas Kopf schon die Eckdaten festgelegt. Sie wollte unbedingt ihre Teiche. Selma und Magda wussten, das könnten sie ihr nicht mehr ausreden.

Da es in der ganzen Gegend keine Fischzucht gab, war der Gedanke ohnehin nicht abwegig. So könnten sie auch gleich Mahlreste und für die Verarbeitung nicht geeignetes Getreide, als Fischfutter verwerten. Die Idee reifte immer mehr und schien sogar recht einträglich zu sein.

Nach der Besichtigung der Mühle und des Grundstückes, gingen die Frauen noch in das nahe Dorf um sich nach einer

Wohnmöglichkeit für Magda und Hanna umzusehen. Bei einer alten Witwe, die nur noch das Haus ihres Bauernhofes bewohnte wurden sie sich einig. In Kürze schon würden die beiden ihren Abschied von der Alm nehmen und hier sich ihr Domizil aufbauen. So war auch der Betrieb der Mühle besser gewährleistet und Magda und Hanna mussten sich nicht mehr mit den steilen Hängen quälen.
Den Abend verbrachten die drei Frauen im Gasthaus des Ortes. Am nächsten Tag würden sich ihre Wege trennen; denn Hanna wollte gleich weiter reisen um im Kloster, in dessen Nähe sie früher gewohnt hatte, nach Hilfe für ihre geplanten Teiche zu fragen. Hanna wollte auch nicht mehr auf die Alm, für sie war der Weg zu beschwerlich. Sie saßen noch lange zusammen in der Wirtstube, aßen und redeten über die Mühle und alles was dazugehörte. Sie würden auch versuchen, ein paar der Benachteiligten hier mit einzusetzen, so dass die Arbeiter in der Mühle, mehr den ihnen entsprechenden Tätigkeiten nachgehen konnten.
Am kommenden Morgen verabschiedeten sie sich, Selma und Magda gingen zur Alm, Hanna machte sich auf den Weg in ihre alte Heimat.
Beim Aufstieg erklärte Magda dann, dass auch sie froh wäre, diesen Weg ein letztes Mal zu gehen. Sie hatte schon immer gedacht, der Weg ins Tal würde sie nur noch als Leiche machen. Vorher hätte sie ihn gerne vermieden. Aber jetzt mit der Aussicht, wieder im Tal wohnen zu können, hatte sie neue Kraft erhalten und freute sich sehr auf diese Aufgabe. Es war ja auch kein Abschied; denn jedes Mal wenn Selma, Nina oder Silvia in das Dorf kamen, würden sie ohnehin Kontakt haben.
Hanna hatte sich dank der Hilfe ihrer künftigen Vermieterin, ein Fuhrwerk organisiert, dass sie zum Kloster bringen sollte. Der Weg war weit und sie brauchten bis zum späten Abend. Dann hatten sie den Ort in der Nähe des Klosters erreicht. Dort stiegen sie im Gasthaus ab und würden dann gleich am nächsten Morgen in das Kloster fahren.
Im Kloster war die Freude groß über Hannas Ankunft. Ein paar der ganz alten Mönche erinnerten sich noch an sie. Der Abt stellte

ihr den jetzigen Fischmeister vor und mit diesem ging sie zur Teichanlage, die zum Kloster gehörte. Er erklärte ihr die vielen Neuerungen zu früher und man merkte ihm seinen Stolz auf die Teiche und Fische an. Sie züchteten dort Karpfen, Renken und Bachforellen. Die Fische wurden im Anschluss direkt verkauft oder aber geräuchert und auf dem Markt in der Nähe angeboten.

Hanna hatte noch tausend Fragen, die der Mönch aber gerne in seiner ihm gegebenen Ruhe beantwortete. Alles sah sie sich genau an und blieb den ganzen Tag. Bevor sie sich verabschiedete, hatte sie alles erfahren, was sie wissen musste. Auch hatten sie den Bezug von Karpfen und einigen Renken besprochen. Die Bachforellen, sollte Hanna lieber direkt aus dem Mühlbach fangen lassen. Wie sie zu vermehren waren, würde der Mönch ihr zeigen, wenn er sie in einiger Zeit besuchen würde. Innerhalb nur eines Tages hatte Hanna dies alles geklärt. Wenn sie sich für eine Sache interessierte, dann war sie so emsig wie keine zweite.

Auch an diesem Abend nächtigten Hanna und ihr Fuhrmann im nahen Ort, bevor es am nächsten Tag wieder zur Mühle zurück ging. Auf der langen Fahrt sprach Hanna viel mit dem Fuhrmann. Er arbeitete immer nur sporadisch. Leider fehlte ihm eine feste Anstellung. Auch hier reagierte Hanna sehr schnell, da er ja bei der Besichtigung der Teichanlage des Kloster mit zugegen war und auch vieles mitbekommen hatte, sollte er sich um den Bau der Teiche kümmern. Dies war wohl bisher die Fahrt, die sich für den Fuhrmann am meisten gelohnt hatte. Er dankte Hanna sehr dafür und konnte es kaum abwarten zurück zu kommen um es seiner Familie zu erzählen.

Zwei Nächte musste Hanna noch in der Gastwirtschaft verbringen, dann war ihre neue Wohnung soweit ausgeräumt, dass sie zumindest provisorisch einziehen konnte. Hanna freute sich sehr auf ihr neues Zuhause, die Mühle und vor allem auf die Teiche.

Bald kamen dann auch Selma und Magda, sie hatten schon eine Menge Sachen auf die Maultiere gepackt und bei jedem weiteren Besuch im Dorf würde Magda ihnen mehr ihrer persönlichen Dinge bringen. Der Weg musste ja ohnehin immer leer gemacht werden. Als Magda ankam, sprühte Hanna nur so vor Energie.

Magda hatte den Eindruck, Hanna wäre plötzlich 10 Jahre jünger. Sie ließ Magda kaum zu Wort kommen und erzählte und erzählte. Von ihrer Reise zum Kloster, von den Teichen, ihrer Neueinstellung und noch vieles andere. Magda schüttelte nur belustigt den Kopf und sah wie gut Hanna diese Veränderung getan hatte.

Auf der Alm war Selma jetzt froh, dass durch die Veränderungen die sie vorgenommen hatten, die Benachteiligten inzwischen viel pflegeleichter geworden waren. So konnte sie zumindest in diesem Jahr es noch schaffen nur mit Nina und Silvia den Betrieb ohne Probleme weiterzuführen.

Für die Mühle begann jetzt eine straffe Arbeitszeit. Die Bauern waren dabei die Ernte einzuholen und so kam viel Getreide an, das gemahlen werden musste. Die Angestellten kannten dies und wie jedes Jahr machten sie ihre Arbeit. Hanna hatte den ehemaligen Fuhrmann gleich gezeigt, wo die Teiche angelegt werden sollten. Nach der Ernte, hätten einige Knechte Zeit und die Bauern waren froh, wenn sie die diese Zeit dann nicht bezahlen mussten. Er sollte sich einige kräftige auswählen, um mit dem Aushub zu beginnen. Hanna wollte die Fertigstellung nach Möglichkeit noch vor dem Winter, um gleich im kommenden Frühjahr mit der Zucht beginnen zu können.

Auch der ehemalige Müller war noch eine große Hilfe. Er konnte doch nicht so ganz ohne seine alte Arbeit, die er sein Leben lang gemacht hatte. Jeden Tag schaute er noch für einige Stunden nach dem rechten und wollte noch nicht mal entlohnt werden dafür. Es war ihm eine Herzenssache, dass die Mühle rund lief. Hanna und Magda dankten es ihm, indem sie ihn mit Essen und allerlei Leckereien versorgten. Bald würde er zu dick um die Stufen der Mühle hoch zu steigen, hatte er schon lachend gesagt. Dann müssten ihn die Arbeiter mit dem Getreideaufzug nach oben holen.

Ludwig, der ehemalige Fuhrmann, begann schon mit dem Abstich des Bergbaches. Kurz hinter dem Mühlrad führte dann ein abgetrennter Bachlauf zu dem Ort, wo die Teiche beginnen sollten. Ludwig baute ein Wehr, so dass er jederzeit den Wasserzufluss regeln konnte.

Es sollten mehrere kleine Teiche und 3 größere werden. So konnten sie die Fische später nach Art und Größe immer wieder trennen, bis sie zum Verkauf bereit waren. Ludwig hatte schon alles mit Pfählen abgesteckt, so dass genügend Raum für Zwischendämme blieb und die Fische später auch mit einem Netz gefangen werden konnten. Er hatte schon bei einigen Bauern vorgesprochen und diese hatten es ihren Knechten freigestellt, wo sie in der Zeit arbeiten wollten. Bald nach der Ernte würde es losgehen. Bis dahin fing Ludwig aber einfach schon mal an. Irgendwie konnte er es selbst nicht abwarten. Hannas Euphorie hatte ihn angesteckt.

Hubert wollte mit Babsi in die Stadt fahren um die Zeitungsanzeigen für den bald beginnenden Winter aufgeben. Er würde dann wieder die Skipiste freigeben, für Essen und Getränke sorgen, sowie Skier und die dazugehörigen Stöcke verleihen und verkaufen. Hubert freute sich schon sehr auf diese Zeit, war sie doch im letzten Winter so erfolgreich gewesen. Es würde dem Hotel gut tun, wenn wieder richtig Betrieb wäre. Im nächsten Jahr dann hätten alle sein Pech mit der Felsenhöhle vergessen.

Babsi aber tat so, als ob sie Kopfschmerzen hätte. Sie bat Hubert doch Lisa mitzunehmen, so könnte diese auch gleich einen Einblick in das Zeitungswesen bekommen und in Zukunft bei der Vorbereitung der Anzeigen behilflich sein. Hubert kam das sehr gelegen, einen ganzen Tag allein mit Lisa zu verbringen war schon etwas Besonderes. Er musste aufpassen, nicht zu fröhlich auszusehen. So fragte er Babsi aus Schein noch ein weiteres Mal, ob sie nicht vielleicht doch mitkommen wollte. Aber Babsis Plan war ja genau dieser. Sie lehnte mit schmerzverzerrtem Gesicht ab und bedauerte es sehr, dass sie ihn nicht begleiten konnte. Mit Lisa hatte sie schon gesprochen, diese war auf ihre Aufgabe vorbereitet und hatte zugesagt, das ihrige zum Gelingen beizutragen.

Endlich ging es aus Huberts Sicht los. Lisa nahm neben ihm auf dem Kutschbock platz, so dass Hubert ihren Duft wahrnehmen konnte. Anfangs unterhielt sie sich nur mit Hubert und achtete darauf ihm nicht gleich zu nahe zu kommen. Sie sollte sich ja erobern lassen und sich ihm nicht an den Hals werfen. Davor hatte Babsi gewarnt, dass würde Hubert entweder verdächtig oder billig vorkommen.

Hubert war sehr gut gelaunt und in redseliger Stimmung. Er erzählte von früher und natürlich am meisten davon, wie er allein den Hof nach vorne gebracht hatte. Sie sollte schon merken, was für ein toller Hecht er war. Lisa spielte ihre Rolle gut. Sie schaute ihn immer wieder bewundernd an, brachte an den richtigen Stellen ein ah und oh und manchmal sogar ein „unglaublich" an. Hubert fühlte sich von dem jungen Mädchen geschmeichelt und gestärkt. Noch nie hatte er eine Fahrt in die Stadt so genossen. Sie schien viel zu schnell zu vergehen. Noch auf dem Hinweg überlegte Hubert wie er die Rückfahrt verlängern konnte. Da fiel ihm natürlich der See ein, bei dem er damals schon mit Babsi angehalten hatte. Er würde das schon irgendwie hinbekommen.

Das letzte Stück der Hinfahrt nutzte Hubert, um hin und wieder bei einer Kurve, etwas dichter an Lisa heranzurücken. Lisa merkte das und ließ es gerne geschehen. Sie fragte Hubert ob sie einmal die Zügel halten dürfte. Hubert erlaubte es ihr, hielt jedoch dabei ihre Hände fest. Darauf hatte Lisa schon spekuliert. Es fühlte sich wieder erwarten doch gut an. Viel spielen musste sie an ihrer Rolle gar nicht. Es schossen ihr Gedanken wie: „Warum die Bäuerin wenn man den Bauern haben kann" durch den Kopf. Aber sie hatte versprochen ihre Rolle zu spielen und das konnte sie ja so oder so auch tun. Sie war auf jeden Fall auf der sicheren Seite.

In der Stadt angekommen gingen Hubert und Lisa zuerst zur Zeitung, gaben dort ihre Anzeigen auf und ließen sich noch etwas im Haus herumführen, damit Lisa auch alles kennenlernen konnte. Danach schlenderten sie zu einem der vornehmen Restaurants der Stadt und speisten gar fürstlich. Hubert wollte Lisa schon etwas imponieren. Später dann fragte er, ob sie vielleicht noch etwas durch die Läden bummeln wollte. Er war davon ausgegangen, da Babsi das auch immer tat. Aber Lisa lehnte mit den Worten: „Ich würde lieber die Zeit mit Ihnen verbringen" ab. Das gefiel Hubert sehr.

Wie schon auf der Hinfahrt geplant, machten sie einen Abstecher zum See. Sie folgten dem Ufer und irgendwann nahm Hubert Lisas Hand. Lisa ließ sie ihn aber nicht nur halten, sondern griff selbst auch zu. Das war für Hubert ein sicheres Zeichen. Ein kleines Stück weiter, nahm er sie in den Arm und küsste sie. Lisa schenkte es sich überrascht zu tun, sie zeigte dass es ihr gefiel. An dem einsamen Platz, wo schon Babsi versucht hatte ihn zu verführen, ließ er sich mit Lisa in den Sand sinken. Beide wehrten sich nicht gegen das, was dann geschah. Auch Lisa musste kein Spiel mehr spielen. Was eben geschehen war, hatte auch für sie einiges verändert. Sie würde Hubert zwar nicht gleich über Babsis Intrigen erzählen, aber ihn auch nicht in das offene Messer laufen lassen. Sie wusste was sie wollte.

Erst spät am Nachmittag kamen sie zurück zum Hof. In ihren Gefühlen waren sie jetzt ein Paar. Hubert erfand einige Ausreden, dass es so lange gedauert hatte. Babsi tat so als würde sie Hubert alles glauben und fragte auch nicht weiter nach. Als sie dann später aber Lisa sah, da kamen Babsis Fragen nach Huberts Verhalten.

Lisa erzählte von seiner ausgelassenen Stimmung, von den kleinen Annäherungen bei der Fahrt, dem teuren Essen und dem Ausflug zum See. Dann aber hätte sich seine Stimmung irgendwie verändert. Er hätte ihr sogar erzählt, dass er an einer bestimmten Stelle hier einmal sehr glücklich mit Babsi war. Daraufhin hatte er dann auch zügig zurück gewollt. Babsi war etwas enttäuscht und warf Lisa vor, sie hätte sich mehr Mühe geben müssen. Lisa konterte, es müsste die Erinnerung an dem Ort gewesen sein, die ihn von seinem Vorhaben abgebracht hatte. Sie würde sich jetzt aber mehr anstrengen und vielleicht auch etwas gewagter kleiden. Babsi freute sich über Lisas Engagement. Sie wusste, sie hatte die Richtige für die Aufgabe ausgesucht.

Die Ernte war vorüber und die Knechte der Bauern hatten Zeit Ludwig bei seinen Arbeiten zu unterstützen. Der arme Kerl hatte schon alleine die ersten beiden kleinen Teiche ausgebuddelt. Jetzt mit so vielen Leuten nahm natürlich alles viel schneller Gestalt an. Hanna, die jeden Tag vorbei kam, war erstaunt, welche Fortschritte die Arbeiten machten. Wenn es so weiter ging, würden die Männer die Teiche noch vor dem ersten Schnee fertig gestellt haben. Zu den Pausen wurden die Arbeiter von Hanna und Magda reichlich mit Essen und Getränken verwöhnt. Das hob die Stimmung wusste Magda und sie sollte Recht behalten. Bei den Bauern, wo die Knechte sonst ihre Arbeit verrichteten, waren sie es nicht gewohnt so gut bedient und versorgt zu werden. Allein das ließ sie schon fleißig arbeiten.

Jeden zweiten Tag kam Selma, Nina oder Silvia vorbei. Immer noch brachten sie Gegenstände von Hanna und Magda mit. Auf dem Rückweg wurden sie mit Mehl und den neuesten Nachrichten versorgt.

Hanna bat Ludwig, den größten Teich von allen etwas zu fluten, aber weniger als einen halben Meter tief. Ludwig fragte wozu das gut sein sollte. Hanna lachte nur und sagte: „Lass Dich überraschen Ludwig, mit Fischen hat es jedenfalls nichts zu tun." Ludwig war gespannt was Hanna vorhatte, aber ihm fiel nichts ein, wozu dieses Vorhaben gut sein sollte.

Einige Tage später sagte Hanna zu Magda, sie müsste noch einmal in die Stadt fahren um einige Dinge zu besorgen. Magda würde die Arbeit alleine schaffen und ließ ihr die Freiheit. Hanna fuhr zusammen mit Ludwig in die Stadt und dann zog es sie sofort in eine Eisenwarenhandlung und danach zu einer Schuhmacherei. Sie kam ohne irgendwas wieder heraus und bat Ludwig darum nun zurück zu fahren. Sie würden in 2 Wochen die bestellten Sachen abholen.

Auf der Alm war durch die Höhenlage bedingt, der Herbst schon zu Ende. Auch in diesem Jahr hatten die Künstler wieder viele wunderschöne Bilder gemalt und die Schönheiten der Natur so dargestellt, wie sie es konnten. Selma und Nina waren immer wieder begeistert von ihren Bildern und erst wenn sie diese sahen, erkannten sie, dass genau so die Natur auch war. Bei einer der nächsten Fahrten würde sie die Bilder mit zu Hanna nehmen. Hanna musste ohnehin noch in die Stadt um einige Bestellungen abzuholen, dann würde sie die Bilder in die Galerie bringen. Diese Zusammenarbeit klappte einfach wunderbar.

Auch Xaver und Lara hatten weitere Fortschritte gemacht. Sie hatten begonnen normal zu laufen. Was bei Xaver dank seiner kleinen Figur zwar immer noch komisch aussah, aber nicht mehr so affenartig wie früher. Sie waren inzwischen eine Freude für Selma und Silvia. Beide schämten sich ihrer ungewöhnlichen

Kinder nicht mehr. Jede Veränderung der beiden machte sie sogar stolz.

Bei den letzten Transporten hatten die Frauen von der Alm immer sehr viele Lebensmittel mitgenommen. Keiner konnte wissen, wie lange der Winter dauerte und wann er begann. Da aber die Tage schon sehr kurz wurden, die Nächte sehr kalt und die Bäume schon alle Blätter abgeworfen hatten, konnte er nicht mehr lange auf sich warten lassen.

Hubert konnte den Winter kaum noch erwarten. Jeden Morgen, wenn er aus dem Fenster schaute und noch kein Schnee lag, wurde er mürrischer. Nur der Blick auf Lisa ließ ihn dann wieder freundlich werden. Lisa hatte es sich angewöhnt, sich deutlich gewagter zu kleiden. Es machte ihr nichts aus, ihre leicht dralle Figur deutlich zu präsentieren und auch aus ihrer Oberweite machte sie so gut wie kein Geheimnis mehr. Bei jeder Gelegenheit, die sich Hubert und Lisa bot, nutzten sie diese. Lisa musste noch nicht einmal Angst haben, von Babsi erwischt zu werden; denn die würde ja denken, sie würde nur ihre Aufgabe erfüllen.

In diesem Winter würde Hubert ihr das Skifahren beibringen, hatte er Lisa versprochen. Lisa war schon gespannt, was das werden sollte. Zwar hatte sie schon davon gehört, aber vorstellen konnte sie sich das Spektakel noch nicht. Aber leider fehlte ja immer noch der Schnee. Zwar waren die Temperaturen schon so, dass er liegen bleiben könnte, aber scheinbar wollte der Schnee Hubert dieses Jahr ärgern.

Hanna machte mit Ludwig und jeder Menge Bildern ihren Weg in die Stadt. Niemand hatte sie etwas darüber verraten, was sie bestellt hatte. Es war die ganze Zeit über ihr Geheimnis geblieben, noch nicht einmal Magda hatte etwas aus ihr heraus bekommen. Aber heute würde sie es nicht mehr verheimlichen können.

Auf dem Weg in die Stadt fragte Ludwig sie, warum er den Teich hatte ein Stück weit fluten sollen. Es hätte keinen Sinn gemacht, das Wasser war jetzt gefroren. Hanna war entzückt, das zu hören. Es schien Ludwig so, als wäre genau das ihr Ziel gewesen. „Nur Ruhe lieber Ludwig, bald wirst Du erfahren, warum Du das

machen musstest und dann wirst Du es auch verstehen", sagte Hanna.
In der Stadt fuhren sie zuerst zur Galerie um die Bilder abzugeben. Dann ging es direkt zum Schuhmacher. Hanna bat Ludwig mit herein zu kommen, er musste beim tragen helfen. Was Ludwig nun zu sehen bekam, verwunderte ihn total. Was in aller Welt wollte Hanna mit solch komischen Schuhen und dann auch gleich noch in so einer Menge. Kein Mensch könnte damit laufen, dachte er für sich. Die Schuhe sahen aus wie Lederstiefel, hatten aber Kufen aus Metall unter den Sohlen. Hanna bezahlte den Schuhmacher, dankte ihm für die gute Zusammenarbeit mit dem Eisenhandel und sie packten alle Schlittschuhe, so nannte Hanna die Dinger, auf die Kutsche. Plötzlich konnte es Hanna gar nicht schnell genug gehen. Ludwig sollte direkt zu dem zugefrorenen Teich fahren.
Der tat wie ihm geheißen und wunderte sich immer noch. Kaum waren sie angekommen, zog Hanna ein Paar dieser komischen Schuhe an und ging damit auf das Eis. Sie rutschte damit über die Eisfläche in Windeseile. Ludwig hatte so etwas noch nicht gesehen. „Ich kann es noch", hörte er Hanna laut rufen. Sie schien überglücklich zu sein.
„Ab morgen Ludwig wirst Du einen kleinen Schuppen hier am Teich errichten. Dort werden wir die Schlittschuhe verleihen, damit die Kinder des Dorfes und auch die jung gebliebenen Erwachsenen damit ihren Spaß haben können". Ludwig konnte sich nicht vorstellen, dass es noch mehr so Verrückte wie Hanna gab, die sich mit diesen Höllenschuhen auf das Eis trauen würden. Erst nach vielen Runden beendete Hanna ihren Traum vom Schlittschuhlaufen.
Als sie dann am Abend auf Magda stieß, erzählte sie ihr endlich von ihrem Vorhaben. Magda hatte zwar schon davon gehört, konnte es sich aber auch nicht richtig vorstellen. Hanna versprach es ihr am nächsten Tag zu zeigen. Auch würden sie gleich Morgen einige Kinder mit aufs Eis nehmen. Für diese sollte das ausleihen der Schlittschuhe kostenlos sein. Nur für die Erwachsenen würde sie eine kleine Gebühr verlangen. Ludwig sollte dann später an dem Schuppen diese Aufgabe übernehmen und dort wollten sie

auch warme Getränke verkaufen. So hatten sie die Möglichkeit die Teiche auch im Winter zu nutzen. Magda imponierte Hannas Vorhaben sehr.

Die Kinder waren begeistert von dem was Hanna ihnen zeigte. Sie lernten schnell mit Schlittschuhen über das Eis zu brausen. Es war ein Heidenspaß für alle. Am Nachmittag kamen dann auch die ersten Erwachsenen. Zuerst schauten sie nur ungläubig zu, aber dann trauten sich die mutigsten unter ihnen ebenfalls heran. Viele landeten zwar anfangs auf dem Hosenboden, aber das hielt niemanden davon ab, es immer wieder zu versuchen. Die Leute waren glücklich über so eine Abwechslung. War doch ihr Alltag sonst sehr eintönig und gerade jetzt in dieser Zeit wo es so früh dunkel wurde immer etwas langweilig.

Nach drei Tagen wurde auch Hubert von der Schlittschuhbahn erzählt. Schon wieder diese Weiber, dachte er nur. Immer wieder mussten sie etwas tun um sein Geschäft zu schädigen. Jetzt würden die Gäste nicht Skifahren sondern zur Mühle gehen und Schlittschuhlaufen. Er verfluchte den noch nicht gefallenen Schnee. Dann kam Lisa in sein Büro und Huberts Augen leuchteten gleich wieder freundlich. Lisa bat Hubert mit ihr und Babsi zum gefrorenen Teich zu gehen um die Neuigkeit auszuprobieren. Hubert wollte zuerst nein schreien, aber um Lisa einen Gefallen zu tun, war ihm nichts zu viel. So hatte er auch gleich eine Gelegenheit, sich selbst ein Bild von dem ganzen zu machen.

Babsi gaukelte mal wieder Kopfschmerzen vor und ließ die beiden alleine ziehen. Hubert und Lisa gefiel das nur umso mehr. Hanna war sehr überrascht Hubert hier anzutreffen. Aber sie behandelte ihn genauso freundlich wie jeden anderen auch. Sie selbst zeigte den beiden auch den Umgang mit dem neuen Sportgerät und Hubert und Lisa hatten einen riesigen Spaß. Auch Huberts Wut gegenüber Hanna war völlig abgeklungen. Denn dies war ja nur eine weitere Attraktivität für seine Gäste. Beide lernten das Fahren recht schnell und wussten, das war bestimmt nicht das letzte Mal für diesen Winter. Zwar würden sich die Leute aus dem Dorf das Maul zerreisen, wenn er mit Lisa immer hier gesehen würde, aber das war Hubert schon lange egal.

Am Abend erzählte dann sowohl Hubert seine Variante vom Tagesausflug und später dann Lisa. Sie glichen sich in etwa, nur jeder hatte sie etwas zu seinem Vorteil ausgelegt. Babsi jedenfalls war zufrieden über Huberts Annäherungen und würde auch in Zukunft kein Interesse am Schlittschuhlaufen zeigen. Lisa nahm das mit Wohlwollen auf. Sie küsste Babsi noch intensiv und ging dann auf ihr Zimmer.
Als Hubert am nächsten Morgen aufwachte, konnte er erst gar nicht glauben, was er da sah. In der Nacht hatte es geschneit und es schneite immer noch kräftig. Jetzt würde seine Zeit des Skihügels beginnen, das wusste er. Endlich ein Morgen, an dem Hubert mit Freude den Tag begann, schon bevor er Lisa sah.
Gleich nach dem Frühstück beauftragte er die Knechte, den Stand für die Ski, Getränke und Essen fertig zu stellen.
Das Personal war überrascht über Huberts gute Laune. So kannten sie ihn gar nicht mehr. Ja früher, da war er immer so. Besonders in der Zeit des Aufbaus. Aber dieser fröhliche Elan war schon lange Vergangenheit. Nur Lisa schien ihn in letzter Zeit aufgeheitert zu haben. Unter dem Personal war es ein offenes Geheimnis, was zwischen den beiden lief. Sie wunderten sich nur, dass Babsi nichts dagegen unternahm oder sah sie einfach nicht, was jeder erkennen konnte.
Heute war einfach alles anders. Er lächelte, fragte freundlich die Angestellten wie es ihnen ging, scherzte mit den Gästen und strahlte förmlich Kraft und Freude aus. Kaum war auch Lisa im Hause, da ging er mit ihr sofort zum Skihügel. Noch war der Schnee zwar nicht ausreichend für sein Vorhaben, aber das würde jetzt schnell kommen. Wenn es in den Bergen erst einmal anfing, dann kam auch immer gleich reichlich von dem „kalten Gold" wie Hubert es inzwischen nannte. Draußen alberte er mit Lisa herum, bewarf sie mit Schneebällen und gebärdete sich wie ein junger Hund.
Babsi die ihn vom Fenster aus beobachtete, konnte seine Freude selbst auf die Entfernung erkennen. „Er braucht bald mal wieder einen Dämpfer", dachte sie. Wenn sich diese gute Laune noch auf das Hotel überträgt, dann wird er wieder erfolgreich und das entsprach nicht ihrem Plan.

Auf der Alm hatte es mehr als reichlich geschneit. Selma teilte einige der Benachteiligten zum räumen der Pfade ein. Wie inzwischen bei allen Arbeiten, gab es fast einen Streit darum, wer damit beginnen durfte. Es war so schön mit an zusehen, wie sich alle in die Arbeit einbrachten. Jeder wollte der fleißigste sein und dafür sein Lob bekommen. Selbst bis zur Käsehöhle hatten sie geschaufelt. Zur Belohnung bauten Nina und Selma dann mit allen einen Schneemann. Hier konnten die „Künstler" wieder ihre ganze Kreativität mit einbringen. Die beiden Frauen ließen den „Künstlern" freien Lauf und gingen lieber solange in die warme Stube. Jetzt konnten sie sich richtig austoben. Was mit einem begonnen hatte, endete mit einer ganzen Gruppe von Schneefiguren. Als Selma nach langer Zeit wieder aus dem Haus kam, war sie sehr überrascht. Sie hatten aus den Schneefiguren, die Bewohner und die Frauen des Hauses nachgestellt. Zwar konnte man keine Gesichtszüge erkennen, aber sie hatten bestimmte Merkmale eines jeden so gut hervorgehoben, dass man die Figuren immer einer Person zuordnen konnte. Sie rief Nina und Silvia damit auch die das Gesamtkunstwerk betrachten konnten.

Selbst Xaver und Lara hatten im Rahmen ihrer Möglichkeiten mitgeholfen. Als Selma mit Xaver dann die Reihe der Figuren abging, nannte er zu jeder Figur den Namen; denn die konnte er mittlerweile sprechen. Selma war begeistert, nicht nur das er die Namen sprechen konnte, sondern auch anhand der Besonderheiten jede der Figuren benannte. Er hatte so große Fortschritte gemacht. Selma machte sich immer wieder den Vorwurf, die ersten wichtigen Jahre bei ihm so versäumt zu haben. Aber zum damaligen Zeitpunkt hatte die Situation sie völlig überfordert.

Die Touren ins Tal, zu Magda und Hanna, würden nun für lange Zeit wegfallen. Da auch keine Gäste im Winter kommen konnten, hatten die 3 Frauen nun enorm viel Zeit für die Patienten. Nina machte immer noch fleißig ihre Aufzeichnungen. Inzwischen war es ein ganzes Buch geworden. Sie konnte durch ihre Beobachtungen und Aufzeichnungen immer genau die Stimmung

der Patienten einschätzen. Inzwischen war sie eine richtige Expertin für Benachteiligte geworden.
Allerdings war die Beschäftigung im Winter nicht so einfach. Spaziergänge waren nur schwer möglich. Nur Stricken und Malen wurde mit der Zeit den „Künstlern" auch zu viel. Immer wieder waren die Frauen gefordert, sich neue Aufgaben oder Spiele auszudenken; denn nur wenn die Patienten beschäftigt waren, ihr Lob für ihre Leistungen erhielten, dann waren sie auch verträglich. Langeweile hingegen, ließ sehr schnell die Stimmung kippen, dass wussten sie.
Ludwig musste jetzt jeden Tag den gefrorenen Teich vom Schnee befreien, damit die Schlittschuhläufer ihrem Vergnügen nachgehen konnten. Aber er machte das gerne, die Leute waren so dankbar für diese Abwechslung. Auch seine Freundlichkeit kam gut an. Er, den früher im Dorf kaum jemand angeschaut hatte, war jetzt jemand, den jeder grüßte und auch ansprach. Seine Stellung innerhalb der Familie und im Dorf hatte sich dank Hannas Anstellung sehr verändert. Diese Freude darüber übertrug sich dann wieder auf die Läufer.
Nicht nur die Leute aus dem Dorf kamen zum gefrorenen Teich, sondern auch einige der Gäste aus dem Hotel. Hin und wieder kamen sogar Hubert und Lisa, die dann wie zwei frisch Verliebte über die Eisbahn tanzten. Sie machten überhaupt kein Geheimnis mehr aus ihrem Verhältnis. Die Leute waren zwar überrascht, dass Babsi es so hinnahm, aber ihnen war ein freundlicher Hubert lieber als der Griesgram. Hubert hoffte scheinbar sogar darauf, dass Babsi es erfuhr, dann wäre endlich der Moment der Wahrheit gekommen und für Lisa würde er sich auch von Babsi trennen, egal wie teuer ihn das zu stehen kam.
Zwei weitere Schneetage ließen Hubert noch mehr jubeln. Jetzt konnte es endlich wieder losgehen. Wie gerufen standen auch die zwei Skilehrer aus dem Vorjahr wieder vor der Tür. Hubert vereinbarte mit ihnen das gleiche Geschäft wie schon gehabt. Sie hatten freie Kost und Unterkunft und konnten für ihre Tätigkeit eine Gebühr von den Gästen nehmen.
Die gesamte Stimmung im Hotel stieg sofort, als Hubert den Skihügel frei gab. Die Skilehrer hatten regen Zulauf und eine der

ersten unter ihnen war Babsi. Hubert war zwar sehr verwundert darüber, aber es freute ihn doch. So konnte er die Zeit, in der Babsi sich auf dem Skihügel tummelte, doch dazu nutzen, mit Lisa seinen Bedürfnissen nachzugehen. Die Zeit für die beiden war jetzt bei Hochbetrieb ohnehin schon knapp, da bot sich so immerhin eine neue Möglichkeit.

Alles lief jetzt rund bei Hubert. Der Hügel und das Hotel waren gut besucht, Babsi beschäftigt und Lisa immer eine Sünde wert. Aber nur ein paar Tage später, stellte Hubert fest, dass der Hügel völlig überlaufen war. Er sprach am Abend mit einem der Skilehrer und sie würden gleich am nächsten Tag nach einer Ausweichmöglichkeit für einen zweiten suchen. Was Hubert allerdings störte, waren die Einheimischen, die inzwischen auch seinen Skihügel nutzten. Da diese zumeist eigene Skier benutzten, ihr Essen und Trinken mitbrachten, verbrauchten sie nur Platz und brachten keine Einnahmen. Lisa war es, die eine gute Idee hatte. Am nächsten Morgen stand ein Schild am Zugang zum Hügel, auf dem stand: „Freier Zutritt nur für Hotelgäste".

Hubert wollte nun doch erst einmal schauen, wie sich das auswirkte, vielleicht brauchten sie doch noch keinen zweiten Hügel. Aber für die Zukunft wäre es schon von Vorteil. Er wollte gerade dem Skilehrer wieder absagen, als der vorschlug, doch Ausschau zu halten. So könnte man die Fortgeschrittenen von den Anfängern trennen. Für die Könner, wäre der Hügel schon fast keine Herausforderung mehr. Das Beste wäre eine richtig lange Abfahrtsstrecke, möglichst steil und schwierig. Das wäre eine einmalige Sache in der ganzen Bergregion.

Für solche Neuigkeiten und Ideen hatte Hubert immer ein offenes Ohr. Lachend sagte er: „Am besten gleich von Selmas Almhütte aus, dann ist es jedem steil und lang genug." Der Skilehrer forderte Hubert auf, ihm diese Abfahrt zu zeigen. Hubert war so begeistert von dieser Idee der Einzigartigkeit, dass er sich schnell umzog und sofort mit dem Skilehrer auf den Weg machte. Je steiler es wurde und je länger der mehr als mühsame Aufstieg dauerte, umso begeisterter war der Skilehrer. Sie mühten sich soweit, bis sie Selmas Hütte sehen konnten. Der Skilehrer war sprachlos. Das war einfach nur genial. Die Läufer hätten sich dann

auch auf der Hütte verpflegen können und es war seiner Meinung nach, zwar eine schwierige, aber verdammt interessante Strecke.
Erst kurz vor Einbruch der Dunkelheit kamen die beiden wieder am Hotel an. Noch für den Abend verabredeten sie sich aber um in der Gaststube alles noch einmal in Ruhe zu besprechen.
Für die Einheimischen war es mal wieder ein Schlag ins Gesicht, das Hubert sie nicht mehr auf den Hügel ließ. Das war wieder der alte Hubert, der bösartige und geldgierige. Dabei hatten sie so gehofft, die Beziehung mit Lisa hätte ihn verändert. Es dauerte aber nicht lange, da hatten sie sich einen anderen Hügel gesucht. Dort hatten sie zwar kein Pferd zur Verfügung, was die Fahrer immer wieder den Berg hinauf zog, aber sie hatten ihre Ruhe und waren unter sich. Aber vergessen würden sie ihm das nicht. Wie anders war doch da Hanna, wo sie einfach immer zum Eislaufen hingehen konnten. Er würde schon noch merken, wohin ihn seine Gier führen würde.
Am Abend noch hatte Hubert zusammen mit Babsi, Lisa und dem Skilehrer gesprochen. Dieser hatte ihnen alle Vorteile genannt, die die neue Strecke hätte. Hubert sah das Hauptproblem im Aufstieg für die Gäste. Es wäre nicht möglich, mit einem Pferd die Läufer die steilen Almen und Pfade hinauf zu ziehen. Zwar war der direkte Weg zur Almhütte nicht soweit, aber durch die vielen Serpentinen die man laufen musste, zog sich die Strecke doch enorm. Den ersten Teil konnte man noch mit Pferd oder Maultier überbrücken, aber besonders den steilsten war es eben nicht möglich.
Der Skilehrer bat um ein Stück Papier und einen Stift. Sofort ließ Hubert ihm das Gewünschte bringen. Alle schauten gespannt zu, was dieser nun auf das Papier malte. Schematisch hatte er das Hotel, das flachere Stück des Hügels und die Almhütte aufgezeichnet, so dass man die Lage der einzelnen Punkte erkennen konnte. Er teilte die gesamte Strecke in 3 Teile. Das untere und obere Flachstück, sowie den Steilhang. Unten und oben in den Flachstücken malte er ein Pferd, das die Läufer ziehen sollte, in bereits bekannter Manier. Diese beiden Punkte dazwischen, also das Steilstück verband er mit einem doppelten Strich und zwei großen Rädern.

Dann begann er mit seiner Erklärung: „Den unteren Teil überwinden die Gäste wie gehabt mit dem Pferd, dann steigen sie in Sitze um, die an dem Seil befestigt sind. Wenn das Pferd dann wieder nach unten geht, zieht es an einem am Doppelseil angebrachten weiteren Seil und befördert somit die Gäste nach oben. Dort steigen sie dann aus und lassen sich vom zweiten Pferd nach oben ziehen. Dieses kann dann genauso wie das andere, auf seinem Weg bergab, wieder das Doppelseil weiter bewegen."

Hubert, Babsi und Lisa mussten eine ganze Weile überlegen wie er das meinte. Er malte noch die Drehrichtung des Doppelseiles, sowie die beiden Seile für die Pferde auf, dann konnten auch sie verstehen, wie er das angedacht hatte. „Das ist genial", rief Hubert und erschrak sofort, wie sich alle Köpfe zu ihm drehten. So laut hatte er seinen Jubelschrei von sich gegeben. Für diesen Winter war es natürlich nicht mehr zu lösen, aber für das nächste Jahr wollte Hubert das so haben.

Er würde alle Hebel in Bewegung setzten um seine Abfahrt zu bekommen. Wenn er es dann schon im Herbst ankündigen könnte, wäre das Hotel den ganzen nächsten Winter ausgebucht. Das Glück hatte ihm diesen Skilehrer geschickt. Jetzt gab es nur noch das Problem Selma. Würde sie sich kooperativ verhalten oder würde sie das Projekt blockieren. Ihr jetziges Verhältnis zueinander sprach eher für letzteres. Er müsste um ihre Gunst buhlen oder sie dazu bringen die Almhütte aufzugeben. Aber sie hatte mit der Tochter von Silvia und als Miterbin natürlich ein großes Pfand in der Hinterhand. So leicht würde das nicht werden, das wusste Hubert. Aber noch müsste er ja nichts überstürzen und bis dahin würde er sich einfach nur freundlich gegenüber Selma verhalten. Ja, vielleicht sogar geheuchelte Reue zeigen.

Später unterhielt er sich noch mit Babsi darüber und fragte wie sie denn das Verhältnis mit Selma gestalten würde. Babsi sprach sich auch für die versöhnliche Lösung aus. Aber insgeheim würde sie ihr schon zukommen lassen, dass alles nur Heuchelei war, dann würde sein Plan erbärmlich scheitern. Aber jetzt pflichtete sie ihm bei und riet ihm alles ruhig anzugehen und irgendwann im

kommenden Jahr dann sollte er Selma um den Finger wickeln. So als Bruder könnte er da bestimmt ein bisschen auf die Tränendrüse drücken.
Auch die Schlittentouren mit dem Pferdeschlitten bot Hubert jetzt wieder zur Freude der Gäste an. Es gab ja auch genügend, die zu alt zum Skifahren waren. Mit diesen fuhren dann die Knechte in ruhiger Weise durch die tief verschneite Gegend und zeigten den staunenden Städtern die Schönheit der alpinen Landschaft. Den Halt an der Felsenhöhle hatte Hubert den Knechten strengstens untersagt, sie sollten diese weiträumig umfahren. In Anbetracht ihres Trinkgeldes, das sie bei dieser Arbeit erhielten, richteten sie sich wie von selbst an Huberts Wünsche.
Babsi war jetzt jeden Tag auf dem Skihügel. Beim Personal wurde schon darüber getratscht, dass sie etwas mit dem Skilehrer habe. Ihr gefiel es sehr, wie der junge, kräftige Mann sich so aufopferungsvoll um sie kümmerte. Er schenkte ihr die Aufmerksamkeit, die sie von Hubert schon lange nicht mehr bekam. Auch war er nicht so unkultiviert wie Heiner, sondern eher ein Mann von Welt, der wusste was einer Frau gefiel. Sie genoss es sehr, wenn er ihr nach einem Sturz aufhalf, ihre Hand dabei hielt und sie anlächelte.
Dieser braungebrannte Naturbursche würde sich bestimmt gut in ihrem Bett machen. Sie würde mit ihrer Macht ihn schon dahin bringen, wo sie ihn haben wollte. Früher hätte sie so etwas mit Freundlichkeit oder flirten versucht, heute wusste sie, mit Macht ging es schneller und war deutlich erfolgreicher.
Manchmal ließ Babsi sich sogar extra hinfallen, nur um seine helfenden Hand zu spüren. Diesmal zog sie ihn sogar zu sich herunter und drückte ihm dabei einen Kuss auf den Mund. Er zuckte nicht zurück, schaute sich nur kurz um und küsste sie dann innig zurück. Der Bann war gebrochen, wusste Babsi, jetzt war es nur noch eine Frage der Zeit, bis sie ihn ganz spüren durfte.
Der Skilehrer hatte sich vor dem Kuss zwar umgeschaut, nicht aber Hubert gesehen, der am Getränkestand war und genau in ihre Richtung geschaut hatte. Zuerst wollte Hubert losbrausen, doch dann überlegte er und stellte fest, es kam ihm ja ganz gelegen. Vielleicht würde sie ihn von alleine verlassen und dann

hätte er freie Bahn bei Lisa ohne selbst etwas riskieren zu müssen. Er würde das ganz geschickt ignorieren und ihr auch weiterhin die Chance bieten sich diesem Laffen an den Hals zu werfen. Er war nur froh, dass es nicht der Skilehrer war, der ihm die gute Idee verraten hatte.

Auf der Alm hatte Xaver seine Zeit immer weiter genutzt, um an seiner Schnitzfigur zu arbeiten. Erst als Lara einen Heulkrampf bekam, als er sie ihr wieder mal gezeigt hatte, war Xaver scheinbar zufrieden. Er hatte sie nun neben sein Bett gestellt und schien recht stolz auf das geschaffene Werk zu sein. Selma entdeckte sie heute dort zum ersten Mal. Sie nahm sie in die Hand und schaute sie an. Die Figur stellte ein Gesicht dar. Es war ein Mann und irgendwie kam er ihr bekannt vor, sie konnte ihn aber nicht einordnen. Leider reichten Xavers Sprachkenntnisse noch nicht aus, ihr näheres dazu zu sagen, aber Selmas Hoffnung war groß, dass sich auch dieses bald ändern würde.

Immer wieder schaute sie sich das Bildnis an und inzwischen hatte sie den Verdacht, dass dieser dargestellte Mann etwas mit dem Verschwinden damals von Xaver und Lara zu tun hatte. Es konnte keinen anderen Grund geben, sonst hätte Lara nie so heftig auf das Gesicht reagiert. Sie musste es sich nur fest einprägen, sie würde den Mann schon finden.

Nina wollte die Winterzeit dazu nutzen, ihre gesamten Aufzeichnungen die sie nun schon über einen langen Zeitraum gemacht hatte, in Buchform zu bringen. Überall in ihrem Zimmer lagen einzelne Blätter und es sah recht chaotisch aus. Aber sie hatte begonnen es nach einzelnen Fachgebieten zu sortieren und wollte nun noch einmal alles ordentlich abschreiben. Dafür würde sie bestimmt den ganzen Winter benötigen, so ausführlich waren ihre Notizen.

Das Weihnachtsfest nahte und auf der Alm waren alle schon voller Freude darauf. Seit die Frauen gegenüber den Benachteiligten ihre Einstellung verändert hatten, war es eine gemeinsame Vorfreude, nicht wie so viele Jahre vorher ein Zwang. Gemeinsam wurden Plätzchen ausgestochen und gebacken. Kleine Geschenke und Gestecke gebastelt, Kerzen gezogen und viele andere Dinge mehr. Schade war nur, dass Hanna und Magda

nicht dabei sein konnten. Sie fehlten Selma doch schon sehr. Besonders Magda, die durch ihre Weisheiten Selma auf den rechten Weg gebracht hatte. Aber in Gedanken waren sie bei ihnen und sicher hätten auch die beiden ein schönes Weihnachtsfest.
Im Hotel wurde ebenfalls ein großer Weihnachtsball geplant. Mit einer Feier wollte sich Hubert nicht zufrieden geben, es sollte schon ein rauschendes Fest werden. Dies war sein erstes Weihnachtsfest mit Lisa und sie sollte merken, wie sehr sie ihn inspirierte. Mit Babsi war es nur noch ein aneinander vorbei leben. Zwar schliefen sie noch im gleichen Raum, auch geschäftliche Dinge wurden gemeinsam besprochen, doch von Liebe war da keine Spur mehr. Beide gingen ihre Wege. Hubert mit Lisa und Babsi mit ihrem Skilehrer und Heiner wenn er für ihre Zwecke von Nutzen war.
Keiner machte aber dem anderen Vorwürfe oder sprach von Wünschen und Erwartungen, es plätscherte einfach so dahin. Heimlich spann jeder seine Intrigen und war nur auf der Suche nach der Gelegenheit, wo er den anderen ausstechen konnte. Den Hof und das Hotel wollten schließlich beide, so dass von vornherein eine friedliche Lösung ausgeschlossen war. Jeder aber war von sich überzeugt, die schlauere Intrige dafür zu haben.
Was Hubert und Babsi aber eben verband waren der Hof und das Hotel. Das war auch der Grund, warum sie bei der Weihnachtsgala, gute Miene zum schlechten Spiel machen würden. Überall im Hotel wurde extra geputzt, in der Küche standen die Öfen nicht mehr still, es würde ein unvergleichliches Fest für die Gäste werden. Hubert und Babsi kontrollierten alles und waren überall zu finden. Selbst für Lisa hatte Hubert kaum noch Zeit, was beiden nicht sonderlich gefiel. Lisa konnte warten, sie würde Hubert nicht drängen; denn sie wusste, dann würde sie alles nur gefährden.
Magda und Hanna bereiteten sich ebenfalls auf Weihnachten vor. Sie wollten dieses Fest zusammen mit dem alten Müller feiern. Magda war schon seit mehreren Tagen in der Küche verschwunden. Es schien so, als wollte sie das halbe Dorf versorgen. Hanna ärgerte sie schon immer mit dem Satz: „Nur gut

das wir eine Mühle und somit genug Mehl haben, sonst müsstest Du das Backen bald einstellen." Magda lachte nur darüber und ging in ihren Vorbereitungen förmlich auf.

14. Nur ein schrecklicher Unfall?

Noch vor der Gala im Hotel hatte Heiner mal wieder einen seiner geliebten Termine bei Babsi. Er wusste, dann wartete wieder ein besonderer Auftrag auf ihn. Solange es aber die Hoffnung gab, zusammen mit der Bäuerin einmal den Hof und das Hotel zu führen, so lange würde er das gerne auf sich nehmen. Auch war sie in seinen Augen eine sehr attraktive Frau, so dass es ein doppeltes Vergnügen für ihn war. Die Kälte des Heustadels, in dem sie sich trafen wurde schnell von der inneren Hitze verdrängt. Diesmal erschien ihm Babsi besonders wild, lag es daran, dass es was Schwieriges wurde? Babsi hingegen war mit ihren Gedanken beim Skilehrer und ließ Heiner einfach gewähren. Hinterher sprachen sie über ihr Vorhaben und Heiner war fast enttäuscht über die Einfachheit des kleinen Zwischenfalles den er einrichten sollte.
Die beliebten Touren mit dem Pferdeschlitten waren nahezu immer ausgebucht. Auch an diesem Vormittag machten sich wieder 3 Schlitten auf den Weg. Mit guter Stimmung ging die Fahrt entlang des Bergbaches und dann in das etwas bergigere Umland. An einigen Stellen hatten die Pferde große Mühe, die Anhöhen zu erreichen, wieder an anderen mussten die Knechte die Bremsen bis zum Anschlag betätigen. Aber die reizvolle Gegend und die erhöhten Schwierigkeiten, waren genau das, was nach der Tour das größte Trinkgeld brachte.
Gerade waren sie wieder an einer dieser steilen Anstiege. Der erste Schlitten war schon oben angekommen, die anderen beiden folgten ihm in etwas Abstand. Jetzt hatte es auch der zweite geschafft und der letzte nahm viel Schwung auf um ebenfalls die Anhöhe zu erreichen. Die Pferde quälten sich offensichtlich, der Knecht gab ihnen die Peitsche, um die letzten Kräfte aus ihnen heraus zu holen. Die Rufe zur Motivation der Pferde und des

Knechtes, von den Gästen wurden immer lauter, je höher sie auf den Anstieg kamen.
Dann passierte es, die ganze rechte Kufe des Fuhrwerks brach weg. Der Schlitten samt Gästen, Pferden und Kutscher rutschte auf die Seite und fiel dann einen steilen Abhang hinunter. Ein lautes Geschrei kam auf. Der vorletzte Schlitten, dessen Knecht die Schreie noch gehört hatte, hielt kurz an, wendete und begab sich in die Nähe der Unfallstelle.
Dort erwartete die Gäste und den Kutscher das Grauen. Ein riesiger Trümmerhaufen lag am Grunde des Abhanges. Der Knecht konnte erkennen, wie einige der Gäste sich noch bewegten. Es waren furchterregende Schmerzensschreie zu hören. Der Abhang aber war so steil, dass es keinem möglich war, ohne Seile dorthin zu gelangen. Sie mussten den langen Weg zurück fahren um Hilfe und Seile zu holen. Über eine Stunde waren sie schon unterwegs gewesen, so dass auch die Rückfahrt dementsprechend lange dauerte.
Kaum am Hotel angekommen, verbreitete sich das Unglück wie ein Lauffeuer. Jede Menge Männer und Schlitten sammelten sich und rasten zur Unfallstelle. Sie spannten die Pferde aus und ein paar der Männer, darunter auch Hubert, seilten sich ab. Ein schrecklicher Anblick erwartete sie. Einige waren schwer verletzt, 2 der Gäste hatten den Unfall nicht überlebt und auch die Pferde waren verstorben. Überall hingen die Menschen noch in den Trümmern gefangen.
Es dauerte eine gefühlte Ewigkeit die vor Schmerzen schreienden Menschen aus den Trümmern zu befreien, sie zu den Seilen zu bringen und anschließend den Berg hinauf zu ziehen. Mehrere wurden bei dieser Tortur bewusstlos vor Schmerzen. Ohne Knochenbrüche und schwere Blutungen war keiner davon gekommen. Die kleinsten Verletzungen hatte der Knecht, der noch relativ schnell hatte vom Kutschbock springen können.
Bis zum späten Nachmittag hatten die Rettungsarbeiten gedauert. Die Verletzten wurden zum Hotel gebracht, wo auch schon zwei gerufene Ärzte auf sie warteten. Huberts Nerven lagen blank. Nicht nur das er sich bis zum Äußersten angestrengt hatte, auch wusste er um die verheerenden Auswirkungen dieses Unfalls.

Wieder so ein Zwischenfall und diesmal mit Toten und Schwerverletzten. Warum nur verfolgte ihn das Pech so dermaßen.

Heiner kam aufgeregt zu Babsi. Er war völlig außer sich über das was passiert war. Niemals hätte er geglaubt, dass seine kleine Manipulation an dem Schlitten so schreckliche Auswirkungen gehabt hätte. Er kannte ja nicht die Strecken die befahren wurden und hatte lediglich mit einer peinlichen Panne gerechnet, aber niemals mit so einem schrecklichen Unglück. Als er Babsi dafür verantwortlich machen wollte, blaffte ihn diese nur an und sagte: „Du allein hast es getan und zu verantworten. Jeder wird glauben, nur weil Dich Hubert nicht als Fuhrmann eingesetzt hat, warst Du neidisch und hast das verursacht." Da wusste Heiner, dass Babsi ihn nur zu ihren finsteren Machenschaften missbraucht hatte und sie niemals erwog mit ihm den Hof und das Hotel zu teilen. In seiner Einfachheit fiel ihm dazu auch nichts mehr ein und er bettelte nur darum, sie möge ihn nicht verraten. Babsi sagte: „Es kommt darauf an, ob Du den Mund halten kannst, wenn ich nur ein Wort höre, dass mein Name ins Spiel kommt, dann liefere ich Dich den Gendarmen aus und werde bezeugen, dass ich Dich dabei gesehen habe, wie Du an den Schlitten herumgefummelt hast."

Heiner schlich traurig und schuldbewusst von Dannen. Er fühlte sich so schlecht. Was hatte er nur getan, den ganzen Rückweg schüttelte er über sein eigenes Verhalten den Kopf und konnte es einfach nicht begreifen. Diese Frau hatte ihn so abhängig gemacht, er war ihr so verfallen, dass er sich hatte zu dieser Bluttat verleiten lassen. Niemals mehr würde er glücklich werden.

Im Hotel herrschte immer noch riesige Aufregung. Die Schwerverletzten waren nach der ärztlichen Versorgung mit dem Schlitten noch am Abend in die Stadt gefahren worden, um im dortigen Krankenhaus weiter versorgt zu werden.

Der Gendarm aus dem Dorf war vor Ort und befragte den Fuhrknecht. Aber dieser konnte auch nichts weiter zum Unfall sagen, außer das plötzlich der Schlitten zur Seite gekippt war, als die Kufe wegbrach. Auch er machte sich große Vorwürfe. Der Gendarm aber ging von einem Unfall aus. Eine weitere Klärung

wäre nach dem Sturz in die Schlucht sowieso nicht mehr möglich gewesen; denn der Schlitten war ja nur noch ein Trümmerhaufen.
Die große Weihnachtsgala am kommenden Tag wurde abgesagt. Einige der älteren Gäste, waren abgereist von diesem Ort des Schreckens. Nur die unbetroffenen Skifahrer waren geblieben. Die Stimmung bei Hubert und im Hotel war auf dem Nullpunkt angekommen. Keiner wagte es Hubert über den Weg zu laufen, geschweige denn ihn anzusprechen. Dieser Rückschlag ließ all seine Pläne erstmal im Nichts verschwinden. Immer und immer wieder kam es zu Zwischenfällen oder gar wie jetzt einem folgenschweren Unfall. Der Ruf des Hotels würde diesmal mehr darunter leiden, als bei allen anderen Zwischenfällen zuvor.
Obwohl sie sich alle Mühe gab, konnte noch nicht einmal Lisa Hubert wieder aufrichten. Er schien wie ein gebrochener Mann, es würde lange dauern, bis er sich davon erholen würde. Nur Babsi tat es als unglücklichen Unfall ab und genoss weiterhin die Aufmerksamkeit des Skilehrers. Auf Heiner brauchte sie ja nun keine Rücksicht mehr nehmen und Hubert zerfloss in Selbstmitleid. Ihm fehlte halt doch die nötige Härte für so ein Geschäft, dachte Babsi. Ihr Skilehrer war doch da ein ganz anderer Kerl, ein richtiger Mann.
Auf der Alm war von den schrecklichen Neuigkeiten des Loserhofes nichts angekommen. Hier wurde Weihnachten wie geplant gefeiert. Zuerst las Selma die Weihnachtsgeschichte vor, dann sangen sie einige Weihnachtslieder und zum Schluss wurden Geschenke verteilt. Die drei Frauen waren überrascht, was die Benachteiligten alles für sie gemalt, gebastelt oder gestrickt hatten. Von einem jeden erhielten sie ein Weihnachtsgeschenk. Diese armen Menschen waren so dankbar, dass Selma, Nina und Silvia zu Tränen gerührt waren. Es war die bestimmt besinnlichste und fröhlichste Weihnachtsfeier, die alle bisher erlebt hatten. Wieder einmal hatte sich gezeigt, nicht Geld und Wohlstand machten glücklich, sondern Menschlichkeit und Harmonie. Sie waren eine verschworene Gemeinschaft hier auf der Alm geworden.
Hanna, Magda und der alte Müller ließen ihr Weihnachten gemächlich angehen. Alle wurden von Magda versorgt, bis sie absolut nichts mehr essen konnten. Am Abend dann erzählte der

alte Müller noch Spukgeschichten aus der Mühle, die Hanna und Magda beinahe davon abgehalten hätten, die Mühle je wieder zu betreten. Er musste später mehrfach versichern, dass die Geschichten alle nur ausgedacht waren. Noch lange saßen sie am Abend zusammen und lachten über die Angst von Hanna und Magda.

Hubert litt noch lange unter dem Schock, den der Unfall in ihm ausgelöst hatte. Er suchte dabei auch nach seiner Mitschuld. Hatte er zu viele Gäste auf die Schlitten gelassen? Hätte er die Fahrzeuge vor jedem Einsatz selbst kontrollieren sollen? Hatte vielleicht sogar Gott ihn bestraft für sein zügelloses Leben, dafür das er sein angetrautes Eheweib betrog? Aber alles das war jetzt müßig, es war zu spät um irgendetwas wieder gutzumachen. Es blieb ihm nichts weiter übrig, als sich dem hier und jetzt zu stellen und nach vorne zu schauen. Er würde versuchen das Hotel wieder auf Vordermann zu bringen, auf lange Sicht seine Pläne mit der neuen Skiabfahrt durchzuführen und wenn das dann gelungen war, dann würde er sich ganz offen von Babsi lossagen und Lisa an seiner Seite als Frau präsentieren. Auf Intrigen hatte er jetzt keine Lust mehr, er musste umdenken und versuchen die ehrliche Variante zu wählen.

Die Skiläufer, doch meist jüngere Gäste, hatten sich nicht so sehr an dem Unfall gestört. Der Skihang war weiterhin gut besucht und die Stimmung ließen sich diese Gäste nicht vermiesen. Als vom Gendarmen als Unfall tituliert, gab es für sie ja keinen Grund abzureisen. Dieser Umstand war das Einzige, was Hubert etwas aufheitern konnte.

Kaum war Weihnachten vorbei, da redete Hanna nur noch von dem Zeitpunkt, an dem endlich die Temperaturen wieder höher würden und sie dann ihre Teiche mit Fischen bestücken könnte. Bis dahin war immer noch Eislaufen angesagt. Sie selbst war jeden Tag an der Eisbahn und fast immer auch aktiv. Mit Ludwig hatte sie schon lange besprochen, wie die neue Räucherkammer aussehen sollte. Am liebsten wäre es ihr gewesen, er hätte schon mit dem Bau begonnen, aber Ludwig riet aufgrund der niedrigen Temperaturen noch davon ab.

Nina war auf der Alm immer noch mit ihrem Buch beschäftigt. Zu ihren ganzen Notizen hatte sie nun vor einige Zeichnungen hinzuzufügen. Von jedem der Benachteiligten zeichnete sie ein Bild vom Gesicht, mit den Besonderheiten. Da kam Selma auf die Idee, sie sollte die „Künstler" sich doch einfach mal gegenseitig zeichnen lassen. Dann hätte sie noch einen Vergleich. Nina gefiel diese Idee sehr. Sie versammelte alle im Speisesaal und dann bekamen sie den Auftrag sich gegenseitig zu zeichnen.

Das wurde ein sehr spannendes Experiment. Die Zeichnungen der „Künstler" sahen ganz anders aus als die von Nina. Viel gehaltvoller, sahen sie aus. Während Nina z. B. nur ihren Schwerpunkt auf den Mund, die Nase, die Stirn oder die Augen gelegt hatte, je nach dem was sie für besonders auffällig hielt, zeigten die Zeichnungen der „Künstler" doch eher den Gesamteindruck. Viel besser war hier die individuelle Mimik zu erkennen.

So konnte Nina nicht nur ihre und die Vergleichszeichnungen mit in ihr Buch aufnehmen, sondern gleich noch eine kurze Abhandlung über die unterschiedliche Sichtweise auf die anderen schreiben. Im Frühling würde sie dann ihre Aufzeichnungen in die Stadt bringen und das Buch drucken lassen. Dann könnte jeder, der mit so armen Kreaturen zu tun hatte, vieles nachlesen ohne es selbst lange ausprobieren zu müssen. Das ganze Thema war ihr im Laufe der Zeit immer wichtiger geworden. Inzwischen war sie eine richtige Koryphäe auf dem Gebiet geworden. Sie nutzte einfach jede Gelegenheit um das Verhalten zu studieren und es aufzuschreiben.

Im Tal setzte langsam der Frühling ein. Der Schnee begann zu schmelzen und die Sonne bekam immer mehr Kraft. Nun wurde Hanna richtig aktiv. Zusammen mit Ludwig begann sie die Teiche zu fluten. Jetzt hatte der Bergbach dank der Schneeschmelze sehr viel Wasser, so dass es nicht lange dauern würde, bis ihre Teiche sich gefüllt hätten.

Sie ließen erst die Teiche halbvoll laufen, dann stauten sie den Bergbach komplett ab und leiteten das Wasser in die Teiche. Im fast ausgetrockneten Lauf des Baches hinter dem Wehr, begann die Helfer Renken und Bachforellen einzusammeln. Diese hatten sich in verbliebenen Gumpen gesammelt und waren nun leichte Beute. Die gefangenen Fische setzten sie in die kleinen Teiche um. Als dann soweit möglich alle eingesammelt und umgesetzt waren, ließ Hanna das Wehr wieder öffnen und der Bach bekam seine normale Wassermenge zurück.

Hanna konnte ihren Blick von den Fischen gar nicht mehr weg nehmen. Sie würde die Fische jetzt jeden Morgen und Abend mit Getreideresten oder minderwertigen Getreide, was sich nicht für Mehl geeignet hatte, füttern. Das Füttern war für Hanna immer wieder ein besonderes Erlebnis. Die Fische hatten schnell verstanden, wo es was zu fressen gab. Sie lernten es am Geräusch, das durch den Aufschlag des Getreides auf die Wasseroberfläche entstand, zu orten. Sie sammelten sich dann dort und es schien, als würde das Wasser an diesem Stück brodeln. Auch Ludwig wurde von diesem Anblick angesteckt. Zusammen standen sie die ganze Zeit da und genossen es, wie die Fische das Getreide fraßen.

Jetzt fehlten ihr nur noch die Karpfen für die Mast. Mit dem Fischmeister vom Kloster hatte Hanna ja abgesprochen, so bald der Frühling einsetzen würde, sollte er mit einem Fuhrwerk und einem großen Zuber, einige Karpfen liefern. Sowohl kleine für die Mast, als auch Große die dann später hier ablaichen konnten, wenn die Wassertemperatur zum Sommer höher wurde. Das sollte in einem der großen Teiche vor sich gehen. Diese hatte Hanna nicht so tief ausheben lassen, so dass sich das Wasser schneller erwärmen würde.

Für Ludwig war die Schonzeit für den Bau der Räucherkammer nun auch endlich vorbei. Hanna drängte ihn so lange, bis er nachgab und endlich mit dem ersehnten Bau begann. Der Fischmeister hatte ihnen alles nötige dafür aufgezeichnet und Hanna hatte das notwendige Material, in ihrer Ungeduld, schon lange beschafft.

Nur Hubert und Babsi gefiel der Frühling so gar nicht. Hubert weil die Skisaison vorbei war und deutlich weniger Gäste im Hotel waren. Babsi, weil sich ihr geliebter Skilehrer nun bald verabschieden müsste. Wenn sie nur Hubert noch überreden könnte, die Anlage für die neue Strecke doch bald zu bauen, dann

hätte er ihm sicher auch hilfreich sein können. Zwei Fachleute wären bestimmt besser als einer. Sie musste versuchen Hubert neu zu motivieren. Jetzt rächte sich der heftige Unfall doch etwas an ihr. Ohne diesen, hätte Hubert bestimmt so schnell wie möglich mit dem Bau begonnen.
Lisa ließ Hubert ebenfalls den Frühling spüren, sie trug wieder kürzere Kleider und Röcke und auch ihre üppige Oberweite bekam nun wieder mehr Luft. Sicher war das auch einer der Gründe, warum Hubert nun doch ab und zu mal wieder lächeln konnte. Babsi mit ihrem fraulichen Instinkt hatte das schnell bemerkt und drängte Lisa fast dazu, möglichst freizügig aufzutreten.
Auch Nina, die endlich mit ihrem Buch fertig war, hatte so sehr auf den Frühling gewartet. Endlich könnte sie ihr Werk in die Stadt bringen und es dort dann drucken lassen. Zusammen mit Selma und den beiden Maultieren machte sie sich auf den Weg. Selma würde einen Tag bei Hanna und Magda verbringen und gemeinsam könnten sie dann, auch mit frischen Lebensmitteln, sich wieder auf den Rückweg zur Alm machen.
Die ganze Zeit des Abstieges war Nina am erzählen über ihr Buch. Selma spürte, wie stolz sie darauf war. Aber das durfte sie auch sein, sie hatte so viel Arbeit und Zeit darin investiert. Es würde ein Leitwerk im Umgang mit Benachteiligten werden, da war auch Selma sich sicher.
Gegen Mittag kamen sie bei Hanna und Magda an. Die beiden freuten sich riesig sie endlich nach dem langen Winter zu wieder zu sehen. So viel gab es zu erzählen und berichten. Fast waren sie traurig, dass Nina gleich weiterziehen wollte; denn ganz besonders Magda interessierte nun mal ihr Buch. Aber Nina versprach, so bald es gedruckt wäre, wäre sie die Erste, die ein Exemplar bekäme. So ließ Magda sich doch noch trösten.
Hanna hingegen zerrte Selma förmlich zu ihren Teichen. Sie musste bei der Fütterung zuschauen. Selmas Interesse an den lebenden Fischen war nicht so groß, dies würde erst wieder richtig aufflammen, wenn sie den Fisch geräuchert essen dürfte. Da musste Hanna sie aber noch etwas vertrösten, erstmal sollten die

Tiere noch wachsen und vor allem ablaichen, damit auch der Nachwuchs gesichert war.
Noch am Abend kam Nina in der Stadt an. Für einen Gang zur Druckerei, war es leider schon zu spät. Sie nahm sich ein Zimmer in einem der Gasthäuser und würde es gleich morgen früh erledigen. Sie konnte es kaum noch erwarten.
Selma saß am Abend noch lange mit Hanna und Magda zusammen. So viel hatten sie sich zu erzählen. Das Weihnachtsfest, die vielen Erlebnisse mit den Benachteiligten, aber auch über den schrecklichen Unfall von Huberts Gästen, sprachen sie. Dann blieb das Gespräch bei Hubert und Magda sprach über sein Verhalten gegenüber den Kindern und Leuten aus dem Dorf, was das Betreten des Skihanges betraf. Sie sagte ihr, dass die Bevölkerung durch sein Verhalten ziemlich sauer auf ihn wäre. Dabei hatte es sich doch gerade verbessert, als er so oft mit seiner neuen Freundin auf der Eisbahn war.
Bei dem Thema neue Freundin, wurde Selma aber hellhörig. Wie kam das, was war geschehen? Er wäre zwar noch mit Babsi zusammen, fuhr Magda fort, aber wohl nur noch mehr auf dem Papier. Selma hatte es ja lange verschwiegen, aber nun klärte sie auch Hanna und Magda darüber auf, wie sie Babsi mit dem Knecht im Heustadl erwischt hatte. Spät erst gingen sie zu Bett.
Gleich mit dem ersten Sonnenstrahl war Nina aus dem Bett gesprungen. Schnell ein kurzes Frühstück und dann ging es los zur Druckerei, in der auch die Zeitung gedruckt wurde.
Die Druckerei war ein großes Gebäude, viele Menschen waren dort beschäftigt. Es dauerte eine ganze Weile, bis Nina endlich den richtigen Ansprechpartner gefunden hatte. Der Mann sichtete ihr Manuskript, schlug ihr verschiede Schriftarten und ein Bild für den Umschlag vor. Nachdem sie alle Details wusste, bestellte Nina 100 Exemplare. Dafür opferte sie ihr ganzes gespartes Geld. Es war ihr großes Projekt und da war es ihr so wichtig, dass sie das gerne tat. In zwei Wochen könnte sie die Bücher abholen, sollte dann aber lieber mit einem Fuhrwerk kommen, lächelte der Mann sie an.
Stolz machte sich Nina auf den Rückweg. Erst gegen späten Nachmittag wäre sie bei Hanna und Magda. Sie hoffte nur, Selma

wäre nicht sauer, weil sie dann noch eine Nacht dort verbringen müssten; denn für den Aufstieg würde es viel zu spät werden.

Der Skilehrer, der Hubert die Zeichnung für den Transport der Gäste auf der neuen Abfahrtsstrecke erstellt hatte, bat Hubert, ob sie nicht noch einmal sich das Ganze ohne Schnee anschauen wollten, bevor er jetzt bald abreisen würde. Hubert hatte ja kurz nach dem Unfall die Sache weit in die Ferne gerückt. Aber wie so oft, heilte auch hier die Zeit die Wunden. Kaum vom Skilehrer darauf angesprochen, war er nun doch wieder Feuer und Flamme. Am nächsten Morgen wollte er mit den beiden Skilehrern sich einen ganzen Tag Zeit nehmen, um die Gegend mit den beiden noch einmal zu erkunden. Ohne den dafür störenden Schnee, wäre es sicher viel besser. Außerdem hatten sie ja nun auch konkrete Vorstellungen darüber, wie die verschiedenen Transportmöglichkeiten aussehen sollten.

Als er am Abend von seinem Vorhaben Babsi erzählte, war diese mehr als begeistert und sagte ihm ihre ganze Unterstützung zu. Dabei waren ihre Gedanken allerdings nur bei dem zweiten Skilehrer. Aber nur so hätte sie die Möglichkeit, diesen noch länger an das Hotel und vor allem an sich zu binden. Hubert freute sich über Babsis Zustimmung, endlich mal wieder eine Gemeinsamkeit, für die sich beide einsetzen würden.

Mit jeder Menge Papier, Stiften und Messlatten machten sich Hubert und die beiden Skilehrer gleich früh am Morgen auf den Weg zum Aufstieg. Interessant waren für sie der Steilhang und das obere Flachstück. Den unteren Bereich kannten sie und hatten ja auch schon dort ihre Erfahrungen gesammelt. Sie maßen die Länge, für die sie das Seil benötigen würden. Es müssten ein paar Masten errichtet werden und sicher brauchten sie auch mehr als 2 Räder, damit sie die Distanz überwinden konnten.

Auch Selma und Nina machten sich auf den Rückweg. Es hatte noch soviel zu bereden gegeben, dass Selma gar nicht traurig war, dass sie noch einen Tag länger bleiben mussten. Als sie sich in der Nähe des Loserhofes an den Aufstieg machten, sahen sie schon aus großer Entfernung, dass noch mehr Personen sich auf dem Weg zur Alm befanden. Sie trieben die schwer beladenen

Maultiere an, um möglichst zur Mittagszeit auch wieder auf der Hütte zu sein.

Hubert und die beiden Skilehrer, die immer noch bei ihren Messarbeiten waren, hatten erkannt, dass sie bald nicht mehr alleine auf dem Pfad waren. Hubert, der die beiden Maultiere sah, dachte sich schon, dass es sich um Selma und eine ihrer Frauen handeln musste. Er war gezwungen äußerst freundlich und nett zu ihr zu sein; denn würde sie sich quer stellen, wäre es schwierig dieses Projekt auszuführen. Vorsichtshalber informierte er die beiden Skilehrer, dass es seine Schwester, die Betreiberin der Almhütte, wäre. Da sie noch nichts von ihrem Vorhaben wusste, sollten sie sich etwas zurückhalten mit ihren Aussagen.

Jetzt erkannte auch Selma, dass Hubert und zwei weitere Männer es waren, die dort auf dem Aufstieg waren. Allerdings wunderte sie sich, dass die drei immer wieder stehen blieben und mit irgendwelchen Latten oder Pfählen hantierten.

Der Moment des Zusammentreffens war gekommen. Es war Hubert, der das Wort erhob. Er begrüßte Selma und Nina fast überfreundlich. Fragte wie sie den Winter überstanden hätten und nach ihrem Wohlbefinden. Selma war überrascht über Huberts Freundlichkeit, insbesondere nach der letzten Zusammenkunft. Hatte er sich durch die neue Freundin wieder zum alten Hubert verändert? War es damals nur Babsi gewesen, die ihn so hatte werden lassen? Wusste er was sie getrieben hatte und deswegen die Neue? Selma schossen all diese Gedanken durch den Kopf. Sie wollte auch nicht gleich unfreundlich sein, falls einer der eben gedachten Punkte richtig war.

So begrüßte Selma ihn und die beiden anderen Männer mit freundlicher Zurückhaltung. Nina tat es ihr gleich. Nun aber kam der Moment, vor dem Hubert etwas Bedenken hatte. „Was macht ihr denn da, was messt ihr hier?" kam Selmas Frage auch schon.

In langen Ausführungen erklärte ihr Hubert sein Vorhaben. Selma schien einen Moment zu überlegen, dann aber antwortete sie: „Ob ich das gutheißen soll, wo man so schlecht im Dorf über Dich spricht. Die Leute im Ort sind schon recht verärgert über Dich und Dein Verhalten was die Benutzung des Skihanges betrifft."

Damit hatte Hubert nun gar nicht gerechnet. Sicher hatte er die Leute vom Hang ferngehalten, aber das es solche Auswirkungen hatte, dass konnte er ja nicht wissen. Er sprach von Überfüllung, Unfallgefahr etc. Gerade der schwere Unfall mit dem Pferdeschlitten hätte ihn da zur Vorsicht geführt. Selma schien mit der Antwort aber bei weitem noch nicht zufrieden. Die Stimmung schien zu kippen. Da war es der Skilehrer, der ein Verhältnis mit Babsi hatte, der eingriff. Er sagte: „So ein Lift hat große Vorteile auch für die Almhütte, nicht nur das auch Gäste im Winter kommen, man kann auch viele Dinge in einer Art Gondel, in beide Richtungen bewegen. Dann entfällt für Euch, gnädige Frau, dieser anstrengende Auf- und Abstieg. In nur wenigen Minuten sind die Sachen oben oder unten, ganz wie ihr es wünscht. Der Lift steht ja nicht nur im Winter zur Verfügung. Bedenkt auch einmal die Möglichkeit, wenn einer von Euch auf der Almhütte schwer erkrankt und schnell zum Arzt muss, mal ganz vom Winter abgesehen, wo ihr jetzt keine Möglichkeit hättet."

Das Argument des Skilehrers ließ Selma nachdenklich werden. Ja was wäre, wenn wirklich einer von ihnen schwer krank würde im Winter. Sie hätten keine Möglichkeit, denjenigen in das Tal zu bringen. Dies wog so schwer, dass Selma sich hier und jetzt sofort dazu bereit erklärte und sogar noch ihre Hilfe zusagte. Mit freundlichen Worten verabschiedeten sie sich und Selma wünschte allen Ernstes, gutes Gelingen.

Hubert fiel ein riesiger Stein vom Herzen. Auf diese Idee wäre er überhaupt nicht gekommen. Diese Idee hatte das Projekt gerettet. Der Skilehrer, war nicht mit Geld zu bezahlen. Zwar müssten sie diese Möglichkeit beim Bau der Anlage mit berücksichtigen, aber das war es allemal wert.

Selma und Nina wurden auf der Alm von allen freudig begrüßt. Sie hatten sich schon etwas Sorgen gemacht, da sie einen Tag länger als geplant, benötigt hatten. Gleich erzählten sie Silvia von Huberts Vorhaben und all den vielen Neuigkeiten die sie von Hanna und Magda erfahren hatten. Nina fügte noch unbedingt hinzu, dass in nur 2 Wochen sie ihre Bücher abholen konnte. Das musste sie noch loswerden.

Als am Abend Hubert und die beiden Skilehrer zurück kehrten, wartete Babsi schon neugierig auf sie. Ihr Interesse galt dabei natürlich dem Verbleib des Skilehrers. Stolz erzählte Hubert von dem Treffen mit Selma und dem geschickten Einschreitens des Skilehrers. „Ohne ihn wäre es bestimmt gescheitert, ich wünschte mir sehr, er würde seine Abreise verschieben und mit beim Aufbau der Anlage helfen", sagte Hubert. Das war der Satz, den Babsi hören wollte. Der Aufbau dieser mächtigen Anlage würde bestimmt lange dauern. Vielleicht mit etwas Glück, sogar bis zum nächsten Winter.

Am Abend in der Schankstube besprachen Hubert, Babsi und die beiden Skilehrer das weitere Vorgehen. Sie wurden sich einig, dass die beiden Männer das Projekt begleiten, ja sogar beaufsichtigen sollten. Hubert bot ihnen dafür einen guten Lohn, sowie freie Kost und Unterkunft an. Babsi konnte ihre Freude kaum zurückhalten, aber Hubert schien es darauf zu schieben, dass sie sich über diese Erweiterung freute. Sollte es anders sein und sie sich wegen des Mannes freuen, so war es ihm ebenfalls nicht Unrecht, es würde ihm den gemeinsamen Weg mit Lisa nur einfacher machen.

Es waren schon einige Frühlingstage vergangen und Hanna wurde langsam ungeduldig. Noch immer ließ der Mönch mit den Fischen auf sich warten. Aber dann endlich, eines Tages kam das Fuhrwerk mit dem riesigen Bottich drauf. Er erklärte, dass sie immer zur Fastenzeit sowieso ihre Teiche abfischten, damit sie die Fleischlose Zeit besser überstehen konnten und er somit einfach so lange gewartet hatte. Nun aber sollten sie sich beeilen, die Fische in die Teiche zu bringen. Er bat Hanna darum, die Mastfische von den Zuchttieren zu trennen, da sonst die Mastfische nur den Laich der Zuchttiere auffressen würden.

Hanna wollte gerne den Erfahrungen dieses Mannes nachkommen und ließ ihn gewähren. Die Teichanlage gefiel dem Mönch gut, besser hätte auch er sie nicht anlegen lassen können. Als die Tiere im Wasser waren und sich erholt hatten, zeigte Hanna ihm erst noch die Räucherstube und später dann die Fütterung der anderen Fische. Der Mönch war sehr zufrieden über ihre Arbeit, drängte aber auf seine Rückfahrt, er wollte bis

zum nahen Abend noch etwas weiter zu einem anderen Kloster fahren, wo er Nachrichten des Abtes überbringen musste.
Jetzt war Hannas Teichanlage komplett und sie konnte ihrer geliebten Arbeit mit den Tieren nachkommen. Wie sehr sie sich schon auf den ersten geräucherten Fisch freute. Immer wieder hatte sie Magda davon vorgeschwärmt und ihr vorhergesagt, sie würde nie was anderes dann wieder essen wollen. Magda wiegelte dann nur ab und sagte: „Ich will es gerne probieren, aber das ich dann gar nichts anderes mehr mag, das kann ich mir noch nicht vorstellen."
Für Nina begannen die schlimmsten 14 Tage die es bisher für sie gab. Zumindest sagte sie das. Das Warten auf die Fertigstellung ihres Buches schien sie wirklich mitzunehmen. Selma und Silvia konnten das gar nicht verstehen, hatte sie doch vorher auch ewig lange dafür gebraucht, da waren diese 2 Wochen doch eigentlich ein Klacks. Für Nina aber schien es die wichtigste Sache in ihrem Leben zu sein und so blieb den anderen nichts übrig als sie zu trösten und möglichst viel zu beschäftigen, damit sie nicht dauernd daran denken musste.
Jetzt im Frühling konnten sie endlich wieder ausgedehnte Spaziergänge mit den „Künstlern" machen. Auch diese waren sehr froh nun wieder die Schönheit der Natur zu genießen. Heute waren sie mal wieder zur Quelle des Bergbaches gegangen. Dort erzählte Selma den Patienten, dass dieser bis zur Mühle, dann weiter in Hannas Fischteiche und von dort noch viel weiter floss. Als sie das gehört hatten, machten sich gleich einige von den „Künstlern" an die Arbeit um neue Bilder zu malen.
Sie sahen mit ihren Augen und Gedanken einfach die Dinge ganz anders als jeder Normale. Als Nina sah, dass an der Quelle einige Luftblasen aufstiegen und sie das auch so nannte, fiel ihr eine der Frauen ins Wort und sagte mit ihren Worten: „Die Luft löst sich hier langsam aus den Steinen, sammelt sich um zu schauen wo sie an die Oberfläche kommt. Dabei schiebt sie langsam das Wasser um sie herum beiseite, weil es ihr im Weg ist. Dann schaut sie aus dem Wasser und fließt mit ihm den Hang herunter um später damit Hannas Fische mit Luft zu versorgen". Nina war beeindruckt von der Sichtweise dieser Frau. So genau hatte sie bei

einer einfachen Luftblase überhaupt nicht darüber nachgedacht. Sie konnte so genau beschreiben, wie diese aufstieg und später dann weiter ins Tal wanderte. Ja das war die Sichtweise der Benachteiligten, nicht die der Normalen. Aber das zog sich nicht nur durch die Sprache, sondern auch durch die Bilder.

Hubert und die beiden Skilehrer hatten vor in den nächsten Tagen in die Stadt zu fahren, um die ersten Materialien zu bestellen. Besonders das lange Seil würde ein Problem werden und müsste bestimmt extra gefertigt werden. Bis dahin waren sie mit Zeichnungen und Berechnungen beschäftigt. Sie hatten sich in Huberts Büro verbarrikadiert und waren so gut wie für niemanden zu sprechen. Babsi hätte es besser gefallen, wenn ihr Skilehrer sich mit ihr so ausgiebig beschäftigt hätte. Aber es würden auch andere Zeiten kommen, das wusste sie und das ließ sie beruhigt auf die Zukunft blicken. Das Projekt hatte ihr das Jahr gerettet, da wollte sie sich nicht wegen ein paar Tagen beschweren.

Mit einem Gefühl, als wären es Jahre gewesen, gingen auch die zwei Wochen für Nina zu Ende. Diesmal zusammen mit Silvia machte sie sich auf den Weg in die Stadt. Da sie keinen Halt bei Hanna und Magda eingelegt hatten; denn Nina konnte es nicht erwarten, kamen sie noch vor Feierabend in der Druckerei an. Diesmal kannte Nina den Weg, ohne sich aufhalten zu lassen, ging sie durch bis zum Büro des Mannes, mit dem sie alles abgesprochen hatte.

Der hatte scheinbar schon von ihrem Besuch erfahren und hielt eines der Exemplare in der Hand, als Nina und Silvia den Raum betraten. Fast hätte Nina die Höflichkeit des Grußes vor Ungeduld vergessen. Sie musste es unbedingt in ihren Händen halten, es war ihr Baby. Dieses unglaubliche Gefühl, ihre ganzen Erfahrungen, ihre Mühen und Aufzeichnungen, gebündelt in diesem einen wunderbschön eingebundenen Buch, in den Händen zu halten, wäre für jeden unverständlich gewesen. Sie hielt es eine ganze Zeit lang nur fest, dann erst traute sie sich es aufzuschlagen. Die Buchstaben, immer gleichmäßig gedruckt, lachten ihr entgegen. Sie behandelte das Buch, als wäre es aus Glas. Als hätte sie Angst, das irgendwas daran kaputt gehen könnte.

Dann schlug sie es wieder zu, drückte es fest an ihre Brust und in ihren Augen standen Tränen der Freude. Der Mann ließ ihr den Augenblick ohne etwas zu sagen. Schon oft hatte er dieses Gefühl der Schreiber erfahren dürfen, wenn sie ihr Werk gedruckt in der Hand hielten. Das war auch für ihn immer wieder ein besonderer Moment, der ihm zeigte, wie wertvoll auch sein Handwerk war. Wie er mit seinen Angestellten es geschafft hatte, wieder mal ein Werk fertig zu stellen.

Als sich Nina dann wieder gefasst hatte, bedankte sie sich überschwänglich. Am liebsten hätte sie den Mann in den Arm genommen und genauso gedrückt wie ihr Buch. Dann aber sah Nina die großen Kisten, in denen die vielen Bücher waren. Jetzt erschrak sie etwas, war die Menge von hundert Büchern, vielleicht doch in ihrer damals überschwänglichen Laune, eine viel zu große Bestellung gewesen? Der Mann erkannte ihre Angst; denn auch da hatte er seine Erfahrungen. Niemals hätte er eine zu große Menge gedruckt, wenn er nicht geahnt hätte, wie viele sie davon verkaufen könnte. Dabei war für Nina der Verkauf gar nicht so wichtig gewesen, ihr ging es eher darum, dass möglichst viele es lesen und so den Benachteiligten besser helfen konnten.

„Sie sollten nur ein paar Exemplare mitnehmen", sprach der Mann. „Lassen sie lieber den größten Teil hier. Ich habe schon vor kurzem eine Anzeige in der Zeitung drucken lassen und es liegen schon eine ganze Menge Bestellungen vor". Wenn sie jetzt zu viele mitnehmen, müssen wir schon einen neuen Druck machen. Nina war überrascht darüber und ziemlich sprachlos. „Ihr Geld für den Druck haben sie jetzt schon mehr als raus und jedes weitere Exemplar wird für sie zum Gewinn werden", fuhr der Mann zur Beruhigung fort.

Für Nina war diese Begegnung wie ein Traum, sie erwischte sich selbst dabei, wie sie sich in die Seite kniff, um zu überprüfen, dass es auch alles wahr war, was sie hier erlebte. Sie nahm dann zum Schluss 10 Exemplare mit und machte noch eine Vereinbarung für die übrigen und den wahrscheinlich kommenden Nachdruck. Sie sollte sich immer mal wieder melden und nach dem Vorgang fragen, sagte ihr der Mann noch zum Abschied.

Stolz und voller Freude, verließ sie mit Silvia die Druckerei und begab sich mit ihr ins Gasthaus, wo sie die Nacht verbringen wollten. Immer wieder am Abend musste sie ihr Buch wieder in die Hand nehmen, so als könnte sie es immer noch nicht glauben, dieses Werk in den Händen zu halten. Aber auch Silvia freute sich von ganzen Herzen für sie, wusste sie doch darum, dass dieses Buch vielen Kindern wie Lara, Xaver und all den anderen auf der Alm, eine große Hilfe werden würde.

Am nächsten Tag machten sie dann Halt bei Hanna und Magda. Magda bekam gleich ein Exemplar des Buches von Nina, mit einer Widmung, geschenkt. Stolz überreichte sie es ihr. „Da hast Du wirklich was ganz Besonderes geschaffen, Du kannst mit gutem Gewissen sehr stolz auf Dich sein", waren Magdas Worte, als sie das Buch in den Händen hielt. Dann aber mussten sie erstmal mit Hanna zu den Teichen, die musste ihnen die Fütterung, die Räucherkammer und die ganze Anlage zeigen. Da gab es auch für Hanna keinen Widerspruch, den sie geduldet hätte. Es dauerte so lange, bis Hanna ihnen alles gezeigt hatte, dass auch Nina und Silvia beschlossen, erst am nächsten Morgen ihre Heimreise anzutreten. So blieb ihnen noch der ganze Abend um alle Neuigkeiten auszutauschen. Nina erzählte von Huberts Vorhaben, eine Seilbahn zu bauen um im nächsten Winter eine neue Skistrecke zu haben, aber auch um den Transport von und zur Alm zu erleichtern. „Aber was wird dann aus unseren Treffen, wem sollen wir all die Neuigkeiten erzählen und von wem erfahren wir wie es den Leuten auf der Alm geht", warf Magda ein. „Da werden wir schon Möglichkeiten finden, dass würden wir doch sonst alle vermissen", warf Silvia ein. Sie lachten und freuten sich darüber, dass sie sich alle kennengelernt hatten.

Hubert konnte doch nur mit dem Skilehrer, der die Zeichnungen erstellt hatte, in die Stadt fahren. Der andere hatte über starke Kopfschmerzen geklagt und erklärt, dass er dies öfter habe, wenn ein Wetterwechsel anstand. Hubert passte das gut in seine Planung, wusste er doch darum, Babsi würde sich schon gut um ihn kümmern und nur so konnte er seinem großen Ziel näher kommen. Erst hatte er sogar daran gedacht, Lisa mitzunehmen, dass war ihm dann aber zu offensichtlich gewesen. Sie hatte von ihm die Aufgabe bekommen, Babsi und den Skilehrer etwas im Auge zu behalten. So würde er später dann erfahren, ob sein Plan so lief, wie er dachte.

Hubert war noch nicht lange aus dem Haus, da begann Babsi schon damit sich um den Skilehrer zu kümmern. Sie besuchte ihn auf seinem Zimmer und würde schon dafür sorgen, dass er seine Kopfschmerzen vergessen würde. Babsis „Behandlung" dauerte über mehrere Stunden und so wie er später in der Halle des Hotels aussah, war sie auch recht erfolgreich gewesen.

Babsi hatte aber nicht nur „behandelt", sondern mit ihm auch abgesprochen, die Arbeiten möglichst so hinaus zu zögern, dass die Liftanlage zwar rechtzeitig zum Winter fertig war, aber bloß nicht zu schnell. Sie wollte ihn ja schon das Jahr über bei sich behalten. Wenn später dann alles aufgebaut war, würde sie schon dafür sorgen, dass Hubert kein Interesse mehr am Hotel und dem Hof hätte. Babsi sah sich schon als Bäuerin mit dem Skilehrer an ihrer Seite. Sie würden dann alles hier schon in die richtigen Bahnen lenken und zusammen mit einem Fachmann des Skisportes waren dem weiteren Gedeihen keine Grenzen gesetzt. Nur so konnte ein richtig großes Skihotel aus dem jetzigen Alpenhotel werden, nicht mit einem Bauern an ihrer Seite. Da musste schon ein Mann von Welt hinter stehen, der keinen Stallgeruch ausstrahlte.

Sie wunderte sich inzwischen selbst manchmal, wie sie das überhaupt die ganze Zeit ausgehalten hatte. Ihre Zeit als Magd hatte sie dabei schon lange verdrängt. Heute jedenfalls ekelten sie der Dreck und der Gestank des Bauernhofes an. Wenn sie dann noch die ungebildeten Knechte in ihren schmutzigen Sachen sah, selbst wenn sie an Heiner dachte, wurde ihr übel. Die Zeiten, als sie selbst noch die Ziegen gemolken, den Stall ausgemistet oder in Stiefeln durch den Dreck gestapft war, gab es in Babsis Welt nicht mehr. Diese Zeiten würden für immer vorbei sein und nie mehr wiederkehren.

Wie gut hatte sie es doch getroffen. Wenn sie an Nina dachte, die da auf der armseligen Alm mit all den Verrückten ihren Tag verbringen musste. Im Winter dort förmlich eingesperrt war und wahrscheinlich vor lauter Trübsal auch bald genauso verblödet wäre, wie die Kreaturen die sie betreute, dann war es schon etwas ganz anderes, was sie sich geschaffen hatte. Aber wenn dies hier erstmal alles ihr gehören würde, dann wäre auch Ninas Zeit auf der Alm bald vorüber. Ihr Liebhaber hatte ihr schon erzählt, wie man mit so einer Almhütte richtig Geld verdienen konnte. Nicht mit Verrückten, sondern mit Skigästen, die dort abends bei wilden Gelagen ihr Geld lassen würden. Babsi hatte schon alles vor Augen, sie sah im Schankraum 2 oder 3 knapp bekleidete Frauen, die teure Getränke zu den Männern brachten, diese vielleicht sogar noch ein bisschen verwöhnten, so dass ihre Geldbörse schon locker sitzen würde. So würde das laufen, nicht mit der Bespaßung von ein paar wenigen Bekloppten.

Heute war für Hanna endlich der große Tag. Zusammen mit Ludwig würde sie die ersten Fische räuchern. Schon am Abend vorher hatten sie einige Bachforellen mit dem Netz gefangen. Dann geschlachtet und später in eine Salzlake mit ein paar Kräutern eingelegt.

Am Morgen dann wieder abgespült und an der Luft trocknen lassen. Ludwig hatte in den letzten Tagen immer mal wieder die Räucherkammer auf Temperatur gebracht und schon reichlich Rauch produziert. Zum einen sollte die Kammer schon den Duft annehmen, aber Ludwig musste auch die Holzmenge kennenlernen, die er benötigte um die richtigen Temperaturen zu erreichen. Die ganze Kammer roch schon nach Räucherwaren, obwohl sie noch keinen einzigen Fisch gesehen hatte. Heute dann waren die Probeläufe vorbei, heute wurde es ernst. Ludwig hatte ein Gemisch von Buchen- und Erlenholz aufgestapelt und in Brand gesetzt. Über dem Feuer war ein Gitter, auf das hatte er einen kleinen Topf mit Wasser gestellt. Erst wenn das Wasser kochen würde, wäre die richtige Temperatur erreicht.

Bis dahin nahmen er und Hanna die einzelnen Fische und befestigten Haken in ihrer Rückengräte und ließen sie zum Maul wieder heraus gucken. Damit würden sie die Fische dann schön voneinander getrennt, auf die Stangen hängen, die sich am oberen Ende der Räucherkammer befanden. Es dauerte lange, bis das Wasser kochte, aber nun begann das Experiment. Sie öffneten die große Klappe und hängten schnell die Fische an, so dass kaum

Temperatur im inneren der Kammer verloren ging. Sie würden die Fische jetzt 20 Minuten bei dieser Hitze garen, bevor der eigentlich Räuchervorgang begann.

Für diesen hatte Ludwig sich die Mühe gemacht und immer wieder Buchen und Erlen zersägt. Die Holzspäne, die dabei entstanden waren, würde er nach dem Garungsvorgang, auf das dann bereits heruntergebrannte Feuer werfen. Die Zeit war gekommen, wieder öffnete Ludwig die Klappe und warf die Späne auf die vorhandene Glut. Sogleich begannen diese zu glimmen und es entstand der kostbare Rauch, den sie für ihr Vorhaben benötigten. Hanna hatte nach Vorschlag des Fischmeisters entschieden, die Fische sollten 2 Stunden im Rauch hängen bleiben. So musste Ludwig noch zweimal Späne nachwerfen, um den Rauch konstant zu halten.

Die Wartezeit war für Hanna und Ludwig sehr anstrengend. Dieser wunderbare Duft stieg ihnen die ganze Zeit in die Nase. Ihr Magen begann zu knurren und der Hunger auf die fertigen Fische war kaum zu ertragen. Hanna war plötzlich der Meinung 1,5 Stunden würden auch genügen, aber Ludwig blieb eisern und mahnte zur Geduld.

Aber dann war es doch endlich soweit. Hanna selbst war es, die die Klappe öffnete und den ersten Blick auf die Fische werfen konnte. Was sie da sah, entzückte sie. Goldbraune Fische hingen an den Stangen. Ein wundervoller Duft erfüllte das nahe Umfeld. Sie nahmen die Fische vorsichtig wie Glas von den Stangen und legten sie auf einen Tisch. Dann betrachteten sie ihr Kunstwerk. Sie schauten sich an, lachten wie Kinder vor Freude und dann musste jeder einen Fisch probieren. Es war ein solcher Genuss. Am liebsten hätte Hanna soviel gegessen bis sie geplatzt wäre. Aber das war ja nicht Sinn der Sache. Morgen war Markttag in der nahen Stadt und da wollten sie ihre Fische verkaufen. Die waren zwar eine Woche so haltbar, aber Hanna hatte sich vorgenommen, die Fische immer so frisch wie möglich zum Markt zu bringen.

Ludwig erhielt noch einen für sich und je einen für seine Frau und jedes Kind. Hanna nahm sich noch 3 für Magda, den alten Müller und natürlich noch einen für sich selbst. „Der erste zählt ja nicht", sagte sie.

Ganz früh am Morgen machte sich dann Hanna mit Ludwig auf in die Stadt. Sie stellten nur einen Tisch mit den Fischen auf und warteten auf Kundschaft. Nach einer halben Stunde mussten sie ihren Stand wieder abbauen, die Fische waren ausverkauft. Noch eine ganze Schlange von Menschen stand an und war enttäuscht darüber, keinen Fisch mehr bekommen zu haben. Hanna beruhigte sie und versprach in der nächsten Woche eine viel größere Menge mitzubringen.
Magda war überrascht sie schon am Mittag wieder zu sehen. Hanna erzählte von ihrem Erfolg und davon, dass sie ganz andere Mengen verkaufen konnte, als sie gedacht hatte. Die Leute hatten ihr die Fische förmlich aus der Hand gerissen. „So wie die schmecken, ist das auch kein Wunder", sagte Magda. Die wöchentliche Räuchertour war ab sofort ein fester Bestandteil von Hannas Wochenplan. Beim nächsten Mal würde sie auch einige ungeräucherte Fische mitnehmen. Sie sprach mit Ludwig ab, das er diese dann schon ganz früh am Tage der Abfahrt fangen und schlachten sollte.
Auf der Alm war heute ein Bote aus der Druckerei erschienen. Er informierte Nina darüber, dass bereits alle ihre Bücher verkauft waren und der Drucker die nächste Auflage schon in Auftrag gegeben hatte. Ihre Tantiemen würde sie dann wie abgesprochen erhalten. Aber er würde sie auch bitten doch noch einmal persönlich bei ihm vorbei zu kommen um noch ein paar weitere Dinge zu besprechen. Wenn es möglich sei, recht kurzfristig.
Das ließ Nina sich aber nicht zweimal sagen, sie packte das Nötigste ein und begleitete den Boten gleich auf dem Rückweg. Erst spät am Abend waren sie in der Stadt. Nina nahm wie gewohnt dort ihr Zimmer und würde am nächsten Morgen den Drucker aufsuchen.
Dieser begrüßte sie mit offenen Armen, gratulierte ihr zu ihrem Erfolg und nannte ihr eine Summe an Tantiemen, die sie schon jetzt erhalten sollte, die Nina glatt die Stimme verschlug. „Das war aber nicht der Grund, warum sie so kurzfristig herkommen sollten. Ich habe von ganz vielen Institutionen Dankesbriefe für ihr Werk bekommen. Viele werden dort jetzt nach ihrem Buch vorgehen und wünschen sich, sie selbst kennenzulernen und

weiteren Menschen ihr Buch vorzustellen, also daraus zu erzählen um alles noch besser erklären zu können", sagte der Drucker.
Nina erklärte ihm, dass sie das wohl gerne machen würde und Selma könnte sie bestimmt für ein paar Tage entbehren. Der Drucker schüttelte mit dem Kopf und antwortete: „Liebe Nina, sie haben das sicher noch nicht ganz verstanden. Wir sprechen hier nicht von ein paar Tagen, sondern von einer Reise durch das ganze Land. Sie würden Monate, ja vielleicht sogar ein ganzes Jahr unterwegs sein."
Jetzt war Nina in einer schwierigen Situation. Einerseits waren da ihre geliebte Umgebung, ihre Freundinnen und die ihr an das Herz gewachsenen Patienten. Auf der der anderen Seite stand da ein großer Erfolg, aber was viel wichtiger war, eine große Hilfe für die armen Kreaturen im ganzen Land. Sie bat den Drucker um etwas Geduld über ihre Entscheidung. Sie wollte, nein sie müsste es erst mit Selma besprechen. Die würde eine Vertretung für diese Zeit brauchen, da alleine mit Silvia sie nicht das Haus und die Almhütte führen könnte.
Der Drucker war verständnisvoll, wies aber noch einmal darauf hin, dass es eine wunderbare Möglichkeit war, ihr Wissen zu verbreiten und natürlich auch ihr Buch zu verkaufen. Nina verabschiedete sich mit den Worten, dass sie so bald es entschieden wäre, sie sich bei ihm melden würde.
Den ganzen Rückweg bis zur Almhütte war Nina nur am überlegen. Irgendwie konnte sie keine Entscheidung finden. Alle auf der Almhütte waren ihr so lieb geworden. Dieses einfache, aber glückliche Leben hatte ihr die ganze Zeit, ihr ganzes Glück bedeutet. Dann aber wieder kam der Gedanke, wo sie denn mehr Gutes tun könnte und das war ihre Lesereise. Sie wusste nicht wie sie sich entscheiden sollte. Bei diesem Aufstieg nahm sie ganz besonders intensiv die Schönheit der Natur war. Sie sah die kleinen Blumen, die den Weg säumten, das mächtige Massiv der Berge, auf deren Spitzen der ewige Schnee lag. Die Murmeltiere, die sich immer schnell versuchten zu verstecken. Sie sah es so intensiv, als wäre es für lange Zeit das letzte Mal. War es ihr Herz, was schon die Entscheidung getroffen hatte und wollte es sie nun noch einmal auf die Probe stellen und ihr all die Schönheiten noch

mal präsentieren? Ihr wieder und wieder vor Augen halten was sie sich einprägen sollte, damit sie es nicht vergessen würde? Als Nina bei der Almhütte ankam, war ihre Entscheidung gefallen.

Hubert und der Skilehrer hatten eine ganze Woche benötigt, um alle Materialien zu bestellen, bzw. für die Anfertigung in Auftrag zu geben. Sie hatten noch ein Gespräch mit einem Bergbauingenieur, der sie auch weiterhin beraten würde. Dies war nun doch ein Projekt mit einer Größenordnung, wie Hubert es sich nicht hatte vorstellen können. Der Ingenieur hatte einige Verbesserungsvorschläge gemacht und diese als zwingend erforderlich benannt. Als sie zurück kamen, wussten sie, wenn sie bis zum nächsten Winter fertig werden wollten, dürften sie keinen Tag mehr verlieren.

Auch Babsi hatte keinen Tag verloren. Bei jeder erdenklichen Gelegenheit hatte sie den Verbleib ihres Liebhabers genutzt. Nachts war sie ohnehin immer in seinem Zimmer gewesen. Es interessierte sie überhaupt nicht, das dass Personal sich schon den Mund darüber zerriss. Selbst Lisa war entsetzt, wie schamlos Babsi diese Gelegenheit ausgenutzt hatte. Das Geschäft war ihr die ganze Woche völlig egal gewesen, ihr ging es in dieser Zeit nur noch um das Eine.

Als Nina zurück kam, hatte Selma ihr gleich angesehen, dass etwas Außergewöhnliches passiert sein musste. Sie hatte diesen Blick in Ninas Augen gesehen. Sowohl unendlich glücklich und traurig zugleich. Ihr Bauch sagte Selma, eine Trennung von Nina würde bevorstehen. Nina wollte erst gar nicht heraus mit der Sprache. Sie begann vom Erfolg des Buches zu erzählen, von der großen Summe die sie erhalten hatte. Aber Selma spürte, da war noch etwas, das konnte nicht alles sein, was diesen Blick von Nina ausmachte.

Dann platzte es aus Nina heraus, sie begann zu erzählen, welche Chance ihr geboten wurde. Eine Lesereise durch das ganze Land. Sie müsste überhaupt nichts selbst dafür bezahlen, sondern würde sogar noch Geld für die verkauften Bücher bekommen. Sogleich aber führte sie auch die andere Seite an, wie ihr alle liebgewonnenen fehlen würden. Auch die Alm mit der Schönheit der Natur als solches. Selma unterbrach sie kurz und sagte: „Nina,

es tut mir leid für Dich, aber du bist entlassen." Nina schreckte auf und schien fast keine Luft mehr zu bekommen. Aber Selma fuhr fort: „Ich muss so handeln, Du gutmütiges Schaf, sonst kommst Du noch auf die Idee, Dir diese riesige Chance durch die Lappen gehen zu lassen." Dann lachten sie alle gemeinsam.
Nina versprach aber noch so lange zu bleiben, bis Selma eine neue Kraft gefunden hätte. Auch für die Einarbeitung dieser würde sie noch zur Verfügung stehen. So hätte sie noch etwas Zeit, sich von allen und allem auf der Alm zu verabschieden. Sie könnte noch ein paar schöne Frühlingstage mitnehmen, bevor sie sich in das große Abenteuer stürzen würde.
Schon am nächsten Tag machte sich Selma auf den Weg ins Dorf. Sie hatte schon ein junges Mädchen im Auge, das schon oft mit Magda und Hanna sich über das Haus auf der Alm unterhalten hatte. Magda hatte ihr erzählt, wie sehr sie sich für diese Aufgabe interessieren würde. So sprach Selma direkt bei den Eltern des Mädchens vor. Sie kannten Selma und ihr Haus. Sie hatten schon viel Gutes darüber gehört und auch Hanna und Magda hatten ja mit ihrer gutmütigen Art hier im Dorf gezeigt, welch freundliche Menschen sie waren. Sie würden sich freuen, wenn ihre Tochter bei Selma arbeiten und lernen dürfte. Für das Mädchen selbst, Ela genannt, war es wie Weihnachten. Ihr größter Wunsch ging in Erfüllung. Sie weinte vor Glück und war Selma, aber auch ihren Eltern, so dankbar. Selma sagte ihr, sie würde diese Nacht ohnehin noch bei Hanna und Magda verbringen um einige Dinge zu besprechen, wenn Ela mochte, könnte sie gleich morgen mit ihr zur Almhütte aufsteigen. Das Nicken von Ela wollte gar kein Ende nehmen. Ohne daran zu denken sich zu verabschieden, begann sie ihre Sachen zu packen.
Elas Eltern und Selma lachten nur und verabschiedeten sich. Selma versprach gut auf Ela aufzupassen und dankte noch einmal dafür, dass sie ihrer Tochter diesen großen Wunsch ermöglichten.
Hanna begrüßte Selma mit den Worten: „Du bist extra heute gekommen, Du wusstest das es frisch geräucherten Fisch gibt, den ich morgen zum Markt bringen will." Dabei lachte sie laut. Selma erzählte erstmal von Ninas Glück und ihrer großen Reise, die sie antreten würde. Aber bestimmt würde sie auch bei ihnen noch zur

Verabschiedung vorbei kommen. Magda sagte: „Als ich das Buch gelesen habe, konnte ich mir das schon vorstellen, es ist eine solche Sammlung von Wissen, dass ein Erfolg gar nicht vermieden werden konnte." Beide freuten sich und begrüßten die Entscheidung von Nina diesen Weg zu gehen. Es war ihr Fachgebiet und keine konnte die Dinge so erkennen und vor allem nicht auf den Punkt bringen wie Nina.

Nun wurde Selma aber fast gezwungen Hannas Fisch zu probieren. Selmas Begeisterung dafür war nicht freundlich gespielt, sondern von echter Entzückung. „Die Menschen in der Stadt müssen Dich ja überfallen wenn Du zum Markt kommst", waren Selmas Worte. So ähnlich wäre es tatsächlich erklärte ihr Hanna. Inzwischen schaffte sie es immerhin bis zum Mittag mit genügend Fisch ihren Stand zu versorgen.

Als Selma am nächsten Morgen zu Elas Eltern kam, stand diese schon fix und fertig in der Küche und wartete offensichtlich bereits seit Stunden. So aufgeregt und voller Vorfreude war sie auf ihre neue Aufgabe. Selma versprach den Eltern, dass Ela zumindest in den schneefreien Monaten, einmal im Monat für ein Wochenende nach Hause gehen durfte. Dann verließ Ela ihr Elternhaus und freute sich auf die Almhütte. Schon unterwegs drängte sie Selma immer wieder ihr von ihren Aufgaben, von den Benachteiligten und Silvia zu erzählen.

Selma bat sie die Schönheit dessen, was sie jetzt beim Aufstieg sehen würde zu genießen. Sie sollte sich einfach bewusst werden, was die Natur dem Menschen schenkte. Wenn sie dieses Gefühl mitnehmen würde, dann hätte sie schon mehr verstanden, als ihr je jemand beibringen könnte. Da musste Ela erst eine Weile überlegen, aber sie begann ihre Umwelt mit offenen Augen zu sehen.

Auf der Hütte angekommen, stellte Selma Ela allen anderen vor. Beim Anblick von Xaver und Lara erschrak Ela noch etwas. Aber damit hatte Selma schon gerechnet. Immerhin hatten die beiden sich ja schon soviel weiter entwickelt und vielmehr menschliche Züge als noch vor einem oder zwei Jahren. Was Ela sofort auffiel, war der freundliche Ton, der zwischen den Frauen und den

Patienten herrschte. Es war wie eine Gemeinschaft und sie war stolz darauf, nun ein Teil davon sein zu dürfen.
Die Einweisung von Ela übernahm Nina selbst. Sie könnte so am besten feststellen, wann Ela soweit war, ihre Aufgaben richtig zu machen. Das Mädchen gab sich viel Mühe und war auch bereit sich Kritik anzuhören und daraus zu lernen. Aber Nina hatte auch eine besondere Art etwas zu erklären. Sie benutzte dazu eine sehr bildliche, anschauliche Sprache. Diese hatte sie sich im Umgang mit den Patienten angewöhnt. Hier musste sie auch immer klare und deutliche Anweisungen geben, damit diese wussten was auch wirklich gemeint war. Nur mit Andeutungen konnte man bei ihnen nichts erreichen. Sie bat Ela darum, sich dies auch gleich so zu verinnerlichen.
Hubert war froh, als endlich der Bauingenieur im Hotel erschien. Für ihn war schon ein Zimmer vorbereitet und freigehalten worden. Der Mann war enorm wichtig für das ganze Projekt. Ohne sich lange aufzuhalten, machte er sich an die erste Besichtigung der Strecke. Noch am Abend war er dann dabei neue Zeichnungen zu erstellen und die nötigen Materialien mit denen zu vergleichen, die Hubert schon in Auftrag gegeben hatte.
Das meiste davon konnten sie so übernehmen, was noch fehlte oder geändert werden musste waren nur Kleinigkeiten und wären schnell zu beschaffen. Das würde alles den Zeitablauf nicht beeinflussen. Er würdigte so auch noch mal die Zeichnungen des Skilehrers, der offensichtlich einen guten Verstand für so ein Projekt hatte.
Zusammen mit den Patienten und Ela unternahm Nina nun einige Spaziergänge. So sollte Ela erfahren, wie anders die Sicht der Patienten auf die Natur und das Geschehen um sie herum aussah. Immer wieder ließ Nina nicht nur die Patienten Bilder malen, sondern forderte Ela genauso dazu auf. Später dann beim Vergleich erkannte Ela auch die Unterschiede und begann zu begreifen, dass diese Menschen die Dinge um sie herum, einfach ganz anders sahen und begriffen. Als Ela dieses Prinzip verstanden hatte, ging Nina zu Selma und bat darum nun gehen zu dürfen.

Alle Frauen und Patienten verabschiedeten sich von Nina für eine ungewisse Zeit. Dass sie wieder hier herkommen würde, das hatte Nina versprochen. So wie sie auch versprach noch Hanna und Magda auf ihrem Weg in die Stadt zu besuchen um sich auch von ihnen zu verabschieden. Es war ein freundlicher, aber gleichzeitig auch trauriger Abschied. Alle wünschten Nina viel Glück und Erfolg. Dann drehte sich Nina mit Tränen in den Augen um und ging den Weg in das große Abenteuer.

Auch Selma, Silvia und vielen der Patienten waren unendlich traurig. Zu sehr hatten sie sich an Nina und ihre wundervolle Art gewöhnt. Aber alle gönnten ihr ja schließlich den Erfolg und wenn sie ehrlich waren, dann gehörte ja auch ein Teil von ihnen zu diesem Erfolg. Denn ein jeder hatte durch sein besonderes Verhalten und seine Eigenheiten mit dazu beigetragen.

Bei Hubert rückten die ersten Bautrupps an. Als Erstes mussten die großen Masten gesetzt werden, an die Räder montiert waren, über die dann das lange Seil laufen würde. Sämtliches Material musste die schwierigen Pfade herauf geschafft werden. Das Arbeiten an den Schrägen war nicht leicht und die Männer mussten Höchstleistungen verbringen. Immer wieder rutschten Teile ab und mussten erneut nach oben gebracht werden. Auch war es gefährlich für die Arbeiter. Jeder Tag, der ohne einen Unfall verging, war ein guter Tag. Noch einen schweren Unfall konnte sich Hubert auch nicht mehr erlauben. Die Leute würden sonst denken, ein Fluch würde auf ihm liegen.

Ela machte sich gut in Selmas Truppe. Ihr doch noch etwas kindliches Verständnis war oft hilfreich für alle. Sie war wie ein Bindeglied zwischen Patienten und den Frauen. Selma hatte das schnell erkannt und machte es sich ganz bewusst auch zu Nutze. Mit der Auswahl von Ela war sie sehr froh, eine bessere Nachfolgerin für Nina hätte sie nicht finden können, das wusste Selma.

Babsi gefiel es mal wieder nicht, dass ihr Liebhaber so wenig Zeit für sie hatte. Durch die langen Arbeitstage war er dann abends auch noch müde. Dabei hätten sie jetzt so eine gute Gelegenheit für Treffen gehabt. Babsi hatte Hubert darum gebeten, ein eigenes Schlafzimmer zu nehmen, da er oft erst so spät in der Nacht von

den Gesprächen mit dem Ingenieur oder dem Skilehrer ins Bett kam. Hubert hatte dem gerne zugestimmt, aber der Grund dafür war nicht Rücksicht, sondern hieß Lisa. Diese war noch immer seine tägliche Freude im Leben. Sie anzusehen, mit ihr zu sprechen, mit ihr zu lachen oder gar sie zu berühren, das waren die Dinge, die sich Hubert so wünschte und die sein Leben lebenswert machten. Jetzt wo er sein eigenes Schlafzimmer hatte, waren seine Abende plötzlich auch nicht mehr so lang und er hatte auf einmal wieder viel mehr Zeit. Nur Babsi, die selbst den Vorschlag gemacht hatte, litt nun am meisten darunter.
Sie war sogar so verbittert, dass sie schon über eine neue Bosheit nachdachte. Wie konnte es sein, dass dieser Bauer sich seines Glückes erfreute und sie unbefriedigt allein im Bett lag. Das würde sie ganz schnell ändern, das schwor sich Babsi. Ihre Intrigen hatten Hubert bisher immer getroffen und auch die nächste würde das schaffen. Sie musste sich nur noch einen neuen Partner für die Durchführung suchen, Heiner stand dafür nicht mehr zur Verfügung. Babsis Gehirn lief auf Hochtouren, die ganze Nacht wälzte sie sich im Bett von einer Seite auf die andere, dann erst, kurz bevor der Morgen graute, hatte sie die Gewissheit, die richtige Idee zu haben.
Trotz der fast schlaflosen Nacht, sprang Babsi am Morgen fast vor Freude aus dem Bett. Ab heute würde sie wieder viel mehr Präsenz im Hotel zeigen. Schon vor dem Frühstück war sie im Speisesaal zu finden, wo sie jede Kleinigkeit kontrollierte. Lag das Besteck richtig, die Servietten, waren die Tischdecken sauber, wie sah die Dekoration aus. Aber auch die Dienstmädchen wurden von Babsi genau unter die Augen genommen. Sie achtete auf ihre Kleidung, Sauberkeit, waren sie ordentlich frisiert.
Lange Zeit schon hatte hier der Schlendrian Einzug gehalten, aber Babsi brachte alles wieder auf Vordermann. Das Personal machte es wütend, die Gäste waren ihr dankbar.
Danach war die Rezeption dran. Auch hier achtete sie auf die Kleiderordnung der Angestellten, sah alles aufgeräumt aus, wurden die Gäste freundlich und zuvorkommend behandelt? Es gab soviel, was ohne die tägliche Kontrolle immer weniger

beachtet wurde. Mit jedem Tag hatte die Leistung des Personals deutlich abgenommen.

Später dann am Vormittag, als die Zimmer gesäubert und die Betten gemacht wurden, fand man Babsi in jedem Zimmer. Sie schaute sich diese vor und nach der Reinigung an. Kontrollierte den Bettenbau, waren die Laken glatt gezogen, achtete auf die Sauberkeit der Spiegel, auf den Fußboden und vieles anderes mehr. Die Zimmermädchen gerieten schon in Panik, wenn sie Babsi sahen. Fast überall fand sie etwas, was nachgebessert werden musste. Nichts ließ sie durchgehen.

Im Anschluss waren die Außenanlagen dran, selbst die Kutschen, mit denen die Gäste gefahren wurden, waren vor ihr nicht sicher. Sie achtete sogar auf den Umgangston der Fuhrleute, der ohnehin meist sehr rau war.

Schon am Mittag war sie wieder im Speisesaal, in der Küche und auch der Schankraum der Gaststätte hatte unter ihr zu leiden. Überall unter dem Personal wurde getuschelt. Warum nur plötzlich dieser Kontrollwahn. Einige gaben ihr Recht, andere wiederum fühlten sich drangsaliert von Babsi.

Hubert hatte schnell gesehen, wie sehr sich plötzlich Babsi wieder mit in den Betrieb einbrachte. Wie früher, dachte er. Es gefiel, ihm das sie ihre Lethargie aufgegeben hatte und jetzt wieder ihre Aufgaben als Hausherrin so gut wahrnahm. Er hatte durch sein Projekt ohnehin wenig Zeit, auf solche Dinge zu achten, das hatte ihm schon ein schlechtes Gewissen bereitet; denn aufgefallen waren ihm die Schwächen des Personals schon lange.

Heute aber hatte Hubert so gar keine Zeit, gerne hätte er Babsi noch dafür gelobt, aber der Ingenieur drängte schon wieder. Es war der Tag, an dem der erste der großen Masten komplett fertig würde. Der Abschluss bestand darin, das große Rad, welches das Seil tragen würde, anzubauen. Angeliefert war es schon und die Männer begannen bereits es zur Baustelle zu transportieren. Im unteren, dem flachen Bereich würden sie ein Fuhrwerk benutzen, danach musste dann pure Muskelkraft der Arbeiter herhalten. Das Unternehmen war nicht ganz ungefährlich. Würde nur einer der Männer beim Tragen ausrutschen, käme es zu einer Katastrophe.

Mit viel Pech gäbe es Verletzte und das Rad könnte bis ins Tal rollen und dort zerschellen oder weitere Menschen verletzen.

15. Huberts Seilbahn wird Wirklichkeit

Der Ingenieur und Hubert begleiteten den Transport im Steilhang. 6 Männer waren erforderlich es zu tragen. Endlich hatte mal etwas ohne Unfall funktioniert und Hubert war schon guter Dinge, als der Ingenieur ihn mahnte nicht zu früh zu jubeln. Die Räder mussten immerhin noch mit einem Seilzug auf die Spitze der Masten gezogen werden. Einer der Männer kletterte nach oben und befestigte den Seilzug. Dann hakten sie das Rad ein und mit geballter Kraft begannen sie zu ziehen. Erst als es an der Spitze ruhig verharrte, kletterten wieder 2 Männer nach oben um es in der Vorrichtung zu verankern, während die restlichen das Seil auf Spannung hielten. Jetzt aber durfte Hubert jubeln, der erste Mast war komplett fertig.

Hubert ging zuerst ein Stück den Hang weiter nach oben, dann wiederholte der die Prozedur in die andere Richtung. Er war stolz, was sie geschaffen hatten. Bald würde eine ganze Reihe dieser Masten die Landschaft durchziehen. Wie wunderschön musste das dann im Winter aussehen, wenn alles unter einer dicken Schneedecke lag und die Skifahrer in ihren Sitzen am Seil durch die Luft schwebten.

Dann aber fiel Hubert auf, dass es jetzt so ohne Schnee und Skifahrer doch recht komisch wirkte. Es sah aus, als wäre etwas Fremdes in der Landschaft, das einfach nicht hier hin gehörte. Sicher musste man sich nur an den Anblick gewöhnen, verwarf Hubert den Gedanken von eben. So war das halt, wenn der Fortschritt Einzug hielt. Auf seinem Grund und Boden hatte das auch niemanden zu stören.

Selma und Ela machten wieder einen ihrer beliebten Ausflüge mit den Patienten. Das ursprüngliche Ziel war die Quelle des Bergbaches. Aber die Patienten hatten heute Anderes im Sinn. Sie hatten aus der Höhe der Almhütte erkannt, dass am Steilhang viele Männer bei der Arbeit waren. So zog es sie zum Ende des oberen Flachstückes, damit sie diese besser beobachten konnten.

Die Patienten setzten sich mit den Frauen zusammen ins Gras und schauten den Arbeitern aus einiger Entfernung zu. Manche zeigten mit dem Finger nach unten und redeten, andere packten ihre Malsachen aus und begannen zu zeichnen.
Auch wurde Selma mit Fragen zu den Arbeiten überhäuft. Sie hatte versucht ihnen zu erklären, dass es ein gutes Werk wäre, was die Männer dort bauten. Keiner müsste mehr mit dem Maultier die steilen Pfade herauf- und herunterklettern und alle Dinge die sie benötigten würden dann an einem großen Seil hängend transportiert. Diese Vorstellung aber schien die Patienten nun doch zu überfordern, wie Selma an den gemalten Bildern erkennen konnte. Die „Künstler", die sonst so genau alles mit ihren Bildern beschreiben konnten, hatten einzelne Menschen, Würste, Käse und Schinken mit einem Haken an dem Seil hängend gemalt.
Auf Elas Aussage: „Das sieht ja grauenvoll aus", mahnte Selma sie zu etwas mehr Gelassenheit. „Woher sollen sie denn wissen, dass es Sitze und Transportkisten gibt, in denen die Lebensmittel und die Menschen verstaut werden", wetterte Selma. Es tat ihr leid, dass Ela in ihrer jugendlichen Unwissenheit so die Bilder der „Künstler" kritisierte.
„Das meine ich doch gar nicht", rechtfertigte sich Ela. Dann erklärte sie Selma, was sie mit ihrem Ausruf gemeint hatte. Schau dir doch einmal die Landschaft an, durchzogen von diesen riesigen Masten. Jetzt erkannte auch Selma, was die „Künstler" als Hauptbestandteil ihrer Bilder weitergeben wollten. Es sah wirklich schlimm aus. Die ganze Harmonie der Landschaft war zerstört.
Auf einem anderen Bild traf sie der Schrecken noch viel mehr. Da konnte man die Almhütte, die Mühle von Hanna und Magda und die Masten erkennen. Bei der Hütte und der Mühle waren kleine Personen gemalt, die mit einem Kreis wie eine Mauer drum herum gefangen waren. Hinzu kam noch, dass einzelne Worte und Augen mit einem Haken am Seil hingen.
Selma war entsetzt, was der „Künstler" ihnen damit sagen wollte. Die Menschen aus der Hütte und der Mühle würden sich nicht mehr sehen und nicht mehr miteinander sprechen. Es gab keinen

Austausch mehr unter ihnen. Es zeigte in dramatischer Form die Vereinsamung der Menschen auf der Alm und in der Mühle.
Selma fragte sich, ob sie nicht etwas vorschnell dem Bau der Liftanlage zugestimmt hatte. Der Skilehrer hatte sie mit dem Argument des einfachen Transportes und vor allem einem Transport von Kranken überrumpelt. Natürlich könnten sie wie bisher die Dinge mit den Maultieren transportieren, so dass eine Vereinsamung ausgeschlossen war, aber die Schäden in der Natur, die Störung der Harmonie in der Betrachtung, die würden bleiben. Noch einen Moment saßen sie alle etwas traurig im Gras, dann packten sie ihre Sachen und machten sich auf den Weg zur Hütte. Selma wünschte sich im Moment nichts mehr, als irgendwo zu sein, von wo aus sie diese riesigen Masten nicht sehen musste.
Durch ihre aufwendigen Kontrollen, wusste Babsi inzwischen genau, wer auf welchem Zimmer wohnte und was für Gewohnheiten die Gäste hatten. Da gab es die einen, die direkt nach dem Frühstück sich immer gleich zu Wanderungen aufmachten, andere hingegen gingen noch einmal auf ihr Zimmer, verbrachten dort eine Weile, machten sich erst dann fertig um aufzubrechen. Nur ganz wenige verließen selten das Hotel, sie genossen dann meist die Fernsicht von der Teerasse oder vom Balkon des Zimmers. Auch die Zimmermädchen machten sich dieses Wissen zum Nutzen, so konnten sie immer schnell entscheiden, welches der Zimmer gerade frei war, um es dann schnell zu reinigen, die Betten zu richten und nach dem Rechten zu sehen. Diese ganzen Informationen, die für die Zimmermädchen so wichtig waren, waren es auch für Babsi, für ihre nächste Intrige.
Diesmal würde sie auch selbst Hand anlegen, dann gab es keine Mitwisser und sie musste auch niemanden dafür in irgendeiner Form belohnen. Was sie nur musste, war noch etwas warten und weiterhin die überkorrekte Hausdame spielen. Aber für eine gelungene Intrige war ihr keine Arbeit zuviel. Es würde sich am Ende schon für sie lohnen, dass war ihr bewusst.
Seit ein paar Tagen hatte Babsi im Rahmen ihrer Beobachtungen bemerkt, dass Lisa oft schon vor Hubert auf seinem Zimmer war und auf ihn wartete. Das Lisa ihr nicht mehr so wohl gesonnen

war wie einst, dass hatte sich Babsi schon gedacht. Das falsche Luder schien ein doppeltes Spiel zu spielen. Sie ärgerte sich darüber, diese falsche Schlange, selbst ins Haus geholt zu haben. Aber auch sie würde ein Teil ihrer Intrige sein, ob sie nun wollte oder nicht.

Im Dorf herrschte tiefe Trauer, der alte Müller war gestorben. Auch Hanna und Magda hatte es sehr getroffen. Nicht nur, dass er ihnen immer noch hilfreich zur Hand gegangen war, sie hatten sich im Laufe der Zeit auch an den zwar eigenwilligen, aber immer hilfsbereiten und offenen Mann gewöhnt. Sogar Weihnachten hatten sie mit ihm zusammen gefeiert. Es war, als wäre ein Vertrauter aus ihrem Leben gerissen worden.

Er hatte die Mühle seit seiner Jugend betrieben, damals noch vom Vater übernommen, war er all die Jahre immer für die Bewohner des Dorfes da gewesen. Auch wenn sie mal knapp bei Kasse waren, so hatte er den Dorfbewohnern doch nie das Mehl zum Brotbacken verwährt. Es waren einfach solche Menschen wie der Müller, die ein Dorf und den Zusammenhalt dort prägten. Entsprechend groß und mit viel Anteilnahme fand so auch das Begräbnis statt. Hanna und Magda schämten sich fast, nun bald in das Haus, in dem er seinen Ruhestand verlebt hatte, zu übernehmen. Aber so war die Vereinbarung und auch für den Betrieb der Mühle, als auch der Teiche, war es besser für die beiden.

Ela machte heute ihren ersten Ausflug alleine mit den Patienten. Selma und Silvia waren in der Almhütte mit den Gästen beschäftigt. Selma hatte kein schlechtes Gefühl damit, so oft waren sie schon zusammen spazieren gegangen und Ela hatte immer genügend Umsicht walten lassen. Nur Ela selbst hatte ein etwas flaues Gefühl im Bauch dabei, war aber auch stolz darauf, dass Selma ihr es zutraute. Die Gegend mit den steilen Abhängen würde sie meiden und war auf dem Weg zur Quelle des Bergbaches. Hier ließ sie sich mit den Patienten im Gras nieder und die begannen wie von allein mit ihren Bildern. Das Malen war noch immer die beste Möglichkeit für die Patienten, ihren Gefühlen Ausdruck verleihen zu können. Hier gab es keine Barrieren durch Sprache und Ausdrucksweise. Die Bilder fielen je nach Stimmung des Einzelnen immer wieder völlig unterschiedlich aus. Ebenso die Wahl der Motive. Besonders auffällig war es, wenn ein und derselbe mehrfach das gleiche Motiv gemalt hatte. Hielt man dann die Bilder nebeneinander erhielt man sehr differenzierte Aussagen.

Ela schaute ihnen eine Weile zu, dann begann auch sie mit ihren Augen die Schönheiten der Natur zu erkunden. Ob es nun Gräser, Kräuter oder kleine Wildblumen waren, die gerne am Wegesrand wuchsen. Ein jedes Gewächs von ihnen war für sich etwas Besonderes. Sie legte sich etwas zurück und begann zu träumen.

Mit einem großen Schreck wurde Ela plötzlich wach. Sie war einfach eingeschlafen. Die Sonne mit ihrer Wärme hatte sie eindösen lassen. Auch die Patienten erschraken, als sie mit einem förmlichen Aufschrei die Situation erfasste. Aber nichts war geschehen, alle waren noch da. Irgendwer von den Patienten hatte sie sogar mit seiner Decke zugedeckt.

Trotzdem hatte Ela ein furchtbar schlechtes Gewissen und schwor sich, dass ihr das nie wieder passieren dürfte. Was hätte nur alles geschehen können. Wäre jetzt jemand davon gelaufen oder vielleicht sogar abgestürzt, sie wäre nie wieder froh geworden. Hoffentlich würde Selma davon nichts erfahren.

Auf dem Rückweg überlegte Ela dann, ob sie nicht lieber Selma es beichten sollte. So wollte sie es machen. Entgegen ihren Befürchtungen war Ela nicht böse auf sie, sondern dankte ihr für das Vertrauen, dass sie die Wahrheit erzählt hatte.

Erst viel später erfuhr Ela, dass es die richtige Entscheidung war es zu beichten; denn auf zweien, der gemalten Bildern von diesem Tag, war sie schlafend dargestellt. Ela bat die Patienten darum, diese Bilder für sich behalten zu dürfen. So hatte sie immer eine Erinnerung, was ihr passiert war und wüsste es dann in Zukunft zu verhindern.

Im Moment hätte Hubert sich zweiteilen müssen um alle seine Aufgaben zu bewältigen. Nicht nur die Liftanlage stand auf dem Programm, nein auch die Heuernte war im vollen Lauf. Zwar waren die Zeiten in denen er mithelfen musste vorbei, aber die Organisation sowie die vielen Fragen der Knechte musste der dennoch bewältigen. Hinzu kamen auch noch einige Gäste, die sich die Heuernte ansehen oder gar helfen wollten. Sie hatten eine sehr romantische Vorstellung von der Arbeit. Wenn sie dann aber mit der Harke ein kleines Stück zusammen geharkt hatten, waren sie schnell eines Besseren belehrt und spürten, dass es keine Romantik, sondern harte Arbeit war.

Kam Hubert dann abends spät nach Hause und wollte eigentlich nur noch in sein Bett fallen, dann lag da schon Lisa und wollte auch noch Leistung von ihm sehen. So sehr Hubert sie auch begehrte, so sehr strengte es ihn an. Er bat Lisa also in Zukunft nur noch jeden zweiten Tag sein Zimmer aufzusuchen, solange die Heuernte noch nicht vorbei war. Mit einem kleinen Schmollen und dem dazugehörigen Mund akzeptierte sie es dann.

Dieser 2 Tage Rhythmus war es auch, der Babsi Spiel entgegen kam. Sie hatte diesen täglichen Wechsel schnell verinnerlicht. Jetzt würde es passieren.

Am Morgen, als Babsi wie gewohnt die Zimmer der Gäste kontrollierte, wobei sich inzwischen ja niemand mehr etwas bei dachte, ging sie in ein Zimmer von einem jungen Pärchen. Diese hatten die Angewohnheit immer gleich nach dem Frühstück auf eine Wanderung zu gehen, so dass Babsi viel Zeit hatte. Überall im Zimmer stöberte sie. In den Taschen, Koffern im Schrank. Dann endlich fand sie was sie so gesucht hatte. Sie steckte es ein und tat ihren Dienst wie gewohnt.

Da Lisa am gestrigen Abend nicht auf Huberts Zimmer war, würde sie heute wieder dort auf ihn warten. Auch Huberts Zimmer kontrollierte Babsi, es wurde zwar von den Zimmermädchen nicht täglich mit gereinigt, aber hin und wieder musste ja auch dort etwas getan werden. Nun konnte Babsi ihr Werk vollenden und müsste nur noch auf den Abend warten, bis ihre Intrige greifen würde.

Hanna und Magda hatten aus Anstand 14 Tage gewartet, bis sie mit dem Umzug in das Haus des toten Müllers begannen. Zuerst räumten sie alle seine persönlichen Sachen aus und begannen zu renovieren. Da der Müller keine Erben oder Angehörigen hatte, wollten sie seine Sachen einfach beiseite packen und hinterher aussortieren. Was vielleicht noch zu gebrauchen war, würden sie unter den armen Leuten im Dorf verschenken.

Es war ein komisches Gefühl für sie, so ein Haus auszuräumen, in dem ein Mensch sein ganzes Leben verbracht hatte. Alle seine Erinnerungen, die nun für niemanden mehr einen Wert darstellten. So war das eben und so wird es auch bei uns sein, hatte Magda gesagt. Der Gedanke daran ließ beide sehr traurig werden. Bestimmt wäre es später einmal Selma, die ihr Haus ausräumen müsste und ihre Erinnerungen einfach wegpacken würde, so als hätte es sie nie gegeben. Für diesen Tag stellten Hanna und Magda die Arbeit ein, gingen zu den Teichen, schauten ins Wasser und wussten, sie mussten die Jahre, die ihnen noch blieben, gut nutzen. Denn nur etwas was sie leisteten, worüber man später noch sprach, wäre etwas was den Menschen in Erinnerung bleiben würde. Die materiellen Dinge, waren da so schnell vergänglich.
Am Abend ging dann Lisa wie gewohnt auf Huberts Zimmer und wollte auf ihn warten. Immer schon zog sie sich aus und legte sich in sein Bett um gleich für ihn bereit zu sein. Jetzt wo er ja jede zweite Nacht alleine schlafen konnte, war er ja wieder etwas ausgeruhter.
Auch Hubert freute sich auf den Abend. Diese kleine Pause zwischendurch tat ihm gut und die Begierde nach Lisa war nur umso größer. Mit freudiger Erwartung öffnete er die Tür, doch dann kam alles ganz anders als er es sich hätte erträumen können.
Die Heuernte war auch bei Selma im Moment der wichtigste Teil der Arbeit. Wie aber schon im Vorjahr, halfen ihr die Patienten. So war es Arbeit und Therapie zugleich. Selma hatte immer den Eindruck, da gingen sie richtig drin auf, wäre es nach ihnen gegangen, hätte jede Woche Heuernte sein können. Jedenfalls waren sie eine große Hilfe, auch wenn Xaver und Lara manchmal nichts Besseres zu tun hatten, als die Haufen die zusammengeharkt waren wieder mit wildem Getöse zu zerstören. Hier konnten sie sich einmal richtig austoben. Einer der Patienten fegte dann alles wieder zusammen und sie konnten ihr Spiel auf ein Neues beginnen.
Abends dann waren alle müde und schon kurz nach dem Essen zogen sie sich auf ihre Zimmer zurück. Das war dann der Moment, wo Selma, Silvia und Ela etwas Zeit für sich hatten und

diese mit Unterhaltungen auf der Teerasse verbrachten. Die Abende waren jetzt lange hell und der Sonnenuntergang hier in den Bergen war immer wieder ein ganz besonderes Schauspiel. Das waren die Momente größten Glücks für Selma. Sie wusste dann alle gut versorgt und behütet und konnte diese Momente so richtig genießen. Sie zog die warme Abendluft ganz bewusst durch die Nase ein und atmete tief wieder aus. So als würde sie den ganzen Frieden der Berge in sich einsammeln. Morgen, so wusste sie, begann das Spiel mit dem Heu aufs Neue und wenn sie ehrlich zu sich war, ja auch sie freute sich darauf.
Kaum hatte Hubert das Zimmer betreten, da kam Lisa wie eine Furie auf ihn los. Sie hielt einen gebrauchten Frauenschlüpfer in der Hand und schlug ihn damit ins Gesicht. „Das ist also der Grund, warum ich nur jeden zweiten Abend bei Dir sein soll", schrie sie ihn an. Hubert wusste gar nicht wie ihm geschah und stotterte nur: „Wo kommt der denn her?" „Der lag in Deinem Bett Du Schwein, den hat Deine Geliebte hier wohl vergessen; denn von mir ist er nicht", kam prompt Lisas Antwort. „Und von Babsi kann er ebenfalls nicht sein, guck Dir mal die Größe an, Du stehst wohl neuerdings auf sehr schlanke Frauen", ging das Theater weiter.
Hubert war immer noch völlig perplex. Er konnte sich das einfach nicht erklären. Wie in aller Welt kam dieser Damenschlüpfer in sein Zimmer. Er wusste keine Erklärung. Aber die tat auch nicht mehr Not, Lisa war schon wütend aus dem Zimmer gerannt und er saß nun da und hielt das Objekt, das diesen Zwist gebracht hatte noch immer in der Hand. Er sprang auf, schmiss den Schlüpfer aufs Bett und rannte ihr nach. Erst in der Lobby holte er sie ein und stellte sich ihr in den Weg. Aber Lisas Temperament war nicht so, dass sie jetzt lange diskutierte. Sie verpasste ihm noch eine Backpfeife und ging einfach weiter. Jeder in der Lobby hatte gesehen was passiert war. Lisa war es egal, aber Hubert bekam plötzlich ein komisches Gefühl. Jetzt war ihm dieser Vorgang doch höchst peinlich. Er sah, wie alle Blicke auf ihn gerichtet waren. Niemand sagte zwar etwas, aber jeder würde sich seinen Teil zu dieser Vorstellung denken. Vielleicht noch viel Schlimmeres als es ohnehin schon war.

Kurze Zeit später lief ihm auch noch Babsi über den Weg. Sie war aber sehr freundlich und nett zu ihm. Hatte sie noch nichts davon erfahren oder erhoffte sie sich jetzt gar wieder Chancen? Hatte sie deshalb auch ihre Arbeit in letzter Zeit so emsig getan? Hubert würde es erfahren, aber zuerst musste er wissen, wo dieser blöde Schlüpfer herkam und was nun mit Lisa wäre. Er beschloss für heute die Sache ruhen zu lassen und morgen, wenn auch Lisa sich etwas beruhigt hatte, mit ihr über das Ganze zu sprechen.
Babsi hatte Hubert sofort angemerkt, dass etwas nicht stimmte. Auch von einigen Angestellten, mit denen sie sich gerade wegen ihrer scharfen Kontrollen wieder gut verstand, hatte sie von der Vorführung in der Lobby gehört. Ihr Plan war aufgegangen und die junge Frau von dem Pärchen, würde sich zwar wundern wo ihr Schlüpfer geblieben war, aber deshalb bestimmt nicht nachfragen. Alles war so gekommen wie Babsi es sich ausgedacht hatte. Ein guter Tag für sie und es wäre bestimmt nicht der letzte. Hubert konnte nur froh sein, dass die Liftanlage noch nicht fertig war, sonst wären schon viel schlimmere Dinge passiert.
Lisa hatte sich auf ihr Zimmer zurück gezogen und war stinksauer. Was nur hatte Hubert an ihr gefehlt, dass er sich eine weitere Geliebte genommen hatte? War sie ihm vielleicht doch zu mollig gewesen und er hatte immer nur gesagt, dass er das so mögen würde? Es gab so viele Fragen, die sich Lisa stellte. Wie konnte er so schäbig sein, auf müde tun und dann sich eine andere zur Belustigung ins Bett holen? Sie konnte die ganze Nacht nicht schlafen.
Gleich Morgen würde sie zu Babsi gehen und kündigen. Sie könnte es nicht ertragen, Hubert hier noch jeden Tag wieder über den Weg zu laufen. Doch bevor sie am Morgen die Möglichkeit dazu hatte, stand Hubert schon vor ihrer Tür. Lisa hatte sich inzwischen etwas beruhigt und ließ ihn in ihr Zimmer. Sie wollte ja schließlich auch Erklärungen zu ihren Fragen.
Wieder begann Hubert damit, dass er von diesem Ding, was sie in seinem Zimmer gefunden hatte, nichts wusste. „Dann können wir das Gespräch gleich beenden", waren Lisas Worte auf seinen Anfang. Hubert versuchte an ihre Vernunft zu appellieren und erzählte von seinen langen Arbeitstagen. Das er gar nicht die Zeit

und die Kraft dazu hätte. Sie, Lisa wäre es, die einzig er begehrte. Außerdem würde es ihn weh tun, wenn sie ihn für so dumm halten würde, hätte er das gemacht, was sie dachte, dieses Objekt des Anstoßes dort liegen zu lassen. Aber er würde dem nachgehen und versuchen heraus zu bekommen, wer an diesem Tag in dem Zimmer war; denn gereinigt war es schließlich nicht gewesen.
Lisa wusste nicht, ob sie das so glauben konnte. Ihr Herz sagte ja, ihr Kopf sagte nein. Aber wer von den beiden hatte nun Recht? „Beweise mir, dass irgendwer Dir das Ding untergeschoben hat und ich werde es vergessen, ansonsten kannst Du mich vergessen", war ihre Antwort darauf. Sie würde ihm diese Chance geben und nun lag es bei ihm, dies zu beweisen.
Hubert wusste es würde schwer, aber er wollte alles dafür tun, um dieses Missverständnis aus dem Weg zu räumen. Sogleich begab er sich in die Lobby und jeden einzelnen vom Personal den er traf, den befragte er nach Besuchern in seinem Zimmer. Keines der Zimmermädchen war an dem Tag dort gewesen. Sie hatten dank Babsi mit allen anderen Zimmern und den Gemeinschaftsräumen reichlich zu tun und überhaupt keine Zeit für so etwas. Auch der Mann an der Rezeption konnte sich nicht daran erinnern, dass irgendjemand sich den Schlüssel geholt hatte. Einen Generalschlüssel besaßen nur Hubert, Babsi und ein dritter befand sich unter Verschluss bei der Rezeption.
Es war zum Verzweifeln, dass niemand etwas wusste oder gesehen hatte. Somit blieb nur noch eine Möglichkeit, es war Babsi, die in sein Zimmer eingedrungen war und dieses Stück dort präsentiert hatte. Natürlich wusste sie um ihn und Lisa, aber dem stand sie ja selbst, mit ihrem Skilehrer, in nichts nach und Hubert hatte gedacht, dieses Arrangement wäre mit ihrem Einverständnis gewesen. Er wusste wie schlau Babsi war, wenn sie das gemacht hatte, wäre es schwer ihr das nachzuweisen. Da blieb nur die Hoffnung auf einen Fehler oder das doch irgendwer etwas gesehen hatte.
Die viele Arbeit ließ Hubert aber kaum Zeit größere Nachforschungen anzustellen. Die nächsten Masten mussten gesetzt werden und es wurde mit jedem schwerer, da sie immer höher in die Steilwand mussten. Nur noch mit einer großen

Anzahl an Arbeitern und vielen Seilen war der Aufstieg mit dem schweren Gerät möglich. Hubert hatte schon Angst wegen der Zeitverzögerung, aber der Ingenieur beruhigte ihn, so hatte er das schon eingeplant. Nach einem langen Arbeitstag kehrte Hubert müde nach Hause. Er wollte gerade auf sein Zimmer gehen, da sprach ihn die zweite Hausdame an. „Ist ihr Zimmer immer so in Ordnung, jedenfalls hatte ihre Frau als sie kürzlich drin war nichts kritisiert." Nur ein Wort fragte Hubert: „Wann?" Die Hausdame erschrak und nannte ihm den Tag.
Das war es was Hubert wissen wollte. „Kommen Sie bitte gleich mit mir", bat er sie. Mit einem gemischten Gefühl folgte die Hausdame Hubert. Er klopfte an Lisas Zimmer und sie öffnete. „Bitte wiederholen sie, wann meine Frau zuletzt mein Zimmer durchgesehen hat", sprach Hubert zur Hausdame. Sie nannte erneut den Termin. Mit einem Danke verabschiedete er die nun völlig verwirrte Hausdame und trat in Lisas Zimmer.
Hubert erklärte, da niemand sonst einen Schlüssel hatte, konnte es nur Babsi gewesen sein. Sicherlich hatte sie sich den Schlüpfer irgendwo organisiert und im Bett versteckt. Noch lange saßen die beiden zusammen und unterhielten sich über Babsis Intrige. Im Laufe der Zeit erklärte Lisa dann auch, wozu Babsi sie ursprünglich eingestellt hatte. Jetzt wurde Hubert vieles klar. Er musste auf der Hut sein. Den Rest des Abends und der Nacht verbrachten sie in inniger Liebe.
Babsi konnte sich nicht erklären, wie die Eintracht zwischen Hubert und Lisa wieder zustande gekommen war. Was hatte er ihr bloß erzählt, das sie sich wieder auf ihn eingelassen hatte. Einen Fehler hatte sie ja nicht gemacht, da war sich Babsi sicher. Bestimmt würde ihr bald wieder etwas einfallen.
Hanna und Magda waren mit ihrem Umzug fertig. Für die beiden waren die jetzt deutlich kürzeren Wege doch viel angenehmer. Sie konnten sich schon gar nicht mehr vorstellen, wie sie noch vor einem Jahr auf der Alm herum gekraxelt waren. Sie spürten mit jedem Jahr das Alter mehr. Aber sie waren beide noch geistig rege und hatten die Männer in der Mühle gut im Griff. Ludwig arbeitete ohnehin wie von selbst. Er war mit ganzem Herzen bei der Sache. Hanna und Magda wussten, so konnten sie noch einige

Jahre hier aushalten. Es war ein schöner Lebensabend für die beiden, so wie sie ihn sich immer gewünscht hatten. Nur die Besuche von Selma waren ihnen etwas selten geworden und natürlich Nina, die fehlte ihnen am meisten. Aber immerhin hatten sie von ihr einen Brief bekommen.

Sie hatte ihnen geschrieben, dass sie ihre Reise zuerst in die riesige Stadt München geführt hätte. So viele Menschen, Häuser und Kutschen hatte sie noch nie gesehen. Sie hätte gar nicht geglaubt, dass es so viele überhaupt gab. Dort war sie von einem Verlag, das wäre ein Haus das sich um Bücher und Autoren kümmert, in verschiedene Einrichtungen geschickt worden. Überall in diesen Einrichtungen hatten die Menschen mit Behinderten, so nannte man die Benachteiligten dort, zu tun. Sie hielt dann Vorträge vor den Helfern und Pflegern, ja manchmal sogar vor Ärzten. Allein in München hatte sie über 14 Einrichtungen besucht. Von dort war die Reise über einige kleinere Städte weiter bis Nürnberg gegangen. Auch Nürnberg war eine große Stadt. Hier hatte sie jetzt auch schon einige Vorträge gehalten. Immer wieder nannte ihr der Verlag neue Adressen und teilte ihr mit, dass sich ihr Buch sehr gut verkaufen würde. In Kürze würde sie wieder schreiben, jetzt stand schon wieder ein Termin an.

Wenn Selma das nächste Mal zu Besuch kommen würde, dann dürfte auch sie den Brief lesen. Zumal Hanna und Magda ohnehin alle von ihr grüßen sollten.

16. Die Campingtour der Behinderten

Auf der Alm war die Heuernte vorüber und zur Belohnung für alle hatte Selma sich in diesem Jahr etwas ganz besonderes ausgedacht. Sie würden mit allen Patienten bis zur Mühle wandern, dort 1 oder 2 Tage im Freien campieren und dann erst wieder zurück wandern. So konnten alle einmal wieder Hanna und Magda sehen, sich die Teiche und die Mühle anschauen und vielleicht viele neue Eindrücke für Bilder sammeln. Als Selma das verkündet hatte, war kaum noch einer zu halten. Jeden Tag fragten sie wann es denn nun endlich losginge. Selma hatte auf eine stabile Wetterlage gewartet, dann kam der Startschuss für den nächsten Morgen.

Es war unglaublich, alle waren schon ganz früh am Morgen aufgestanden, hatten sich angezogen und ihre Sachen gepackt, die sie unbedingt mitnehmen wollten. Selma die noch einmal alles kontrolliert hatte, konnte es gar nicht glauben, wie problemlos auf einmal alles ging. Also wurde sie manchmal etwas beschummelt, wenn einer sich nicht richtig angezogen oder etwas vergessen hatte. Wenn sie wollten, dann konnten sie das also. Aber Selma wollte nicht schimpfen, sondern war ja froh, dass es so war.

Selma ging voran, in der Mitte der Truppe war Ela und als Schlusslicht gab Silvia auf alle acht. Selbst Xaver und Lara waren mitgekommen. Selma hatte gesagt, dass sie genauso dazu gehören wie alle anderen auch und wenn es unterwegs oder im Dorf irgendwem nicht passte sie zu sehen, dann sollten die Leute eben weggucken. Sie wollte auf keinen ihrer Schützlinge verzichten und auch niemanden nur wegen seiner Äußerlichkeiten bestrafen, indem er nicht mit durfte.

Natürlich kamen sie nur langsam voran; denn überall mussten sie anhalten und schauen. Die Neu- und Wissbegier der Patienten war einfach riesig. Am Steilhang dann packte Selma ein langes Seil aus und jeder musste anfassen und sich daran festhalten. Selma erklärte noch, so ähnlich würde später der Lift funktionieren, nur in die andere Richtung. Schnell wurde es für alle ein Spiel und sie nannten es Lift.

Auf dem letzten Flachstück, zum Loserhof herunter durften dann alle wieder frei laufen. Auch hier gab es viel zu sehen und die Eindrücke prasselten nur so auf sie ein. Als sie dann beim Hotel vorbei kamen, stand ein älteres Ehepaar auf der Teerasse und winkte ihnen zu. Die Patienten winkten freundlich zurück und gingen weiter.

Da kam Babsi auf die Teerasse, ging zu dem Ehepaar und sagte: „Sie müssen entschuldigen für diese Belästigung. Das sind die Bekloppten von der Alm, die dort von ein paar Frauen versorgt werden. Aber das ist gut so, da sieht man das Gesindel zumindest nicht hier wo die normalen Menschen sind."

Der Mann war entsetzt und sprach: „Werte Frau, wir haben selbst ein behindertes Kind und wären froh, wenn es an so einem Ort leben dürfte und augenscheinlich so glücklich wäre wie diese Menschen. Ja Menschen, nicht Bekloppte. Sie sollten sich was schämen für ihre Einstellung und meine Frau und ich werden augenblicklich ihr Haus verlassen und dafür sorgen, dass aus unserem Bekanntenkreis niemand mehr ihre Schwelle übertritt. Und glauben sie mir als Zeitungsverleger, ich habe einen verdammt großen Bekanntenkreis und eine lange Hand". Der Mann drehte sich auf der Stelle um, nahm seine Frau und ging.
Babsi war völlig verwirrt, sie wollte doch nur etwas Gutes sagen. Aber wahrscheinlich war der Mann durch sein beklopptes Kind schon selbst verblödet.
Noch am gleichen Tag verließ der Zeitungsverleger das Hotel. Vorher hatte er sich noch beim Personal über Selma erkundigt und sogar erfahren, dass die ganze Truppe bei den Teichen an der Mühle campieren würde.
Es war eine riesige Freude bei Hanna und Magda, als sie sahen wer sie da besuchte. Dies steigerte sich noch, als Selma ihr verkündete, dass sie hier 1 oder 2 Tage campieren wollten. Hanna schrie sogleich nach Ludwig und rief: „Ludwig Fische schlachten, heute Abend gibt es Steckerlfisch am Lagerfeuer." Alle lachten, wie Hanna den Ludwig im Griff hatte. Jetzt durften sich die Patienten erst einmal von ihrem langen Marsch erholen und sich schon die Plätze auf der großen Wiese an den Teichen aussuchen.
Die Frauen nutzten die Zeit um sich ausgiebig zu unterhalten, über Ninas Brief zu sprechen und über all das Erlebte in der letzten Zeit.
Am Nachmittag, machten sie einige Spiele auf der Wiese und Hanna zeigte ihnen die Teiche und die Fische. Kurz vor dem Abend würde sie ihnen dann noch das Füttern der Fische demonstrieren. Selma sprach gerade mit Magda, als sie 2 Personen mit Gepäck anmarschiert kommen sahen. Es war ein älteres Ehepaar. Sie hielten kurz vor Selma und Magda an und der Mann sagte: „Guten Tag die Damen, mein Name ist Hubertus. Meine Frau und ich haben ihnen vorhin vor dem Hotel gewunken. Leider hatte die Frau des Hoteliers eine sehr schlechte Meinung

über Behinderte, so dass wir uns genötigt sahen, dort umgehend auszuziehen. Wir selbst haben ebenfalls ein behindertes Kind und würden uns freuen, wenn wir dieses bei ihnen in der Gruppe mit unterbringen könnten. Selbstverständlich würden wir für den Unterhalt und alle Aufwendungen sie reichhaltig entschädigen. Für uns wäre nur wichtig, dass unser Kind so fröhlich wird, wie die Behinderten um die sie sich kümmern."
Selma war völlig baff von dieser Lobpreisung. Sie hatte das Gefühl zu erröten. So stammelte sie nur ein: „Aber gerne doch der Herr, wir haben noch reichlich Platz und könnten sogar noch mehr Menschen aufnehmen. Wir sind eine große Gemeinschaft und lieben die Natur und alles was in ihr lebt." Diese Worte bestärkten den Mann nur noch mehr, die richtige Entscheidung getroffen zu haben.
Plötzlich hörten sie von hinten Hanna schreien: „Ludwig hol das Fuhrwerk und fahr die Leute in die Stadt, ich kümmere mich schon um den Fisch". Der arme Ludwig musste alles stehen und fallen lassen und machte sich mit dem Verleger auf den Weg in die Stadt. Später erzählte er von einem sehr reichhaltigen Trinkgeld, dass der Verleger ihn für seine Kinder gegeben hatte.
Der Höhepunkt des Abends wurde das Lagerfeuer und der Steckerlfisch. Alle aßen als würde es den nächsten Tag nichts mehr geben. Erst als auch der letzte keinen Fisch mehr sehen konnte, ließ Hanna sie mit Nachschub zufrieden. Aber morgen gibt's Räucherfisch waren ihre Worte als sie die letzte Fuhre brachte.
Noch lange saßen sie am Lagerfeuer, schauten sich den Sonnenuntergang an, wie er die letzten Strahlen gegen das Bergmassiv warf. Zur Nacht sangen sie noch einige Lieder, dann nahmen sie ihre Decken und schliefen unter dem großen Sternenzelt ein.
Mit den ersten Sonnenstrahlen waren alle wieder wach. Schon kurze Zeit später kamen Hanna und Magda mit einem großen Frühstück für die ganze Gemeinschaft. Heute stand zuschauen beim Fische räuchern und eine Mühlenführung an. Die übrige Zeit würden sie zum spielen, malen und unterhalten nutzen.

Nach dem Räuchern durften alle den Fisch probieren und wieder wurde gegessen bis nichts mehr ging. Selma sagte nur noch: „Denkt dran, morgen geht es wieder bergauf, dass müsst ihr alles tragen was ihr heute esst."
Die Mühlenführung war ungemein spannend für die Behinderten, diesen Begriff hatte Selma jetzt so übernommen. Am Abend dann kam Magda nicht drum herum wieder das Lagerfeuer zu entzünden. Wieder ließen sie gemütlich den Abend ausklingen und waren etwas wehmütig, morgen früh sich wieder auf den Rückweg begeben zu müssen. Bevor sie nun auseinander gingen, schlug Magda vor, dieses jedes Jahr im Sommer zu wiederholen. Damit hatte sie alle auf ihrer Seite und auch Selma freute sich darüber, dann wieder eingeladen zu sein.
Nach dem Frühstück am nächsten Morgen sammelte Selma alle, kontrollierte ob auch keiner was vergessen hatte und wollte sich gerade von Magda und Hanna verabschieden und ihnen noch einmal danken, als ein Fuhrwerk angefahren kam.
Es war der Verleger mit seiner Frau und dem behinderten Kind. „Wir hatten so gehofft, sie noch hier zu finden, Fräulein Selma", rief er. „Wir haben noch Urlaub und wollten die Zeit nutzen, mit unserem Sohn zu ihnen auf die Alm zu wandern und wenn es ihm gefällt, ihn gleich bei ihnen lassen."
Selma bot ihnen an, mit ihnen gemeinsam den Weg nach oben zu gehen, so könnten sie sich unterhalten, der Kleine konnte gleich alle kennenlernen und wenn die Eltern wollten, könnten sie ja auch auf der Almhütte noch ein paar Urlaubstage verbringen und so sehen, wie er sich eingewöhnen würde. Dieser Vorschlag erschien dem Verleger nicht nur gut, sondern auch durchdacht und das gefiel ihm gut.
In gewohnter Reihenfolge ging es auf den Rückweg, nur das Ehepaar marschierte vorne bei Selma. Den Jungen hatten sie gleich in ihre Mitte genommen und er war schon ein Teil der Gruppe, bevor sie den Steilhang erreicht hatten. Dort spielten sie wieder alle Lift und jeder ergriff das Seil der Gemeinschaft. Es war wie das Band, das ihr gemeinsames Leben miteinander vereinigte.
Endlich kamen sie auf der Almhütte an und alle mussten sich erst einmal vom Aufstieg erholen. Selma zeigte dem Ehepaar die

Almhütte und das Haus in dem die Behinderten wohnten. Ob es dem Jungen gefiel, brauchten sie nicht mehr überlegen, er war mit den anderen schon vertraut und mitten im Getümmel. Er lachte und freute sich genauso wie die anderen. Seine Mutter weinte vor Glück und dankte Gott dafür, dass sie diesen Ort gefunden hatten.

Ein paar Tage noch blieben die Eltern und verbrachten den wohl glücklichsten Urlaub der letzten Jahre. Als sie sich verabschiedeten, taten sie das mit einem lachenden und einem weinenden Auge. Sie würden bestimmt so bald wie möglich wiederkommen und der Verleger versprach einen Artikel über Selmas Almhütte zu bringen, in dem ihre Arbeit gelobt würde. Sicher wäre dann bald ihr Haus gefüllt. Selma wies ihn noch auf Ninas Buch hin. Das war dem Verleger nicht nur bekannt sondern er besaß sogar ein Exemplar, nun wusste er auch wo dieses besondere Werk entstanden war und verstand vieles erst richtig, was er gelesen hatte.

Hubert hatte wegen der Abreise der Verlegerfamilie, sich Babsi erstmal zur Brust genommen. Denn die hatten ganz klar verlauten lassen, warum sie auszogen. Es gab einen großen Streit, der damit endete, dass Babsi ihm die Worte: „Dann kannst Du ja gleich Dein Monsterbalg hierher holen", an den Kopf warf.

Hubert war verstört von soviel Bosheit. Wie sehr hatte sich Babsi doch verändert. Aber wenn er in den Spiegel sah, dann wusste er, auch er hatte all seine Güte gegen Geld getauscht. Es musst etwas geschehen, so ging das Verhältnis mit Babsi nicht mehr weiter.

Babsi dachte genauso und daran, dass nun doch bald was geschehen müsste, sonst würde Hubert sich noch von ihr trennen und sie leer ausgehen. Dann nur mit einem Skilehrer zusammen leben, der sie wahrscheinlich nicht angemessen versorgen konnte, war nicht ihr Vorhaben. Hubert musste weg, so oder so. Aber selbst dann wäre noch Selma da.

Sie musste es irgendwie schaffen, dass kurz nach Fertigstellung der Liftanlage ein Unglück geschah, bis dahin würde sie sich lieber friedlich verhalten. Sie musste ihre Gefühle, auch Lisa gegenüber in den Griff bekommen, sonst stand das ganze Große auf dem Spiel.

Alle Masten standen und jede Menge Seil waren angeliefert worden. Die schon unendlich langen Seile wurden hier vor Ort noch einmal miteinander verknüpft. Es musste ja die doppelte Länge der Strecke haben. Keiner konnte sich vorstellen, wie schwer zum Schluss dieses Seil war. Jede Menge Männer mussten es bis nach oben ziehen. Einen ganzen Tag brauchten sie, bis sie am letzten Mast angekommen waren. Erst am nächsten Tag würden dann immer 3 Männer hinauf klettern, ein dünnes Seil mitnehmen, woran das dicke später angebunden und mit auf die Räder gezogen wurde.

So verliefen auch die nächsten Tage spannend. Aber der Ingenieur hatte die Sache im Griff. Hubert war froh, diesen Mann gefunden zu haben. Ohne ihn und sein Fachwissen wäre die Ausführung zum Scheitern verurteilt gewesen.

Bei Hanna und Magda begann jetzt mit der Ernte des Getreides die Hochkonjunktur. Die Männer in der Mühle mussten wie jedes Jahr wieder alles geben, um die anfallenden Mengen soweit zu bearbeiten, dass nichts im Feuchten lagern musste. In diesem Jahr spürten sie das Fehlen des alten Müllers. Nur durch Hanna und Magdas Einsatz und viel Schweiß wurden sie der Arbeit Herr. Jeden Morgen waren sie wieder überrascht, was die Bauern aus der Umgegend noch alles anlieferten. Es schien überhaupt kein Ende nehmen zu wollen.

Abends dann fielen Hanna und Magda nur noch müde ins Bett und waren froh, nicht mehr den Weg noch bis ins Dorf laufen zu müssen. Wenn diese Arbeit irgendwann vorbei wäre, würde schon die Karpfenernte ins Haus stehen, dann erst, wenn später der Frost folgen würde, könnten sie sich erholen. Aber sie hatten es sich so ausgesucht und waren ja auch mit ihrem Leben mehr als zufrieden.

Auf der Almhütte waren zwei Ehepaare eingetroffen, die sich bei Selma nach einem Platz für ihre behinderten Kinder erkundigten. Der Zeitungsverleger hatte offensichtlich in seinem Bekanntenkreis Werbung für sie gemacht. Die Eltern erzählten Selma, die Behinderung ihrer Kinder sei nicht so groß, so dass sie nicht den Pflegeaufwand wie die anderen benötigen würden.

Vielleicht reichte es, wenn sie nur eine gewisse Zeit hier verbringen müssten um sich in Ruhe zu finden.
Selma zeigte ihnen die Almhütte, das Haus und versprach am nächsten Tag bei einem Spaziergang der Gruppe, sie mitzunehmen, so könnten sie sich am besten ein Bild von allem machen.
Gleich nach dem Frühstück zog die ganze Gruppe los. Nur Silvia war zur Betreuung der Almhütte geblieben. Selma führte sie als erstes zur Käsehöhle, dann ging es weiter zur Quelle des Bergbaches. Dort trafen sie auf einen Ziegenhirten, der im Gras lag und seinen Tieren beim Fressen zusah. Die Behinderten näherten sich den Ziegen, streichelten sie und rissen Kräuter aus, die dann verfüttert wurden. Einige begannen die Tiere zu malen und ließen ihrer schöpferischen Kunst freien Lauf.
Diese Ruhe, diese Eintracht zwischen den Frauen und den Behinderten, versicherten den beiden Paaren eine gute Wahl. Für ihre Kinder, die nur die Hektik der Stadt kannten, wäre es eine wunderbare Zeit der Erholung. Sie schauten sich auch noch die Bilder an und baten darum je eins kaufen zu dürfen. Für Selma ein rundum gelungener Tag. Wenn diese beiden Kinder noch zu ihr kamen, blieben nur noch 2 Zimmer frei, dann wäre das Haus voll belegt.
Huberts Liftanlage stand schon kurz vor der Fertigstellung. Das lange Seil war montiert, die ersten Sitze wurden befestigt. Immer besser konnte man sich die Funktion vorstellen. Es würde für ihn und das Hotel ein genialer Winter werden. Bald kämen die ersten Anzeigen in die Zeitungen und sicher würde so eine tolle Abfahrt auch die Besucher von weit her anlocken. Dafür hatte ihm der Skilehrer extra eine Streckenbeschreibung vorgeschrieben, diese sollte die Enthusiasten des Skifahrens erreichen.
Die ersten Tests mit der Liftanlage wurden durchgeführt. Der Ingenieur hatte soviel Vertrauen in die von ihm gebaute Anlage, dass er der erste war, der sich in einen der Sessel setzte. Ein Pferd wurde angespannt, dass Seil am Kummet des Pferdes befestigt und dann begann die Jungfernfahrt. Ein jeder der zuschaute, hatte den Mund weit geöffnet und manche hielten sich sogar die Hand

vor die Augen. So groß waren die Spannung und die Furcht, dass ein Unglück passieren konnte.

Das Seil ruckte an, die Fahrt begann und der Sitz mitsamt dem Ingenieur begann sich den Steilhang empor zu bewegen. In der Geschwindigkeit in der sich das Pferd nach unten bewegte, zog das Seil den Mann den Berg nach oben. Alles lief reibungslos. In der Ferne konnten sie sehen wie er ausstieg als das Pferd am unteren Ende angekommen war. Dann bestieg er einen zweiten Sitz und das Pferd am oberen Flachstück setzte sich in Bewegung. So fuhr er wieder den Berg herunter.

Unten angekommen, gab es ein großes Hurra und der Ingenieur wurde wie ein Held gefeiert. Er hatte Vertrauen in seine Arbeit gehabt, von den Anderen hätte sich keiner als erster getraut. Nun ließ sich auch Hubert und zwei der Arbeiter nicht mehr davon abhalten, ebenfalls eine Probefahrt zu machen.

Hubert juchzte und freute sich so sehr. Es war ein unglaubliches Gefühl so über den Steilhang zu schweben. Nur wenn er nach unten schaute, kam etwas Angst auf. Aber da musste man sich eben erst einmal dran gewöhnen. Die Arbeiter und Hubert waren begeistert von ihrer Fahrt. Ja so sollte es sein, dass würde eine Sensation in der ganzen Gegend.

Am Abend dann erzählte er sowohl Lisa, als auch Babsi von seiner ersten Probefahrt. Dass ihm dabei etwas übel war, das verschwieg er lieber. Babsi ließ sich alle Einzelheiten ganz genau erzählen. Sie tat nicht nur interessiert, sie war es auch. Allerdings aus einem ganz anderen Grund, als Hubert dachte. So ein Lift, schoss es ihr durch den Kopf, war doch eine wunderbare Sache für einen kleinen Unfall. Wenn hier im Winter etwas passieren würde, dann wäre Hubert fertig. Das wäre sein Gnadenstoß. Am einfachsten natürlich noch, wenn er es wäre, den der Unfall treffen würde. Babsis Gehirn lief auf Hochtouren. Sie bat Hubert dann auch, ob sie sich es den nächsten Tag ebenfalls einmal vorführen lassen könnte. In seinem Stolz sagte Hubert sofort zu.

Babsi musste sich alles genau vor Ort anschauen, nur wenn sie den Ablauf und die Technik verstehen würde, wüsste sie auch wo sie ansetzten müsste. Am liebsten wäre es ihr wieder ohne fremde Hilfe, dann konnte auch niemand darüber sprechen oder sie

wohlmöglich erpressen. Ihre Gedanken waren durch und durch böse.
Lisa nahm die Probefahrt da schon etwas gelassener. Für sie war Technik etwas, das funktionieren musste. Das Wie und Warum standen für sie nicht im Vordergrund. Für sie war nur wichtig, dass Hubert heile wieder zurück gekommen war. Jetzt wo sie drum wussten, dass Babsi die Intrige mit dem Schlüpfer inszeniert hatte, war ihre Beziehung nur noch intensiver geworden. Sie wollte Hubert für sich. Zwar würde sie ihn nicht drängen, die Beziehung zu legitimieren, aber ewig warten würde sie auch nicht, sie wollte nicht immer die ewige Geliebte bleiben, sondern sich ganz offen an seiner Seite zeigen können.
Hubert wusste ebenfalls darum, er würde sich bald entscheiden müssen. Sein Herz hatte die Entscheidung schon lange gefällt, aber sein Kopf war es, der immer noch nicht das aussprechen wollte, was seine Gefühle ihm sagten. Ganz tief im Hintergrund schwang auch immer noch die Ungewissheit über den Tod seines Vaters mit. Wie würde Babsi sich bei einer Trennung verhalten? Würde sie bei ihrer Aussage von damals bleiben oder diese noch einmal korrigieren? Wenn dann eine neue Befragung durch den Gendarmen erfolgen würde, war die große Unbekannte auch noch Selma. Sie war so rein und so ehrlich, könnte sie noch einmal diese Lüge von sich geben? Für Hubert war die Situation einfach nicht so leicht. Er konnte alles gewinnen oder verlieren. Ein geradezu gefährliches Spiel.
Bis der erste Schnee fallen würde, ging noch einige Zeit ins Land. Die Liftanlage stand, die nötigen Arbeiter waren eingewiesen und nun war es an Hubert, die Attraktion in der Zeitung bekannt zu machen. Er fuhr ausnahmsweise mit Babsi in die Stadt um die Anzeigen aufzugeben. Babsi nutzte die Zeit für einen ausgiebigen Stadtbummel und bereicherte ein weiteres Mal die Geschäftsinhaber.
Hubert stolzierte, wie es sich für einen Hotelier gehört, in die Anzeigenabteilung der Zeitung und wollte gerade seine Vorgaben präsentieren, als ihn der Verleger persönlich zu sich rief. Hubert war entzückt, musste er sich doch nicht mit den kleinen

Angestellten abgeben. Es machte eben doch schon etwas her, Hotelier zu sein und nicht mehr nur der Bauer.
Hubert klopfte an die Tür des Verlegers und wurde herein gebeten. Ohne auf eine Andeutung zu warten, nahm er auf dem freien Stuhl vor dem Schreibtisch Platz und sagte: „Das ist gut, dass ich meine Anzeigen direkt mit Ihnen besprechen kann."
Der Verleger schaute ihn an und sprach: „Werter Herr Loser, es geht nicht darum hier Anzeigen zu besprechen, ich wollte Ihnen nur persönlich mitteilen, dass wir keine Anzeigen vom Loserhof und dem Alpenhotel mehr drucken werden". Hubert war verwirrt. Aber dann folgte die Erklärung: „Ein Freund und Kollege von mir, war in diesem Jahr bei ihnen zu Gast. Er hat mir aufwendig von seinem Aufenthalt und ganz besonders über die Meinung ihrer Frau zu Behinderten berichtet. Sicher ist ihnen der Vorgang geläufig. Darum haben sich alle Kollegen entschlossen, ihre Anzeigen nicht mehr zu drucken. Wir möchten unseren Kunden nicht raten, so ein menschenfeindliches Hotel zu buchen. Jetzt bitte ich sie, unsere Räume zu verlassen und wünsche ihnen noch einen guten Tag."
Hubert fiel aus allen Wolken. Was traute sich dieser Kerl nur. Er war einer der größten Arbeitgeber hier in der Region. Aber das würde er bereuen, ihm würde schon etwas einfallen. Hubert stand auf, verabschiedete sich nicht und knallte die Tür hinter sich zu. Wutschnaubend verließ er die Druckerei. Mit Babsi hatte er auf dem Rückweg noch ein paar ernste Worte zu reden.
Bis zum späten Nachmittag musste Hubert auf sie warten, dann erst kam sie schwer bepackt und schien die Geschäfte leer gekauft zu haben. Sie prasste nur so mit dem hart verdienten Geld. Aber das würde jetzt ein Ende haben.
Babsi erkannte schon an Huberts Blick, dass etwas nicht in Ordnung war. Sicher war er sauer, weil er so lange hatte warten müssen. Aber eine Frau von Welt musste sich nun einmal adäquat kleiden, das gehörte sich ja wohl so.
Erst leise, dann immer lauter werdend, erzählte er Babsi von seinem Gespräch mit dem Drucker. Auch das es nichts nutzen würde, in den Nachbarstädten es zu versuchen, da sich scheinbar alle gegen sie verschworen und abgesprochen hatten. Das war nun

passiert durch ihre Arroganz und ihre Dummheit. Diese Worte entsetzen Babsi. Sollte sie sich von einem Bauern etwas über Dummheit und Arroganz erzählen lassen, wohl kaum. Sie hob den Kopf und schrie ihn an: „Du dummer Bauer, nichts hast Du verstanden, lässt Dich dort abfertigen wie ein dummer Junge. Einem richtigen Mann, wäre so etwas nicht passiert. Aber ein Bauernjunge bleibt eben nur ein Bauernjunge."
Diese Worte wiederum trafen Hubert sehr. Sie, eine ehemalige Magd die Ziegen gemolken hatte, begehrte gegen den Herren auf. „Das wird ein Nachspiel für Dich haben. Du hast wohl vergessen, dass ich es war, der Dich aus dem Ziegenstall geholt hat", war seine Antwort. Den Rest der Rückfahrt sprachen sie kein Wort mehr miteinander. Am Hof angekommen, trennten sich sofort ihre Wege.
Babsi ging auf ihr Zimmer und Hubert trollte sich zu Lisa. Ihr erzählte er auch gleich vom Scheitern der Anzeigenaufgabe und von Babsis Verhalten. Lisa versuchte ihn zu trösten, aber die richtigen Worte in dieser Situation fielen ihr nicht ein. Das war ein herber Rückschlag; denn was nutzte die beste Liftanlage, wenn niemand davon erfahren würde. Für Hubert stellte sich die Frage, ob es richtig wäre, wenn sich am Ende das Böse durchsetzen würde.
Das Böse in Form von Babsi schmollte den ganzen Abend. Die schlimmsten Schimpfwörter und Verunglimpfungen für Hubert gingen ihr durch den Kopf. Der einzige Trost war ihr Einkauf. Sie packte die Sachen zu den vielen anderen die sie besaß. Dann nahm sie das neue Buch in die Hand und blätterte darin. Sie hatte eins von Ninas Exemplaren erworben. Es hatte sie doch neugierig gemacht, was die so verzapft hatte in ihrer „guten Art".
Der ganze nette Kram über die Bekloppten interessierte sie dann aber doch nicht. Wie kann man nur so viel schreiben über diese Kreaturen, dachte sie nur. Aber was war das? Es waren ein paar Bilder im Buch. Die Kreaturen hatten sich gegenseitig gemalt. Eines der Bilder zeigte auch Lara. Wunderschön waren ihre beiden missratenen Gesichter zu erkennen. Das ist ja ekelhaft, dachte Babsi und warf das Buch auf ihr Bett.

Dann kam ihr eine Idee. Schnell suchte sie die Seite mit den Bildern erneut und fand schnell das Gewünschte. Mit einer Schere schnitt sie das Bild von Lara aus. Dies würde ihr noch sehr hilfreich sein, wusste Babsi.

Bei Hanna hatte die Karpfenernte begonnen. Ludwig hatte den ohnehin schon flachen Teich noch weiter abgelassen. Jetzt konnten sie mit Netzen die Mastfische heraus fangen und in einen ganz kleinen Teich umsetzen. Dort würde Hanna sie dann immer bei Bedarf schnell und einfach entnehmen können.

Einige wurden gleich geschlachtet und würden am morgigen Tag auf dem Markt in der Stadt verkauft. Diesmal hätte sie dann nicht nur Renken und Bachforellen, sondern auch Karpfen. Eine Abwechslung für ihre Käufer. Die meisten musste sie aber für Weihnachten aufheben, da war der Karpfen eines der Leibgerichte der Menschen in der Stadt. Viele hatten im Laufe des Jahres schon danach gefragt und sogar vorbestellt. Hanna hoffte nur, allen gerecht zu werden.

Gleich am nächsten Tag ließ sich Babsi von einem der Fuhrleute erneut in die Stadt fahren. Den bissigen Kommentar von Hubert der sagte: „Na hast Du noch nicht alles Geld verprasst", schenkte sie keine Beachtung. Er würde schon noch seinen Teil davon abbekommen, weshalb sie heute wieder diese Tour machte.

Ihr Weg führte sie direkt in die Galerie. Den Galeristen fragte sie dann nach einem Porträtmaler, sie wollte ihren Mann zu Weihnachten etwas ganz Besonderes schenken. Der Galerist gab ihr mehrere Adressen und Babsi machte sich auf den Weg.

Schon bei der zweiten Adresse wurde sie sich mit dem Maler einig. Er sollte von dem doch recht kleinen Bild aus Ninas Buch, ein großes farbiges Porträt malen. Für einen recht hohen Preis, war der Maler bereit, dieses Monster, was auf dem kleinen Bild zu sehen war, in ein großes Porträt umzuwandeln. Babsi freute sich wie ein kleines Kind. Es würde ein vielbeachtetes Bild in der Lobby des Hotels werden. Sie war stolz auf ihre eigene Bosheit.

Bestimmt würde Hubert es sich nicht nehmen lassen, die Eröffnung der Seilbahn im Winter groß zu feiern. Bei dieser Gelegenheit wollte sie dann als Geschenk, das „schöne Bild" seiner Tochter öffentlich enthüllen.

Als sie am Abend zurück kam und keinerlei Taschen mit sich führte, war Hubert erstmal verdutzt. Sie sah irgendwie zufrieden aus und das gefiel ihm gar nicht. Aber solange sie ihn in Ruhe ließ, wollte er das auch gerne tun. Er hatte überhaupt keine Lust mehr darauf, mit ihr zu reden oder zu streiten.
Hannas Karpfenverkauf schlug ein wie eine Bombe. Selbst wenn sie dreimal so viele gehabt hätte, es wäre nie genug gewesen. Sie freute sich zwar über ihren Erfolg, doch machte es ihr auch etwas Sorge für die Weihnachtszeit. Viele, die dann keinen Karpfen bekommen würden, wären sicher traurig oder gar verprellt.

17. Der Loserhof trennt sich vom Bösen

Die vielen schlimmen Dinge die passiert waren, der Unfall, der ständige Streit mit Babsi und ihre Intrigen, hatten Hubert mehr mitgenommen, als er zugeben wollte. Immer wieder musste er sich an das erinnern, was Vater mit Selma gemacht hatte. So wollte er auf keinen Fall enden. Er hatte sich doch damals geschworen, nie so zu werden. Aber es war auch Babsi, die ihn durch ihre Gier immer weiter in das Böse getrieben hatte. So konnte es nicht weiter gehen. Er musste mit Lisa sprechen und dann würde er dem endlich ein Ende setzen.
Das Gespräch mit Lisa verlief ganz anders, als Hubert es sich gedacht hatte. Er war davon ausgegangen, dass auch Lisa, eine Frau die immer gut gekleidet war, Wert auf einen erfolgreichen Mann legen würde. Aber sie reagierte ganz anders. Erfolg wäre für sie schon wichtig hatte sie ihm gesagt, aber der hätte nichts mit Reichtum im Sinne von Geld zu tun. Natürlich war es notwendig, dass man vom erwirtschafteten Leben konnte, aber der tiefere Sinn des Lebens könnte das nicht sein. Er sollte sich einfach mal ein Beispiel an seiner Schwester nehmen. Auch die wäre schließlich erfolgreich und trotzdem tat sie soviel Gutes.
Diese Worte bestärkten Hubert nur noch in seinem Entschluss. Er würde von nun an ganz anders vorgehen. Das Hotel, das sollte so bleiben wie es ist und für das nötige Kapital sorgen, aber der Hof, mit dem er sich ohnehin quälte, damit würde er etwas ganz anderes machen. Noch vor dem ersten Schneefall musste er

unbedingt mit Selma sprechen. Er würde sich als erstes bei ihr entschuldigen, dann die Veränderung seiner Einstellung, sowie das weitere Vorgehen besprechen.
Gleich am nächsten Morgen machte Hubert sich auf den Weg zu Selma. Babsi hatte er davon nichts erzählt, sie würde denken, er wäre bei der Liftanlage.
Als Hubert auf der Almhütte ankam, war Selma mehr als überrascht. Hubert bat sie um ein Gespräch unter vier Augen und die beiden verschwanden in Selmas Zimmer. Dort schüttete er ihr sein Herz aus. Selma sah es nicht nur an den Tränen in seinen Augen, sie spürte es auch, dass er die Wahrheit sprach. Dies war kein weiterer Versuch, sie in irgendeiner Richtung zu beeinflussen oder zu manipulieren.
Sie brauchten einige Stunden, dann stand fest, wie es weitergehen sollte und was sich alles verändern würde. Bei Abschied nahmen sie sich fest in den Arm, hielten sich eine ganze Weile fest und wussten, sie hatten die richtige Entscheidung getroffen.
Mit einem unvergleichlich guten Gefühl trat Hubert den Weg zurück zum Loserhof an und als erstes führte es ihn zu Lisa. Auch mit ihr sprach er lange über die Dinge, die er mit Selma erörtert hatte. Als Lisa das hörte, was er vorhatte, liefen ihr die Tränen über die Wangen, sie drückte seine Hand ganz fest, hielt sie lange und dann sagte sie: „Hubert, das ist so eine wunderbare Idee, ich bin sehr stolz auf Dich, dass Du diesen Weg gehen willst und werde mit größter Freude dabei an Deiner Seite stehen.
Jetzt gab es keinen Halt mehr für Hubert. Diese Worte hatten ihn erneut bestärkt und zeigten ihm deutlich, dass nicht das Böse es sein würde, was am Ende siegt.
Er würde seinen Plan ohne Absprache mit Babsi durchziehen. Er benötigte ihre Meinung dazu auch überhaupt nicht. Sein nächster Gang wäre der zu Hanna und Magda. Dann sollte es losgehen.
Hanna und Magda waren genau wie Selma überrascht Hubert zu sehen. Er erklärte auch ihnen sein mit Selma abgesprochenes Vorhaben und die beiden konnten es vor Freude gar nicht glauben. Dann fragte Hubert noch nach Nina. Magda erzählte ihm, Nina habe inzwischen ihren dritten Brief geschrieben und würde im Frühling wieder zurück kommen. Solange würde ihre

Lesereise noch dauern. Das passte mehr als gut in Huberts Pläne, denn mit Ninas Hilfe würde sein Vorhaben erst recht an Bedeutung gewinnen.

Hubert war wie ausgewechselt. Das Personal spürte sofort eine große Veränderung in ihm. Er war höflich, erklärte Dinge anstatt zu meckern, hatte Verständnis und Mitgefühl. Einige die ihn von früher kannten, sahen wieder den alten Hubert in ihm. Zwar wusste keiner, was geschehen war, aber es gefiel ihn außerordentlich gut. Nur einer gefiel es überhaupt nicht, Babsi. Sie hasste ihn schon jetzt für seine Zufriedenheit. Er schien förmlich das Glück auszustrahlen. Sie konnte sich nicht vorstellen was passiert war, aber plötzlich war er wie unerreichbar für sie. Ja selbst ihre Art schien an ihm abzuprallen. Als wäre ein Schutzschild um ihn herum. Aber so etwas konnte Babsi nur anspornen, er würde schon noch vor ihren Füßen auf dem Boden kriechen.

Bald würde der erste Schnee fallen, dann käme die Einweihungsfeier der Liftanlage und das war der Moment, wo Babsi die Katze aus dem Sack lassen würde. Alle würden sie das Bild seiner Tochter sehen, dieser Monsterkreatur, die er im Suff geschaffen hatte. Sein Inzestgewächs würde ihm dann das Genick brechen. Dagegen würde kein Schutzschild mehr helfen, er würde zum Gespött aller werden. Wenn er dann am Boden lag, dann käme der Gnadenstoß und sie und ihr Geliebter würden das ganze von Hubert Geschaffene an sich reißen. So war ihr Plan und so würde es kommen, so wahr sie Babsi war.

Mit dem baldigen Schneefall hatte Babsi schon einmal Recht gehabt und das es eine Einweihungsfeier geben sollte auch. Es lief alles nach ihrem Plan.

Wie vom Schnee angelockt, kamen die ersten Skigäste ins Hotel. So, als hätten sie geahnt, dass in diesem Jahr sie etwas Besonderes erwarten würde. Noch mussten die Pisten präpariert werden, auch für die freien Laufwege der Pferde wurde gesorgt. Allerdings hatte Hubert all diese Aufgaben delegiert und kümmerte sich selbst um so Belanglosigkeiten wie die Renovierung der Zimmer direkt auf dem Loserhof. Babsi verstand die Welt nicht mehr, jetzt wo es galt, da war Hubert mit so etwas Unwichtigen beschäftigt.

Er hatte einige Handwerker beauftragt, die Zimmer im Loserhof auf Vordermann zu bringen. Sie sollten nach Möglichkeit alle gleich aussehen und machten fast den Eindruck, als würden es Fremdenzimmer für Dauergäste werden. Die Handwerker, die sonst auch im Winter nicht viele Aufträge hatten, waren begeistert über diese Arbeit, sicherte es doch auch ihnen für die kalte Jahreszeit ein geregeltes Einkommen.

Heute war Hubert dann aber doch an der alten Skipiste zu finden. Er schaute sich an, wie alles lief, ob der Getränkestand aufgebaut war und der Transport der Gäste funktionierte. Dann aber tat er das, wozu er eigentlich hergekommen war. Er entfernte die Schilder auf denen stand: „Nur für Hotelgäste". Das war sein großes Anliegen gewesen. Die Kinder und Jugendlichen vom Dorf sollten ebenfalls wieder den Hügel benutzen dürfen, auch wenn sie ihm dafür kein Geld einbrachten. Babsi war entsetzt von seinem Tun und fragte ihn ob er denn noch ganz bei Trost wäre. Das Gesindel aus dem Dorf würde ihnen nur die Gäste vertreiben.

Hubert aber gab ihr zur Antwort: „Das einzige Gesindel, dass hier unsere Gäste vertreibt, bist Du, Babsi. Also halte Dich zurück und geh Geld ausgeben und spinn Intrigen; denn das ist das Beste was Du kannst." Diese Antwort hätte sie fast wahnsinnig gemacht, wäre nicht ihr Wissen um die baldige Enthüllung des Bildes gewesen. Sie hatte es schon abgeholt und es stellte ein Schreckgespenst allererster Güte dar. Er würde noch von seinem hohen Ross herunter kommen, dieser Bauer.

Die Pisten waren präpariert und Morgen war der große Tag. Erst würde die Liftanlage in Betrieb genommen und am Abend sollte in der Lobby des Hotels eine große Eröffnungsfeier stattfinden, zu der Hubert und Babsi jeweils viele Gäste eingeladen hatten.

Auch für Selma brachte die Eröffnung viele Veränderungen. Sie hätte jetzt auch den Winter über Gäste auf der Almhütte, die sich in den Pausen des Skifahrens dort mit Essen und Trinken versorgen würden. Sollten eventuell die Hotelbetten nicht ausreichen, so könnte sie sogar in der Almhütte noch einige Gäste aufnehmen. Zwar würde die gemächliche Winterzeit ihr fehlen, aber mit dem Vorhaben was Hubert ihr erzählt hatte, wurde dies alles bei weitem aufgewogen.

Aber vorher stand ihnen noch ein großes Abenteuer bevor. Hubert hatte sie alle zur Eröffnungsfeier eingeladen. Nicht nur die Frauen, sondern auch die ganzen Behinderten. Wenn am Nachmittag, die letzten Fahrten der Liftanlage anstanden, würden sie damit in das Tal reisen. Eine riesige Freude unter den Behinderten hatte sich verbreitet als sie das erfuhren. Nicht über das Fest als solches freuten sie sich, sondern über die Fahrt mit dem Lift ins Tal. Das war so aufregend, dass sie den ganzen Tag schon mit einem Seil hantiert hatten und immer wieder ihr Spiel Lift, von der Campingtour, im Speisesaal nachstellten.

An der Skipiste hatte Hubert den Ingenieur gebeten den Startschuss für die Liftanlage zu geben. Ihm stand gemäß Hubert die Ehre dafür zu. Ohne seine Hilfe wäre es nicht gelungen und wahrscheinlich kläglich gescheitert. Wie gebeten, gab der Ingenieur den Startschuss und der Lift setzte sich mit den ersten Gästen in Bewegung. Nur wenige hatten sich bei der ersten Fahrt getraut, viele wollten lieber einmal zuschauen und würden dann erst die Fahrt wagen.

Als sie aber sahen, wie die Mutigen oben ankamen, ausstiegen und anschließend in rasanter Fahrt die steile Piste herunterkamen, war jede Angst verflogen und Huberts Liftanlage ständig im Betrieb. Es zeigte sich, dass die Abfahrt hingegen viel gefährlicher war als der Liftbetrieb. Ein mancher landete im Schnee und musste sich doch eingestehen, sich selbst etwas überschätzt zu haben. Für diese waren aber die Skilehrer mit ihrer Ausbildung der nächste Anlaufpunkt. Bis zum späten Nachmittag herrschte reger Betrieb und als was anderes, als einen vollen Erfolg, konnte man den Auftakt nicht beschreiben.

In der Lobby des Hotels waren die Angestellten schon den ganzen Tag damit beschäftigt gewesen, alles festlich zu schmücken. Tische und Stühle wurden aufgestellt, ein Rednerpult wo Hubert und der Ingenieur noch mal ein paar Worte über die Liftanlage verlieren wollten, aber auch Tische für die zu erwartenden Geschenke der eingeladenen Honoratioren der Gesellschaft.

Babsi hatte als Geschenk ein verschleiertes Bild aufhängen lassen, welches sie die ganze Zeit im Auge hatte, damit ja niemand schauen konnte, was es zeigte. Diesen feierlichen Moment, der Enthüllung, wollte sie sich selbst vorbehalten, hatte sie das Personal instruiert.

Für Selma, ihre Frauen und die Behinderten begann nun der spannende Moment der Talfahrt. Komischerweise zeigten die Behinderten überhaupt keine Angst sondern konnten es kaum abwarten sich in die Sitze schnallen zu lassen. Hubert hatte Selma gebeten, sie alle sollten in einem Nebenraum warten; denn sie waren eigentlich der wahre Grund der Feier und sollten von ihm als Überraschungsgäste den Zuschauern präsentiert werden.

Die Feier begann mit ein paar lockeren Gesprächen, etwas Musik und dann kam die lange Rede des Ingenieurs. Er erzählte von den Anfängen, den Schwierigkeiten. Er dankte den fleißigen Arbeitern, die sich so hatten quälen müssen und zum Schluss dankte er auch Hubert für das in ihn gesetzte Vertrauen und wünschte allezeit gute Fahrt. Die Gäste applaudierten dem Mann lange, dann stellte sich Hubert an das Rednerpult und begann mit seinen Ausführungen zur Strecke und der Liftanlage. Auch er dankte den Arbeitern, den beiden Skilehrern und vor allem dem Ingenieur.

Gerade wollte er zu einem neuen Satz Anlauf nehmen, da wurde er von Babsi am Rednerpult förmlich beiseite geschubst. Sie stellte sich hin und sprach: „Bevor es nun weitergeht, möchte ich noch ein Geschenk an meinen Mann übergeben. Er hat nicht nur diese wunderbare Liftanlage geschaffen, sondern auch das, was ich Euch jetzt zeigen werde."

Alle, selbst Hubert waren überrascht über Babsis Vorgehen und sehr gespannt darauf, was sie zu zeigen hatte. Mit erhobenem Kopf stolzierte sie zum verhängten Bild. Die Kapelle spielte wie von ihr bestimmt einen Tusch und dann riss Babsi das Tuch vom Bild.

Totenstille herrschte in der Lobby. Man hätte eine Nadel fallen hören. Noch bevor ein anderer etwas sagen konnte, stand Hubert wieder am Rednerpult und begann: „Ich danke meiner Frau für dieses Bild. Es ist meine uneheliche Tochter, die dort zu sehen ist und ich bin froh darüber und sogar stolz darauf, dass es sie gibt.

Sie und die vielen anderen die nicht so sind wie wir, die wir uns die Normalen nennen, sind es die das Besondere ausmachen. Seit vielen Jahren schon kümmert sich mit großen Aufwand und viel Liebe meine Schwester Selma um diese Menschen. Sie leben dort auf der Almhütte in einer wunderbaren und glücklichen Gemeinschaft, um die wir sie eigentlich beneiden müssten. Viele der anderen Bilder hier in der Lobby wurden von ihnen gemalt und sie zeigen uns die ganze Schönheit der Natur und des Lebens. Deshalb kann ich mit vollem Stolz den eigentlichen Grund dieser Feier nennen; denn hätte ich das vorher getan, wären vielleicht einige von Ihnen nicht erschienen. Für diese Menschen und es sind Menschen genau wie wir, wird es in Zukunft nicht nur die Almhütte geben, sondern auch den gesamten Loserhof. Ich werde in Zusammenarbeit mit meiner Schwester und Nina, die uns im Frühling wieder zur Verfügung stehen wird, einen Hof einrichten, wo diese Menschen unter Anleitung in einen normalen Betrieb eingebunden werden. Viele von ihnen können nämlich viel mehr, als wir denken und deshalb soll der Loserhof ein Hof und ein Zuhause für Behinderte Menschen werden."
Dann bat Hubert einen Angestellten Selma und die ganze Gruppe hereinzulassen. Als sie in der Lobby standen, war die Totenstille vorbei und es herrschte ein Jubelgeschrei und pure Freude über Huberts Vorhaben.
Nur zwei Menschen schlichen wie begossene Pudel und mit hängendem Gesicht aus dem Saal. Es waren Babsi und ihr Skilehrer. Dann vernahm man einige laute Worte unter ihnen, ein Streit war entfacht. Der Skilehrer kam zurück, ging zu Hubert, gab ihm die Hand und sagte: „Das war die beste Entscheidung die sie treffen konnten und ich entschuldige mich in aller Form bei ihnen. Leider bin ich den Machenschaften ihrer Frau auf den Leim gegangen." Hubert nickte nur kurz und antwortete: „Ich auch, viel zu lange". Dann lachten beide und der Skilehrer blieb noch den ganzen Abend bei der Feier.
Babsi hätte platzen können vor Wut. Nicht nur ihr Plan mit dem Bild war gescheitert, nein das ganze Publikum hatte diesen Idioten von Bauern auch noch zugejubelt. Aber ihre Rache war noch nicht vorbei, sie würde sein Vorhaben schon noch zerstören. Sie

konnte es nicht ertragen, mit diesen ganzen Idioten hier jeden Tag zu verbringen. Hubert würde sie noch kennenlernen. Nicht ohne Grund hatte sie sich die ganze Technik der Liftanlage erklären lassen. Diese zu bedienen war ein Klacks für Babsi.
Babsi ging auf ihr Zimmer, kleidete sich um, dann machte sie sich auf zum Pferdestall. Sie holte eines der Zugpferde heraus und machte sich mit ihm trotz der Dunkelheit auf den Weg zur Liftanlage. Im Lampenschein erklomm sie das Flachstück, seilte das Pferd an, so wie es ihr gezeigt worden war. Dann setzte sie sich in einen der Sitze und gab dem Pferd ein Zeichen loszugehen. Hätte es jemand gesehen, er hätte an ein Wunder geglaubt. Da schwebte ein kleines Licht den Steilhang empor.
Die Feier dauerte noch immer an und die Behinderten wurden von allen ganz normal angesehen. Es gab sogar einige, die sich zu ihnen an den Tisch setzten und mit ihnen über ihre Bilder sprachen. Selma wusste, bald schon würde der Galerist, der ihre Bilder verwaltete, über den Haufen gerannt werden. Sie würden ihm die Kunstwerke aus den Händen reißen.
Immer mehr vermischten sich „Normale und Behinderte". So dass es gar nicht aufgefallen war, dass einer fehlte. Erst als Selma immer wieder nach Xaver gesucht hatte, stellte sie fest, Xaver war mal wieder verschwunden. Selma ging zu Hubert und berichtete davon. Hubert machte sich sofort auf zum Rednerpult, bat um Ruhe und darum, Xaver zu suchen. Alle wollten sie helfen, den armen Jungen zu finden.
Draußen trafen sich Trupps mit Lampen und machten sich auf die Spurensuche. Zuerst entdeckten sie im frischen Schnee die Spuren von normalen Schuhen, wahrscheinlich die einer Frau, wie jemand sagte. Diese Spuren führten zum Pferdestall und dann mit einem Pferd in Richtung Skihang. Immer wieder hoben sie Lampen hoch und dann konnten sie auch Xavers Spuren sehen. Sie gingen in dieselbe Richtung.
Am Beginn des Flachstückes stand dann das Pferd, das seine Spuren hinterlassen hatte. Der Suchtrupp ging weiter bis zum Beginn der Liftanlage. Hier endeten alle Spuren, sowohl die der Frau, die vom Pferd und auch von Xaver. So wie es schien waren sie dort eingestiegen.

Sofort wurde das Pferd nach oben geholt und angeseilt. Sie mussten ihnen folgen um zu sehen was passiert war. Hubert und 3 weitere Männer nahmen den Weg nach oben auf sich. Mit Lampen und Seilen bewaffnet machten sie sich auf die Suche.
Am Ausstiegsplatz fanden sie wieder die Spuren. Immer wieder mussten sie die Lampen heben um zu sehen, wohin der Weg sie führte.
Hubert hatte schnell erkannt, dass die Spuren direkt zur Almhütte führten. Er und die Männer beeilten sich; denn alle hatten ein ganz komisches Gefühl im Bauch. Schon aus einiger Entfernung konnten sie immer heller werdendes Licht sehen. Nein, es war kein Licht, es war ein Feuer. Sie rannten, so schnell es der Schnee ihnen erlaubte.
Babsi hatte gerade die ersten Stellen des Holzes mit einer Fackel in Brand gesetzt, da merkte sie, dass sie nicht alleine war. Der Gnom von Xaver war ihr scheinbar gefolgt. Er wagte es doch tatsächlich sich ihr in den Weg zu stellen. Sie schlug mit der Fackel nach ihm aber traf ihn nicht. Flink war er der Mistkerl, dachte sie. Aber sie war viel größer und würde ihn schon niederstrecken. Xaver hielt plötzlich eine Holzlatte in der Hand mit der er versuchte sie zu erreichen.
Babsi brüllte ihn an: „Du elendiger Zwerg, versuchst Du Euer Idiotenheim zu retten. Ich werde Dich mitsamt diesem blöden Haus verbrennen und jeder wird denken, Du wärst es gewesen."
Ein heftiger Kampf entbrannte zwischen den beiden. Babsi schlug mit der Fackel, Xaver mit der Holzlatte. Das Feuer fraß sich in der Zeit immer weiter. „Niemand wird Dich und Eure verfluchte Unterkunft noch retten können", schrie Babsi erneut. Dann holte sie aus und verfehlte Xaver nur um Haaresbreite. Jetzt kam ihm seine Kleinwüchsigkeit zugute. Auch konnte er die helle Fackel besser sehen, als sie die dunkle Holzlatte. Xaver landete einen Treffer an ihren Beinen und Babsi wurde immer wütender. Dieser Gnom wollte es wohl unbedingt wissen. Es wurde ein wildes Getümmel und Geschrei.
Immer höher schienen die Flammen zu schlagen. Es war nicht die Almhütte, sondern das Haus der Behinderten, soviel konnte Hubert schon erkennen. Plötzlich im Flammenschein sahen sie

dann auch zwei Gestalten, die scheinbar miteinander kämpften. Es waren Babsi und Xaver. Babsi hatte eine Fackel in der Hand und Xaver eine Holzlatte, mit der er versuchte, sie vom Haus fern zu halten. Jetzt hörte Babsi die schreienden Männer und drehte den Kopf zu ihnen, das war der Moment, wo Xaver fest zuschlug. Er traf sie mit voller Wucht am Kopf, so dass sie sofort zusammenbrach.

Die Männer zerrten Babsi vom brennenden Haus weg, Xaver war schon zur Seite getreten. Für das Haus kam jede Hilfe zu spät, sie hatten keine Möglichkeit mehr es zu löschen. Das einzige, was sie noch tun konnten, war darauf zu achten, dass nicht noch Funken zur Almhütte herüber flogen und diese ebenfalls in Brand setzten.

Selbst vom Loserhof konnten sie den hellen Flammenschein in der kalten dunklen Nacht sehen. Es musste ein Unglück gegeben haben, soviel stand fest. Die Gäste mussten Selma festhalten; denn sie hatte ebenfalls vor noch zur Hütte zu fahren. Aber auch sie wusste, egal was geschehen war, sie würde zu spät kommen. Sie mussten warten, bis die Männer irgendwann wieder zurück kehren würden.

Babsi rührte sich kein Stück mehr. Während die Männer beschäftigt waren sich um die Almhütte zu kümmern, stand Xaver die ganze Zeit wie ein Wächter, mit der Holzlatte, neben ihr. Aber er hätte sich die Mühe sparen können, als das Haus ausgebrannt war und nur noch die Glut im kalten Schnee erlosch, sah Hubert dass Babsi schon lange tot war. Xavers Schlag hatte sie scheinbar so heftig erwischt, dass sie ihr Leben sofort ausgehaucht hatte.

Zwei Männer blieben zur Feuerwache zurück. Hubert und der andere Helfer schnappten sie Babsis Leichnam und Xaver und machten sich auf den Rückweg um allen von dem traurigen Vorfall zu erzählen.

Es war schon fast morgens als sie wieder auf dem Loserhof ankamen. Nur ein paar wenige, darunter Selma und ihre Frauen hatten solange ausgeharrt. Selma war froh Xaver lebend zu sehen, doch dann erkannte sie auch wie Hubert und der andere Helfer eine leblos scheinende Babsi trugen.

Hubert erklärte schnell was geschehen war und was sie gesehen hatten. Xaver musste wohl Babsi in irgendeiner Vorahnung

gefolgt sein. Der kleine Kerl hatte sich mit dem Lift bis zur Hütte durchgeschlagen und mit all seiner Kraft versucht, das Haus zu verteidigen. Babsi hatte ihren Tod selbst zu verantworten und Xaver hatte den letzten Rest des Bösen vom Loserhof entfernt.
Nach einer kurzen Pause gingen Selma, die Frauen, Hubert und ein paar weitere Männer noch einmal zur Hütte. Selma war unendlich traurig über den Verlust des Hauses. Wo sollten all die Behinderten jetzt unterkommen. Erst mit Beginn des Frühjahrs konnten Baumaßnahmen durchgeführt werden.
Hubert schlug vor, da einige Zimmer auf dem Loserhof schon fertig waren, gleich diesen zu beziehen. Die restlichen müssten solange in Hotelzimmern untergebracht werden. Selma könnte dann auch gleich überlegen, ob sie nicht generell ihr Wirken am Loserhof ausführen sollte.
Silvia und Ela blieben auf der Almhütte zurück; denn der Betrieb musste ja trotz des Unglücks weiter laufen. Selma kehrte mit Hubert und den anderen zum Hof zurück.
Sie verteilten die fertigen Zimmer auf dem Hof und nur die beiden Kinder, die als letztes gekommen waren, mussten ein Hotelzimmer nehmen. Die Mahlzeiten, so wie alle Gruppenarbeiten konnten sie in den großen Räumen des Hofes durchführen.
An diesem Tage kam auch der Gendarm aus dem Nachbarort um alle zu befragen, was sie gesehen hatten. Die Aussagen waren sich alle gleich. Die Männer und Hubert schilderten, wie sie Babsi mit der Fackel nach Xaver schlagend gesehen hatten und dieser sich nur verteidigte. Der Gendarm nahm alles so auf und gab ihnen die Zuversicht, dass es für Xaver keine Folgen hätte, da es wohl Notwehr war und er aufgrund seines Geisteszustandes ohnehin nicht dafür verantwortlich gemacht werden konnte.
Die Beerdigung von Babsi war genauso traurig wie die letzten Jahre ihres Lebens. Nur ganz wenige Personen waren anwesend. Es hatte Hubert schon eine Menge Überredungskunst gekostet, den Pfarrer überhaupt zu ein paar guten Worten in seiner Predigt zu bewegen. Einzig auch die guten alten Zeiten, hatten ihn dazu bewogen dies zu tun.

Im Hotel ging der Betrieb ganz normal weiter. Für diesen Unglücksfall hatte ein jeder Verständnis, zumindest was die Lebenden betraf.

Die Ausbuchung war wider Erwarten extrem gut. Überall hatte es sich herumgesprochen, dass die neue Abfahrtstrecke und der Lift eröffnet waren.

Für den Loserhof war es eine große Umstellung. Da ansonsten jetzt im Winter nicht viel zu tun war, konnten sie dies aber ganz gut lösen. Nach und nach würden die restlichen Zimmer fertig und bis zum Frühling wäre dann mehr als reichlich Platz. So dass sie dort noch einige neue Behinderte aufnehmen könnten.

Für die Knechte und Mägde veränderte sich ebenfalls viel. Den Umgang mit den Behinderten mussten auch sie erst lernen. Anfangs hatten sie noch Angst um ihren Job gehabt, aber nachdem Selma mit ihnen gesprochen hatte und sie merkten, dass auch diese Aufgabe interessant schien, waren sie ganz Feuer und Flamme von ihrer neuen Verantwortung.

Selma gefiel die Idee den Behinderten hier auf dem Hof ein neues Heim zu geben. Die Möglichkeiten hier in ein fast normales Arbeitsleben eingebunden zu werden, war viel größer als auf der Almhütte. Ihre Sorgenkinder konnten nun nicht nur auf dem Hof eingesetzt werden, auch die räumliche Nähe zu Hannas Fischzucht und Magdas Mühle, bot ganz neue Perspektiven. Wie sie bei ihrem Campingtagen festgestellt hatten, fielen dort durchaus Arbeiten an, die auch für die Behinderten zu leisten wären. So gab es bestimmt auch für den einen oder anderen eine gute Chance, später wieder in die eigene Familie zurück zu kehren.

Selma bat daher Hubert noch einmal zu einem gemeinsamen Gespräch, in dem sie alle diese Dinge besprechen wollten. Hubert erklärte sich einverstanden. Gemeinsam erörterten sie die Gesamtsituation. Was Selma bis dahin noch nicht wusste war, dass Hubert Interessenten für die Almhütte hatte. Die beiden Skilehrer hatten Hubert darauf angesprochen. Sie könnten die Hütte gut als Basis für ihre Skischule gebrauchen und in den schneefreien Monaten würden sie von dort aus Bergwanderungen durchführen.

So kamen Selma und Hubert zu dem Entschluss, die Behinderten nur noch auf dem Hof unterzubringen, die Hütte an die Skilehrer zu verpachten und das niedergebrannte Haus erstmal nicht wieder aufzubauen. Wenn im Frühling noch Nina zurückkehren würde, wäre die Versorgung der Behinderten hier optimal zu leisten und somit eine gute Tat für die Gesellschaft. Im Laufe der Zeit würde sich auch Huberts Veränderung herumsprechen und sicher die Zeitungen wieder seine Anzeigen drucken. Im Dorf waren die Veränderungen ja schon angekommen und die Bevölkerung war sehr froh darüber. Diese ganze Umstrukturierung würde bestimmt ein großer Erfolg für das Hotel werden.
Als Hubert den beiden Skilehrern die Entscheidung mitteilte, waren diese überglücklich. Das war etwas, wovon sie immer geträumt hatten. Eine eigene Skischule. So hatten sie die Möglichkeit, aus ihrem Sport einen festen Beruf zu machen und das nicht nur im Winter, sondern das ganze Jahr über. Dazu noch die wunderschöne Natur, es war für sie einfach ein wahr gewordener Traum.
Die Übernahme der Almhütte war schnell geschehen. Dank der Liftanlage konnten ja jetzt auch im Winter alle Gegenstände schnell und einfach transportiert werden.
Das Weihnachtsfest in diesem Jahr war ein ganz Besonderes. Hubert, Lisa, Selma und alle anderen Frauen, feierten zusammen mit den Behinderten auf dem Loserhof. In solcher Eintracht hatten sie das alle noch nicht erlebt. Lisa war so ergriffen, dass sie vor Glück dauernd am weinen war. Sie war so stolz auf Hubert, dass er den Absprung vom Bösen geschafft hatte. Sie wusste, das war auch ein wichtiger Grundpfeiler für das Hotel.
Die ganzen Veränderungen, Lisa an seiner Seite hatten Hubert eine unglaubliche Kraft verliehen. Er wirbelte förmlich durch das Hotel. Aber immer in einer freundlichen und zufriedenen Art. Nicht nur das das Personal Gefallen an der neuen Art von Hubert fand, nein es wurde auch förmlich davon angesteckt. Die Freundlichkeit schwappte auf das Personal und von dort auf die Gäste über. Schon jetzt hatte Hubert wieder mit den Schlittenfahrten für die Gäste begonnen. Selbst die Felsenhöhle wurde mit gutem Gefühl wieder angefahren. Alle Vorfälle, alle

Unglücke waren im Nachhinein als Babsis Intrigen herausgekommen. Als die persönlichen Dinge der Behinderten auf dem Hof angekommen waren und Hubert die Schnitzarbeit von Xaver gesehen hatte, war schnell klar, dass es damals Heiner war, der die beiden in die Höhle entführt hatte. Selma erzählte dann Hubert noch, dass sie Heiner und Babsi im Heustadel erwischt hatte, was ihnen dann schließlich die Schuld von Babsi bestätigte.

Ob der schwere Unfall damals auch auf ihre Kosten ging, das war nun nicht mehr zu klären, da sich Heiner ja schon lange vom Hof abgesetzt hatte.

Wirtschaftlich war der Winter für das Hotel, aber auch für die Almhütte der Skilehrer ein großer Erfolg. Hubert fragte sich manchmal, wie die beiden das alles schafften. Tagsüber standen sie auf der Piste den Gästen zur Verfügung und am Abend oder in der Nacht mussten sie noch alle Umbauarbeiten ausgeführt haben. Man spürte es förmlich, dass es ihnen eine Herzensangelegenheit war die Skischule und die Almhütte zu führen.

Kaum war der Schnee dem Frühling gewichen, war es endlich soweit, Nina war wieder da. Fast einen ganzen Tag hatten Selma und Nina nur über ihre Erlebnisse im vergangenen Jahr gesprochen.

Nina war damals von Nürnberg aus durch das ganze Land weiter gereist. Überall hatte sie ihre Lesungen und Vorträge gehalten. Inzwischen war sie eine der führenden Personen in der Betreuung von Behinderten geworden; denn nicht nur ihr Buch hatte sie bekannt gemacht, auch die vielen Informationen, die sie auf ihrer Reise bekommen hatte, trugen dazu bei. Für Nina stellte sich auch nicht die Frage, ob sie weiter auf dem Loserhof mitarbeiten wollte. Das würde ihre Basis werden. Allerdings hatte sie sogar schon auf ihrer Reise damit begonnen, ein zweites Werk zu verfassen. Zu viele Eindrücke waren an den verschiedenen Orten auf sie eingeprasselt. Ein ganz wichtiger Punkt in ihrem neuen Buch würde es werden, wie man voneinander lernen konnte. Es gab so viele gute Ideen und Ansätze, die aber vervielfältigt werden mussten, um sie allen zugänglich zu machen.

18. Schlusswort

In der letzten Konstellation blieb der Loserhof noch viele Jahre. Das Hotel, die Almhütte, die Mühle und ganz besonders der Hof für die Behinderten wurden weit über die Grenzen bekannt.
Für Hubert, der zwei Jahre später dann Lisa heiratete, war die Bekenntnis zum Guten der wahre Erfolg.
Nina schrieb im Laufe der Jahre noch 4 weitere Fachbücher, die lange Zeit die Behindertenarbeit prägten. Auch Magda und Hanna waren noch viele Jahre in ihrer Mühle und Teichwirtschaft gegeben.
Selma, Silvia und Ela waren die guten Seelen des Loserhofes und bauten diesen mit Huberts Hilfe immer weiter aus.
Xaver und Lara, lernten noch viel in ihrem Leben. Ihr Aussehen blieb für immer die Warnung an alle, sich nicht dem Bösen anzuvertrauen.
Leider neigen wir Menschen dazu, nur allzu oft voreilig mit Benachteiligten umzugehen. Viele von ihnen unterschätzen wir und viel öfter sollten wir im Verhalten anderer, das Wie und das Warum suchen, bevor wir uns unsere Meinung bilden.

Ende: Die eiskalten Abgründe des Bergbauernhofes

Impressum

Bibliografische Information der Deutschen Nationalbibliothek: Die Deutsche Nationalbibliothek verzeichnet diese Publikation in der Deutschen Nationalbibliografie; detaillierte bibliografische Daten sind im Internet über dnb.dnb.de abrufbar.

© 2017 Thomas Wenig
Herstellung und Verlag:
BoD – Books on Demand, Norderstedt

ISBN: 9783743189072